인소의 법칙

※ 저자와 협의하여 인지는 붙이지 않습니다.
※ 이 책은 ㈜디앤씨미디어가 저작권자와의 계약에 따라 발행한 것으로 본사와 저자의 허락 없이는 어떠한 형태나 수단으로도 내용을 이용할 수 없습니다.

제71조. 어제의 아군은 오늘의 적
<7>

제72조. 놀이공원인데 데이트는 아니라고요?
<131>

제73조. 어제의 아군이 오늘의 적이더라도
<257>

제74조. 우리는 레코드판에 걸린 바늘처럼
<323>

제75조. 이제는 더 이상 법칙이 아니더라고요
<395>

제71조. 어제의 아군은 오늘의 적

어제의 아군은 오늘의 적

 순식간에 있을 곳을 잃어버린 느낌이었다. 그 어느 때보다도 이 세계에서 거부당했다는 느낌이 강하게 들었다.

 나는 비틀거리는 걸음으로 학교 정문 앞에 난 내리막길을 따라 걸었다.

 얼마 걷지 않아 먼발치에서 붉은 해가 지는 하늘을 배경으로 우뚝 솟은 아파트가 보였다. 나와 반여령이 한때 살았던 바로 그 아파트였다.

 그러나 10년 넘게 살아온 아파트의 정문 앞에서 나는 채 한 걸음도 떼지 못했다. 경비실에 앉아 신문을 뒤적이고 계시던 경비원 아저씨가 이쪽을 수상하게 쳐다볼 즈음이 돼서야 나는 어렵사리 발걸음을 돌렸다.

 주먹을 꾹 쥐고 그 어느 곳보다도 친숙한 장소를 돌아 나오며 나는 중얼거렸다.

"성급하게 행동해선 안 돼."

반여령이든 사대천왕이든 남들에게 지긋지긋할 정도로 둘러싸여 살아온 만큼 수상한 사람에게 예민해. 첫 단추를 잘못 끼웠다간 모든 것이 어그러지고 말 거야. 그럼 결코 원래대로 돌아가지 못해.

걸음을 옮기며 한 손을 가슴에 가져다 댄 내가 다시 중얼거렸다.

"할 수 있어……. 할 수 있어."

육체적으로 힘든 일은 아무것도 하고 있지 않은데도, 꽉 쥐어짜인 폐와 심장이 금방이라도 터질 것만 같았다.

아파트와 가까운 정류장에서 집으로 돌아가는 버스를 타기 위해 기다리는 동안 나는 주머니를 뒤적였다.

이제야 깨달은 거지만 핸드폰이 아무 데도 없었다. 핸드폰을 마지막으로 본 것이 언제인지, 곰곰이 기억을 되짚어 나가던 내가 중얼거렸다.

"촬영장에서 빠트렸나?"

아무리 생각해도 촬영장에서 유천영과 통화한 것이 내가 핸드폰을 본 마지막인 것 같았다. 유천영이 나를 밀쳤을 때 세게 넘어지면서 핸드폰이 주머니에서 빠졌을 가능성은 충분했다.

그때 전화로 유천영을 불러내지 않았더라면.

뒤늦은 후회가 머릿속에서 고개를 들었다가, 내가 고개를 내젓자 빠르게 사라졌다.

나는 관자놀이를 세게 누르며 중얼거렸다.

"돌이킬 수 없는 일을 생각하는 건 안 좋은 짓이야. 할 수 있는 일에 대해서만 생각하자."

그것을 가르쳐 준 사람은 다름 아닌 은지호였다.

그 사실을 떠올리자 돌이킬 수 없는 일들에 대해 미련이 사라지기는커녕 또 다른 가능성, 택하지 못하고 지나쳤던 다른 갈림길에 관한 생각들이 무수히 떠올라 내 머릿속을 뒤덮었다.

내가 관자놀이에 손을 얹고 계속 미친 사람처럼 중얼대자, 정류장에 서 있던 다른 사람들이 나를 점점 힐끗대기 시작했다. 다행히 그때쯤 내가 탈 버스가 도착했다.

핸드폰이 없었기 때문에 집에 도착하기까지 나는 창문에 머리를 기댄 채로 시간을 보냈다. 다행히 생각해야 할 것은 많았기에 그 시간이 전혀 지겹지 않았다. 아니, 역시 다행보다는 불행일지도.

창문에 비친 내 눈동자를 보며 나는 중얼거렸다.

일단 집에 가면 핸드폰을…… 그래, 핸드폰부터 찾자.

지금의 세계와 이전의 세계가 얼마만큼 연속적인지는 잘 모르겠지만, 이전 세계에서는 촬영장에서 잃어버렸던 핸드폰이 지금의 세계에서는 내가 단순히 집에 놓고 나온 거로 바뀌어 있을지도 몰라. 어차피 지금의 세계에서는 내가 촬영장에 간 일 자체가 없던 일로 되어 있을 테니까.

핸드폰을 찾고 나면 그다음에는……. 거기까지 생각한 나는 배탈이라도 난 듯 상체를 수그리고 이마에 한 손을 가져다 댔다.

나는 짓씹듯 읊조렸다.

"내가 잘못 생각했어."

나는 당연히 핸드폰을 찾으면 유천영의 생사 여부와 다른 이들과 나 사이의 재정립된 관계를 확인하는 일은 쉬울 것이라 생각하고 있었다.

그러나 지금, 나는 한 가지 의문을 떠올리지 않을 수 없었다. 과연 내 핸드폰에 유천영과 다른 이들의 연락처가 존재하기는 할까?

모르는 사람은 물론이고 같은 학교, 심지어 같은 반 아이들에게조차 번호를 잘 주지 않던 그들이었다. 오죽하면 중학교에서도 고등학교에서도 내가 그들의 번호를 요구하는 이들에게 주기적으로 시달렸겠는가? 나는 입술을 깨물었다.

그런데 그런 그들의 번호가 내게 있을 거라고? 단순히 같은 반이라는 이유로? 아니, 말도 안 되지. 사실 같은 반인지 아닌지도 아직 모르잖아.

그나마 유천영의 생사를 확인하는 일은 그리 어렵지 않다는 것이 다행이었다.

나는 상체를 바로 하고 등받이에 몸을 기대며 중얼거렸다. 그래, 유천영은 나와 친해지기 전인 중학교 때부터 이미 모델 일을 하고 있었으니까……. 인터넷에 정보가 나올 거야. 그거면 돼.

그가 그토록 싫어하던 인터넷으로밖에 그의 정보를 확인할 수 없는 지금의 상황이 어처구니없어서 잠시 헛웃음이 났다.

그러다 문득 눈가를 한 손으로 덮어 누른 내가 중얼거렸다.

"아, 진짜 나 어떡하지……."

이 세계에 갑작스럽게 떨어져 난생처음 보는 소꿉친구와 황당한 이름의 중학교에 등교해야 했던 때조차 이렇게까지 막막하진 않았다.

이번에는 온전히 자의로 선택한 일인데도.

나는 마른 입술을 깨물며 덜컹거리는 좌석에 다시 몸을 묻었다.

* * *

아직도 적응이 덜 된 2층 주택의 대문을 밀고 들어가자마자 목소리가 날아왔다.

"단이야!"

나는 고개를 돌렸다. 1층 테라스로 이어지는 베란다의

문이 열려 있어 방충망 한 겹 사이로 거실의 모습이 훤히 들여다보였다.

텔레비전 맞은편 소파에 앉아 있던 엄마가 나를 향해 외쳤다.

"너 어딜 갔다 이제 오니! 핸드폰으로 계속 전화해도 안 받길래 걱정했잖아."

나는 정원의 돌길 위에 우두커니 선 채 엄마를 바라보았다. 관리자의 말을 생각하면 이 세계가 다른 세계로 바뀌었을 가능성은 전혀 없었다. 단지 과거의 나에 대한 설정이 바뀌었을 뿐, 동일한 세계일 텐데도 지금의 엄마가 무척이나 낯설게 느껴졌다. 어쩌면 나는 여름 저녁의 어스름한 어둠 속에 서 있고, 엄마는 거실의 환한 조명 불빛 속에 있기 때문일까.

그런 생각에 한참이나 멍하니 있던 나는 간신히 정신을 차렸다. 내가 빈손을 들어 보이며 대꾸했다.

"아, 엄마. 나 핸드폰 두고 간 것 같은데. 나한테 전화했을 때 방에서 무슨 소리 못 들었어?"

"지금이 어느 시대인데 핸드폰을 두고 다녀? 불편해서 집 앞에 나가자마자 생각 안 나던? 무슨 소리 안 들렸냐고? 응, 아무 소리도 안 들리던데?"

"그래."

나는 힘없이 대답하며 터덜터덜 정원을 가로질렀다. 현

관문을 여는 내게 다시 엄마의 물음이 날아왔다.

"너 설마 핸드폰 잃어버렸니?"

그 비싼 걸?! 버럭 외치는 소리를 뒤로하고 나는 빠르게 계단을 올랐다.

옷도 갈아입지 않고 먼지투성이 손을 씻지도 않은 채로 방 구석구석을 전부 뒤져 봤지만 핸드폰은 역시 보이지 않았다.

이전 세계에서 잃어버린 건 지금 세계에서도 잃어버린 거구나. 내가 알던 것과 이 현실이 그리 다르지 않을지도 모른다는 사실을 깨닫자, 허탈한 한편으로는 안도의 한숨이 흘러나왔다.

어쩌면 일종의 관성의 법칙 같은 것에 의해, 아리가 과거의 설정을 바꿈으로써 현재의 몇몇 사실들이 바뀔 수밖에 없었음에도 불구하고 이 세계는 이전 모습을 최대한 유지하려 했을지도 모른다.

그렇다면 나와 아리의 행동이 다른 일들에 미친 영향, 이를테면 루다나 반휘혈, 권은미와 반휘안 등등에 대해서도 생각보다 많은 것이 바뀌진 않았을지도 모르지.

어떠한 변화도 실제로 확인하지 못한 채, 머릿속으로 가능성만 계산하고 있으려니 머리가 터져 버릴 것만 같았다.

나는 한동안 컴퓨터 의자에 앉아 몸만 웅크리고 있다가, 마침내 손을 뻗어 컴퓨터를 켜고 인터넷 창을 띄웠다.

검색어를 입력하는 지극히 익숙한 일을 하는데도 키보드 위에 올려놓은 두 손이 떨렸다. 마침내 검색 결과가 눈앞에 나타난 순간, 나는 안도의 한숨을 내쉬었다.

"다행이다······."

유천영은 여전히 유명 인사이긴 한 모양이었다. 내가 유천영이라고 검색한 것에 대해 동명이인보다도 가장 먼저 그의 프로필이 떴다.

분홍색과 하늘색이 어우러진 팝 아트가 담긴 금 테두리 액자 옆에 서서, 협탁에 한 손을 올려놓고 한 다리를 꼬고 서 있는 정장 차림의 유천영은 생소한 듯 낯익었다. 그도 그럴 것이 나는 분명히 이 사진을 본 적이 있었다.

고등학교에 입학하기 전, 그가 발해 그룹의 막내아들임이 밝혀지면서 실시간 검색어에 올랐을 때 내가 보았던 프로필 사진이었다. 그가 드라마를 통해 유명해지고, 소속사에 들어가고부터는 프로필이 계속 업데이트되어서 다시는 볼 수 없었던 사진이기도 했다.

그런 걸 보면 지금의 유천영은 배우 일은커녕 모델 일에도 적극적이지 않은 걸까? 하루가 다르게 성장하는 나이임에도 프로필 사진을 몇 년 동안 전혀 업데이트하지 않을 정도로.

과연 유천영에 대한 최신 기사도 거의 없었다. 사고에 대한 언급은커녕, 신비에 둘러싸인 유천영의 성격이나 매력에 대해 연구하겠다는 흥미 위주의 줄글만이 전부였다.

"하아."

마침내 긴장 때문에 뻐근해진 어깨를 내린 나는 목을 젖히며 크게 한숨을 내쉬었다. 내가 중얼거렸다.

"유천영은 무사해. 무사하겠지, 아마도."

하필 아무도 곁에 없을 때 방구석에서 무슨 일을 당하지 않았다면.

하지만 유천영은 은형이와 같이 살잖아. 그거면 됐지, 충분해. 그걸로 유천영의 안전은 보장되었다고 할 수 있어.

그리고 나는 아는 사람들의 이름을 닥치는 대로 검색해 보았다. 은지호, 반여령, 권은형, 우주인, 이루다, 반휘혈, 루카스…….

여전히 검색이 어려운 주인이를 제외하고는 모두 검색 결과가 떴다. 한울과 발해의 법무 팀에서 열심히 일하는 모양인지 사진은 나오지 않고 이름만이 언급될 뿐이었지만, 그것만으로 존재를 알기에는 충분했다.

유일하게 검색 결과가 뜨지 않은 것은 루다뿐이었는데, 아마도 Reed사에서 루다에 대한 보안을 철저히 하는 모양이었다.

그래도 루카스가 이 세계에서도 이제니의 곁에 있는 것을 보았기 때문에 적잖이 마음이 놓였다.

루카스가 이제니에게 입양되어 루다의 형이자 Reed사의 후계자가 되었다는 사실은 변하지 않은 것이다. 어쩌면 루다와 루카스는 애초에 내가 등장하지 않는 또 다른 소설의 인물이기 때문에 거의 영향을 받지 않은 걸지도 모르지.

아마도 가장 많은 변화를 겪은 것은 나와 반여령, 그리고 사대천왕의 관계일 것이다.

우리는 노아리가 수정한 바로 그 소설에 나오는 '등장인물'이니까.

그들 중 누구와도 연락할 수단도, 핑계도 없는 상황에서 홀로 방에 앉아 익명의 사람들이 그들에 대해 써 내려간 얘기를 읽고 있으려니 허전함이 달래지긴커녕 가슴에 큰 구멍이 뚫리는 느낌이었다. 그 느낌이 더 커지기 전에 나는 컴퓨터를 얼른 꺼 버렸다.

새카만 모니터에 비친 내 얼굴을 낯선 사람처럼 들여다보다가 나는 달력을 보았다.

오늘이 금요일이었으므로 내일은 토요일이었다. 이전 세계에서는 노아리의 촬영 건으로 합법적으로 학교를 빠졌는데 오늘은 도대체 어떻게 폐교에 있다가 이 시간에 집에 온 거지 하다가, 아무렴 어떻냐고 넘어가고는 생각을 계속했다.

작년이었다면 당연히 내일도 학교에 가지 않는 날이었겠지만, 지금의 나는 고3이라서 주말에도 자습을 위해 학교에 가야 한다.

의무는 아니었지만 고3이니만큼 우리 반 학생들 대부분이 참여하고 있었다. 학교 외적인 일로 늘 바쁜 은지호나 반휘혈 같은 특수한 경우를 제외하고는.

그러니 내일 모두를 볼 수 있겠지? 나는 주먹을 질끈 쥔 채 중얼거렸다.

최소한 은형이나 주인이, 여령이는 볼 수 있을 거야. 주인이는 단지 학교에 취미처럼 나와 반 아이들과 어울리는 걸 좋아했고, 은형이는 본인의 성실함 때문이었다.

마지막으로 여령이는 그녀가 아무런 노력도 하지 않고 전교 1등을 한다는 사실 때문에 아이들에게 흠 잡히거나 질투를 사는 것을 두려워해서였다.

어쨌든 내일까지만 기다리면 돼. 초조하게 그렇게 되뇐 나는 침대로 들어가 이불을 푹 뒤집어썼다.

당연히 잠은 조금도 오지 않았다.

* * *

다음 날 아침, 내가 깨우지도 않았는데 일어난 것도 모자라 새벽 여섯 시부터 학교에 가겠다고 하자 엄마는 금방이라도 기절할 것 같은 얼굴을 했다.

현관문 앞까지 배웅 나온 엄마가 나를 향해 걱정스럽게 물었다.

"이 시간에 나가도 정말로 버스 있니?"

"나도 안 가 봐서 모르긴 하는데, 아마 있긴 할걸? 이 동네에도 직장인들 있을 테니까. 이참에 한번 알아보지 뭐."

그렇게 대답하며 신발 뒤축에 아무렇게나 발을 구겨 넣은 나는 마침내 신발을 다 신고 돌아섰다.

"버스 안 오면 말해! 엄마가 태워 줄게."

등 뒤에서 못내 날아오는 걱정스러운 외침을 흘리고 나는 걸음을 옮겼다.

버스 정류장이 있는 언덕길 위에서 내려다보이는 광경은 언제 봐도 감탄스러웠다. 투명한 새벽빛에 나무와 집들이 윤곽을 드러내며 기지개를 켜고 있었다.

도시에서 맞이하던 아침과는 그 느낌이 전혀 달랐다. 날씨가 좋을 때면 학교에 가는 길인데도 소풍이라도 가듯 들뜨곤 했다.

그럼에도 불구하고 지금의 나는 그 모든 것에 어떠한 감흥도 느끼지 못했다. 내 모든 정신은 그저 학교에 빨리 가는 것에만 쏠려 있었다. 그것을 위해서라면 비싼 요금을 감수하고 미친 척 지나가는 택시를 잡아탈 수도 있을 것 같았다.

버스를 기다리는 십여 분 남짓한 시간 동안 택시가 한 대도 지나가지 않은 것이 다행이었다. 마침내 버스가 도착하자, 좌석이 남아도는데도 불구하고 나는 허겁지겁 올라탔다.

버스를 십 분 정도 타고 다시 지하철로 갈아타고, 학교에 도착하기까지 삼십여 분의 시간이 너무 길게 느껴졌다.

 마침내 역에 도착해 바쁘게 걸음을 옮기면서, 나는 등굣길이 지나치게 썰렁한 것에 불안감을 느꼈다.

 "정기 휴교일이라거나, 뭐 그런 건 아니겠지."

 위풍당당하게 교실 문을 열어젖히고 나서야 나는 오늘 첫 번째로 등교한 사람이 나란 사실을 깨달았다. 아니, 이러기야?

 정적에 감싸인 교실을 물끄러미 보다가, 나는 말없이 척척 걸음을 옮겨 자리에 앉았다.

 혹시나 남의 자리로 바뀌었을까 봐 슬쩍 서랍 속 책을 꺼내 확인했는데 역시나 내 것이 맞았다. 안도의 한숨을 내쉰 나는 그제야 책상 위에 엎드리듯이 누웠다.

 "후아아."

 이제는 몸을 지탱할 최소한의 힘조차 없었다. 창가 자리라서 잠깐잠깐 고개를 들어 운동장 쪽을 확인하였으나 역시, 보이는 인영이라고는 한둘뿐인데 그나마도 다른 이들뿐이었다. 사실 반여령이나 사대천왕이었다면 아무리 먼 거리에서라도 압도적인 존재감 때문에 결코 모를 수가 없었다.

 결국 기다리는 것을 포기한 나는 급기야 꾸벅꾸벅 졸기 시작했다. 수마는 의식하지도 못한 새에 덮쳐 왔다.

다시 정신을 차렸을 때, 누군가 내 눈에 대고 라이트를 비춰 보는 것처럼 햇살이 흔들거리며 눈꺼풀 사이로 새어 들고 있었다.

눈을 뜨자, 어느새 꽉 차 버린 교실의 모습과 함께 일상적인 소음들이 내 귀에 닿았다.

삼삼오오 자리에 모여 떠드는 소리, 낮게 소곤거리는 소리, 누군가의 핸드폰에서 흘러나오는 듯한 음악 소리, 복도 쪽에서 흘러나오는 정체를 알 수 없는 괴성이나 고함, 우당탕탕 뛰어다니는 발소리……. 불에 덴 듯 눈을 번쩍 뜨고 상체를 일으킨 나는 뒤를 돌아보았다.

가장 먼저 내 눈에 보인 것은 창을 통해 직선으로 쏟아지는 햇살만큼이나 번듯한 은형이의 모습이었다.

그의 바로 옆에 앉아 웃으며 뭔가를 말하는 반여령의 모습, 뒷자리에서 연신 끼어드는 주인이의 모습을 본 순간, 나는 눈물이 나려는 것을 애써 참았다.

그들은 거기에 있었다.

내가 바라 마지않던 행복하고 일상적인 모습 그대로.

눈을 뜬 나에게 몇몇 애들이 인사를 건넸지만 대답을 할 수 없었다. 내 신경은 온통 반여령과 은형이, 주인이에게만 쏠려 있었다.

그러다 나는 천천히 몸을 일으켜 그들에게로 다가갔다.

교실이라는 일상적인 장소임에도 옮기는 걸음걸음마다

허공에 둥둥 뜨는 것만 같았다.

목 바로 밑까지 물에 잠긴 듯한 느낌과 함께, 나는 조용히 입을 열었다.

"저기."

그 순간 내 앞에서 흐르던 재잘대는 소리가 뚝 끊겼다.

마치 가족 합창단처럼, 혹은 한 무리의 새들처럼 조화롭던 그들의 대화는 내가 만든 불협화음으로 인해 흐트러지고 말았다.

분명히 한때는 나 또한 그 화음의 일부였음에도 불구하고.

그러나 그런 것에 유감을 느끼고 있을 틈이 없었다.

살짝 고개를 숙인 내가 말을 이었다.

"미안한데, 은형아. 나 잠깐 따로 물어볼 게 있어서. 괜찮을까?"

내 말에 반 아이들의 시선이 쏠린 것도 잠시였다. 학급 반장이자 우리 반에서 가장 신뢰받는, 어쩌면 선생님보다도 더 신뢰받는 은형이에게 누군가가 진로나 고민을 상담하는 것은 드문 일이 아니었다.

금방 시선은 다시 사라지고, 주인이와 여령이만이 말똥말똥한 눈으로 올려다보는 가운데 내가 말했다.

"지금 바쁘면, 나중에라도……."

그렇게 말하는 동안 나는 은형이와 내 관계가 결코 예전 같지 않다는 사실을 떠올리기 위해 무던히도 노력해야 했다.

딱 친하지 않은 같은 반 친구 정도의 무게감을 갖고 말하는 거야. 괜찮아, 할 수 있어.

무엇보다도 상대가 은형이잖아. 은형이는 설령 누군가가 무슨 말실수를 했다 하더라도 쉽게 미워할 사람이 아니야.

과연 은형이는 금세 미소를 되찾고 대답했다. 그의 회녹색 눈에 떠올랐던 당황은 언제 나타났냐는 듯 자취를 감추었다.

"아, 아니야. 편하게 말해. 난 언제든 괜찮으니까."

나와 마찬가지로, 학급 반장으로서의 모범적인 태도와 일정한 거리감으로 흔쾌히 말하는 은형이에게 나는 고개를 끄덕였다.

"응, 고마워."

"그럼 지금 잠깐 복도로 나갈까?"

은형이가 몸을 일으키자, 나는 순순히 그를 따라 복도로 나갔다.

방금까지만 해도 고함이 난무하고 발소리가 시끄럽던 복도는 언제 그랬냐는 듯 조용하기만 했다. 마침 시끄럽던 이들이 제 반으로 들어가 준 것 같아 다행이었다.

창가에 등을 기댄 내가 조심스럽게 운을 띄웠다.

"음, 저기."

"왜? 편하게 얘기해."

은형이는 과연 내가 아닌 누구라도 편하게 얘기할 수 있을 만큼 다정한 미소를 띠고 있었지만, 나는 한참이나 입을 달싹여야만 했다.

어젯밤 내내 구상해 온 대본임에도 불구하고 막상 얘기하려니 입이 잘 떨어지지 않았다.

무엇보다도 나는 지난 몇 년간 이들 앞에서 이토록 철저하게 연기하고자 한 적이 없었다.

왜냐하면 그들이 언제나 내게 요구한 것은 '숨길 것'이 아니라 '숨기지 말 것'이었으니까.

좀 더 정확히 말하자면 '있는 그대로의 나로 있을 것'이었으니까.

갑자기 울컥한 기분이 치솟는 바람에 나는 아닌 척 눈가를 가렸다. 내가 겨우 말을 꺼냈다.

"아니, 그게. 이상하게 들릴지도 모르지만 오해하지 말아 줬으면 좋겠어."

부디 내 표정이 단순한 피로에서 나온 것이라 생각해 줬으면 하는 마음뿐이었다.

은형이는 내 맥락 없는 말에도 여전히 미소를 잃지 않고 고개를 끄덕였다.

"응."

"유천영, 걔 말이야."

마침내 내가 눈가를 가리던 손을 내리고 꺼낸 말에, 그의 완벽하던 미소가 조금 흐트러졌다.

"응? 천영이가 왜……."

그러다 말고 그는 돌연 무언가 깨달은 것처럼 짐작이 간다는 얼굴을 했다.

무슨 오해를 살까 두려워진 나는 황급히 다음 말을 뱉었다.

"걔 혹시…… 어디, 아픈 데 있는 건 아니지?"

뜬금없는 내 물음에 우리가 있던 복도에 잠시 정적이 내려앉았다.

은형이가 조금 당황한 눈으로 나를 바라보았다. 언제나 침착한 그로서는 흔치 않은 일이었다.

이윽고 간신히 표정을 수습한 그가 입가에 난감한 미소를 매달고 물었다.

"그게 무슨 뜻이야? 아, 추궁하려는 건 아니야. 내 말뜻은……."

말을 잇다가 말고 난처한 듯이 입술을 매만지는 그에게 내가 손을 내저어 보였다.

"알아. 은형이 네가 누굴 추궁하고 그럴 사람은 아니라는 거."

그러자 은형이는 회녹색 눈을 동그랗게 뜨고 다시 나를 보았다.

아차, 안 되지, 안 돼. 나는 속으로 고개를 가로저었다. 너를 잘 안다는 듯한 그 말투는 넣어 둬. 나는 지금 별로 얘기도 해 본 적도 없는 같은 반 친구에 불과하단 말이야.

그때 은형이가 조심스럽게 물었다.

"음. 왜 그렇게 생각했는지 알 수 있을까?"

그것이 방금 내가 했던 말에 대한 추궁인 줄 알고 흠칫한 나는 이어진 말에 안도했다.

"천영이가 며칠째 학교를 안 나오는 것 때문에 그래?"

겨우 이야기가 본론으로 돌아온 것은 다행이었지만, 나는 한편으로는 착잡한 표정을 숨길 수가 없었다. 내가 중얼거렸다.

야, 유천영. 학교 정도는 제대로 다니라고…….

아무리 인터넷 소설 남자 주인공이라고는 하지만, 그렇게까지 설정에 충실할 필요가 있을까? 대한민국 고3인데 학생의 의무를 너무 등한시하진 말지, 좀. 지금은 드라마나 영화 촬영이 있는 것도 아닐 텐데.

아무튼 이로써 한 가지 의문은 해결되었다.

유천영이 오늘, 그리고 며칠째 학교에 나오지 않은 것은 딱히 몸이 안 좋아서라거나 신변상의 문제 때문은 아니었다.

왜냐하면 그랬을 경우, 은형이의 표정이 지금처럼 평온하진 않았을 테니까.

물론 은형이는 힘든 내색을 안 하고 홀로 삭이는 데 능하지만, 몇 년간 친구를 하다 보면 보이지 않던 것도 차차 보이는 법이다.

그런 생각을 하던 나는 뒤늦게 은형이의 말에 대답하려고 고개를 들었다.

그런데 그때, 뜻밖에도 은형이가 다시 말을 꺼냈다.

"미안해, 단이야."

"어, 응? 아니, 왜 갑자기 사과를?"

"단이 너는 공부 열심히 하는 편이니까, 천영이의 그런 행동이 신경 쓰일지도 모른다고 생각은 했어."

"응?"

'그런 행동'이라니? 혹시 유천영과 내 사이에 사적 관계가 존재한다거나? 아니, 내가 〈해가림〉이란 소설에서 완전히 사라진 이상 그럴 리는 없는데.

의구심을 감추지 못하는 내 앞에서 은형이가 말을 이었다.

"천영이가 학구적인 분위기를 조성하는 데 협조적이지 않은 건, 딱히 악의가 있어서 그러는 건 아니야. 음, 뭐라고 설명해야 할까……."

그는 잠시 말을 멈추고 입속으로 신중히 말을 골랐다.

"그냥, 천영이가 평소에 이런 공기를 잘 못 견뎌 하거든. 독서실이나, 자습실 같은, 모두가 한곳에 집중해야 하는 분위기……. 사실 그러지 않은 곳에 간다고 해서 천영이가 막상 시끄럽게 논다거나 떠든다거나 그러는 건 절대로 아니야. 그 애는 사람이 많거나 적거나 변함없이 이어폰 끼고 자기 할 일 하는 거 좋아하고. 알지, 평소 천영이가 교실에서 어떤지?"

나는 대답 없이 고개만 끄덕였다. 지금의 유천영이 어떻게 지내는지는 아직 한 번도 본 적이 없지만, 안 봐도 선명하게 그려지는 모습이었다.

유천영, 너 정말 변한 거 하나 없구나.

일종의 허탈함마저 느끼는 내게 은형이가 말을 이었다.

"음, 그래서 고등학교 3학년에 올라오고 나서는 유독 이런 분위기를 더 못 견뎌 하는 것 같아. 그래도 사람은 다 다르기 마련이니까, 나는 단이 네가 그 부분에 대해서는 이해를 해 줬으면 좋겠어."

말을 마친 그가 나를 내려다보더니 눈을 접어 빙긋 웃었다.

"부탁해도 될까?"

나 아닌 누군들 홀린 듯 고개를 끄덕이게 될 미소에 나 또한 고개를 끄덕이려다가, 나는 뒤늦게 상황이 어떻게 돌아가는지 파악했다.

학구열이 높은 이 학교에서는 학구적인 분위기에 협조적이지 않고 자유분방한 유천영에게 반발심을 품은 사람이 은근히 존재했다. 그리고 지금까지 그들을 사이에서 중재한 것이 은형이였다. 방금의 능숙한 변명으로 보아 알 수 있었다.

그리고 지금 나는, 유천영이 교실에서 시끄럽게 군다는 사실도 아니고 교실에 아예 없다는 사실 때문에 절친에게 항의하러 온 진상들 사이에 끼어 버릴 판이었다. 그것만은 안 돼! 나는 황급히 고개를 내저었다.

어제의 아군은 오늘의 적 〈29〉

내가 당황을 감추지 못한 얼굴로 입을 열었다.

"아, 아니야! 내가 유천영 아프냐고 물어본 건 그런 것 때문이 아니야."

"응? 그렇구나, 내가 오해한 모양이네. 미안해. 그런데 그럼 왜?"

깔끔하게 사과를 건네고, 곧바로 되묻는 은형이의 모습에 나는 잠시 말문이 막혔다.

잠시 입만 뻐끔거리던 나는 간신히 어제 작성한 대본의 일부를 떠올리고 말을 꺼냈다.

"그, 꿈이……."

"꿈?"

은형이가 고개를 기웃했다.

나는 살짝 붉어진 얼굴로 고개를 끄덕였다.

"황당하게 들리겠지만 내가 어제 꿈을 하나 꿨는데…… 거기에 유천영이 나왔거든? 아, 이상한 꿈은 아니었어. 진짜 아니었는데."

나는 다급하게 손까지 내저어 가며 말했다.

"그런데 그 꿈에서 천영이가 무슨 일을 당했거든. 깨어나고 나서도 하도 찝찝해서, 인터넷에 검색해서 찾아보니까 뭔가 안 좋은 일을 실제로 당할지도 모른다고 해서……."

말하는 내내 나는 힐끔힐끔 은형이의 눈치를 보았다.

은형이가 사고 자체에, 특히 교통사고에 트라우마가 있

다는 것을 알고 있다 보니 신경이 안 쓰이려야 안 쓰일 수가 없었다.

다행히 은형이는 특유의 담담한 얼굴이었다. 속으로 안도하는 것도 잠시, 문득 그것이 불행에 대한 익숙함에서 온 걸지도 모른다는 생각이 들자 숨이 턱 막혔다.

지금 세계의 그는 과거의 트라우마로부터 얼마만큼 벗어나 있을까? 그런 생각을 하며 그를 걱정스럽게 올려다보던 내 앞에서, 혼자 뭔가를 생각하는 듯하던 그가 이윽고 부드럽게 웃었다.

강한 햇살에 하얗게 씻긴 그의 미소에 나는 잠시 멍해졌다.

"신기하네."

그의 중얼거림에 뒤늦게 정신을 차린 내가 물었다.

"뭐가?"

"사실은 나도 비슷한 꿈을 꿨어. 그래서 오늘 아침 눈 뜨자마자 이유도 없이 천영이 방에 찾아갔거든. 그런데 되게 신기하다, 이런 것도 겹칠 수가 있구나."

나는 그렇게 말하며 웃는 그의 얼굴을 미심쩍게 바라보았다. 내가 아는 은형이는 이런 얘기를 농담으로라도 웃으면서 할 수 있는 애가 아닌데?

그때 그가 내 머릿속을 읽기라도 한 것처럼 말했다.

"아니, 비슷하다고 했지만 사실은 많이 달라. 어쩌면 완전히 다르다고 보는 게 좋을지도. 왜냐하면 내 꿈은 결말

자체가 달랐거든."

그가 신기하다는 듯 덧붙였다.

"찾아보니까 그런 꿈을 반흉반길이라고 한대. 나도 이번에 처음 알았어."

나는 조바심을 이기지 못하고 되물었다.

"어떤 꿈이었는데?"

"응, 천영이가 뭔가 위기를 겪는데 그 위기를 누군가 해결해 주는 꿈. 그렇게밖에 설명을 못 하겠네. 나도 사실 시간이 지나니까 많이 잊어버려서. 꿈꾼 다음에는 생생하게 기억하고 있었는데."

순순히 대답하고 다시 빙긋이 웃는 그를 향해 내가 조바심치며 물었다.

"그래서, 아침에 일어나서 확인하니까 유천영은 어땠어? 무사했어?"

기우란 것을 알면서도 그렇게 물을 수밖에 없었다. 그러자 눈을 동그랗게 뜬 그가 고개를 끄덕였다.

"응, 당연하지. 사실 잠들기 직전 실내에서 봤으니, 걔가 중간에 깨서 외출이라도 하지 않은 한 무슨 일이 없을 거라는 걸 머리로는 알고 있었는데. 역시나 아무 일도 없더라. 잠에서 깨자마자 찾아간 게 허무해질 정도였어."

"그래……."

"벽 쪽에 틀어박혀서 곤히 자는 모습을 보니까 괜히 내가 다 민망해지는 거야. 그래서 조용히 문을 닫고 다시 나왔다가, 내가 평소보다 늦게 일어나는 바람에 지금 깨워야 한다는 생각이 뒤늦게 들더라. 그래서 오늘 하마터면 늦을 뻔했어."

그렇게 덧붙인 은형이가 어깨를 움츠리며 작게 키득댔다. 그런 소년 같은 면모를 그에게서 본 것은 오랜만이라 나는 다시금 멍해질 수밖에 없었다.

그것도 잠시, 나는 황급히 고개를 가로젓고 정신을 차렸다.

아무튼 유천영이 무사하다는 것을 동거인인 은형이에게 직접 확인했으니, 이것으로 내 할 일은 끝났다.

나는 천천히 고개를 끄덕이고는 말했다.

"아, 그럼, 고마워. 내가 하고 싶었던 말은 아까 그게 전부였거든."

그리고 나는 뒷머리를 긁적이며 덧붙였다.

"하하, 거창하게 불러 놓고 너무 싱거운 얘기를 했네. 미안, 내가 좀 걱정이 많아서. 괜히 네 시간만 뺏고."

은형이에게 나쁜 인상이 남는 것은 최대한 피하고 싶었다. 그와 내가 비록 데면데면한 사이가 되었다고 할지라도, 나는 그와 다시 친구가 되는 것을 포기할 생각이 없었다.

그러나 지금 당장은 친해지는 것은 고사하고, 일단은 이상한 사람으로 찍히는 것부터 피해야 하는 판이었다.

은형이는 절대로 단기간에 누군가에게 마음을 여는 사람

이 아니었다. 은지호나 주인이가 공언했듯, 겉보기와는 달리 우리 중에 가장 마음의 빗장이 단단한 사람은 다름 아닌 은형이었다.

그런데, 속으로 그렇게 되뇌던 내게 뜻밖의 말이 날아왔다. 나는 눈을 휘둥그레 뜨고 고개를 들었다.

"음, 아니야. 나도 사실, 누구한테 드러내 놓고 말하고 다닌 적은 없지만……. 걱정이 꽤 많은 편이야."

"어?"

민망한 듯 스스로의 머리칼을 매만지던 은형이가 느릿느릿 말을 이었다.

"음, 사실 나도 아버지나 여동생, 천영이 중 한 명이라도 제시간에 안 들어오고, 아무 연락도 없으면 안절부절못하거든."

그의 입에서 나온 사람 중에 '여동생'이 끼어 있음에 나는 적잖이 안도했다.

은미가 예전처럼 아팠더라면 그와 같은 집에 살 수 있을 리 없었을 테니, 은미 역시 무사한 것이 분명했다. 노아리가 은미를 치료해 준 것의 효력이 아직도 남아 있었던 것이다.

그러나 예상 밖의 수확에 기뻐하던 것도 잠시, 나는 다시 의아해졌다.

은형이가 대체 왜 이러지? 그는 결코 데면데면한 같은

반 친구에게 이런 얘기를 꺼낼 사람이 아닌데.

생소하게 눈만 깜빡이던 내가 천천히 대답했다.

"그렇구나……."

"응. 그나마 한 시간 정도까진 어떻게든 참아 보려 하는데, 그마저도 지나면 결국 바깥이 보이는 창 가까이에 의자를 끌어다 놓고 앉아. 책을 읽으려고는 하는데 역시 잘 되지는 않지. 바깥을 보느라 집중을 거의 안 하거든."

"으응."

은형이가 내 떨떠름한 기미를 읽지 못한 것처럼 한 말에 나는 고개를 주억거렸다.

그 이유라면 짐작 못 할 것도 없었다. 은형이가 마지막으로 본 어머니의 모습은, 창문 너머에서 그녀가 새빨간 차와 함께 안개 속으로 사라지는 모습이었으니까.

그때, 갑자기 정신을 차린 것처럼 은형이가 당황한 듯이 손을 내저었다. 그가 조금 벌게진 얼굴로 말했다.

"아, 미안. 나야말로 네 걱정을 들어 준다는 게 오히려 내 걱정을 털어놔 버렸네. 많이 당황스러웠겠다."

민망한 듯 머리카락을 거푸 쓸어 넘기는 그를 보던 나는 황급히 고개를 내저었다.

"아, 아니야. 나야말로 황당하다는 말이나 괜한 유난이란 말 들을까 봐 걱정했는데, 네가 그렇게 말해 줘서……."

마찬가지로 민망해하며 말하던 나는 이어진 말에 고개를

들었다.

"그런데 정말 신기하다. 나 다른 사람한테 이런 얘기 해 본 적 잘 없거든, 정말로."

신기하다는 듯이 웃은 그가 선선히 덧붙였다.

"단이 네가 같이 얘기하는 사람 마음을 편하게 해 주나 봐, 이런 걸 보면. 그렇지?"

동의를 구하듯, 그가 조심스레 덧붙인 말에 나는 그저 멍해질 수밖에 없었다. 뒤늦게 정신을 차린 나는 표정이 흐트러지지 않도록 조심하며 입매를 가다듬었다.

한참 만에 평정을 되찾은 나는 간신히 미소 비슷한 것을 지어 보였다.

따뜻하게 마주 웃어 주는 그에게 내가 말을 건넸다.

"은형아."

"응?"

"기왕 편한 사람이란 말 들은 김에 얘기하고 싶은 건데."

나는 창밖으로 힐긋 시선을 던지고는 말을 이었다.

"너는 네게 언제 나쁜 일이 닥칠까 자주 걱정하는 것 같지만, 그래도 업보란 말이 있잖아."

최대한 담담해 보이도록 애쓰며 내가 말을 이었다.

"물론 이건 사람들한테 착하게 사는 걸 강제하려고 만들어진 말일지도 모르지만, 나는 그 반대로 착하게 살면 그만큼 좋은 일이 찾아온다는 뜻이라고 생각해."

은형이는 그런 나를 말없이 물끄러미 응시했다.

"그러니까 내가 하고 싶은 말은, 만약 그런 게 있다면 은형이 너 같은 사람한테 나쁜 일은 결코 일어날 수 없을 거라는 거야. 왜냐하면 넌 정말 좋은 애잖아."

나는 그의 눈을 피하며 애써 손끝으로 머리카락을 만지작댔다. 그리고 내가 말을 맺었다.

"그러니까 나는 네가 다가올 불행을 걱정하는 데 너무 시간을 뺏기기보다는, 지금 이 시간을 마음 편히 보냈으면 좋겠어."

"……."

"그냥, 내가 하고 싶었던 말은 그게 다야."

그리고 말을 마친 내가 고개를 들었을 때, 나를 향하는 은형이의 시선은 전보다도 훨씬 따뜻해져 있었다. 그게 피부로 느껴질 정도였기 때문에 나는 민망한 기분이 들었다.

예전의 우리는 틀림없이 이런 말을 주고받아도 될 사이였으나, 지금은 그렇지 않았다.

그럼에도 은형이는 나와 눈이 마주치자 살짝 웃더니, 이렇게 말했다.

"벌써 같은 반이 된 지도 반년이 지났는데, 단이 너랑 얘기할 기회가 왜 그렇게 적었는지 모르겠다. 그게 새삼 너무 아쉽네."

"아……."

"그래도 이제라도 이렇게 얘기할 수 있게 돼서 다행이다. 그렇지?"

고개를 숙이고 그렇게 말하는 그를 올려다보며 나는 못내 울 듯이 웃었다.

다행히 그는 내 이상한 기색을 눈치채지 못한 듯, 나와 나란히 교실로 들어가며 다시 얘기를 꺼냈다. 분위기를 바꾸려는 듯 대수롭지 않은 말들이었다.

"그러고 보니까, 위험한 징후가 보이는데도 느끼지 못하는 안전 불감증이라는 표현은 따로 있잖아. 그럼 걱정이 많은 건 뭐라고 부르는 걸까? 위험 과민증?"

"글쎄, 나도 딱히······."

살짝 웃으며 말하던 나는 교실에 도착하자마자 그를 순순히 기다리던 이들에게로 돌려보냈다.

여령이와 주인이가 그를 맞이하여 쾌활하게 웃는 것을 보던 나는 갑자기 벅찬 감정이 치밀어 오르는 것을 느끼고는 황급히 몸을 돌렸다.

차오른 감정의 정체는 슬픔이 아닌 도리어 기쁨이었다. 시답잖은 소리를 하며 웃는 은형이와 다른 친구들을 보는 것만으로 나는 견딜 수 없이 기뻤다.

이 순간만큼은 정말이지 내가 지금의 세계에서 설령 무엇이 되었더라도, 어쩌면 이들과 같은 반 친구조차 아닌 타인이 되었을지라도 괜찮았을 것이라는 생각이 들었다.

어쨌거나 이들의 일상은 지켜진 거야. 나는 그거면 충분해.

그렇게 되뇌며 내 자리 쪽을 바라본 순간, 나는 소리를 높일 수밖에 없었다.

새까맣고 단정한 단발을 보며 내가 외쳤다.

"혜힐아!"

"왜 그래?"

고개를 돌려 조금 놀란 듯, 그러나 여느 때처럼 침착한 눈으로 나를 바라보는 그녀는 다름 아닌 김혜힐이었다.

정말로 어처구니가 없는 노릇이었다. 여령이와 주인이, 은형이와 내 사이가 결코 예전 같지 않다는 것을 확인했을 때, 옛날에 반여령에게 들러붙던 온갖 잡배를 쫓을 때보다도 더한 혼신의 연기로 유천영의 생사를 확인했을 때조차 흘러나오지 않았던 눈물이 김혜힐을 본 순간 걷잡을 수 없이 흘러나왔다.

내가 그녀의 팔꿈치를 붙잡고 갑자기 울음을 터트리자 창가에 걸터앉아 있던 김혜우, 그리고 멀지 않은 자리에 앉아 있던 신서현마저 놀라서 나를 돌아보았다.

그리고 누군가 성큼성큼 다가와 내 어깨에 손을 올렸을 때, 나는 다시금 울음을 참을 수가 없었다.

"뭐야? 누가 울렸어? 어떤 새끼야?"

상대가 누구라도 내 앞에 데려와서 무릎 꿇릴 것 같은 흉흉한 얼굴로, 실로 인터넷 소설 남자 주인공 같은 말을 내뱉은 그는 다름 아닌 루다였다.

그의 푸른 눈이 변함없는 애정과 신뢰를 품고 나를 담고 있는 것을 본 순간, 나는 그의 손을 울면서 붙잡을 수밖에 없었다.

내가 내 어깨에 얹혀 있던 그의 손을 끌어 내리고 두 손으로 꼭 붙잡자, 그는 눈에 띄게 당황한 얼굴을 했다. 그러다 내가 꺼낸 말에 그가 다시금 얼굴을 일그러뜨렸다.

"루다야. 나 진짜 네가 너무너무 반가워……. 반가워서 죽을 수도 있을 것 같아."

"아니, 좋긴 한데, 그러니까 내가 죽을 만큼 반가울 정도로 죽이고 싶어진 놈이 누구냐고."

"그런 놈, 아니, 그런 사람 없어."

"거짓말하지 마."

제법 단호하게 말하던 그는 내 옆에서 날아온 말을 듣고 고개를 돌렸다.

"스스로도 용도가 무기에 가깝다는 걸 인정하는 거지."

"야, 김혜힐! 너 말 제대로 안 해?"

"말은 항상 제대로 하고 있는데?"

천연덕스러운 그녀의 반격에 곳곳에서 낄낄 웃는 소리가 났다.

물론 가장 크게 웃은 것은 다름 아닌 윤정인과 이민아였다. 그들은 저들이 이루다에게 당하고 살아서인지, 김혜힐이 특유의 직구로 이루다를 궁지로 몰아넣는 것을 대단히 좋아했다.

윤정인이 여전히 배를 잡고 낄낄대며 말했다.

"아, 함단이 원래 자기가 운 이유 말하려고 했어도 이제 말 못 한다. 이루다가 걔 찾아서 죽이러 갈까 봐."

찔리는 게 있었던 듯, 괜히 안절부절못하던 루다는 대뜸 고개를 돌려 그를 향해 성냈다.

"안 닥쳐?"

"아니, 먼저 말 꺼낸 건 김혜힐이거든? 그런데 넌 왜 나한테만 그러냐!"

"김혜힐은 1절만 하고 멈추는데 너는 꼭 2절까지 가잖아."

"아니지! 나랑 김혜힐이랑 각각 1절씩 했으니 공평하게 세야…… 헉, 죄송."

손을 내저으며 유창하게 나불대던 윤정인이 문득 루다의 표정을 살피더니 대뜸 교실을 나가 버렸다.

맹수처럼 그를 뒤쫓아 교실을 나가는 루다의 뒷모습을 나는 다소 황당하게 쳐다보았다.

이해가 안 가는 건 아니지만, 방금까지만 해도 어떤 파도가 덮치고 폭풍이 휘몰아쳐도 내 옆에 있어 줄 것 같던 그가 저런 식으로 떠나 버리자 황당함을 감출 수가 없었다.

그리고 나는 속으로 안도의 한숨을 내쉬었다. 그렇구나. 역시, 〈해가림〉의 등장인물이 아닌 루다와 나의 관계는 크게 달라지지 않은 거야.

그러지 않고서야 날 만나기 전에는 스스로를 극도로 숨기던 그가, 방금처럼 낯부끄럽고도 사나운 말을 남들 앞에서 당당히 할 리 없지.

더군다나 다른 이들의 반응을 봤을 때, 그 공개적인 애정 표현은 상당히 오래된 것이 분명했다.

노아리의 또 다른 공포 소설의 주인공인 김 쌍둥이와 신서현, 윤정인 등도 그에 영향을 받지 않은 건 분명했다.

그것을 확인하고 나서야 나는 비로소 숨을 크게 내쉴 수 있었다.

어제까지만 해도 모든 것이 나를 맹렬하게 거부하는 것 같던 이 세계에서 처음으로 편하게 숨 쉴 수 있는 공간, 내게 허락된 공간이 생긴 듯한 느낌이었다.

비록 간신히 허리를 펴고 기지개를 켤 수 있을 정도의 크기라고는 해도, 그런 공간이 있는 것과 없는 것은 차이가 컸다.

나는 비로소 옆을 돌아보았다. 이루다가 떠난 이래로 계속 내 곁에 앉아 나를 걱정스럽게 바라보는 김 쌍둥이와 신서현이 보였다. 그리고 마지막으로 언제 와서 앉았는지 모를 김혜힐의 남자 친구인 이지한까지.

나는 물기가 남은 볼을 소매로 대강 문지르고는 교실 뒷문을 가리키며 물었다.

"잠깐 나갈래?"

* * *

토요일 자습은 야자와는 달리 말 그대로의 '자습'에 가깝기 때문에 감시가 엄격하지 않은 것이 다행이었다.

감독을 맡으신 선생님들 또한 토요일에는 대체로 늦게 오시는 편이었기에, 우리는 사람이 잘 드나들지 않는 별관으로 무사히 자리를 옮길 수 있었다.

여기로 오는 길에 윤정인을 기어코 잡아 멱살을 털고 만족스러운 얼굴로 돌아오던 루다와도 마주칠 수 있었다.

루다와 김 쌍둥이, 신서현, 그리고 이지한까지. 총 다섯 사람이 바라보는 가운데 나는 말을 꺼냈다.

"그게, 이런 얘기 해도 될지 모르겠는데."

그러나 역시 내가 처음 꺼낸 말은 다름 아닌 염려였다.

비록 우리가 비상식적인 다른 세계의 경험을 공유하고 있다고 해도, 이들의 비상식과 나의 비상식은 차원이 전혀 달랐다.

다행히 김혜힐이 눈치 빠르게 내 마음을 읽고는 말했다.

"그냥 말해. 너 우리 아니면 말할 데도 없잖아."

"음."

"그나마 비슷한 경험을 한 우리만이 네 말을 이해하고

믿어 줄 수 있을 테니까."

그때 팔짱을 낀 루다가 불쑥 끼어들었다.

"그 세계에 대한 얘기야? 그 괴물인지 포식자인지 하는 허섭스레기들이 나오던."

"루다야……."

나는 이 와중에도 그의 무심한 표현에 적잖은 유감을 느꼈다. 허섭스레기라니, 그 괴물들을 실제로 보고 겪은 사람으로서는 실로 유감스러운 표현이었다.

아니나 다를까, 힐끗 살펴본 이지한은 금방이라도 썩어 들어갈 것 같은 표정을 짓고 있었다. 김 쌍둥이와 신서현의 표정도 그리 좋지만은 않았다. 헛기침을 한 나는 빠르게 말을 이었다.

"음, 알았어. 그럼 말할게."

그러자 모두의 시선이 다시 내게 쏠렸다.

"우리 모두가 한 번씩 다녀온 그 세계, 그러니까 괴물들이 있는 세계와는 상관없는 이야기야. 그보다는 내가 '원래 살던' 세계와 관계가 있는 이야기인데."

무심히 말을 잇던 나는 갑자기 날아온 질문에 깜짝 놀라 고개를 들었다.

"'원래 세계'라니?"

아차, 루다였다. 이미 내가 다른 세계에서 왔다는 것을 알고 있는 김 쌍둥이와는 달리, 나머지 사람들은 모두가 어리둥절한 표정이었다.

나는 어두운 낯빛을 숨기지 않고 말을 이었다.

"음, 그게. 너희가 다녀왔던 괴물들의 세계 있지? 나는 굳이 비유하자면, 거기에 있던 괴물 중 하나가 비집고 바깥으로 빠져나온 경우에 속해."

"무슨 소리야?"

나는 스스로를 가리키며 말했다.

"그러니까 나는 아예 존재 자체가 다른 세계에 속해 있다고 보면 돼. 그래서 내가 원래 세계로 돌아가 있는 동안 너희에겐 아예 잊혀졌던 거고. 나한테 연락하려 했는데 정신을 차려 보니 연락하지 않은 채 며칠이 지나 있어서 당황했던 적이 있었지?"

그 말에 곰곰이 기억을 되짚던 루다가 이윽고 놀란 얼굴을 했다.

나는 고개를 끄덕였다. 그 또한 2학년 때, 방학이 끝나기 직전 내가 일주일 동안이나 사라졌던 것을 느꼈을 테니 이해하긴 쉬울 터였다.

그가 창백해진 얼굴로 중얼거렸다.

"그럼 그게……. 단순히 내가 너에 대해 잊어버렸기 때문이 아니라."

루다가 말을 더듬는 것은 꽤 진귀한 광경이었다. 고개를 끄덕인 내가 말을 이었다.

"그래, 나는 그동안 이 세계에서 사라져 있었던 거야. 그래서 내가 돌아오자마자 기억이 다시 떠오른 거고."

"그런……."

할 말을 잃고 입을 닫은 루다의 옆에서 이번엔 김혜힐이 입을 열었다.

"하지만 최근 우리에게서 너에 대한 기억이 소실된 적은 없어. 그렇다면 뭐가 문제인 거야?"

그녀가 차분한 눈으로 나를 보며 물었다.

과연, 이 세계에서는 최근에 내가 사라진 적은 없었던 거구나. 하긴, 현재가 아니라 단지 과거가 바뀌었을 뿐이니까. 내가 이 세계에서 사라졌던 시간을 계산해 보라고 해 봐야 관리자가 있던 공간에 다녀온 단 몇 시간 정도뿐이었을 테고.

나는 김혜힐의 침착함에 가볍게 감탄하며 대답했다.

"그게, 내가 잠깐 다른 세계에 다녀온 사이 이 세계에 큰 변화가 생긴 것 같거든."

"뭐?"

"아, 아니. 사실은 잠깐 다녀오면서 그렇게 될 거라고 예상은 했어."

나는 한 손을 들어 올리며 말을 끊었다. 그리고 작게 한숨을 내쉬었다.

"왜냐하면, 음, 설명하기는 어렵지만 실은 내가 있던 원래 세계에서 이 세계를 바꿀 방법이 있거든. 그런데 이 세계에서 갑자기 안 좋은 일이 일어나서…… 나는 그걸 바꾸러 다녀온 거야. 정확히는 바꾸길 부탁하러."

애초에 노아리와 관리자, 두 초월적인 존재들의 호의가 없었더라면 아예 불가능했을 일이었다.

게다가 노아리의 경우에는 거의 헌신에 가까웠지. 아무리 그녀가 자기가 만들어 낸 이 세계와 인물들에 대해 애정과 책임감을 갖고 있었다 해도, 간신히 정을 붙인 이 세계를 버리고 다시 원래 세계로 떠난다는 건 쉽지 않은 선택이었을 테니까.

속으로 중얼거리던 나는 김혜힐의 물음에 다시 고개를 들었다.

"그래서 부탁은 받아들여졌어?"

나는 가볍게 고개를 끄덕였다.

"그래서 이 세계가 네가 알던 세계와는 달라진 모습으로 바뀐 거고?"

"응."

"그렇다면 정확히 뭐가 바뀐 거야? 설마……."

그렇게 물으면서도 혜힐이는 이미 정답에 대해 대강 눈치를 챈 모양이었다.

나는 그녀의 추리력에 가볍게 감탄하며 말을 이었다.

"기억이지."

"역시나."

"정확히는, 몇몇 사람들의 나에 대한 기억. 처음 만났을 때부터 나와 함께한 지난 몇 년간의 기억을."

어차피 지금 이 세계에서는 그들이 나와 함께했던 시간 자체가 아예 없던 것이 돼 버렸을 테니까, 사실 이상해진 건 내 쪽이지. 그렇게 덧붙인 내가 다시 말했다.

"음, 아무튼 그래서 내가 하고 싶은 말은, 나도 지금 이 세계의 내 인간관계가 얼마나 바뀌었는지 정확히 알지 못한다는 거야. 사실은 너희와 아직 친구 사이일지도 확신하지 못하고 있었고……."

"그래서 아까 날 보고 울었구나. 내가 평소처럼 옆자리에 놀러 왔다는 이유만으로."

"응."

내가 민망함을 감추지 못하고 대답하자 김혜힐이 작게 웃었다. 그것도 잠시, 그녀가 물은 말에 내 얼굴이 흐트러졌다.

"그래서, 너에 대해 완전히 잊어버린 그 애들은 도대체 누구야?"

"누구냐고? 어……."

나는 잠시 눈을 굴리며 고민했다. 과연 여기에서 내가 감히 반여령과 사대천왕의 이름을 입에 올려도 좋을까?

답은 금방 나왔다.

"비밀."

"왜?"

"말해 봐야 못 믿을 거야."

옅게 웃으며 대답하는 내게 김혜힐이 답답하다는 듯 다그쳤다. 말을 해야 원래대로 친해질 수 있도록 도와주지! 그러나 나는 그녀의 도움을 받고 싶은 생각이 전혀 없었다.

그들과 다시 친해진다면 온전히 내 힘으로 해내고 싶었다.

처음 우리가 친해질 때도 그랬으니까.

정확히는, 나와 반여령이 친구가 아니었더라도 그들과 나는 원래부터 친해질 운명이었다는 걸 이렇게라도 증명하고 싶었다.

그리고 나는 다시 웃으며 말을 꺼냈다.

"혜힐아."

"응?"

여전히 답답하다는 표정을 짓고 있던 그녀가 고개를 들고 나를 바라보았다.

내가 말했다.

"괜찮아."

"괜찮긴, 뭐가?"

대놓고 얼굴을 찌푸린 그녀가 뭔가를 말하려던 찰나, 내가 그녀의 말을 잘랐다.

"'기억이 사라져도 감정은 남는다.' 네가 했던 말이잖아."

그 말에 김혜힐이 성내던 것을 우뚝 멈추었다.

이윽고 찾아온 침묵 속에서 그녀는 조용히 눈을 움직여 이지한을 바라보았다. 나는 작게 고개를 끄덕였다.

내가 다시 말을 이었다.

"네가 거울 속 세계에서 이지한에 대해 갖게 되었던 호감이 이 세계에 돌아와서까지 이어졌던 것처럼, 아무런 기억이 남지 않았는데도 그랬던 것처럼. 그 애들도 그럴 거라는 확신이 있어."

나는 조용히 손을 뻗어 그녀의 손을 움켜쥐고서 말을 이었다.

"머잖아 그 애들도 다시 그때만큼, 그때보다도 더 나를 좋아해 줄 거라고."

"너는 정말……."

사람이 도와주겠다는데도 굳이 마다하고 고생길을. 그녀가 미간을 일그러뜨리며 중얼거리는 말에도 나는 그저 웃었다.

그리고 내가 덧붙였다.

"음, 아무튼 내가 하고 싶은 말은, 나를 둘러싼 우리 반 애들의 관계에 대해 좀 알려 달라는 거야. 친하지도 않은 애한테 친한 척했다가는 큰일이니까. 사소한 실수라고는 해도 계속하면 분명히 이상한 티가 날 거고. 안 그래도 스트레스 때문에 병을 얻는 애들이 많으니까."

그런 말이 나오는 건 피하고 싶어. 내가 그 애들과 다시 친해지려 이 교실에 머무르기 위해서라도.

내가 덧붙인 말에 작게 고개를 끄덕인 이들은 각자 자기 한도 내에서 아는 것을 털어놓았다.

과연 내가 짐작한 것과 크게 다르지 않았다. 그저 달라진 것은 사대천왕과 반여령의 사이에 내가 없고, 따라서 반여령이 친한 여자애들이 얼마 없다는 것뿐일까.

반여령은 늘 사대천왕과 밥을 먹고 그들하고만 행동했다. 아무래도 내가 그녀의 곁에서 사라지면서 스스로에 대한 그녀의 불신이 커진 것 같았다. 지금까지 그래 왔듯이, 앞으로도 친한 동성 친구 같은 건 결코 만들 수 없다는.

그러다 문득 떠오른 의문에 내가 물었다.

"최유리는?"

"최유리? 아아."

김혜힐이 금세 알겠다는 표정을 하고 대답했다.

"그 애 전학 간 지가 언제인데? 1학년 때 반여령 안티 카페를 운영하던 게 애들한테 들통나는 바람에 허둥지둥 전학 갔어."

그 애, 실은 은지호를 좋아했다나 봐. 그녀가 심드렁히 덧붙인 말에 나는 고개를 끄덕였다. 그렇구나.

다행이다. 내가 개입되어 있지 않아도 일어날 사건은 일어났구나. 루다가 여기에 있는 것도 마찬가지 이유일지도 모르지. 반여령과 주인이가 없어도 내가 혼자 루다를 구해 냈기 때문에.

그렇게 생각하던 나는 우연히 루다와 눈이 마주치자 흠칫 몸을 떨었다. 그는 언제부터인지 모를 걱정 가득한 눈으로 나를 바라보고 있었다.

잠시 눈을 굴리던 나는 문득 다른 이들을 보며 물었다.

"저기, 먼저 갈래? 나는 루다랑 할 말이 남아 있어서."

"그럴래? 그럼."

김혜힐과 다른 이들은 미련 없이 몸을 돌렸다. 그때, 내 옆을 미끄러지듯 스쳐 지나가던 김혜힐이 불쑥 손을 내밀어 내 손목을 잡았다.

그녀가 내 손목을 휙 당겨 내 상체를 자기 쪽으로 기울게 하고 귓가에 속삭인 말에 나는 몹시 놀랐다.

"네가 말하는 '그 애'들 중 하나가 권은형이지."

"헉."

내 귓가에서 입술을 뗀 그녀가 내 얼어붙은 표정을 보더니 만족스럽게 웃었다.

"흐음. 그 반응을 보니 나머지 애들의 정체도 대충은 짐작이 가네. 또, 네가 왜 말 안 하려 했는지도."

"하하."

"그 애들의 정체를 가르쳐 주지 않겠다고 했지, 도와주지 말란 말은 안 했잖아?"

내 침묵에도 아랑곳하지 않고 장난스러운 미소를 지어

보인 김혜힐은 다시 성큼성큼 걸음을 옮겨 사라져 버렸다.

아닌 밤중에 봉변이라도 당한 것처럼 멍하니 서 있던 나는 이윽고 루다를 돌아보았다.

옅은 건물 그림자 속에 서 있던 그가 나와 눈이 마주치자마자 눈을 휘며 웃었다.

"나한테 할 말이라는 게 뭐야?"

그의 머리카락은 그늘 속에서도 유난히 밝은 빛을 발했다. 역시 해바라기보다는 태양이란 비유가 더 어울리는 사람이었다.

그 모습을 바라보던 나는 조용히 말을 꺼냈다.

"루다야. 실례될 게 분명하지만 물어보고 싶은 게 있는데. 내가 이 세계에 대한 기억이 없어서."

"괜찮아, 물어봐. 얼마든지."

그는 다소 긴장한 얼굴을 하고 흔쾌히 답했다.

내가 곧바로 물었다.

"그럼, 이 세계에서의 네가 나한테 고백을 한 적이 있니?"

"아……."

순식간에 새빨갛게 달아오른 그의 귀와 목덜미를 보고 나는 깨달았다. 역시나 그렇군.

이윽고 이마까지 벌겋게 달아오른 그가 내 시선을 피하며 대답했다.

"으, 응. 작년 여름 체육 대회 때."

"내가 대답은 아직 안 한 거고?"

"응."

"말해 줘서 고마워."

"용건이 있다는 게 혹시, 그에 대해서……."

기대와 불안감이 반반쯤 뒤섞인 눈을 하고 나를 보는 그에게, 내가 천천히 말했다.

"루다야, 미안."

"뭐?"

의아해하던 그의 얼굴이 이윽고 이어진 내 말에 굳어졌다.

"이제야 네 고백에 대한 대답을 해 줄 수 있을 것 같아."

"그래……."

잠시 눈을 내리깔고 바닥을 보던 그는 이윽고 다시 고개를 들었다. 전혀 흔들림 없는 그의 반응에 오히려 내가 더 부끄러워지고 말았다.

"대답이란 건, 아까 말한 미안하다는 말이었지?"

"……."

"그게 이미 내 고백에 대한 대답이었던 거지."

"응……."

마지못해 대답하는 내 앞에서 그는 한동안 말이 없었다. 나는 최대한 그를 똑바로 바라보려고 애쓰며 말을 이었다.

"지금 내 상황이 이렇게 돼 버린 이상, 나를 기억해 주고 좋아해 주는 사람이 얼마 없게 돼 버린 걸 빌미로 네게 매달리게 될 것 같았어. 자꾸만 네게 의존하려 하고. 그런데, 그래선 안 되는 거잖아."

입술을 깨문 내가 낮게 덧붙였다.

"난…… 좋아하는 사람이 따로 있는데."

"……."

"그런데 단지 내 곁에 남은 사람이 너뿐이라는 이유로, 의지할 사람이 너밖에 없다는 이유로 너와 사귀려고 한다면. 그거야말로 기만이니까……."

주저하며 말을 잇던 나는 갑자기 날아온 말에 퍼뜩 고개를 들었다.

"알아, 무슨 말인지 이해했어."

루다의 모습은 의외로 전혀 흐트러짐이 없어 보였다.

나에 대한 그의 마음이 얼마나 무거운지 알고 있었기 때문에, 그만큼 나 또한 진심으로 대답해야 한다고 생각했다. 그런데 정작 그가 전혀 동요하지 않자, 나는 의아해하며 그를 쳐다보았다.

그가 다시 말을 꺼냈다.

"그리고 네가 하지 않은 말까지 안 것 같아, 나."

"어, 어?"

"네가 좋아하는 사람, 너에 대한 기억을 잃어버린 사람 중 하나인 거잖아. 그렇지?"

"……."

"그리고 그 사람은 틀림없이 나만큼이나 널 좋아하는 사람이었을 거야. 그렇지 않았다면 네가 '내 곁에 남은 사람이 너뿐'이라는 표현을 쓸 리 없으니까."

그가 조금 낮아진 목소리로 덧붙인 말에 나는 반박할 수 없었다.

내가 할 말을 잃고 잠자코 서 있는 그때, 그가 문득 입꼬리를 끌어 올렸다.

그가 억지로 지은 듯한 웃음과 함께 말을 이었다.

"난 네가 말한 것처럼 네게 기댈 곳이라도 되고 싶지만, 네가 나한테 기대기 싫다면 어쩔 수 없는 거지."

그는 분명히 태연해 보이기 위해 지나치게 애쓰고 있었다. 내가 그를 안타깝게 보는 가운데, 그가 중얼거리듯 덧붙였다.

"그런데, 이 순간 차라리 네가 조금만 더 약한 사람이었다면 하고 바라게 되는 건, 내가 나쁜 사람이라서지."

"아니야, 루다야."

간신히 정신을 차린 나는 황급히 고개를 내저었다.

나는 입술을 꾹 깨물고 있다가 다시 내뱉었다.

"넌 나한테 나쁜 사람이었던 적 한 번도 없어. 넌 나한테 언제나 좋았어."

"잘못 알고 있는 게 틀림없지만, 그래도 다행이야. 그렇게 말해 줘서."

그렇게 말한 그가 내게 손을 내밀었다. 그는 잠시 망설이다가, 두 팔을 작게 벌리며 말했다.

"괜찮다면, 마지막으로 한 번만 안아 봐도 될까?"

"얼마든지."

오히려 내 쪽에서 먼저 그를 껴안았다. 내가 그의 어깨에 이마를 가만히 기대자 그는 잠시 숨을 참는가 싶더니, 이윽고 내 등에 두 팔을 두르며 길게 한숨 쉬었다.

그가 투정처럼 말했다.

"역시 네가 조금만 더 약한 사람이었으면 좋겠어."

그 말에서 전해져 오는 진심에 나는 조금 웃고 말았다. 그리고 내가 눈을 내리감으며 대답했다.

"내 생각엔 너도 잘못 알고 있는 것 같은데. 내가 강한 사람으로 보인다면, 그건 네가 날 믿어 줘서지."

"그건 아마 아닐걸."

부루퉁하게 말한 그가 나를 더욱 깊게 껴안았다.

우리는 한동안 옅은 그늘과 정적 속에서 그렇게 서 있었다.

이 세계에 돌아오고 나서 가장 평온하고 고요한 시간이었다.

* * *

토요일 자습이 오후 다섯 시에 끝나고, 나는 학교 앞으로 나를 데리러 온 엄마와 함께 핸드폰부터 다시 맞췄다.

엄마는 수능이 고작 반년 남은 시점에서 핸드폰을 다시 산다는 것이 굉장히 마음에 안 드는 눈치였지만, 내가 필사적으로 매달렸다.

요즘 시대에 고등학교를 다니면서 스마트폰이 없다는 건 말이 안 되고, 무엇보다 나는 이사를 해서 예전처럼 학교 애들이랑 근처에서 가볍게 만날 수도 없단 말이야.

전자보다는 후자의 이유가 엄마의 마음을 움직인 것 같았다. 다시 말해, 엄마는 내가 고3인데 갑작스레 이사한 상황에 대해 아직 약간의 죄책감을 갖고 있었다. 덕분에 새 핸드폰도 무난히 스마트폰으로 살 수 있게 돼서 다행이었다.

그렇다고 해도 최신 기종은 당연히 꿈도 꿀 수 없고, 나온 지 최소 일 년은 된 모델로 사라는 명이 떨어졌다.

어차피 수능 끝나면 바꿀 텐데, 뭐. 그렇게 생각하며 나는 각양각색의 핸드폰이 전시된 유리 진열대를 의욕 없이 훑었다.

그러던 내 눈에 문득 익숙한 모델 하나가 눈에 띄었다.

"어."

"아, 그거 예쁘죠? 벌써 나온 지 반년 넘었는데 아직도 잘 나가는 모델이에요."

다른 통신사에는 없고 저희 통신사에서만 찾을 수 있으

세요. 신나서 그렇게 말하는 직원에게 엄마가 저건 얼마냐고 물었다. 과연 돌고래처럼 유연하고 새파란 빛을 내는 핸드폰은 엄마의 눈에도 꽤 예쁘게 보였음이 틀림없었다.

유천영이 선전했던 딥 블루 컬러. 눈을 내리깔아 그 핸드폰을 보던 나는 문득 생각했다.

그러고 보면 내 핸드폰이 사라진 건, 촬영장에서 잃어버렸다는 이유 외에도 그게 원래 유천영의 선물이었다는 것도 한몫한 걸까?

아무튼 다른 이유보다도, 그 핸드폰에 저장되어 있을 메시지나 사진을 전혀 확인할 수 없다는 것 때문에 그것을 잃어버렸다는 사실이 못내 뼈아팠다.

미간을 좁히는 내 옆에서 직원에게 가격을 들은 엄마가 고개를 끄덕이고 나를 돌아보았다.

"단이야, 어떡할래. 너 이 핸드폰 사 줄까? 아니면 좀 더 싼 걸로 할래? 이 핸드폰 사면 엄마가 너 수능 끝나고 핸드폰 바로는 못 바꿔 줘. 일 년은 더 써야 해."

"음, 나 그냥 이거 할래."

고민은 짧았다. 그렇게라도 변한 것이 별로 없다며 나를 속이고 싶었다.

잠시 사라졌던 직원이 쇼핑백에 케이스와 액정 필름 등을 담아 포장하는 것을 무심히 보던 나는 뜬금없이 내밀어진 것에 놀랐다.

어제의 아군은 오늘의 적 〈59〉

돌돌 말린 반질반질한 종이를 빤히 보던 내가 다시 직원을 보았다.

"이걸 왜 저한테?"

"사은품이에요. 이 핸드폰 광고 포스터."

한때는 이 포스터 얻으려고 핸드폰 사러 오는 사람들도 있었다니까요. 정말이에요.

넉살 좋게 덧붙이는 그의 말을 들으며 고개를 돌린 나는 벽에 걸린 포스터를 맞닥트리고 헛숨을 삼켰다.

"아, 잘생겼죠. 그 친구가 이 인근 학교 다니는 모양인지 포스터 보고 '어! 이 사람! 교복 입고 돌아다니는 거 봤어!' 이러는 사람들 꽤 되더라고요."

직원의 말을 한 귀로 흘리며 나는 멍하니 포스터를 바라보았다.

검고 푸른 물결에 휩싸여 심해로 가라앉는 사람 그림자.

언뜻 새어 든 한 줄기 빛에 비친 흰 뺨, 감긴 눈 위에 올올이 뻗은 긴 속눈썹, 물속에서 흩날리는 짧은 머리칼.

유천영이었다.

이것도 당연히 바뀌었을 거라 생각했는데. 복잡한 감상을 곱씹는 내 귀에 엄마의 목소리가 들려왔다.

"어머, 진짜요? 그렇게 안 보인다. 얼굴은 그렇지 않은데 분위기랑 키 때문인지 어른으로 보여."

"그렇게 말씀하시는 분들 많아요."

그런 다음 직원이 나를 돌아보며 싹싹하게 물었다.
"포스터 드릴까요, 아니면 드리지 말까요?"
그의 물음에 나는 홀린 듯 답할 수밖에 없었다.
"그냥 주세요."

집으로 돌아온 나는 핸드폰 상자는 저 멀리 던져 놓고 포스터부터 펼쳐 보았다. 어차피 개통은 월요일에나 된다고 했으므로, 그전까지 핸드폰은 쓸모없는 공기계에 불과했다.
침대에 드러누워 두 팔을 번쩍 들고 포스터 속의 유천영과 시선을 맞춘 내가 말했다.
"전에도 가져 본 적이 없는 걸 이번에서야 갖게 되네."
하긴, 그때도 받으려면 받을 기회는 얼마든지 있었으니까.
그러지 않았던 것은 유천영이 자기 작업물을 우리가 보는 것을 끔찍하게 싫어했기 때문이었다. 정말이지, 저럴 거면 모델이나 배우 일은 왜 하나 싶을 정도로 심하게.
"뭐, 이제는 유천영이 내 방에 와서 벽에 뭐가 붙어 있는지 볼 일도 없으니까……."
그렇게 중얼거리다 다시 포스터를 돌돌 말아 품에 넣은 나는 길게 심호흡했다. 내가 중얼거렸다.
아니야, 이런 말 하면 안 돼. 이거야말로 시작도 하기 전에 모든 것을 포기하는 일이잖아.
하지만 나는 벌써부터 마음을 꽤 많이 다쳐 있었다.

진작 각오한 일이긴 했지만, 5년 넘게 친하게 지내 온 친구들이 한 교실에서 지내면서도 내게 눈길조차 주지 않는 건 꽤 충격이 컸다.

포스터를 놓은 나는 마른세수를 하며 중얼거렸다.

"괜찮아. 감정은 남는다고 했잖아. 월요일이 되면 은지호와 유천영도 학교에 올 테고. 그러면……."

그러면 뭐? 태어나서부터 나와 옆집에서 자란 반여령도, 내게 가장 호의적이었던 주인이조차도 눈길 한 번 주지 않는데, 그 애들은 어떨 것 같아?

머릿속에 떠오르는 비관적인 목소리를 애써 털어 낸 나는 눈을 감았다. 심해의 푸른 물결이 일렁이며 나를 덮치는 듯한 느낌이 들었다.

그날 밤, 나는 꿈조차 꾸지 않고 깊이 잠들었다.

* * *

월요일 아침에 일어나 가방을 챙기기 시작할 때부터 마음이 몹시 들떴다. 새롭게 태어난 것같이 신선한 혈류가 온몸에 흐르고, 심장이 쿵쾅거리는 소리가 귓가를 거세게 울렸다.

토요일에 너무 일찍 가는 바람에 적적한 아침을 경험한 적 있는 바, 나는 이번에는 무리하지 않고 아빠 차를 타고 함께 등교하는 쪽을 택했다.

차에서 내리기 직전 아빠가 물었다.

"딸."

막 핸드폰으로 친구들에게 나 좀 단톡방에 초대해 달란 메시지를 보내고 있던 내가 눈을 들었다.

"응?"

"무슨 일 있는 거 아니지?"

나는 빙긋 웃고는 대답했다.

"무슨 일은 무슨. 공부하느라 바쁜데 무슨 일이 일어나."

"하기는."

심드렁히 대답하는 아빠에게 나는 차 문을 밀며 말했다. 집에서 봐, 아빠!

나는 학생들이 우글거리는 교문으로 부리나케 달려갔다. 같은 옷을 입은 무수히 많은 사람과 같은 행동을 할 때면 으레 찾아오는, 마치 게임 NPC가 돼 버린 듯한 느낌도 지금 내 기분을 흐리진 못했다.

빠르게 교문을 통과한 나는 계단을 올라가 교실 문 앞에 섰다.

교실 문은 열려 있었다. 열린 문 사이로 안을 들여다본 순간, 나는 창가에서 익숙한 사람을 발견하고 잠시나마 숨을 멈췄다.

가늘고 부드러워 보이는 은색 머리카락이 바람에 흔들렸

다. 알고 보니 그건 선풍기 바람이었던 듯, 그의 바로 옆에 있는 창은 꽉 닫혀 있고 분홍 커튼마저 드리워 있었다.

커튼을 통과한 강한 여름 햇살이 그의 위에 분홍빛 그림자를 드리웠다.

그 모든 것들 사이에 있는 그의 모습은 흡사 철저한 계산하에 배치된 조명과 소품들 속에서 연기하는 배우처럼 보였다. 나는 한동안 숨을 죽이고 멍하니 서 있을 수밖에 없었다.

스스로가 몇 번이나 공언했듯, 그는 모든 것이 완벽하도록 선택받은 사람이었다.

그와 거리를 두고 보게 된 지금에야 그 사실이 비로소 생생하게 와닿았다.

그때, 이쪽을 돌아본 그가 무심히 물었다.

"어, 왔냐."

나는 하마터면 세계가 바뀌었다는 것도 잊고 일상적으로 대답할 뻔했다. 다행히 그러기 직전, 나는 등 뒤에 바짝 다가온 인기척을 느끼고 고개를 돌렸다.

"안녕, 지호야. 아, 단이도 안녕."

그렇게 말하며 빙긋 웃는 그는 다름 아닌 은형이였다. 간신히 평정을 되찾고 마주 웃은 내가 그의 등 뒤로 시선을 옮기자, 헝클어진 검푸른 머리칼과 내리깐 눈이 얼핏 보였다.

일상적인 공간에서조차 종종 시간을 잊게 하는 유천영의 정적인 분위기는 여전했다. 유난히 감정이 없는 얼굴을 한 주제에 흐트러진 머리칼이나 와이셔츠 아래에 걸친 검은 셔츠 같은 데서 풍기는 자유분방한 분위기도 여전했다.

그는 내내 눈을 내리깔고 있어 나를 보지 못한 것 같았다. 그가 잠이 부족할 때면 언제나 시선을 아래에 두고 걷는다는 것이 뒤늦게 떠올랐다.

그러나 나는 그와 시선이 마주쳤는지와 무관하게 울고 싶은 기분이 들었다.

크게 다쳐 피 웅덩이 속에 누워 있던 그의 마지막 모습이 눈에 선했다. 이렇게 멀쩡한 모습의 그를 보자, 역시 세계를 바꾸길 잘했다고 다시 한번 생각하지 않을 수 없었다.

그때 양쪽 모두에게서 의아한 시선이 느껴졌다. 고개를 들고 보자 은형이도, 은지호도 의아한 눈으로 나를 보고 있었다. 아차 한 나는 후다닥 물러나 자리에 앉았.

위험할 뻔했어. 아직도 세게 뛰는 가슴께를 꾹 누르며, 나는 수십 번 생각했던 말을 다시 읊조렸다.

은지호는 사람이라면 마냥 좋게 보는 은형이나 여령이와는 달라. 쟤는 천성 때문이든, 받아 온 교육 때문이든 남을 재고 따지는 데 익숙한 애야.

그뿐만 아니라 호의든 숭배든 넘치도록 받아 온 탓에 자신이 원하는 것만 골라서 받고, 뒷맛 찝찝한 건 받지 않으려 해.

그가 자신에게 끈질기게 달라붙는 사람에게 어떻게 대

하는지, 또 비정상적으로 집착하는 사람에게 어떻게 대하는지 봤잖아. 이유 없이 호의를 내비치며 다가가려 했다간 나도 그들 꼴밖에 안 돼.

그러니 그의 인사가 나를 향한 것이 아니었다는 것에 속상해해선 안 되는데도, 왜 이런 기분이 되는지 모르겠다.

고개를 푹 숙이고 쏟아진 앞머리로 애써 표정을 감추는데, 옆에서 김혜힐이 속삭였다.

"괜찮아. 네가 어떤 기분인지 알아."

나는 그 말에 눈을 들고 그녀를 보았다. 과연, 그녀는 거울 속 세계에서의 일들 때문에 이지한이 좋아졌음에도 스스로 그 이유를 찾지 못해 그에게 접근하는 데까지 꽤 오랜 시간이 걸렸다고 했다.

김혜힐이 착잡한 얼굴로 말을 이었다.

"너도 어제 말했잖아. 기억이 사라져도 감정은 남는다는 말을 믿는다고."

"으응."

"네가 너무 애쓰지 않아도 시간이 해결해 줄 거야. 그러지 않으면 틀림없이 저들 쪽에서 눈치채고 다가오겠지."

그제야 나는 작게 웃을 수 있었다.

"고마워."

그러나 웃으며 고개를 숙인 뒤, 내가 서랍 속 책을 꺼내며 못내 떠올린 말은 이랬다. 정말 그럴까?

옛날의 나는 저들과 친해지기에 몹시 유리한 환경에 있었음을 인정하지 않을 수 없었다.

반여령의 소꿉친구, 중학교 동창. 두 가지 사실이 주는 메리트는 컸다.

그러나 지금은 과연 나에 대한 감정이 남아 있음은 고사하고 내 존재나 인식하긴 할는지.

끝없이 차오르는 비관적인 생각들을 나는 애써 고개를 내저어 털어 냈다. 그리고 교실 앞으로 나가 핸드폰 수거 가방에 핸드폰을 집어넣었다.

마침 하는 일 없이 교탁 앞에 서 있던 윤정인이 그 모습을 보고 소리를 높였다.

"어! 핸드폰 바꿨네, 함단이. 수능 반년 남았는데 엄마가 바꿔 주시던?"

"나 단톡방 나갔다가 다시 들어왔잖아. 전에 쓰던 거 아예 잃어버려서."

"아, 맞네."

그리고 무수히 많은 핸드폰 사이에 파묻혀서도 매끈하고 선명한 푸른빛을 뽐내는 내 핸드폰을 유심히 보던 그가 말했다.

"야, 우리 반 애가 광고한 거 사려니까 이상한 기분 안 들던? 난 우리 학교에서 이거 쓰는 사람만 봐도 기분 엄청 이상해지던데."

아, 역시 알아봤구나. 하긴, 같은 학교 친구가 광고한 기종인데 기억 못 할 리가 없겠지. 색이 흔한 편도 아니고.

나는 뒷머리를 긁으며 멋쩍게 웃었다.

"아, 그게. 사실 포스터 받고 나서야 누가 광고한 건지 알았어."

나는 이 광고의 주인 또한 틀림없이 바뀌었을 줄 알았으므로, 이 말에 거짓은 없었다.

그러자 윤정인이 눈을 휘둥그레 떴다.

"진짜? 어떻게 그걸 몰라?"

"모르겠어, 광고에서 얼굴이 잘 안 보여선가? 막상 대리점에서 포스터 보니까 그때에야 알겠더라고."

"아, 하긴. 광고가 전체적으로 좀 어둡긴 했지. 보통의 핸드폰 광고와는 다르게."

나는 주저 없이 고개를 끄덕였다.

나는 상승하는 이미지만 다뤄도 모자랄 십 대의 유천영을 추락하는 이미지로 다룬 광고에 대해 적잖은 유감이 있었다. 하지만 지금 생각해 보면, 두 세계에서 모두 유천영이 광고를 맡은 것으로 보아 그는 어쩌면 이 컨셉이 마음에 들었는지도 모르겠다. 그리고 내가 어물어물 덧붙였다.

"뭐, 아무튼 예뻐서 샀어."

"예쁜 거 인정."

그것으로 윤정인과의 대화가 싱겁게 끝났다. 교실 앞을

미련 없이 돌아 나오는데 시선이 느껴졌다.

고개를 돌리자 은지호가 턱을 괴고 이쪽을 새치름한 눈으로 응시하고 있었다. 그가 그런 식으로 잘 모르는 반 아이에게 시선을 보낼 사람은 아니기에 나는 당황했다.

도대체 왜? 방금 나와 윤정인이 나눈 대화에 무슨 문제라도 있었나? 유천영의 광고 얘기 때문에?

자리에 앉고서도 떨어지지 않는 시선 때문에 나는 어쩔 줄 몰랐다.

그때, 교실 문이 드르륵 열리고 노민찬 선생님이 등장했다.

"다들 주말은 잘 보냈니? 또 새로운 일주일이 왔구나. 다들 힘내자."

산뜻하게 웃는 그를 보며 나는 재빨리 흐트러진 자세를 가다듬었다. 내가 중얼거렸다.

노민찬 선생님, 아리가 없어도 이 학교에 근무하는구나.

먼저 노아리가 이 학교에 지원했고 노민찬 선생님이 지원한 게 그다음인지, 아니면 반대인지 나는 알지 못했기에 솔직히 노민찬 선생님이 담임이 아닐 가능성도 고려했었다. 물론 내 예상이 빗나간 건 다행이지만. 안 그래도 혼란이 가득한 이 시기에 담임마저 바뀌다니, 그런 사태는 피하고 싶었다.

그러나 한편으로 나는 차마 노민찬 선생님의 얼굴을 볼 낯이 없었다.

노아리가 그를 어떻게 여겼건 간에, 그에게 있어 노아리는 세상에 하나뿐인 귀애하는 여동생이었다.

그런 그녀가 이 세계에서 떠난 것은 다름 아닌 나로 인해서였다. 정확히는 내 부탁을 들어주기 위해서.

더군다나 이 세계에서 떠나기 직전, 노아리는 분명히 노민찬 선생님께 얼마간 마음을 연 것 같았다. 그녀의 태도에서, 표정에서 그것을 분명히 엿보았기에 나는 그와 피할 수 없이 마주하게 된 이 순간이 몹시 거북했다.

그런 내 심정도 전혀 모르고 노민찬 선생님은 천천히 출석부터 불렀다.

"유천영."

그 이름에 이르러, 잠시 유천영이 있는 맨 뒷자리를 건너다본 그가 이윽고 옅은 웃음을 머금었다.

노민찬 선생님이 어쩔 수 없다는 듯이 웃으며 말했다.

"천영아, 오랜만에 얼굴 보니 참 좋다. 앞으로도 자주 좀 보자."

"네."

그렇게 대답하는 유천영은 여전히 아무 생각도 없는 얼굴이었다. 이러니 반 애들 사이에서 유천영에 대해 반발하는 무리가 생길 수밖에 없겠다고 나는 어렴풋이 생각했다.

더군다나 그가 연기는 하지 않고 모델 일만 간간이 하고, 예린 때문에 소속사에 들어가 바쁘게 일하지도 않았다면 지금 그의 성적은 틀림없이 내가 전에 들었던 것보다도 상위권이겠지. 아마 전교 10등 정도이거나, 못해도 전교 20등 정도.

전국 모의고사에서 전 과목 1등급을 받아도 전교 50등 안에도 들기 힘든 우리 학교에서 그 정도면 대단한 상위권에 속했다.

흐음, 샤프 끝으로 입술을 누르던 나는 노민찬 선생님이 새롭게 꺼낸 얘기에 눈을 크게 떴다.

출석 체크를 마친 그가 함께 가져온 두꺼운 봉투를 들어 보이며 말했다.

"그럼 6월 평가원 성적표 받아 가렴. 벌써 시험 본 지도 열흘이나 됐으니까, 이제 슬슬 나올 때도 됐는데 왜 안 나오나 하고 있었지?"

선생님이 웃으며 나긋나긋 하는 말에 몇몇이 괴로운 듯 머리를 부여잡았다. 아, 완전히 까먹고 있었는데! 차라리 안 나왔으면 했는데!

제법 상위권에 속하는 윤정인마저 그러고 있는 것을 보면 성적표는 모두에게 공평한 고통인 것 같았다.

거의 마지막 차례에 이름이 불려 나간 나는 성적표를 허탈한 눈으로 내려다보았다. 하하. 인터넷 소설의 등장인물다운 고민에 빠져 보려고 해도, 현실이 그럴 틈을 안 주는군.

그리고 보면 평가원 모의고사를 보았던 날만 해도 나는

어제의 아군은 오늘의 적 〈71〉

매점에 가서 반여령과 이민아, 김혜힐과 함께 떠들었다. 그런 우리에게 권은미와 반휘안을 대동한 노아리가 찾아와 인사를 했었다. 그런 날들이 있었다.

그 일이 고작 2주도 지나지 않았음에도 이렇게 까마득하게 여겨지는 건 아마도, 이제 그 일이 이 세계에서 다시는 일어날 수 없다는 걸 알기 때문이겠지. 성적표에 이마를 대고 후, 하고 한숨 쉰 나는 종이를 잘 접어 가방에 집어넣었다.

뭐, 아무튼 다행히 성적은 생각한 것보다 나쁘진 않았다. 무엇보다 이때는 모든 사건이 일어나기 전이었으니까.

다만 걱정해야 할 것은 앞으로의 성적이지.

같이 한국 대학교에 가야 할 친구들의 반절 이상이 사라져 버린 지금, 내가 과연 얼마만큼의 의욕을 가지고 공부에 집중할 수 있을까?

그렇게 생각하며 나는 슬쩍 반여령 쪽을 보았다. 내가 아는 사람 중에 한국 대학교에 가장 가까운 사람은 바로 그녀였으니까.

바로 그때, 할 말이 다 끝난 줄 알았던 노민찬 선생님이 다시 말을 꺼냈다.

"아, 그리고 우리 지난달부터 빈 교실 공사하던 것 있지? 공사가 드디어 끝났다. 거기에 뭘 짓나 많이들 궁금했을 거야."

"워터 파크인가요?"

선생님의 말이 끝나자마자 윤정인이 불쑥 물은 말에 모두가 웃음을 터트렸다. 수영장은 이미 있잖아. 누군가 말했다.

맞는 말이었다. 무슨 사고가 있었다고 해서 체육 시간엔 쓰지 않았지만, 수영부가 쓰는 수영장이 따로 있었다.

그러고 보면 은지호가 다닌 초등학교를 보고 뭐라고 할 게 아니었네. 턱을 괴고 그런 생각을 하던 내게 노민찬 선생님의 목소리가 닿았다.

"자, 다들 그만 웃고 조용. 공사 중이던 교실의 정체 말인데, 새 자습실이다."

에이, 뭐야. 대번에 김샌 목소리가 쏟아지는 가운데 두 손으로 교탁을 짚은 그가 말을 이었다.

"수능이 가까워지는 데다 우리 학년은 특히 우리 학교 역사상 가장 성적 높은 학생들이 많이 포함돼 있어서, 학교에서 성적이 높은 학생들을 대상으로 특별 자습실을 운영하기로 했다. 전교 1등부터 10등까지만을 대상으로 운영하는 거니까 해당하는 학생들은 참고하렴."

그리고 우리 반을 쓱 둘러본 선생님께서 말씀하셨다.

"우리 반은 해당하는 학생이 다른 반보다 많구나."

나는 그가 반여령과 은지호, 권은형과 김 쌍둥이를 염두에 두고 그렇게 말했음을 알 수 있었다.

주인이는 그가 얼마나 달라졌는지에 따라 포함이 될 수

도 있고 안 될 수도 있었다.

고개를 돌려 힐끗 바라보니, 주인이는 옆에 앉은 은지호를 향해 자습 시간에 안 보게 돼서 좋다는 말이나 하고 있었다. 그에 대한 은지호의 반응은 심드렁했다.

"난 어차피 야자 안 하거든?"

"아, 그러네. 그럼 네 빈자리에 다른 사람이 들어가서 전교 11등까지 받겠네."

그리고 내 쪽을 힐끗 본 그가 고개를 기웃하며 말했다. 흠, 이탈자가 얼마나 나오려나. 김 쌍둥이의 성격을 염두에 두고 한 말이 틀림없었다.

나는 소란을 틈타 김혜힐에게 소리 낮춰 물었다.

"너 특별 자습실 쓸 거야?"

그러자 그녀는 대번에 미간을 구기며 낮게 속삭였다.

"아니. 이놈의 학교는 무슨 혜택 준다고 하는 게 하나같이 사람 짜증 나게 하는지 모르겠어. 높은 학생들은 높은 학생들대로 주변 눈치 보이게 하고, 낮은 학생들은 낮은 학생들대로 박탈감 들게 하잖아."

검은 머리칼을 몇 번이고 신경질적으로 쓸어 넘긴 그녀가 다시 말했다.

"이따가 쉬는 시간이나 점심시간에 교무실에 같이 가 줄래? 필요 없다고 공개적으로 말했다간 뒷말 들을 게 뻔해. 은지호는 아예 자습 참여를 안 하는 거고, 나는 자습하긴 하되 그대로 교실에서 하겠다는 거니까. 경우 자체가 달라."

"응. 알았어."

나는 고개를 끄덕였다.

어차피 특별 자습실은 운이 좋아야 기껏 10등 초반대에서 머물곤 하는 내겐 아무 상관 없는 얘기였다.

그랬기에 수업이 시작되자, 그에 관한 얘기는 내 머릿속에서 깨끗이 지워지고 말았다.

오전 수업이 다 끝난 점심시간, 나는 약속대로 김혜힐과 함께 교무실을 찾아갔다.

업무 중이던 노민찬 선생님이 고개를 들어 우리를 보고 물었다.

"무슨 일이니?"

"아, 저. 혜힐이가 드릴 말씀이 있다고……."

내가 재빨리 비켜나자, 담담히 앞으로 나선 김혜힐은 차분한 목소리로 자신이 왜 특별 자습실을 쓰고 싶지 않은지에 대해 설명했다.

자신은 시야가 탁 트이고 익숙한 곳이 좋다는 김혜힐의 말에 노민찬 선생님은 동조하셨다. 음, 그럴 수 있지. 독서실 책상이 답답해서 싫을 수 있어. 그러던 그에게 김혜힐이 슬쩍 덧붙였다.

"그리고 솔직히 말하자면 이상한 분위기 조장하는 것도

싫고요."

"아."

"그런 자습실 쓰고 성적 더 떨어지면 학교에서도 애들한테도 이상한 시선 받을 거 아니에요."

김혜힐이 담담하게 덧붙인 말에 노민찬 선생님은 난감하게 웃으며 고개를 끄덕였다. 그도 사실 김혜힐이 했던 말을 진작부터 생각하고 있던 눈치였다.

그러나 노민찬 선생님은 곧 미간을 찌푸리더니 다시 말씀하셨다.

"그런데 이게 야자를 아예 빠질 사람, 그러니까 지호 같은 경우에는 특별 독서실을 이용 안 해도 아무 문제가 없는데, 야자에 참여하는 사람 중에 전교 10등 안은 무조건 특별 독서실을 이용하게 하라는 게 학교 방침이야."

"네? 그건 말도……."

어처구니없다는 듯 대답하는 김혜힐을 보며 노민찬 선생님이 난처하게 웃었다. 그가 힘 빠진 목소리로 대꾸했다.

"선생님도 사실은 말이 안 된다고 생각해. 우리 학교에서 잘하는 애들에게 투자를 더 많이 하자는 생각인 것 같은데, 나는 애초에 이게 교육자로서 맞는 건지도 잘 모르겠다. 길 잃은 양 한 마리라도 찾아서 함께 가는 것이 교육의 본질이란 건 사립고라도 똑같다고 생각하는데 말이야."

길 잃은 양. 그 표현을 되뇌던 나는 그제야 노아리를 만나러 찾아갔던 오피스텔의 거실에서 나무 십자가를 보았던 것이 떠올랐다.

힘줄이 돋은 손으로 책상 위를 툭툭 두드리던 선생님이 말을 이었다.

"이 부분은 선생님이 오후에 다시 한번 건의를 해 볼게. 그런데 잘 될지는 모르겠다. 혹시 자습실 자리가 비어 있으면 학년 부장 선생님께서 직접 찾아오실지도 모르니, 일단 오늘은 마음에 들지 않아도 거기 가 보도록 하렴. 조금만 참고. 알았지?"

"네……."

못내 작은 목소리로 대답하는 김혜힐을 향해 노민찬 선생님이 빙긋 웃어 주었다.

"그럼 이만 가 봐."

부드럽게 말씀하시고 다시 모니터를 돌아보는 선생님에게 이번에는 내가 물었다.

"저기, 선생님."

"응?"

"혹시 요즘 잘 못 주무세요?"

내가 느닷없이 꺼낸 말에 그의 표정이 조금 변했다. 짧은 침묵이 흐른 후, '티가 나니?' 하고 그가 물은 말에 나는 눈가를 툭툭 두드렸다.

"다크서클 심하세요."

"아. 그렇구나."

무슨 화장품이라도 찾아봐야겠다. 그렇게 말하며 피곤한 듯 얼굴을 쓸어내리는 노민찬 선생님을 보며 나는 조금 감탄했다.

그럼 이 맑고 투명한 피부가 민낯이란 말이야? 역시 또 다른 인터넷 소설의 남자 주인공이라 할 만하군.

그리고 내가 문득 물었다.

"혹시 요즘 집에 들어가면 누구랑 같이 살던 것처럼 허전하고, 그렇지 않으세요?"

"단이 너 혹시 무슨 신기 같은 거 있니?"

그렇게 말하며 나를 돌아보는 그의 얼굴은 이제 다소 황당하다는 표정이었다. 방긋 웃은 나는 내친김에 내내 하고 싶었던 말도 하기로 했다.

"신기 같은 건 아니고 그냥 추측이요. 선생님, 제가 장담하는데요, 선생님은 위장 수사 중인 경찰과 만나 불꽃 같은 연애를 하게 될 거예요."

"뭐? 단이 너, 대체 무슨 영화를 보고 온 거니?"

여전히 황당하다는 듯이 되묻는 그의 앞에서 나는 김혜힐을 붙잡고 씩씩하게 돌아섰다.

"그럼, 안녕히 계세요."

그렇게 말하고 교무실을 후다닥 빠져나오며 웃음을 터트리던 나는 문 앞에 선 사람을 보고 눈을 동그랗게 떴다.

반여령 또한 교무실을 나오자마자 웃음을 터트리는 나를 눈을 휘둥그레 뜨고 보고 있었다.

길게 늘어져 허리께에 닿은 검은 머리칼과 앞머리 사이로 얼핏 드러난 희고 고운 이마, 긴 속눈썹 사이로 보이는 맑고 투명하지만 조금은 어두운 눈.

창문에서 투과된 빛이 그녀의 위로 흘러내리자 머리칼과 눈 위에 언뜻 자줏빛이 스쳤다. 나는 일순 방금까지 생각하던 것도 잊고 감탄하고 말았다. 꼭 열네 살 때 처음 그녀와 집 앞에서 맞닥뜨렸던 그날처럼.

김혜힐이 물은 말에 나는 그제야 정신을 차렸다.

"너도 여기 왔어? 무슨 일이야?"

"어? 음, 그게……."

평범한 물음에도 반여령은 대답 대신 눈을 피하며 어물거렸다. 그에 뭔가를 깨달은 나는 김혜힐의 팔을 툭 치고 복도 쪽을 눈짓했다.

나는 다만 김혜힐과 함께 자리를 떠나며 이렇게 말했다.

"잘 해결되길 바랄게."

"아, 응. 고마워."

허둥지둥하며 그렇게 말하는 반여령을 두고 나는 빠르게 자리를 피했다.

반여령과 멀어지고 나서야 김혜힐이 의아하게 물었다.

"왜 그랬어? 물어보고 도움을 주는 편이 네가 쟤랑 친해지기엔 낫지 않아?"

"말 못 하는 이유를 알 것 같아서."

어깨를 으쓱한 내가 다시 말했다.

"반여령 쟤, 남들한테 자기 성적 때문에 주목받는 거 싫어하거든. 쟤도 아마 우리랑 같은 용건이었을 텐데, 특별 자습실이란 화제를 입에 올리는 것 자체가 싫어서 대답을 피한 걸 거야."

"아아. 알겠다."

그리고 김혜힐은 작게 고개를 기울이더니 다시 말했다.

"그럼 어차피 자습실 일로 온 거라면 안 될 거라고 미리 말해 줄 걸 그랬네. 그럼 그걸 기회로 '이런 학교 정책들 정말 싫지 않아?' 하고 공감대라도 형성해 볼 수 있었을 텐데."

"앗, 진짜네. 그 생각을 못 했다."

"바보."

한 손으로 입을 가리고 기겁하는 나를 김혜힐이 타박했다. 이윽고 우리는 작게 웃으며 걸음을 옮겼다. 따로 얘기 나눌 기회를 놓친 건 아쉬웠지만, 곧 다시 기회가 생길 거라 믿기로 했다.

김 쌍둥이는 특혜를 걷어차기에 앞서 그런 자신들의 행동이 미워 보이지 않도록 밑밥을 까는 일에도 열심이었다.

물론 특혜를 받아들이고 걷어차고는 자신들 마음이지만,

'나는 그토록 원해도 갖지 못하는 걸 너희는 제 발로 걷어차?' 하며 괘씸하게 여기는 누군가가 분명히 생길 거라는 이유였다.

김 쌍둥이는 반에서 일어나는 대부분의 일에 목소리를 잘 내지 않는 대신, 그런 자신들에게 불이익이 돌아오지 않도록 여론 조성에 신경을 썼다.

그럼으로써 그들은 실상 늘 스스로 겉돌면서도, 겉도는 데서 오는 불이익을 거의 받지 않았다.

나로 말할 것 같으면 그렇게 귀찮게 사느니 그냥 좀 끼어들고 말겠다 싶을 정도였다.

아니나 다를까, 교실로 돌아가자 특별 자습실에 관한 얘기가 한창이었다.

김혜우는 다른 건 모르겠고 그저 독서실 책상이 싫다는 말로 특별 자습실에 들어가지 않으려는 이유를 교묘하게 포장 중이었다.

특혜 자체가 싫어서가 아니라, 거기에서 제공하려는 환경 자체가 맞지 않다고 하면 어느 정도 건방지다는 시선을 피할 수 있기 때문인 것 같았다.

그런 그에게 다가가며 김혜힐이 말했다.

"김혜우, 자습실 말인데 자습할 사람은 무조건 거기에서 해야 한대. 예외 같은 거 없대."

"뭐? 왜?"

"교장 지시래."

"독서실 책상이 안 맞는 사람은 어떡하라고? 난 진짜 그런 데가 더 집중 안 되는데."

적당히 시끄러워야 잘되지 않냐? 김혜우가 돌아보며 그렇게 말하자 몇몇 애들이 동의했다. 나는 다시 한번 능수능란한 김 쌍둥이의 처세에 감탄하며 자리에 앉았다.

영어 단어 시험을 위해 단어를 외우는 틈틈이 나는 뒷문을 향해 시선을 던졌다. 하지만 금방 돌아올 것 같던 반여령은 계속 오질 않았다. 대체 왜지?

결국 그녀가 돌아온 것은 수업이 시작되기 3분 정도를 남겨 두고서였다.

황급히 자리로 돌아가 수업 준비를 하는 그녀를 보며 김혜힐이 목소리를 낮추어 속삭였다.

"쟤 운 것 같지?"

나는 굳어진 얼굴로 고개만 끄덕였다.

다행히 나보다 눈치가 빠른 주인이나 은형이 또한 그것을 알아차린 듯, 그들은 걱정스러운 얼굴로 반여령에게 말을 걸기 시작했다.

뭔가 문제가 있다면 저들이 알아서 해 주겠지. 그렇게 중얼거린 나는 애써 반여령에게서 시선을 뗐다.

사건이 터진 것은 그날 저녁이었다.

* * *

 그날 저녁, 나는 급식을 먹은 후 평소처럼 자습하기 위해 교실로 돌아왔다. 주위를 둘러보니 자습을 하지 않는 이들은 대부분 이미 가 버려서 교실 반 이상이 썰렁했다.
 은지호와 유천영이 끝내 오늘 내게 아무런 말도 없이 집으로 돌아가 버렸다는 사실에 나는 가벼운 배신감을 느꼈다. 우리에게 있었던 일을 생각하면 그런 걸 결코 기대해선 안 된다는 걸 알면서도.
 특별 자습실에 배정된 이들도 짐을 놓기 위함인지 이미 가 버리고 없었다. 김 쌍둥이와 은형이, 루다의 자리가 비어 있는 것을 확인한 나는 주인이의 자리 또한 비어 있는 것을 발견하고 눈을 휘둥그레 떴다.
 그 역시도 특별 자습실 대상이었던가? 내가 없이도 자신의 명석함을 드러내는 데 아무런 두려움이 없는 걸까? 하지만 아까 하는 말을 들어 보면 아닌 것 같았는데.
 우연히 뒷문 앞에서 대화를 나누는 주인이와 윤정인과 마주친 나는 김이 샜다. 그럼 그렇지.
 "나 오늘 7반 애랑 자리 바꿀 거거든? 혹시 들키면 네가 말 좀 잘해 줘. 그냥 나 갔다고 그래. 설마 걸리진 않겠지?"
 "걱정 마, 걱정 마, 안 걸려. 나도 2학년 때 많이 해 봤는데 진심 아무도 못 알아봐. 게다가 우리는 7반이랑 수준별 수업 때 섞어서 앉잖아. 선생님들 우리한테 아무 관심도 없음."

"그럼 부탁할게!"

명랑하게 외친 주인이는 씩씩하게 백팩을 메고 7반으로 뛰어갔다. 그의 뒷모습을 보던 나는 픽 웃으며 중얼거렸다.

아무튼 즐겁게 지내고 있는 것 같아서 다행이야. 자기 실력을 드러내지 않고 있는 건 아쉽긴 하지만.

그리고 자리에 앉아 문제집을 펼친 나는 문득 이상한 점을 깨닫고 다시 고개를 들었다. 어라?

분명 이 반에 있어서는 안 되는 사람이 어째선지 자리를 지키고 있었다.

반여령은 평소처럼 교실에서 자습을 할 모양이었다.

저래도 되는 건가? 학년 부장 선생님이 직접 찾으러 올지도 모른다고 했는데? 망설이던 나는 결국 자리에서 일어나 그녀에게 다가갔다.

"저기, 여령아?"

"응?"

고개를 들고 나와 눈을 맞추는 그녀를 보자 심장이 철렁했다. 나는 내색하지 않으려 애쓰며 말을 이었다.

"전교 10등 안에 드는 애들이 야자 할 때 특별 자습실 안 쓰는 거 안 된다고 하던데. 얘기 못 들었어?"

은형이가 왜 특별 자습실에 갈 때 여령이를 데려가지 않았을까? 사람을 잘 챙기는 그가 하물며 여령이를 안 챙길 리 없는데.

그런 의문을 떠올리던 내게 여령이가 머뭇거리며 답했다.

"아, 응. 그런데, 노민찬 선생님이 알았다고 하시던데."

"응?"

"내가…… 절대 싫다고 부탁을 드렸더니."

그녀의 얼굴이 민망한 듯 달아오른 것을 보고서야 나는 일이 어떻게 된 것인지를 깨달았다.

그녀는 교무실에서 특별 자습실은 절대 안 된다고 말하던 도중에 운 것이 분명했다.

물론 반여령이 눈물을 무기 삼을 정도로 영악하진 않고, 그저 반 애들한테 그것 때문에 미움을 산다고 생각하니 눈앞이 깜깜해져서 감정이 자연스럽게 북받쳐 오른 거겠지.

그것을 보고 노민찬 선생님께서도 더는 안 된다는 말을 할 순 없었을 것이다. 일단 알겠다고 돌려보낸 뒤에 교장 선생님을 따로 설득하거나 했겠지. 그리고 그건 틀림없이 받아들여졌을 것이다. 전교 1등이자 전국 1등인 반여령의 청을 차마 무시할 수는 없었을 테니까.

그렇게 된 거로군. 순식간에 거기까지 추론을 마친 나는 작게 고개를 끄덕이며 말했다.

"알았어. 아까 혜힐이랑 교무실에 갔을 때는 안 된다고 하시길래 물어봤어. 혹시나 네가 이걸로 불이익당하면 어쩌나 하고."

"아, 그래? 나한테는 그냥 된다고 하시던데……."

당황하는 그녀에게 나는 고개를 내젓고 다시 말했다.

"우리도 선생님이 곧 조정해 주신다고는 하더라. 아무튼 된다고 말씀하신 이상 괜찮을 거야. 그럼."

재빨리 대화를 마친 나는 다시 자리로 향했다. 어쩐지 우리를 향해 쏟아지는 시선이 심상치 않았기 때문이었다.

우리가 대화를 나누는 사이 교실은 무척 조용해져 있었다. 모두가 아닌 척 나와 반여령의 대화에 귀를 기울이고 있던 것 같았다.

그리고 방금의 대화는 누군가의 반감을 사기에 충분한 대화였다. 어쩌면 내가 실수했는지도 모르겠다는 생각이 들었다.

과연, 얼마 지나지 않아 교실 앞 부근에서 수런거림이 번졌다. 고개를 들자, 멀지 않은 곳에서 여학생 하나가 어깨를 크게 들썩이며 울고 있었다. 거친 숨소리 사이로 종이 위에 눈물이 후두둑 떨어지는 소리가 유난히 크게 들렸다.

그녀의 짝꿍이 고개를 숙이며 다정하게 등을 두드리는 것과 동시에 다른 애들 몇몇이 그녀에게로 다가갔다. 이윽고 네다섯 명의 무리가 된 그들은 조용히 앞문으로 빠져나갔다.

그들이 밖으로 나가자마자 교실 안이 소란해졌다.

"방금 울면서 나간 애 누구야?"

"안지영 아니야? 같이 나간 애들 이민아랑 문세라, 정세연이잖아."

"아, 맞네."

"왜 운대?"

그러나 그건 우리끼리는 결코 해결할 수 없는 의문이었다. 6월 평가원 점수 때문이 아니냐는 가설이 신빙성 있게 떠올랐지만 그래 봐야 가설일 뿐이었다. 소란 속에서 나 또한 고개를 기웃했다.

안지영이라면 나와도 적잖이 인연이 있었다. 다름이 아니라 내가 여단 오빠와 사귀는 계기가 되었던 소개팅 자리에 같이 나갔던 멤버 중 하나가 그녀였으니까.

지금은 그것이 얼마나 의미가 있을지 모르겠지만, 성실하고 잘 웃는 그녀를 반 친구로서도 좋아했기에 적잖이 걱정되었다. 신경 쓰이네, 이거. 나는 계속 문 쪽을 힐끗거렸다.

네 사람이 다시 돌아온 것은 쉬는 시간이 다 되고 나서였다. 그러자마자 우르르 몰려간 이들이 그들을 둥글게 원으로 감쌌다.

"도대체 무슨 일이야?"

"아, 그게……."

난감한 얼굴을 하며 나선 것은 이민아였다.

그녀는 흥분한 애들을 말리는 한편, 안지영을 향해 말하지 말라는 듯 경고 섞인 눈빛을 보냈다. 그것을 통해 나는 안지영이 운 이유가 그럴듯한 것이 아님을 알아챘다.

한편, 반여령은 쉬는 시간이 되었는데도 혼자 자리를 지키고 있었다.

그때, 아이들 사이에 둘러싸여 있던 안지영이 돌연 다시 울음을 터트렸다.

소매로 연신 눈물을 닦던 그녀의 고개 밑에서 잔뜩 억눌린 목소리가 흘러나왔다.

"화나잖아. 누군 그렇게 열심히 해도 못 가지는데……."

이어진 그녀의 말에 나와 반여령의 안색이 하얗게 굳어졌다.

"누구는 그걸 제 발로 걷어찬다는 게."

"야, 안지영."

이민아가 경고하듯 말했다. 차마 우는 애 앞에서 더 강하게 말할 수는 없는 듯, 그녀가 주위를 힐끔거리며 말했다.

"너 그건 여기서 할 말은 아니지."

반여령이 듣고 있음을 의식한 말이었다. 그러나 이미 반여령은 창백해진 얼굴로 책상에 시선을 꽂고 있었다.

그러더니 그녀는 문득 이민아를 돌아보았다. 이민아는 전교 부회장이었기에, 그녀가 이민아를 돌아볼 이유는 충분했다.

반여령이 애써 웃는 게 분명한 얼굴로 말했다.

"저기, 나 그냥 자습실로 갈게……. 혹시 야자 감독 선생님이 나 찾으시거든 그렇게 말해 줘."

"어, 응."

당황해서 그렇게 대답한 이민아는 더는 말을 잇지 못했다.

모두의 시선을 받으며 태연히 짐을 챙긴 반여령은 나가기 전, 마지막으로 안지영을 힐긋 보았다.

그녀는 어두운 얼굴로 말했다.

"나쁘게 굴려던 건 아니었어. 미안."

안지영은 아무 대답 없이 계속 솟아나는 눈물만 닦아 냈다. 그녀를 슬픈 눈으로 보던 반여령이 마침내 교실을 나갔다.

한동안 압도당한 것처럼 교실 안의 누구도 움직이지 못했다.

복도에서 발소리가 완전히 사라지고 나서야, 뒤늦게 정신을 차린 이민아가 안지영을 다그쳤다.

"야, 너 이건 아니지. 반여령이 좀 숫기가 없어서 여자애들이랑 잘 못 어울리는 것뿐이지, 착한 애란 거 다들 알잖아. 걔가 너 상처받으라고 일부러 그렇게 한 거 아니잖아. 너도 그거 아니까 교실에선 말 안 꺼내겠다고 동의한 거 아니었어?"

안지영은 울먹거리며 대답했다.

"미안, 미안……. 나도 약속한 대로 교실 와서는 얘기 안 꺼내야지, 다시는 안 울어야지 했는데. 갑자기 6월 평가원 성적이 생각나니까 다시 억울해져서……."

"그건 이유가 안 되잖아. 네 시험 결과가 반여령이랑 무슨 상관인데?"

이민아의 말을 들으며 나 또한 안지영에 대한 평가를 정정했다.

성실함은 단지 원하는 것을 얻고자 하는 노력이고, 결국 스스로를 위한 것일 뿐이므로 결코 남을 공격할 권리를 주는 것은 아니었다.

그럼에도 자기 노력의 대가가 미미하다는 이유로 노력하지 않고 더 좋은 결과를 얻은 사람들을 공격하려는 이들을 나는 너무 많이 보았다. 유천영과 반여령 때문에. 실상 그들이 어떤 부정을 저질러 좋은 결과를 얻은 것이 결코 아님에도.

이민아 말마따나, 안지영이 시험을 망친 것은 반여령과는 아무런 관계가 없었다. 그럼에도 안지영은 억울함을 핑계로 반여령에 대한 분노를 굳이 모두의 앞에서 표출했다.

안지영은 참아 보려 했다고 말은 했지만, 과연 반여령이 반에서 고립된 처지라는 것을 계산하지 않고 한 말일까? 모두가 반여령의 편을 들어주리란 걸 안지영이 알았더라면, 그때도 저런 식으로 행동할 수 있었을까?

안지영을 차갑게 바라보던 나는 뒤늦게 반여령을 따라가려다 말고 흠칫 멈췄다.

하지만 지금 내가 반여령을 따라가서 달랜다고 해도, 과연 그녀가 내 말을 곧이곧대로 들을까? 지금 그녀에게 난 그저 교류가 전혀 없는 반 친구 중 하나인데.

상황이 어느 정도 정리되고 나서 천천히 다가가는 편이 반여령에게도 받아들이기 쉽지 않을까? 시작이 반이라는 말도 있는데, 지금 성급하게 다가갔다가 괜히 그르치면.

머뭇거리던 나는 결국 체념하고 다시 자리에 앉았다.

그런데 불과 이십 분도 안 되어 이번에는 김혜힐과 김혜우가 교실에 나타났다. 다시는 특별 자습실에 가지 않겠다는 듯, 짐까지 싸 들고 씩씩대고 있는 그들을 보고 내가 놀라서 물었다.

"왜 그래?"

"특별 자습실에 들어갈 순서를 성적순이 아니라 인성순으로 뽑냐?"

씩씩대던 김혜힐의 입에서 갑자기 튀어나온 과격한 말에 나는 눈을 휘둥그레 떴다. 아니, 진짜로 왜 그러는데?

김혜우가 내 말에 대답했다.

"아니, 그러니까 우리가 자습을 하고 있었거든? 그런데……."

이어지는 그의 얘기를 들으며 나는 물론이고, 우리 반 모두가 얼굴을 굳혔다.

그들 말인즉, 자습실에는 압도적으로 8반의 수가 많았다고 했다. 그야 우리 반에서 그쪽에 가는 사람만 김 쌍둥이와 은형이와 루다, 총 네 명이었으니 당연한 일이었다.

그러나 루다는 자습실에 들어가자마자 이어폰으로 음악을 크게 틀어 놓고 책상 위에 엎드렸고, 그런 와중에 은형이가 무슨 일인지 교무실에 불려 갔다. 그렇게 되고 나자 8반 중에 남은 것은 김 쌍둥이밖에 없었다.

뒷담이 시작된 것은 그때부터였다.

"걔들이 반여령 얘기를 하더라고. 아무런 공부도 안 해도 전교 1등이니까 좋은 환경도 필요 없는 거 아니냐며, 자기는 집중 안 해도 시험 잘 볼 수 있다 뻗대는 거 아니냐며."

"뭐야, 걔들 미친 거 아니야?"

대번에 나서며 과격하게 말하는 이민아에게 김혜우가 고개를 끄덕였다.

"그렇지, 미쳤지. 우리가 반여령이랑 별로 안 친하니까 괜찮을 거라고 생각하고 그렇게 떠들었나 봐. 그러자 불의를 절대 못 두고 보는 우리의 김 여사께서."

과연 김 쌍둥이가 자기들 일에는 여론을 의식해도 남이 당하는 일에는 여론 의식 안 하고 나서는 것은 나도 참 좋아하는 점이었다.

김혜우가 턱 밑에 들이민 손을 탁 소리 나게 밀친 김혜힐이 싸늘하게 대꾸했다.

"그렇게 부르지 마. 아무튼 열등감 덩어리들이 자리에 없는 사람 갖고 그런 식으로 떠드는 거 꼴 보기 싫어서, 엎어 주고 짐 싸서 나왔거든. 반장이랑 루다까지 챙겨 나올 시간은 없었고. 그런데."

"그런데?"

"반여령이 자습실 앞에 있었어."

무심코 되물었던 이민아가 그 말에 얼굴을 희게 굳혔다.

"뭐?"

"왜 거기에 서 있었는지는 모르겠는데, 얘기 다 들은 것 같더라. 어디로 급하게 가는 것 같길래 일단 우리끼리 돌아온 참이야. 그런데 교실엔 안 보이네."

무심히 말하며 교실을 둘러보는 김혜힐을 두고 분위기가 다소 어수선해졌다.

우리는 반여령이 거기에 서 있던 이유를 다 알고 있었다. 특별 자습실을 거부했다는 것 때문에 미움을 산 그녀는 특별 자습실로 돌아가려다가, 그곳에도 자신이 있을 자리는 없다는 것을 알게 된 것이다. 아마 어디에도 갈 곳이 없다고 생각했겠지.

이민아가 다급히 모두를 돌아보며 물었다.

"어떡하지? 얘가 대체 어디에……. 핸드폰 가진 사람 있어? 반여령한테 전화해 보게."

"아마 걔 지금 핸드폰 없을걸. 우리 돌려받기 전이잖아."

개 그런 건 성실하게 내. 반 애 중 하나가 소심한 목소리로 대답했다.

모두가 침묵에 빠져든 가운데, 나는 홀로 교실을 나섰다.

나는 반여령이 갈 곳을 누구보다도 잘 알고 있었다.

불이 꺼진 복도로 망설임 없이 발을 들이며 나는 생각했다.

상대방이 논리가 아닌 감정으로 군중들에게 호소할 때, 가능한 가장 좋은 대응은 똑같이 감정에 호소하는 것이다. 감정에 호소하는 상대 앞에 논리를 들이밀어 봐야, 냉혈한이란 소리나 듣기 십상이지.

그러나 반여령은 그런 생각을 할 만큼 약삭빠르지도, 또 누군가에 대한 비난 여론을 조성하기 위해 화나지 않았는데 굳이 분노를 가장할 수 있는 사람도 아니었다.

하다못해 자습실에서 그런 일이 있고 나서 다시 교실로 돌아와 자신이 들은 말을 우리에게 전하기만 했어도, 그러면서 슬픈 표정을 짓기만 했어도 쉽게 동정심을 얻을 수 있었을 것이다. 동시에 분노의 대상은 특별 자습실의 다른 반 학생들로 바뀌었겠지.

그러나 반여령은 그중에 아무것도 하지 않았다.

대신 그녀는 혼자 우는 쪽을 택했을 것이다. 늘 그렇듯 아무도 찾지 못할 곳에서 감정을 삭이고 있겠지. 그렇게 되뇌며 나는 동편 계단을 내려갔다.

1층으로 내려가 뒷문으로 나가면 정자가 하나 나오는데, 낮이면 모를까 밤에는 아무도 찾지 않는 곳이었다. 음산한 소문이 돌아서 일부러 가로등까지 설치해 두었는데도 그랬다.

거대한 나무가 여름인데도 불구하고 정자 주변에 낙엽들을 흩뿌려 놓아서 걸음을 옮길 때마다 부스럭 소리가 났다.

정자 위에 동그라니 웅크려 앉은 인영이 보였다. 가까이 다가가자, 가로등 불빛 아래 아무렇게나 찍힌 더러운 흙발자국과 낙엽들이 선명히 드러났다. 그럼에도 반여령은 아무런 거리낌 없이 그 위에 걸터앉아 있었다.

내 인기척을 틀림없이 느꼈을 텐데도 그녀는 미동도 하지 않았다. 나는 잠시 망설이다가 그 옆에 슬쩍 몸을 걸쳤다.

"여령아."

내가 낮게 부르며 그녀의 무릎 가까이에 한 손을 가져다 대자, 그녀가 움찔하며 고개 들어 나를 보았다.

새까만 눈과 속눈썹에 눈물이 올올이 맺혀 있었다.

"여긴 너무 어두워. 안으로 들어가자."

내 말에 그녀는 아무 대답도 없이 다시 무릎에 이마를 기댔다. 한참 만에 그녀가 간신히 대답했다.

"괜찮아."

"……."

"그냥, 크흠, 가."

잠긴 목소리로 말하다 목이 막혀 헛기침한 그녀가 다시

금 손짓했다.

 그녀의 얼굴이 조금 민망함으로 물든 것도 같았다. 그러나 나는 그 말대로 떠나는 대신, 그녀와 더욱 가까이 붙어 앉았다.

 "그럼 나도 네가 들어갈 때까지 여기 있을게. 같이 가자고 강요하는 건 아니야."

 나는 낮은 목소리로 덧붙였다.

 "걱정되잖아, 네가."

 "……."

 "그러니까 옆에라도 있게 해 줘."

 여령이는 한참이나 흔들리는 눈을 하고서 말없이 나를 보았다. 마침내 그녀가 물었다.

 "너는 내가, 안…… 싫어?"

 비바람 속에 있는 작은 동물처럼 잔뜩 떨리는 목소리였다. 그리고 그녀의 눈에서 기어이 눈물 한 방울이 흘러내리는 것을 나는 가만히 지켜보았다.

 지금의 나로서는 그녀를 껴안고 달래 줄 위치가 안 된다는 것이 가장 안타까웠다. 그저 손만 움찔거리는 내게, 그녀가 다시 물었다.

 "내가 안…… 미워? 내가 아무것도 열심히 하지 않아서. 별로 노력하는 것처럼 보이지 않아서. 그런데도, 그런데도 내가……."

힘겹게 말을 잇던 그녀가 기어이 무릎에 이마를 처박으며 다시 말했다. 감정이 꽉꽉 짓눌린 목소리였다.

 "아, 모르겠어. 나는, 나는 사실 다들 보는 것처럼 그런 애가 아닌데. 왜냐하면, 내가 정말 잘하고 싶었던 건 따로 있었단 말이야. 그런데 그것만은 아무리 노력해도, 밤새 기도해도 되지를 않아서."

 두 눈을 파낼 듯이 감싸 쥔 그녀가 말을 이었다.

 "나는 그냥, 아, 좀 잘하고 싶었어. 남의 눈치를 보고, 마음을 헤아리고, 가까워지고, 그런 걸……. 그런데 왜 그런 건 아무리 노력을 해도 안 되는 걸까? 왜 상처를 주고 마는 걸까? 내가 사실은 누가 상처받건 말건, 그런 건 신경 쓰지 않는 이기적인 애라서일까? 남들에게 관심을 받고 싶어 하면서, 정작 나는 진심으로 남에게 관심을 줄 수 있는 사람이 아니라서?"

 그녀가 젖은 볼을 문지르며 말을 뱉었다.

 "사실 나는 아무도 진정으로 신경 쓰고 있는 게 아닌 거지. 단지 외로운 게 싫고 혼자가 되는 게 무서워서, 그래서 다른 사람한테 관심 있는 척하고 있는 거지. 그렇지 않으면 어떻게 이렇게까지 같은 실수만 하고, 같은 상처를 주고, 눈치란 건 도무지 길러지질 않고……."

 나는 당황하며 그녀의 손등 위에 손을 겹쳐 올렸다.

 "아니야, 여령아. 그런 말 하지 마. 너는 네가 말하는 그런 사람 아니야."

그렇게 말하고서야 나는 내가 흡사 그녀를 세상에서 제일 잘 아는 사람처럼, 아무 흔들림 없이 말했다는 것을 깨달았다.

반여령은 둥그레진 눈으로 나를 보고 있었다. 나는 바짝 마른 입술을 핥고는 말을 이었다.

"왜냐하면…… 우리 학교에서 제일 멋진 애들이 네 곁을 지키고 있잖아. 걔들이 사람 보는 눈이 그렇게 없을 거라고는 생각 안 해."

사실 내가 진짜로 하고 싶었던 말은 사대천왕의 권위에 기대는 대신 '내가 널 제일 잘 알잖아. 날 믿어.' 하는 것이었다.

더군다나 사대천왕이 남들에게 인정받는 지위에 있다는 것이 반여령에게는 별 의미 없을 거란 것도 알았다.

과연, 젖은 눈을 몇 번 깜빡거리던 그녀는 이윽고 다시 울상을 지으며 대꾸했다.

"아니야. 걔들은 그냥 내가 불쌍해서."

"내가 걔들에 대해 잘 모르긴 하지만, 행동 원리에 동정심이 절대로 포함되지 않는 사람이 한 사람 있다는 것쯤은 알아."

다행히 이번에는 거짓말하지 않고서 답할 수 있었다. 실제로 은지호가 피도 눈물도 없다는 거야 중학교 때는 유명했다.

내가 단호하게 말을 이었다.

"그리고, 아무리 동정심이 많은 사람이라도 그것 때문에 친구를 5년 이상 하진 않아."

"하지만…… 그 외의 다른 애들은 다 날 싫어하잖아. 특히 여자애들은."

눈을 깜빡이던 반여령이 선선히 대답했다. 어느새 울음은 그쳐 있었다.

나는 비로소 조금 편해진 목소리로 대답했다.

"그것도 절대 아니야. 너 아까 너 나가고 안지영이 얼마나 욕을 먹었는지 봤어야 해. 부회장, 그러니까 이민아랑 다른 애들이 걔한테 엄청 뭐라고 했어. 거기서 걔가 그렇게 말하면서 울면 네 입장이 뭐가 되냐고. 너 지금 교실로 돌아가면 다들 사과할걸?"

"뭐?"

당황한 얼굴로 나를 바라보는 반여령에게 내가 대답했다.

"우리 반 애들, 다 너 안 싫어해. 오히려 친해지고 싶어 했으면 싶어 했지. 애초에 우리가 같은 학교에 다닌 지가 3년인데 사람 본성 하나 못 알아보겠어? 네가 소심해서 말을 못 붙여서 그렇지, 착한 애인 거 다들 알고 있어."

내가 그렇게까지 말했는데도 반여령은 여전히 혼란을 금치 못하는 얼굴이었다.

그런 그녀에게 나는 부드럽게 운을 띄웠다. 내 목소리가 가로등 불빛 아래 낮게 깔렸다.

"네가 아까 말했지? 너 안 싫어하냐고. 믿지 않냐고."

그녀의 흔들리는 눈을 앞에 두고 나는 담담히 말했다.

"안 싫어. 미워한 적도 없었고. 나는 사실 늘 너랑 친해지고 싶었어. 그렇지 않았으면 이렇게 따라 나오지도 않았을 거야."

"왜?"

반사적으로 되묻다 말고 그녀는 흡 하며 스스로의 입을 틀어막았다. 그거야말로 그녀가 모두에게 이미 미움받고 있다는 것을 각오했다는 뜻이라서 나는 조금 마음이 아팠다.

나는 애써 내색하지 않고 말을 이었다.

"너도 다른 애들처럼 아무리 애써도 되지 않는 영역이 있다는 거, 방금 듣고 알았어. 하지만 난 네가 다른 애들이 오해하는 것처럼, 아무 노력도 하지 않고 모든 것을 잘하는 애라고 해도 변함없이 좋아했을 거야."

"왜?"

아까 했던 물음을 다시 던지는 여령이는 이번에야말로 울 것 같은 얼굴이었다. 그녀가 다시 물었다.

"어떻게 그럴 수 있어?"

기어이 다시 울음기를 내비치는 반여령을 보며 나는 그녀의 손을 좀 더 꽉 잡았다. 내가 망설이다가 팔을 뻗어 그녀의 반대편 어깨를 감싸 안자, 멈칫했던 그녀의 몸이 이윽고 순순히 내 쪽으로 기울었다.

그녀의 머리를 내 어깨에 기대게 하고, 나 또한 그녀의 머리 위에 뺨을 기대며 나는 읊조렸다.

왜냐하면, 내가 그토록 노력해도 아무것도 잘하지 못할 때도 너는 나를 좋아해 줬으니까.

우리 부모님이 나를 포기했을 때조차, 너만은 끝까지 내 편으로 남아 주었으니까.

지금의 그녀에게는 결코 할 수 없는 말이었다.

움트지 못한 꽃처럼 목구멍에 계속 치미는 그 말을 삼키고 또 삼키며, 나는 흩날리는 낙엽과 가로등 불빛 아래 반여령과 단둘이 앉아 있었다.

* * *

다시 교실로 돌아가기 위해 반여령과 나는 동편 입구로 향했다. 우리는 여름임에도 불구하고 맞닿은 부분에 땀이 배어날 정도로 손을 세게 잡고 있었다.

이쯤 되면 누구 하나 놓자는 말을 할 법도 한데 그러지 않는다는 게 이상한 한편으로는 기뻤다. 꼭 반여령과 서로의 손을 구명줄처럼 붙들고 잠들던 밤 중의 하나가 재현된 듯한 느낌이라서.

오래된 감상에 사로잡혀 혼자 옅게 웃던 찰나, 동편 계단 옆에 기대어 선 인영이 내 눈에 들어왔다.

"어."

 내가 놀랄 새도 없이 우리를 발견한 그가 한달음에 우리 앞으로 달려왔다.

 그가 멈춰 서자, 문을 통해 쏟아진 가로등 불빛이 그에게까지 쏟아지며 밝은 갈색 머리카락과 황금빛에 가까운 두 눈이 드러났다.

 전체적으로 색소가 옅은 그는 성인에 가까워지며 예전처럼 마냥 귀엽게 보이지만은 않았다. 내가 옛날 우산을 보며 상상했듯이, 그 또한 자라면서 부드럽고 조금은 쓸쓸한 분위기가 감돌게 되었다.

 어쩌면 그건 그의 어둠으로부터 배어 나온 그림자 때문인지도 몰랐다. 그가 아무리 명랑하게 보이려 노력한다고 해도.

 반여령과 눈이 마주친 순간, 그는 과장되게 울상을 지으며 또 한 걸음 다가왔다.

"여령아! 걱정했잖아. 쉬는 시간에 우리 반 가 보니까 분위기 장난 아니지, 네가 갑자기 뛰쳐나갔다고 해서, 나뿐만 아니라 우리 반 애들 다 찾으러 나온 참이야."

"아, 진짜? 미안. 폐 끼칠 생각은 없었는데."

"폐는 무슨. 그럴 만한 일이 있었잖아. 나 다 듣고 왔어.

또 아무 일 없었다는 듯이 넘어가려고 하지 마."

"아……."

귀여운 말투를 하고서도 짐짓 엄격한 얼굴로 항의하는 주인이에게, 반여령은 뺨만 긁적이며 아무 말도 못 했다. 사실 반여령도 사건이 터졌을 때 남의 손 안 빌리려 하는 것만은 나한테 뭐라고 할 입장이 못 됐다.

그때, 짐짓 엄격한 눈으로 여령이를 빤히 보던 주인이가 문득 나를 돌아보았다.

"네가…… 여령이를 찾은 거야?"

"응? 아, 응."

주인이와 이런 식으로 대화를 나눌 기회가 생길 줄은 상상도 못 했다.

내가 머쓱하게 대답하자, 무슨 생각을 하는지 묘한 표정을 짓던 그는 이윽고 고개를 끄덕였다. 그러더니 '가자!' 하고 산뜻하게 외치는 그를 나는 의아하게 쳐다보았다.

다른 사람은 모르겠지만, 나는 주인이가 무슨 생각을 하는지 정도는 얼굴을 보면 대충 안다. 나쁜 생각에 한해서.

그리고 방금은 틀림없이 나쁜 생각이었다. 스스로에 대한 자조 섞인 눈빛을 보면 알 수 있다.

아니나 다를까, 반여령과 함께 교실로 올라가던 그는 복도에 서 있는 은형이를 보자마자 크게 외쳤다.

"은형아, 여기야!"

한달음에 우리 앞으로 달려온 은형이가 걱정스러운 얼굴로 물었다.

"여령아, 괜찮아? 얘기는 들었어."

울었네. 못내 안타까운 눈으로 눈물 자국이 남은 여령이의 뺨을 보던 그가 이번에는 나를 돌아보았다.

그가 차분하게 말했다.

"단아, 네가 여령이 찾아 준 거구나. 정말 고마워."

"아니야, 그렇게 나가서 우리 반 누구라도 마음이 안 좋았잖아."

"그래도 가장 먼저 찾으러 나간 게 단이 너였다며."

하하, 쑥스럽게 뺨을 긁적이는 나를 주인이가 옆에서 왠지 묘한 눈으로 응시했다.

그리고 나는 반여령을 은형이에게 넘겨주었다.

맞잡은 손이 떨어지는 그 순간까지도 반여령은 불안한 듯 나를 쳐다보았다.

그러나 여기에선 나보단 은형이가 상황을 깔끔하게 처리해 줄 것을 알기에, 나는 그저 웃으며 손만 흔들어 주었다.

내가 조금 간격을 두고 뒷문으로 들어가려고 교실 안을 살피는데, 옆에서 대뜸 부름이 날아왔다.

"저기."

답지 않게 건조한 목소리로 말한 주인이가 빙긋 웃었다.

"잠깐 둘이 얘기 가능해?"

나는 그게 틀림없이 안 좋은 용건일 것이라고 확신했다. 그러나 나는 거절하는 대신 고개를 끄덕였다.

어차피 여기에서 거절해 봐야, 주인이는 자기 안에 생겨난 어떤 의심을 계속 품고 지낼 것이다. 그렇다면 기회가 생겼을 때 없애는 게 낫겠지. 사실 그럴 수 있을지는 의문이지만.

교실의 분위기를 주시하고 필요하면 바로 끼어들기 위함인지, 그는 장소도 옮기지 않은 채 복도에서 바로 말을 꺼냈다.

그가 대뜸 던진 말에 내 표정이 흐트러졌다.

"무슨 속셈이야?"

"뭐?"

"처음 여령이한테 자습실에 가지 않았단 걸 지적한 게 너란 걸 들었어."

"아니, 그건 김혜힐이랑 같이 교무실에 갔을 때 그러면 안 된다는 얘기를 들어서……."

떨떠름하게 대답하는 한편, 나는 심장이 죄어드는 듯한 느낌을 받았다.

그가 내게 어떤 낌새를 느꼈을지도 모른다는 생각은 하고 있지만, 나를 아예 적대시할 줄은 꿈에도 몰랐다. 더군다나 이건 의심 조도 아닌 확신 조였다.

"하지만 그 직후 안지영이 이상해졌을 때 넌 걔를 쫓아서 나가지도 않았다며."

"그게 왜 문제가 돼? 내가 그럴 만큼 안지영이랑 친한 것도 아닌데."

"그럼 여령이가 나갔을 때는 왜 망설임 없이 쫓아 나간 거야? 그것도 누구보다도 먼저. 그럴 사이가 아닌 건 여령이가 더 그렇지 않아?"

숨을 들이쉰 그가 거침없이 말을 이었다.

"애초에 이 모든 상황을 네가 계획한 거지? 목적이 여령이를 특별 자습실로 내쫓는 거였든, 반 애들에게 반감을 사게 하는 거였든 둘 중 뭐든 간에."

"아니······."

나는 단정적으로 내뱉는 그를 어리둥절하게 쳐다보았다.

자신의 어두운 면을 아무에게도 드러내고 싶지 않아 하기에 그는 언제나 적을 고를 때는 신중했다. 그런 그가 어째서 내게는 이토록 경솔하게 구는지 알 수가 없었다.

무언가 계기가 있었을까? 그러나 아무리 되짚어 봐야 내가 경험하지 않은 시간 속 기억이 떠오를 리는 만무했. 머릿속이 뒤죽박죽된 와중에 가슴 한편을 슬금슬금 타고 기어오르는 것은 다름 아닌 두려움이었다.

나를 완전히 적으로 상정하고, 자비 없는 눈으로 나를 보며 거침없이 말을 내뱉는 주인이는 과연 내가 한 번도 본 적이 없는 사람이었다.

나는 비로소 주인이가 적으로 두었던 이들의 심정이 어떠했을지, 또 정체가 완전히 밝혀지기 전 그의 추궁을 피해 줄다리기를 해야 했던 아리의 심정은 어땠을지 알 수 있었다.

그때, 허공을 헤매던 내 눈에 낯익은 것이 들어왔다.

하복 반팔 아래 드러난 주인이의 손목에 무언가 걸려 있었다.

오랫동안 빼지 않고 생활한 듯 낡고 닳은 소원 팔찌.

"아."

낮은 탄성과 함께 나는 그제야 정신을 차릴 수 있었다.

주인이의 의아한 시선을 받으며 나는 애써 차분히 대답했다.

"음. 그거 말인데. 내가 반여령한테 전부터 호감을 품고 있었다는 걸로는 어떻게 안 될까?"

그러자 금세 다시 미간을 좁힌 주인이가 냉랭하게 대꾸했다.

"그랬다면 너는 지금까지 올 필요도 없이 진작 여령이에게 다가갔겠지. 너는 사람들이랑 사귀는 것 자체를 귀찮아하는 김 쌍둥이조차 네 편으로 끌어들인 사람이잖아. 그건 둘째 치고, 당시 전교생이 등을 돌렸던 반휘혈과 친해진 건 어떻게 설명할 건데?"

나는 다만 허탈한 미소를 지으며 대꾸할 수밖에 없었다.

"너 나에 대해 생각보다 많은 걸 아는구나."
"그럼. 넌 네 생각보다 유명 인사거든."

주인이가 주저 없이 수긍하는 것을 보고 나는 조금 놀랐다. 아니, 진짜야? 사대천왕 중 하나가 주목하고 있을 정도로 스펙터클한 삶이었다니, 대체 나 어떻게 산 건데.

그러다 말고 나는 조금 반성했다. 아무리 생각해도 바뀐 기억 속 내 삶이 원래 내 삶보다는 소박할 것이다.

그리고 나는 난처하게 웃으며 대꾸했다.

"잠깐, 아무리 그래도 휘혈이랑 반여령의 경우를 비교하는 건 좀 아니지. 둘 사이에는 결정적인 차이점이 있잖아."
"뭐가?"
"반휘혈에겐 아무도 없었지만, 여령이에게는 너희가 있잖아."

턱을 들어 그를 흘긋 가리킨 내가 말을 이었다.

"너희가 곁에 있는데 반여령에게 감히 누가 빈자리를 채워 주겠다며 다가가겠어?"

그러자 주인이는 잠시 침묵했다. 먹혔나? 내가 조마조마한 눈으로 그를 바라보는 찰나, 그가 내 생각을 읽은 것처럼 말했다.

"너 정말 말 잘한다. 더군다나 내가 대뜸 이렇게 굴어도 놀라지도 않고 말이야. 꼭 내 성격에 대해 전부터 알고 있었던 사람 같네."

누가 얘기해 주기라도 한 거야? 그가 의아하게 묻는 말에 나는 어깨를 흠칫 떨었다. 아차, 역시 너무 자연스럽게 굴었나. 그래도 조금은 당황한 티를 냈다고 생각했는데.

그때, 묘한 표정을 지은 그가 다시금 고개를 기울이며 대꾸했다.

"그런데 말이야, 네가 아무리 열심히 항변해도 내 의심은 지워지지 않아. 왜냐하면, 애초에 내가 널 의심하게 된 계기는 방금 네 그 행동이 아니거든."

정확히는, 나는 네 행동이 내 의심을 증명했다고 생각해. 그렇게 말하는 그에게 나는 의아하게 물었다.

"그 계기란 게 뭔데?"

눈을 깜빡인 주인이가 거침없이 답했다.

"너 유천영을 좋아하지? 아니면 은지호라거나."

나는 하마터면 기침을 내뱉을 뻔했다. 다음 순간 내 머릿속에서 그와 어떻게 하면 잘 지내볼 것인지 따위의 생각은 싹 사라지고, 나는 그저 그의 멱살을 붙잡고 어떻게 알았냐고 다그치고 싶어졌다. 정말이지 사대천왕에게 초능력이라도 있다는 설정이 아니고서야 이럴 수는 없다.

방금까지의 평정심을 완전히 잃어버린 나를 보며 주인이가 한쪽 입꼬리를 끌어 올려 여유롭게 웃었다.

"역시나. 처음 의심하기 시작한 건 핸드폰 모델 때문이었는데."

당황하며 턱을 훔치던 나는 그의 말에 고개를 들었다.
"뭐? 핸드폰?"
"응. 딥 블루 광고를 네가 보지 않았다는 건 정말이지 말이 안 되거든. 왜냐하면 우리 학교에서도 그 광고는 텔레비전에 몇 번이나 틀어 놓고는 했으니까."

그러고 보면 분명 내 기억 속에도 그런 일이 있기는 했다. 그러나 나는 설마 바뀐 세계 속에서도 그런 일이 있었을 거라고는 생각지 못하고 있었다.

예상이 빗나가 당황하는 내 앞에서 주인이는 웃으며 말을 이었다.

"본인은 그 특별한 지위를 전혀 몰랐다는 척, 우연을 가장해서 접근하려던 애들은 꽤 있었거든. 그런 애들이 흔히 하던 짓이라 금방 알아봤어. 은지호의 시선이 유난히 따갑던 거 못 느꼈어?"

"뭐?"

"걔도 나와 같은 걸 의심하고 있었던 거지."

빙긋이 웃으며 그렇게 말하는 주인이를 보며 나는 조금쯤 울고 싶은 심정이 되었다.

아, 그랬단 말이지. 나는 속으로 이를 갈며 중얼거렸다.

너 나 기억한다며? 안 잊어버린다며. 누가 강제로 잊게 해도 잊어버릴 수도 없을 것 같다며.

하지 못할 말을 입속으로만 낮게 중얼대는 내게 주인이

의 말이 꽂혔다.

"그런데 내가 가만 살피니까, 네 시선은 유천영을 좋아한다기에는 대부분 은지호에게 꽂혀 있더라고. 물론 네가 걔의 시선을 느껴서 그런 걸지도 모르겠지만 그렇다기에는 눈빛이 이상해서. 그래서 나는 오히려 네가 유천영을 징검다리 삼아 은지호에게 접근하려는 걸지도 모른다는 생각을 해 보았는데. 뭐, 답이 뭐든 간에."

드디어 사냥감을 궁지에 몬 듯 그의 얼굴에는 여유가 넘쳤다. 만족스럽게 웃으며 고개를 기울인 그가 비로소 못을 박았다.

"다 들킨 거 알았으면 수작 부릴 생각 하지 말고 여령이한테서 떨어져. 또, 우리한테서도. 여령이를 통해 우리한테 접근할 생각 같은 건 하지 않는 게 좋아. 최유리의 경우를 통해 깨달은 거 없어?"

그의 마지막 말을 듣고서야 나는 아차 하며 고개를 들었다. 비어 있던 마지막 퍼즐이 비로소 맞춰지는 느낌이었다.

나는 그에게 추궁을 당하는 내내 그가 어째서 이토록 성급하게 굴까 하는 의문을 떨치지 않을 수 없었다. 하지만 그가 나와 최유리를 겹쳐 보고 있었다면 충분히 말이 된다. 더군다나. 나는 입술을 깨물었다.

최유리의 얼굴은 나와 꽤 닮아 있었다. 다른 사람들에게서 여러 번 들었기도 했고, 그녀 스스로도 기분 나빠하면서도 결국엔 인정했던 사실이었다.

 하지만 나는 최유리와 생김새만 조금 닮았을 뿐 엄연한 남인데. 속으로 억울해하던 나는 문득 내 위에 드리운 그림자를 느끼고 고개를 들었다.

 주인이 또한 새로운 인기척을 느낀 듯 옆을 돌아보았다.

 그와 동시에 날카로운 발차기가 그와 내 사이에 내리꽂혔다.

 "수작? 수작은 무슨. 너나 개수작 부리지 말고 꺼져, 이 자식아."

 맹수처럼 사나운 표정을 하고서, 두 손은 주머니에 꽂고 한 발로 주인이의 바로 옆 벽을 걷어차며 그렇게 말한 사람은 다름 아닌 루다였다.

 루다가 발을 내리고 나서도 한동안 복도에는 날 선 공기가 흘렀다. 나는 쉴 새 없이 두 사람을 번갈아 보며 마른침만 삼켰다.

 내 앞에서 두 사람이 대립한 적은 여러 번 있었지만, 기껏해야 내가 더 나쁘네 네가 더 나쁘네 따위의 가벼운 말싸움이었다. 그런 둘을 보고 있자면 나도 따라서 심각해지기보다는, 싸우다 말고 선생님께 쪼르르 달려와 서로의 잘못을 이르는 유치원 애들이 떠올라 그저 웃기고 귀여웠다.

 그러나 두 사람의 이런 모습 따위, 나는 한 번도 상상해본 적 없었다. 더욱 나쁜 점은 이 싸움이 촉발된 원인이 다름 아닌 나라는 것이었다.

나는 일단 당사자의 의무로서 둘을 말려 보기로 했다.

"저기, 루다야. 정말 고맙긴 한데 내가 알아서 할 수 있어."

그러자 내 말을 들은 주인이 냉큼 말했다.

"알아서 한다잖아."

"시끄러, 인마. 내가 지금 단이 때문에 이러는 줄 알아? 전부터 난 네가 기분 나빴어. 웃긴 일도 없는데 싱글거리고 다니는 건 똑같아도, 권은형과는 달리 넌 기분 나빴다고. 언젠가는 이렇게 본색을 드러낼 줄 알았지."

울컥한 듯 루다가 사납게 대꾸하는 말에도 주인이는 여상하게 고개를 기울이며 대답했다.

"누구 얘기를 하는 건지 모르겠네. 1학년 때 자기 얘기인가?"

"야! 이게 진짜."

루다가 벌컥 성을 냈지만 내가 보기에는 찔려서 그러는 것일 뿐이었다.

그것을 알아챈 듯, 주인이 또한 한쪽 입꼬리를 끌어 올리며 더욱 크게 미소 지었다. 나는 이마를 짚으며 한숨지었다. 아이고야…… 예상은 했지만, 전혀 듣지 않는군.

내가 다시 입을 열었다.

"저기, 둘 사이에 정말로 용건이 있는 거면 내가 없을 때 따로 얘기하는 게 낫지 않을까?"

내가 둘 사이에 끼어 있어 봐야 잘 풀릴 얘기도 안 풀릴 것 같으니, 차라리 일찍 사라져 주는 게 상책이다.

"지금 주인이와 말하던 건 나니까, 내 얘기 먼저 끝낼게."

기다려 줄 수 있지? 내가 루다를 돌아보며 묻자, 그는 떨떠름한 얼굴로 고개를 끄덕였다.

순서를 양보하는 게 내키지 않아서 그러는 게 아니라, 내 담담한 태도에 놀란 것 같았다.

잠시 숨을 고른 나는 애써 차분하게 입을 열었다. 주인이가 희미한 빛이 감도는 눈으로 나를 응시했다.

"주인아, 나는 네가 왜 이렇게…… 내 자식이랑 헤어지라며 돈 봉투 건네주는 부모처럼 구는지 모르겠어."

내가 고르고 골라 꺼낸 표현에 주인이의 미간이 왈칵 구겨졌다. 그것을 보고 나는 아차 했다. 내 표현이 너무 신랄했나?

그가 신경질적으로 물었다.

"뭐?"

"내가 여령이하고 친해지는 일에 대해서 왜 네가 이렇게까지 나서는지 모르겠다는 얘기야. 내가 누구를 좋아하건 네게 솔직하게 대답해야 할 의무는 없어. 또 내가 누구를 좋아하는 것과 여령이에게 호감을 가진 것 사이에도 아무런 관련이 없고."

아니, 오히려 내게는 반여령이 먼저였다. 그녀는 언제나 나를 이루는 기본 구성 요소였으므로, 그녀와 가까워져야만이 나는 온전한 나로서 그들 앞에 설 수 있었다.

그러나 주인이는 여전히 내가 무슨 말을 하는지 모르겠다는 듯한 반응이었다. 그가 눈살을 찌푸리며 대꾸했다.

"네가 우리 중 하나를 좋아하는 것과 여령이에게 접근하는 것 사이에 왜 관련이 없어? 최유리의 경우를 잊었어?"

혀를 앞니에 꾹 눌렀다 뗀 내가 내뱉었다.

"나는 최유리가 아니야. 최유리의 잘못을 나한테까지 전가하지 마."

내가 말을 이었다.

"의심하는 건 네 마음이지. 그런 일이 있었으니 네가 반여령에게 다가가는 사람들을 경계하는 건 이해해. 그래도 반여령이 누구와 친해질지는 걔가 직접 선택해야 할 문제잖아. 너 자꾸 이런 식으로 계속 끼어들면 정말로, 내 자식이랑 친해지지 말라고 하는 부모 꼴밖에 안 돼."

"난……."

"여령이 판단을 그렇게 못 믿어?"

내가 팔짱을 끼며 날카롭게 던진 물음에 마침내 주인이의 표정이 변했다. 표정 없는 눈으로 나를 보던 그가 이윽고 다시 웃었다.

그가 씩 웃으며 뱉었다.

"그렇게까지 말하면 할 말이 없네. 그래, 내가 극성 부모처럼 굴었다는 건 인정할게. 여령이의 판단력을 못 믿는 사람이 되느니 그편이 더 낫겠어."

그가 낮게 목소리를 내리깔며 덧붙였다. 그런데 말이야.

"그러는 너는 네 말에 책임질 수 있어?"

"책임이라니?"

그가 다갈색 눈으로 나를 헤집을 듯 쏘아보며 답했다.

"여령이를 좋아하는 마음이 우리 중 누군가를 좋아하는 마음과 관련이 없다며. 그렇다면 넌 여령이와 가까워지되 그걸 계기로 우리와 가까워져선 안 되겠네? 그렇지?"

"그건……."

한 박자 쉰 내가 느릿하게 덧붙였다.

"그건, 다른 문제지. 사람이 어울리다 보면 자연스럽게 주변 사람들과 가까워질 수도 있는 법이고."

"거봐. 이런데도 흑심이 없다는 네 말을 믿으란 소리야?"

빈정대는 그의 말을 들으며 나는 쓰게 웃었다.

의심을 살 거란 건 알고 있었지만, 빈말로라도 '그들과 친해지지 않겠다'라고 맹세하고 싶진 않았다. 그들과 다시 친해지리란 희망은 이미 내 마음속에서 실낱같아졌지만, 그땐 그조차 완전히 사라져 버릴 것만 같아서.

그때, 한발 뒤로 물러나 우리의 대화를 잠자코 듣고 있던 루다가 끼어들었다.

그가 주인이를 보며 대수롭지 않게 말했다.

"그럼 너 빼고 친해지면 되겠네. 네가 반여령 부모처럼 굴 권리가 없는 것처럼, 다른 세 사람 부모처럼 굴 권리가 없는 것도 마찬가지 아니냐?"

"뭐?"

주인이의 미간이 왈칵 구겨졌다. 아무래도 주인이는 내가 한 말보다도 루다가 방금 한 말이 더 기분 나쁜 모양이었다.

그를 태연히 외면한 루다가 나를 돌아보며 말했다.

"결론 났네. 단이 네가 저 자식하고만 친해지지 않겠다고 하면 되는 문제였어. 얼른 그렇게 선언해 버려."

저런 기분 나쁜 자식 따위, 어울려 봐야 너만 손해지. 그렇게 덧붙이는 루다에게 주인이가 짐짓 흉흉한 얼굴로 물었다.

"누구 마음대로?"

"누구 마음이긴, 단이 마음이지. 너는 남들이 누구랑 친해질지 일일이 간섭하고 다니면서, 단이는 자기가 친해질 사람 하나 못 고르냐?"

단아, 얼른 말해. 나를 작게 독촉한 루다가 다시 주인이를 향해 쏘아붙였다.

"게다가 네가 하는 꼴을 좀 봐. 네가 말하는 걸 듣고도 단이한테 너와 친해질 마음이 남아 있을 것 같아? 꿈 깨. 이 자식아."

"아."

어제의 아군은 오늘의 적 〈117〉

왜인지 주인이는 어두워진 얼굴로 낮게 내뱉었다. 그것도 잠시, 나를 힐끗 본 그가 다시 루다를 보더니 평소 같은 얼굴로 대꾸했다.

"아예 없진 않을 것 같은데. 나 못지않게 성격 나쁜 너를 친구로 두고 있는 것만 봐도 그렇잖아."

"내가 오늘 기필코 널 죽이고 만다."

"저기."

둘 사이에 내가 나직이 끼어들었다. 루다와 주인이가 으르렁대던 것을 멈추고 나를 돌아보았다.

그 순간만큼은 기억 속의 두 사람과 똑같은 모습이라서 하마터면 웃을 뻔했다. 실룩거리는 입꼬리를 애써 누르고 내가 말했다.

"그럼 난 할 말 끝난 것 같으니까 두 사람 얘기해. 난 이만 가 볼게."

"아니, 잠깐. 단아. 이 자식이랑 친해질 마음 없다고 말해야지. 그래야 이 자식이 너한테 더는 간섭 못 할 테니까."

루다가 눈을 휘둥그레 뜨고 다급히 꺼낸 말에 주인이가 조마조마한 눈으로 나를 보았다. 왜인지 잘못을 저지르고 나서 혼날 것을 기다리는 아이 같은 얼굴이었다.

아마도 내 착각일 거라고 생각하며 나는 차분히 대답했다.

"그건 알아. 하지만 그 말만은 못 할 것 같아서."

"뭐?"

루다와 주인이가 휘둥그레한 눈으로 나를 보는 가운데 나는 민망하게 이마를 긁적였다. 으음.

내가 말했다.

"그 말만은 못 하겠어. 아, 주인이가 루다 네가 성격이 나쁘다고 한 말에 동의하는 건 결코 아니야. 음, 결코 아닌데."

나는 여전히 이마를 긁적이며 대답했다.

"마음에도 없는 말을 할 순 없잖아."

"뭐?"

기이하게도 그렇게 물은 것은 루다가 아닌 주인이였다. 믿을 수 없다는 듯 나를 보는 그를 향해 나는 옅게 웃으며 말했다.

"난 너랑도 친해지고 싶어. 그리고 이건 여령이와 친해지고 싶은 마음과는 별개야."

"대체……."

"그럼 난 이만 가 볼게."

작게 주먹 쥔 내가 말했다. 루다한테서 꼭 살아남아! 그제야 옆을 본 그가 다시 전투적으로 입꼬리를 말아 올렸다. 그에 호응하듯 루다의 표정이 다시 사나워진 것은 물론이었다.

기세만으로 학교 복도를 밀림처럼 만들고 있는 두 사람을 남겨 두고 나는 돌아섰다.

잠깐 119라도 미리 불러 두는 게 좋지 않을까 하는 생각이 들었지만, 루다도 주인이도 말만 사납게 할 뿐이지 사실은 착한 애들이니까 괜찮지 않을까? 그래, 어쩌면 내일쯤엔 갑자기 의형제를 맺었다며 내게도 쾌활하게 인사를 건네 올지도 모르지.

사실상 지금으로서는 가능성이 전혀 없는 생각을 하며 나는 뒷문을 벌컥 열었다.

교실 안 모두의 시선이 내게 꽂혔다. 은형이가 여령이의 어깨에 한 손을 올린 채 뭐라고 말하고 있었고, 다른 이들은 그런 그들 주변에 어수선하게 몰린 채였다.

이민아가 물었다.

"뭐 하다가 이제 와? 여령이 찾아 준 게 너라며? 어디 있는지 어떻게 알았어?"

"아, 그냥 찾다 보니 우연히 발견했어. 아, 맞다. 그리고."

그 물음을 태연히 흘려 넘긴 나는 여령이를 돌아보았다. 어깨를 움찔하는 그녀에게 내가 진심을 담아 말했다.

"미안해. 내가 아까 교실에서 다들 듣고 있다는 걸 잊고 그런 말을 해서. 내가 그런 말만 안 했어도 너도 아무 일도 없었고 다른 애들도 기분 상하지 않았을지도 모르는데."

"아, 아니야. 나 걱정해서 챙겨 주려고 한 거잖아. 오히려 그때 네 말 듣고 고마웠어."

그 말을 듣고 여령이의 얼굴을 유심히 살핀 나는 이윽고 작게 웃었다. 그녀의 말과 표정에서 온전한 진심이 느껴졌다. 하긴, 애초에 거짓말을 한 적이 거의 없는 그녀였다.

고개를 푹 숙인 반여령이 덧붙였다.

"그리고…… 나 찾으러 왔을 때 해 줬던 말도 고마웠고."

나는 웃으며 대답했다.

"나 그때 했던 말들 다 진심이었어."

"알아. 그래서 더 고마워."

그녀가 비로소 부끄러움을 떨치고, 흔들림 없는 눈으로 나를 바라보자 나는 더욱 밝게 웃어 보였다. 내가 이사하는 바람에 그녀에게 함께 하교하자고 말할 수 없는 것이 그저 아쉬울 따름이었다.

이윽고 나는 안지영을 돌아보았다. 그녀를 향하는 다른 이들의 시선이 누그러진 것을 보면 내가 못 본 사이 반여령에게 사과를 건넨 모양이었다. 나는 속으로나마 그녀를 너무 부정적으로 생각한 것에 대해 반성했다.

반여령이 고립된 처지라는 것만으로 안지영이 분명한 의도를 가지고 그런 발언을 했다고 판단한 것은 지나친 억측이었다. 더군다나 안지영의 모습은 열등감을 이겨 내지 못하고 짓눌려 살던 어렸을 때의 나와 얼마간 닮아 있었다.

자리에 앉아 그녀의 뒷모습을 보며 나는 속으로 질문을 던졌다.

사실 네가 정말로 참을 수 없던 건 반여령이 아니라 너 자신이잖아, 그렇지?

하지만 너도 언젠간 네가 어떤 사람이고, 어떤 성과를 냈는지와 무관하게 받아들일 수 있는 날이 올 거야. 너를 있는 그대로 사랑해 주는 누군가가 생긴다면 말이야. 반여령과 내가 그랬던 것처럼.

턱을 괴고 그렇게 생각하던 나는 이윽고 천천히 고개를 숙이며 눈가를 내리눌렀다.

아, 안 돼. 생각하지 않으려 해도 자꾸 떠올라.

주인이의 날카로운 눈빛과 마주한 그 순간부터 과거가 바뀌기 전, 마지막으로 그와 단둘이 나누었던 대화가 자꾸만 떠올랐다.

적막한 빈 교실에서 창가에서 쏟아진 햇빛을 받으며 그늘 한 점 없이 웃던 그의 모습.

그의 황금색 눈 안에서 간혹 타오르던 분노조차 나를 향한 것이 아닌 나를 위한 것이었고, 그래서 두렵다는 느낌은 전혀 들지 않았다.

그리고 다정한 목소리로 전해 오던 말들.

'가능하다면 엄마가 어렸을 때로 돌아가서 그런 말들을 듣지 않게 하고 싶지만…… 그건 내가 할 수 없는 일이잖아. 그러니까 엄마, 그 대신 나는 내가 할 수 있는 일을 할게. 나는 지금 옆에서 엄마를 도와줄게.'

'과거가 지금을 바꿨듯이, 지금을 바꾸면 미래 또한 바뀌어 있을 거야.'

'엄마, 괜찮아. 이미 이렇게나 바뀌었잖아. 앞으로도 바꿀 수 있어. 단 이번에는 나나 다른 사람이 아니라, 엄마 자신을.'

그 따뜻하던 약속.

'나도 도와줄 거고, 다른 모두도 곁에 있을 거잖아. 그러니까 점점 나아질 거야. 점점 좋아질 거야, 더.'

나는 떨리는 손을 주먹 쥐어 이마에 가져다 댔다. 쏟아지려는 울음을 애써 삼키며 내가 되뇌었다.
너는 과거가 지금을 바꿨으니 지금을 바꾸면 미래 또한 바뀔 거라고 했지만.
과거가 바뀌었고, 다시 바뀐 현재 앞에서 나는 도무지 어떻게 해야 할지 모르겠어.
곁에 있겠다고 약속한 사람 중에 너희만이 온데간데없잖아.
그러나 나는 더 불만을 토로하는 대신 눈을 내리감으며 길게 숨을 내뱉었다.
그러니 나는 너희 도움 없이 스스로를 바꿔야만 해.
항상 갈림길에 서서 우유부단하게 머뭇대다가 너희에게

이끌려 가던 내게, 처음으로 내 스스로 해야만 하는 순간이 온 거야. 아니, 사실은 나를 바꾸는 것은 결국 온전히 내 선택이라는 것을 알고 있으면서도 지금까지 너희의 호의에 기대 온 셈이지. 그러니까 이번만큼은 내 힘으로 해내지 않으면 안 돼.

그러지 못하면 너희를 영원히 잃을 수밖에 없을 테니까.

하지만 마지막 가정은 생각하는 것만으로도 마음이 너무 아팠다.

내가 이마를 가렸던 손을 내리고 일그러진 얼굴로 숨을 몰아쉬던 그때, 교실 뒤쪽에서 문이 열리는 소리가 들렸다.

나는 뒤를 돌아보았다. 때마침 가라앉은 얼굴로 들어오던 주인이가 나와 시선이 마주치고 눈을 동그랗게 떴다.

그가 내 표정을 자세히 살피기 전에 나는 얼른 다시 고개를 돌렸다.

뒤통수에 따가운 시선이 느껴졌지만, 그게 누구의 시선인지는 알 수 없었다.

* * *

함단이가 교실로 사라지자마자 이루다는 방금까지는 예고편에 불과했다는 듯 더욱 삐딱하게 서며 다그쳤다.

꼭 목줄 풀린 개, 하지만 스스로가 사냥개라고 믿고 있는 소형견을 보는 것 같아 우주인은 솔직히 말해 웃음만 나왔다.

"왜 이렇게 성급하게 구는 거야? 솔직히 말하자면 이건 지금 전혀 너답지 않은 거, 너도 알고 있지?"

무슨 말을 하려나 싶어 우주인은 묵묵히 기다리기로 했다.

"솔직히 말해서 네 성격이 보통이 아닌 것쯤 나도 진작 눈치채고 있었어. 우리가 운 좋게 부딪칠 일이 없었다지만, 교내에서 알아주는 사고뭉치들도 너만 봤다 하면 벌벌 떨며 피해 가는데 못 알아볼 리가 있나. 그런 녀석들이 대체로 내가 성가시다고 점찍어 둔 녀석들이었던 것만 봐도 뻔하지."

그리고 팔짱을 낀 그가 씹어뱉듯 말했다.

"그런데도 내가 널 그리 나쁘지 않다고 생각한 건, 너와 내 판단 기준이 그리 다르지 않아서야. 하지만 이건 경우가 다르지. 단이는 네 기준에도 내 기준에도 도무지 적이나 쓰레기로 판단될 사람은 아니야. 그러니 말해 봐. 대체 왜 그런 건데?"

우주인이 아무 대답이 없자 이루다는 답답한 듯 다그쳤다.

"오히려 너는 반여령에게 은근히 여자 친구가 생겼으면 하고 바라는 눈치 아니었어? 그런데 왜 그 친구가 단이가 되면 안 되는데? 말마따나 단이가 최유리와 겉모습이라도 닮아서? 도대체 뭣 때문에 그렇게 싫은 건데?"

"나는."

그때였다. 잠자코 듣고 있던 우주인이 마침내 내뱉은 말에 이루다는 귀를 기울였다.

이어진 말에 이루다의 미간이 조금 구겨졌다.

"함단이가 싫진 않아."

"뭐?"

"그리고 너도."

이 새끼 갑자기 무슨 소름 돋는 소리를 하는 거야? 그렇게 말하며 후다닥 물러나는 이루다에게 우주인이 표정 없이 말했다.

"하지만 내 마음에 들었다는 건, 대체로 그 사람들이 나와 동류란 뜻이거든. 반여령이나 다른 애들과는 달리."

"뭐?"

"그 애들의 경우에는 충분한 관찰을 통해 좋은 사람인지 아닌지를 판단할 시간이 있었어. 하지만 너나 함단이는 아니야. 너희 둘이 내 마음에 든 건 그야말로 직감에 가까워. 그러니까."

이루다가 우주인의 말을 받았다.

"즉, 너는 단이가 첫눈에 네 마음에 들어서 싫다. 왜냐하면 네 사람 보는 눈을 신용할 수 없으니까."

"정확해."

우주인이 빙긋 웃으며 대꾸했다.

"나는 나와는 달리 올곧고 착한 사람도 좋아하지만 나와 비슷한 사람도 조금은 좋아하거든. 나 같은 사람이 세상에 나 혼자만 있는 건 아니구나 싶어서."

안심이 된달까. 단조롭게 덧붙이는 우주인을 보며 이루다가 이를 으득 씹었다. 그가 사납게 쏘아붙였다.

"그럼 시비부터 걸지 말고 나한테 하는 것처럼 대화를 해. 단이가 네 마음에 들었다는 게 다짜고짜 네 시비를 받아 줘야 할 이유는 못 돼. 최소한의 존중조차 하지 않는 이유가 뭐야?"

"그걸 나도 모르겠어."

"뭐?"

이루다의 표정이 눈에 띄게 흐트러졌다. 고개를 기울인 우주인이 담담하게 말을 이었다.

"분명히 어느 정도 예의를 갖춰 말할 생각이었는데, 왜인지 눈을 똑바로 마주친 순간 그게 잘 안 돼서."

"예의를 갖추지 않아도 될 정도로 우습게 보였다 이 말이냐?"

낮게 으르렁대는 이루다에게 우주인은 태연히 고개를 저어 보였다.

"아니, 그렇다기보다는."

그가 턱을 짚으며 말을 이었다.

"거짓말이 잘 안 나왔다는 편이 적절한 것 같아."

"뭐?"

"그래, 맞아. 왠지 연기하고 싶지 않았어."

최소한의 연기조차. 스스로 고개를 주억거리며 덧붙인 우주인은 문득 움찔하며 천천히 눈을 들었다.

그가 갑자기 방어적인 태도가 되어 덧붙였다.

"어차피 그렇게 돼서 나쁠 건 없잖아? 그 애가 내 직감처럼 나쁜 사람이라면 그 애는 반여령에게서 떨어져야 하고, 좋은 사람이라면 나한테서 멀어져야 해."

이루다는 다시 황당한 듯 물었다.

"뭐?"

"왜냐하면, 피해자는 반여령과 나머지 셋으로 족하니까."

그렇게 말하고 어두운 표정으로 고개를 숙인 그는 다시 날아온 말에 눈을 크게 떴다.

"웃기고 자빠졌네. 그런 생각을 하던 놈이 아까 내가 단이한테 너랑 친해지지 말란 말을 했을 때 그런 표정을 짓냐?"

"내가 뭐?"

어리둥절하게 되묻는 우주인에게 이루다가 어처구니없어하며 되물었다. 너 정말 몰라서 물어?

"너 그때 분명히 나 쏘아봤잖아. 그것도 죽일 듯이."

"내가 언제?"

"그래서, 너와 친해지지 말라고 내가 단이한테 했던 말에 기분이 안 나쁘셨다?"

낭패한 기색으로 입을 다무는 우주인을 보며 이루다가 낮게 웃었다. 처음으로 얼굴에 승리감을 드러낸 그가 물었다.

"너 지금, 단이한테 터무니없이 어리광 부리고 있는 거 아니냐?"

아무 말이 없는 우주인을 앞에 두고 이루다가 거침없이 말을 이었다.

"거짓된 모습을 보이고 싶지 않았다. 연기도 하고 싶지 않았다. 그러면서도 멀어지는 것 또한 바라지 않는다. 그게 너를 있는 그대로 받아들여 달라는 뜻이 아니고 뭐야? 그것도 심지어 얘기도 얼마 안 나눠 본 사람에게 말이야."

이루다를 잠자코 쏘아보던 우주인은 휙 몸을 돌렸다. 야, 너 어디 가? 나 아직 말 다 안 끝났…… 뒤에서 쏟아지는 말을 뒤로하고 우주인은 교실 문을 휙 열어젖혔다.

뒤에 들어올 사람이 있음에도 문을 세게 닫는 한편, 교실을 둘러보던 그는 함단이와 눈이 마주쳤다.

그녀의 일그러진 얼굴을 보고 그는 흠칫 얼어붙었다. 하마터면 당장 교실을 가로질러 가 괜찮냐고, 어디 아픈 거 아니냐고 물어볼 뻔했다.

그야말로 터무니없는 생각. 그렇게 생각하며 우주인은 자리로 돌아가 앉았다. 그의 머릿속에 이루다가 했던 말이 맴돌았다.

'너 지금, 단이한테 터무니없이 어리광 부리고 있는 거 아니냐?'

주먹을 꽉 쥔 그가 낮게 읊조렸다. 어리광은 누가 어리광을 부렸다는 거야? 나는 그저.
앞줄에 보이는 함단이의 뒷모습을 보며 우주인은 읊조렸다.
난 내가 했던 말을 후회하지 않아.
그녀가 안 좋은 사람이라면 그녀는 반여령에게서 멀어져야 하고, 그녀가 좋은 사람이라면 그녀는 내게서 멀어져야만 해.
이것만은 흔들림 없는 진실이었다.

제72조. 놀이공원인데 데이트는 아니라고요?

놀이공원인데 데이트는 아니라고요?

 반여령과 나는 순조롭게 가까워졌다. 우리는 쉬는 시간마다 서로의 자리에 찾아가 떠들거나, 팔짱을 끼고 복도를 거닐거나 매점을 갔다. 종종 이민아와 김혜힐이 합류할 때도 있었지만, 반여령이 나와 단둘이 있는 것이 더 좋다는 것을 온몸으로 티 낼 때면 가슴께가 간질간질해서 웃음을 참을 수가 없었다.

 그러는 한편 나는 주인이와 다른 사대천왕들을 끊임없이 신경 썼다. 그들과 멀쩡하게 친분을 쌓는 것은 주인이가 나와의 첫 대화에서 적대감을 보인 이후로 완전히 포기했다. 그보다는 그저 나와 반여령 사이에 개입이나 말았으면 싶었다.

 다행히도 주인이는 처음에 말했던 것과 달리, 여령이와

내가 점점 가까워지는 것을 두 눈 뜨고 보면서도 아무런 말이 없었다.

하지만 내게는 그가 턱을 괴고 의미를 알 수 없는 눈빛으로 지켜보기만 하는 쪽이 더 무서웠다.

무슨 일을 계획하고 있는지 짐작해 보려고는 했지만 내게 가능할 리 없었다.

그들의 두뇌 회전에 가장 큰 충격을 받았던 때는 역시, 은지호가 이 세계가 소설 속임을 추리해 냈을 때일까?

그런 기억이 떠오를 때면 나는 남몰래 은지호를 노려보고는 했다.

이번에도 네 가공할 추리력으로 어떻게든 전말을 유추해 보란 말이야! 속으로 윽박지르다 말고 시선이 마주칠 것 같으면 나는 얼른 눈을 피했다. 결코 내가 그를 좋아한다고 의심받고 싶지는 않았다.

무엇보다 당연한 듯 그렇게 생각하는 그가 너무 재수 없었다. 덕분에 그가 반여령을 처음 만났을 때 보였던 행동이 떠올라 밤에는 간혹 괴로워질 정도였다.

그렇게 평화로운 나날이 흘러갈수록 나는 마음이 편해지긴커녕 더더욱 암담해져만 갔다.

어느덧 7월에 접어들어 이제는 이 고등학교에서 보내는 마지막 여름 방학까지 한 달밖에 남지 않았다.

방학이 끝나면 약 석 달 뒤 대학 수학 능력 시험, 줄여서 수능이 찾아올 것이고, 그 뒤 우리는 곧바로 각자의 길을 찾아 뿔뿔이 흩어질 것이다. 그럼 이들과 나를 한데 묶어 두는 최소한의 울타리조차 사라지겠지.

하지만 나는 아직도 모두와 친해지는 건 고사하고, 유천영과 은지호와는 말조차 나눠 보지 못하고 있었다.

어쩌면 좋지? 어떡해야 하지? 오늘도 이마를 짚은 채 늘 하는 고민에 빠져 있던 나는 벨 소리를 듣고 고개를 들었다. 야간 자습이 끝났음을 알리는 음악이 힘차게 흐르고 있었다.

귀에 익은 클래식 음악을 들으며 나는 중얼거렸다. 한때 이 음악을 좋아했지만, 졸업하고 나서 굳이 두 번 다시 찾아 듣진 않을 것 같아.

그리고 나는 가방을 챙겨 밖으로 나섰다.

지하철역까지 김 쌍둥이와 윤정인, 신서현, 이민아와 이동하고 헤어지면 버스 정류장까지는 나 혼자 몇 분을 더 걸어야 했다.

가끔은 지하철을 타기도 했지만, 버스로 고속 도로를 타는 게 더 빨랐다. 무엇보다 배차 시간을 무시할 수 없었다.

이 횡단보도만 건너면 바로 우리 집까지 직통으로 가는 버스 정류장이 있었다.

빠르게 눈앞을 오가는 불빛을 보며 그저 멍하니 서 있던 나는 옆에서 날아온 말소리에 고개를 돌렸다.

"단이 아니야? 너도 이쪽으로 하교해?"

부드러운 목소리를 듣자마자 예상은 했지만 역시나였다. 그를 알아본 내가 웃으며 말했다.

"안녕, 은형아. 너도 혹시 맞은편 정류장 이용해?"

"응. 나 말고 저기서 버스 타는 사람 처음 봐. 아, 물론 우리 학교 교복 입은 애들은 몇몇 있는데, 우리 반에서는."

그리고 그가 빙긋 웃으며 '이제부터 같이 다니면 되겠다.' 하고 덧붙인 말에 나 또한 웃었다.

"나도 좋아. 평소에는 다른 애들이랑 역 앞에서 헤어져서 나 혼자 여기까지 걸어오거든. 몇 분 안 되지만 그동안 심심했는데. 너도 낄래?"

"좋지."

그렇게 대답하며 선뜻 웃어 주는 그가 너무 고마웠다. 그와 여령이마저 내게 무관심하거나 적대적이었다면 정말이지 진작 모든 희망을 잃었을 거란 생각이 들 정도로.

동요를 숨기려고 괜히 앞머리를 매만지던 내가 문득 물었다.

"그러고 보니, 오늘 꽤 늦게 나왔네? 나는 애들이랑 편의점에서 뭐 사 먹으면서 삼사십 분 정도 떠들다가 나온 길이거든. 그런데 너도 같은 시간에 온 거 보면. 학교에서 무슨 일이라도 시켰어?"

그러자 그는 고개를 내저었다.

"아니. 나는 여령이 데려다주러 다녀오는 길이야."

뭐? 내가 앞머리를 매만지던 것을 멈추고 은형이를 빤히 보자, 그가 어째선지 회녹색 눈동자를 굴리며 조금 횡설수설했다.

"알지? 여령이 통학하는 거. 아파트가 여기랑 가깝거든. 걸어서 15분쯤……."

그가 방향까지 가리켜 보이며 하는 말에 나는 고개를 끄덕였다. 그거야 누구보다도 잘 알지, 한때 내가 살던 아파트인걸.

그것만은 변하지 않았다는 것을 알기에 나 또한 거리낌 없이 말할 수 있었다.

"응, 나도 한때 그 아파트 살아서 알아."

"뭐?"

놀란 듯 되묻는 그에게 나는 애써 태연한 척 배시시 웃어 보였다.

"하하, 신기하지. 놀랍게도 올해 5월까지 살았거든."

그전까지는 나도 걸어서 통학했어. 그래서 너랑 내가 못 마주쳤는지도 모르겠다. 내가 덧붙이는 말을 듣는 내내 눈을 깜빡이던 은형이가 느리게 입을 열어 말했다.

"와, 정말 몰랐어. 나 여령이를 데려다준 적이 한두 번이 아니라, 같은 길을 걸었다면 마주쳤을 법도 한데."

"음, 한 번도 안 마주쳤어? 그러게, 그건 신기하다. 그래도 나는 너희 몇 번 봤는데."

"아, 진짜?"

"응. 그래서 여령이랑 나랑 같은 아파트 산다는 것도 진작 알고 있었어."

"그럼 부르지. 인사했을 텐데."

못내 아쉬운 듯 그렇게 말하는 은형이를 보며 나는 멋쩍게 뒷머리만 긁적였다.

그가 나를 한 번도 보지 못했다고 말하는 것을 듣고 내 과거에 대한 의심이 또다시 되살아났지만, 내가 반여령의 옆집에 살았던 것만은 엄마의 증언과 사진을 통해 확인했으니 사실일 것이다.

멋쩍게 웃는 나를 향해 은형이가 무슨 말을 하려는 듯 입을 열었다.

그러다 말고, 그의 회녹색 눈이 커지며 동공이 확장되었다.

그 모습이 마치 슬로우 필름처럼 보이는 것에 의아함을 느끼면서도 나는 도무지 이유를 찾지 못했다. 왜지?

내 등을 거세게 떠미는 힘이 느껴진 것은 그다음이었다.

구르듯 도로 바깥으로 튕겨 나온 내게 눈부신 흰색 불빛이 강하게 비쳐 왔다. 나는 영문도 모르면서 바짝 엎드렸다.

끼이이이익! 바퀴가 아스팔트와 마찰하며 생긴 날카로운 소음이 사방의 대기와 어둠을 찢었다. 시야를 검게 가린 그림자 속에서 나는 몸만 벌벌 떨었다.

이윽고, 속이 메스꺼워지는 짙은 탄내와 함께 누군가의 얼굴이 내가 숨은 어둠 속으로 불쑥 들이닥쳤다. 낯선 중년 남자가 성난 목소리로 외쳤다.

"뭐 하는 거야! 사람 인생 망치려고 작정했어?!"

"제, 제가 뛰어들려고 한 게 아니에요. 누가 제 등을 밀어서……."

언젠가 들었던 것과 소름 끼칠 정도로 같은 말에, 나는 그저 벌벌 떨면서 대답할 수밖에 없었다.

그러는 사이 나는 덥석 팔이 붙잡혀 바깥으로 끌려 나왔다.

무릎이 까지고 힘이 풀린 다리를 절뚝거리며 일어선 나는 뒤를 돌아보고 숨을 삼켰다.

하필이면 이번에도 나를 덮친 차량은 덤프트럭이었다. 실로 공교로울 정도의 우연이었다.

문득 다른 것에 생각이 미친 내가 퍼뜩 고개를 돌리자, 주위에 구름처럼 몰린 구경꾼 한가운데가 푹 꺼져 있었다.

내가 외치듯이 물었다.

"거기 남자애 하나 쓰러지지 않았어요? 방금까지 저와 얘기하던……."

"학생 친구야? 상태가 좀 이상해! 숨을 제대로 못 쉬는 것 같아."

마침 날아온 대답에 나는 빠르게 얼굴을 굳혔다. 어딜 가냐며 붙잡는 말을 뒤로한 나는 황급히 구경꾼들을 헤치고 나아갔다.

　은형이가 제자리에 반쯤 쓰러진 채 거친 숨을 몰아쉬고 있었다. 황급히 무릎을 꿇어 그의 머리를 안은 내가 주위를 둘러보았다.

　"비닐봉지 없을까요, 비닐봉지? 친구가 과호흡 발작을 한 것 같아요. 응급조치에 필요해요. 제발……."

　내 말을 듣고 다가온 누군가가 황급히 봉지를 내밀었다.

　그의 다급한 손길에 토마토 몇 개가 후두둑 떨어져 바닥에 굴렀지만, 나는 줍는 것을 도와줄 엄두도 내지 못한 채 연신 말했다.

　"죄송합니다. 죄송합니다……."

　그리고 나는 덜덜 떨리는 손으로 비닐봉지를 받아 의식을 반쯤 잃은 은형이의 코와 입에 가져다 댔다.

　과호흡 증세에 관한 응급조치는 내가 그의 앞에서 사고를 당하고 나서 가장 먼저 익힌 것 중 하나였다. 다음에는 이런 일이 없을 거란 보장이 없었기 때문이었다.

　하필이면 이번에도. 그의 코와 입에 봉지를 대고 억지로 날숨을 들이켜게 하며 나는 중얼거렸다. 하필이면 교통사고에 트라우마가 있는 은형이 앞에서 내가 사고를 당할 게 뭐야.

　"학생! 하던 얘기부터 끝마쳐야지 지금 뭐 하는 거야! 나 지금 저기 차 세워 둔 거 안 보여? 사람들이 경적 울려 대잖아!"

"잠시만요, 아저씨. 지금 친구가 발작을 일으켰다잖아요. 잠시만 기다려 보시고……."

사람들 사이로 트럭 운전자 아저씨가 외쳐 대는 소리와 누군가 그를 말리는 소리가 번갈아 들렸다. 하긴, 대형 덤프트럭이 도로 한가운데 떡하니 서 있으니 당연히 반발이 클 수밖에 없었다.

은형이의 가슴이 안정적으로 오르내리는 것을 보고 그제야 안도의 숨을 내쉰 나는 몸을 일으켰다.

후들거리는 걸음으로 운전자 아저씨에게 다가가며 내가 말했다.

"정말 죄송해요. 일부러 뛰어든 게 아니에요. 누가 제 등을 밀었어요. CCTV 확인해 보셔도 좋아요."

내 말에 운전자 아저씨도 더는 할 말을 찾지 못하는 눈치였다.

무엇보다 내 말은 사실이었으므로 그가 화낼 사람 또한 내가 아니었다. 오히려 나 또한 피해자 중 하나였다.

우리의 대화를 듣던 구경꾼들이 낮게 수군거렸다.

"살인 미수 아니야?"

"미쳤어. 누가 아직 어린 애를……."

그 사이에 섞여 날아온 말에 나는 고개를 휙 들었다.

"나 범인 본 것 같아. 이 날씨에 더워 보이는 정장을 입고 장갑까지 낀 남자였는데. 키가 아주 컸고, 얼굴은……."

그곳에는 대학생으로 보이는 안경 낀 여자가 서 있었다. 말을 잇던 그녀가 돌연 고개를 기웃했다. 어라?

"얼굴이 기억이 안 나네. 왜지? 분명히 봤다고 생각했는데. 지금 생각하니까 전혀 기억이 안 나. 뻥 뚫린 것처럼……."

그러더니 고개를 들어 나를 본 그녀가 물었다. 증인 필요하니? 나는 주저 없이 고개를 끄덕였다.

그리고 은형이를 가리켜 보인 내가 덧붙였다.

"그 전에 제 친구부터 병원 데려다주고 갈게요. 부탁할 사람이 있어요."

나는 몸을 굽혀 아직 정신을 찾지 못한 채 누워 있는 그의 주머니를 뒤졌다.

뒤따라 나온 핸드폰에는 비밀번호조차 걸려 있지 않았다. 마치 그의 청렴함을 증명이라도 하는 것 같다고 생각하며 나는 최근 통화 목록에 들어갔다.

가장 최근에 찍힌 번호를 찾아 통화 버튼을 눌렀다. 사실 누구일지는 이름을 확인하기 전부터 알고 있었다.

벨 소리는 조금 오래 울리다가 끊겼다. 내가 조심스럽게 말을 건넸다.

"여보세요. 유천영?"

짧은 침묵이 흐른 뒤, 불신 어린 목소리로 대답이 돌아왔다.

[……이거 권은형 핸드폰 아니야?]

"너랑 은형이 같이 산다는 거 알고 있어서 전화했어. 은형이 병원으로 좀 데려가 달라고 부탁하려고."

그렇게 말하며 나는 생각했다. 분명히 나에 대해 은지호나 주인이에게 이미 한 소리 들었겠지.

거짓말이라고 의심하지만 않았으면 좋겠는데. 은형이의 처우가 곤란해지니까.

그러던 나는 곧바로 돌아오는 말에 눈을 크게 떴다.

[거기 어디야? 무슨 일인데.]

주저 없는 대답과 함께 옷장 문을 연 듯 옷걸이 부딪히는 소리, 연이어 여러 곳에 부딪히는 소리가 들렸다. 그런 것을 보면 답지 않게 꽤 다급히 움직이고 있는 모양이었다.

나는 침착하게 말을 이었다.

"여기 스타벅스랑 버거킹 붙어 있는 사거리야. 학교 앞에서 얼마 안 떨어진 곳. 아니…… 네가 여기 잘 다닐지 모르겠으니까 그냥 지금 지도 찍어 보내 줄게."

[알아. 그보다도 어떻게 된 거야?]

안다고? 그 말이 썩 미덥진 않았지만, 애써 수긍한 내가 순순히 답했다.

"과호흡 발작을 해서 쓰러진 걸 내가 응급조치했어. 마침 방법을 알고 있었거든. 아, 과호흡이 일어난 건 아무래도 내가 눈앞에서 차에 치일 뻔해서인 것 같아."

[뭐?]

한 박자 늦게 돌아오는 물음에 나는 머뭇대며 말했다.

"음, 내가 일부러 그런 건 아니고. 아니, 당연히 상식적으로 아니라는 거 알고는 있겠지만. 은형이랑 횡단보도 앞에서 우연히 마주쳐서 얘기 나누던 중에 누가 갑자기 내 등을 밀었거든. 그래서 도로로 굴러떨어졌는데, 은형이는 그때 내가 치였다고 오해했나 봐."

유천영은 그저 어이가 없다는 반응이었다.

[너 대체 무슨……. 아니, 내가 지금 갈게. 가서 들어.]

역시 은형이가 발작을 일으킬 정도라면 보통 일이 아님을 눈치챈 걸까? 뺨을 긁적이던 내게, 기다리라고만 말한 유천영이 전화를 뚝 끊었다.

갑자기 찾아온 정적 속에서 나는 생각했다.

아, 이거 기분 이상하네. 유천영이 나와 통화하는 것도 모자라 감정까지 대놓고 드러내니까, 꼭 그와 친하던 때로 돌아간 것 같아.

그리고 나는 그때까지도 나를 잠자코 기다려 준 운전자 아저씨와 대학생 언니를 돌아보았다.

나는 먼저 아저씨를 향해 말했다.

"제가 경찰서 가서 CCTV 확인해 보고 연락드릴게요."

"음, 그래. 여기 명함 있다."

그가 멋쩍어하며 주머니에서 뻣뻣한 종이 한 장을 내밀었다. 내가 도로에 뛰어든 것이 내 의지가 아니었음을 항변했을 때부터 그는 이미 내게 따질 생각은 사라진 모양이었다.

  그가 차를 몰고 사라진 뒤, 드디어 할 일을 마친 내가 대학생 언니를 돌아보며 말했다.

  "그럼 경찰서로 갈까요?"

  그녀가 고개를 끄덕였다.

  우리가 막 발을 떼려던 찰나, 뒤에서 누군가 내 팔을 붙잡았다. 등 뒤에서 조금 쉰 듯한 목소리가 흘러나왔다.

  "경찰서 나랑 가."

  나는 깜짝 놀라 뒤를 돌아보았다. 몇 분간은 더 정신을 차리지 못할 줄 알았던 은형이가 거기에 서 있었다.

  늪에 빨려 들어가려는 것을 간신히 버티고 서 있는 듯, 그는 서 있는 것만으로 힘겨워 보였다.

  지극히 짧은 시간 내 이루어진 그의 변화에 당황하던 나는 이윽고 그의 손을 떨쳐 냈다.

  내가 말했다.

  "무슨 소리야, 은형아. 너는 병원 가야지."

  "병원은 괜찮아. 그보다 경찰서부터 가자. 범인 달아나기 전에 얼른…… 나 그 사람 모습 봤으니까. 아마도 내가 제일 가까이에서 봤을 거야."

  그렇게 말하며 한 손으로 눈가를 덮은 그가 파리한 입술로 숨을 연거푸 내쉬었다.

  아무리 보아도 정상으로 보이지 않는 몰골에 나와 대학

생 언니는 잠시 시선을 교환했다.

고개를 돌린 내가 다시 말했다.

"미안, 은형아. 나는 네가 병원부터 가야 한다고 생각해. 경찰서는 이분이랑 갈게."

"뭐? 오히려 병원에 가야 하는 사람은 내가 아니라 단이, 너지. 그런 일을 당할 뻔했는데……. 마음 같아서는 내가 대신 경찰서에 가고 너 먼저 병원으로 보내고 싶어."

"은형아."

답답해진 내가 목소리를 높이자, 그가 흔들리는 눈으로 나를 바라보았다.

당황하던 것도 잠시, 그가 무슨 생각에서 이러는 것인지 알 것 같아서 나는 한숨을 내쉬었다.

한때 내 버킷 리스트에 '은형이가 아프거나 다쳤을 때 제때제때 병원 데려가기'가 있었을 정도이니 말 다 했지 뭐.

다시 고개를 든 내가 그를 똑바로 보며 물었다.

"발작한 걸 알리기 싫어서 그러는 거지? 그거라면 미안. 이미 전화했어."

"뭐?"

"아, 맞아. 여기 핸드폰. 잠깐 빌렸어."

내가 문득 아직도 다른 손에 들고 있던 그의 핸드폰을 내밀며 말하자, 얼떨결에 그것을 건네받은 그가 흔들리는 눈으로 나를 바라보았다.

"전화라니? 누구한테?"

"유천영."

주저 없는 내 대답에 그가 입술을 꽉 깨물었다.

그가 드디어 잠잠해지는 것을 본 나는 안도했다. 이제 정말 경찰서로 떠나도 되겠지?

그러던 찰나, 은형이가 다시 손을 내밀어 내 팔을 붙잡았.

흠칫하며 고개를 드는 나에게 그가 말했다.

"그럼 경찰서 같이 가고, 병원도 같이 가. 나도 이건 양보 못 해."

최종 통보하듯 단호한 말투였다.

"아니, 대체……."

그래 봐야 며칠 전 겨우 얘기를 나누기 시작한 같은 반 친구에 불과한 나에게 이렇게 굴 이유가 뭐가 있어? 입만 뻐끔거리던 나는 이 모든 상황을 옆에서 지켜보고 있던 대학생 언니와 눈이 마주쳤다.

눈이 마주치자, 작게 고개를 가로저은 그녀가 내게 핸드폰을 내밀며 말했다.

"네 번호 찍고 전화 걸음. 내 증언이 필요해지면 연락해. 사실 보아하니 그럴 일은 없을 것 같지만."

내가 내 번호로 전화를 걸자마자, 핸드폰을 받아 든 그녀는 미련 없는 걸음으로 자리를 떠났다.

그 뒤에도 은형이는 내 팔을 붙든 손을 풀지 않았다. 결국, 우리는 여전히 행인들이 오가는 횡단보도 앞에서 쟤들 뭐 하냐는 시선을 받으며 한참을 서 있었다.

 차가 우리 바로 앞을 지날 때마다 나는 전조등에 희게 번진 은형이의 옆얼굴을 힐끗거렸다. 그는 지금 내 팔을 아직도 잡고 있다는 자각은 있을까? 아마도 없겠지. 그의 눈은 여전히 텅 빈 채 도로 어귀를 더듬고 있었다.

 이번에는 그와 맞잡은 손으로 시선을 미끄러뜨린 내가 중얼거렸다.

 그가 붙잡고 있는 것이 손이라기보다는 밧줄 같아.

 그때였다. 어둠을 가로지르고 달려온 검은 차체가 우리 앞에 미끄러지듯 멈췄다.

 그 안에서 누군가 문을 열고 내렸다.

 흰 반팔과 추리닝 바지, 그 위에 얇은 회색 남방 하나만을 걸친, 아무리 봐도 실내복 위에 옷 하나만 걸치고 나온 차림의 남자가 단박에 우리 앞으로 걸어왔다.

 대형 전광판과 차 조명, 신호등 불빛에 울긋불긋하게 물든 그의 얼굴을 보며 나는 숨을 삼켰다. 이럴 때의 그는 꼭 도심을 홀로 유영하는 물고기처럼 보였다.

 그처럼 그는 그토록 세련된 생김새에도 불구하고 도통 도시의 화려함이나 번잡함과는 어울리지 않는 사람이었다.

 내가 그를 보며 홀린 듯 내뱉었다.

 "유천영."

한동안 미간을 좁힌 채, 나와 은형이를 말없이 번갈아 보던 유천영이 이윽고 차 쪽을 가리켰다.

"병원부터 가게 둘 다 차에 타."

"아, 잠시만. 나는 병원 안 가도 괜찮아. 단이는 병원 가야 하지만. 그보다 경찰서부터 먼저 가자."

은형이가 한 손을 들어 올리며 그렇게 말했다. 방금 발작했던 사람이라고는 믿기지 않을 만큼 차분한 모습으로 그가 말을 이었다.

"범인이 멀리 도주하면 큰일이고, 시간이 지나면 지날수록 용의자 특정도 힘들어질 테니까."

그가 핸드폰을 흘긋 보며 말을 이었다.

"지금 시간이…… 어디 보자, 오후 11시 2분. 그래, 일단 이걸 기억하고 경찰서로 가서 이 일대 CCTV를 확인해 달라고 말씀드리자. 그러면 다 알아서 해 주실 거야."

그 말에 잠시 생각에 잠기는 듯하던 유천영이 말했다.

"얼굴 봤어?"

"응. 아, 아니……."

아까는 기억난다며? 드물게 말을 번복하는 은형이의 모습에 나는 그를 빤히 보았다. 두통을 느끼는 듯 관자놀이를 짚은 그가 말을 이었다.

"분명히 봤다고 생각했는데 갑자기 기억이 잘 안 나. 너무 놀라서인가 봐. 옷차림은 기억나는데. 키 크고 정장 차

림에, 장갑을 꼈고…….'
"이 여름에?"

그렇게 되묻는 유천영 또한 반팔 차림으로 나왔어도 됐을 것을 굳이 긴팔 남방을 걸친 데다가 마스크까지 쓰고 있어 설득력이 별로 없었다. 그는 됐다는 듯 손을 내젓고 차에 타라는 시늉을 했다.

"함단이는 당연한 거고, 너도 병원 가서 검사 받아."

그러면서 그가 당연한 듯이 내뱉은 말에 나는 놀랐다.

방금 내가 통화하며 내 이름을 말했나 싶었지만 그런 적은 없었다. 그럼에도 불구하고 그는 나를 보며 놀라지도 않는 것은 물론, 내 이름까지 기억하고 있었다.

아니, 잠깐. 아무리 유천영이 학교생활에 관심이 없다고 해도 같은 반 학생의 이름까지 못 외울 리는 없잖아. 너무 깊이 의미 부여하지 말자. 나는 그제야 고개를 내저었다.

그런 내 옆에서 은형이가 다급히 말했다.

"잠깐만, 천영아. 난 정말 괜찮다니까."

"차에 아저씨 계시니까 아저씨 앞에서 그렇게 말해."

유천영의 냉랭한 말에 은형이의 입이 다물렸다. 나는 그들을 보며 뒤늦게 또 한 가지 사실을 깨달았다.

그러고 보면 유천영과 은형이와 은형이네 아버지는 함께 살고 있으니까, 굳이 유천영에게 전화할 필요 없이 은형이네 아버지에게 전화하면 된다는 것을 생각 못 했다. 지금

차를 끌고 오신 것도 당연히 은형이네 아버지겠지.

나는 민망하게 머리카락을 쓸어 넘겼다. 병원 갈 일이 있거나 누가 데리러 와야 할 때는 은지호나 유천영에게 연락하던 것이 습관이 돼서 그만.

아니면 단순히 이 핑계로 말 한마디 건넬 기회를 만들고 싶었던 건지도 모르지. 아무튼 그에게 이런 내 생각을 들키지 않길 바랄 뿐이었다.

그러다 말고 나는 문득 내 손이 흙투성이가 되었을 거란 생각에 흠칫 놀라 손을 내렸다.

그러자마자 은형이와 유천영이 동시에 나를 보며 물었다.

"어디 아파? 손 많이 까졌어?"

"어디 좀 봐."

유천영마저 나를 향해 그렇게 묻는 것에 나는 한동안 어쩔 줄 몰라 했다. 흡사 작은 상처를 갖고 엄마 앞에서 얼쩡거리며 관심 끌고 싶어 하는 어린애라도 된 듯한 기분이었다.

"벼, 별로 안 다쳤어."

내가 민망함에 두 손을 등 뒤로 감추자, 그는 다만 눈을 찡그리더니 잠자코 내게 손을 내밀었다.

결국 나는 쭈뼛쭈뼛 그에게 내 손을 맡길 수밖에 없었다. 고작 두어 군데 생채기 난 게 다인 것을 보고 그가 어이없어하지만 않으면 다행이라고 생각했는데, 그는 의외로 담담히 고개를 끄덕이고는 다시 말했다.

"손은 별로 안 다쳐서 다행이다. 그래도 무릎도 많이 까졌고, 또 무슨 후유증이 있을지도 모르니까 권은형 병원 가는 김에 같이 가."

"아, 응. 고마워. 신세 좀 질게."

쭈뼛쭈뼛 말한 나는 그들을 따라 차에 올라탔다.

은지호네 차만큼은 아니더라도 참 많이 탔던 차를 이렇게 다시 타게 되자 감회가 새로웠다. 익숙한 차 내부를 둘러보던 나는 백미러 안에서 나를 향한 눈동자를 보고 꾸벅 고개를 숙였다.

부드러운 눈매와 회녹색 눈동자만 봐도 누군지는 알 수 있었다. 사실 병원에 입원해 계실 때 일방적으로 많이 뵙기도 했었다.

"안녕하세요. 은형이 같은 반 친구예요."

"안녕. 지호랑 주인이, 여령이 외에는 은형이 친구라는 애는 처음 보는구나."

은형이 학교생활 잘하고 있는 거 맞니? 그가 부드러우면서도 장난스럽게 던진 말에 은형이가 작게 웃음을 터뜨렸다.

"왜 그래요, 아빠."

"아니, 나는 정말로 걱정이 돼서 그러지."

"이제는 다른 친구들도 많이 데려올게요. 단이도 자주 보게 되실 거예요."

"그래, 제발 그러렴."

은형이 아버지의 흡족한 대답을 듣고 나와 은형이는 눈을 마주치며 작게 웃었다. 그때 은형이의 아버지가 조금 누그러진 표정으로 다시 물었다.

"단이는 많이 놀랐을 텐데, 은형이 응급조치까지 해 주느라고 진정할 틈도 없었겠구나. 괜찮니?"

그제야 나는 그가 나를 진정시킬 의도로 가벼운 농담을 꺼냈다는 것을 알았다. 잠시 당황하던 내가 뒤늦게 대답했다.

"아, 네. 저 진짜 괜찮아요. 진짜로."

나는 낮은 목소리로 덧붙였다.

"짧은 삶이었지만 이런저런 일을 많이 겪어서."

"아니. 그건 괜찮은 게 아니지 않을까, 단아?"

당황한 듯 되묻는 은형이의 목소리를 가르고 다시 은형이 아버지께서 말씀하셨다.

"과호흡 발작 응급조치법은 어떻게 알았니? 요즘은 인공호흡이랑 같이 봉지 호흡법도 가르치니?"

"아니요, 제가 개인적으로 공부했어요. 제 친구가 전에 그걸로 한 번 쓰러진 적이 있는데, 그때는 다행히 주변에 지나가던 의료진들이 있어서 그 사람들이 도와줬거든요. 그런데 그때 아무것도 못 한 게 너무 뼈아파서."

"그랬구나. 많이 무서웠겠다. 그래도 덕분에 은형이가 도움을 받았어. 정말 고맙다."

"아니요. 저야말로 은형이 앞에서 그런 일을 당하는 바람에……."

 머쓱하게 말하던 나는 뒤늦게 끼어드는 목소리에 고개를 들었다.

 "그런 식으로 말하지 마."

 유천영이 나를 보며 차갑게 말했다.

 "네 잘못 아니잖아."

 "아, 미안."

 나는 얼른 사과부터 했다.

 예전에도 내가 잘못하지 않은 일에 사과하는 버릇을 가장 못 견뎌 한 것은 다름 아닌 유천영이었다.

 그는 내 답답한 일면을 유독 못 참아 넘기곤 했다. 그럴 때마다 나는 그에게 '모든 사람이 너처럼 강한 건 아니거든.' 하고 대꾸하고 싶어졌다.

 잠시 회상에 잠겼던 나는 뒤늦게 방금 내가 한 말 또한 내가 잘못하지 않은 것에 대한 사과임을 깨닫고 정정했다.

 "아니, 안 미안. 내 말은 내가 방금 미안하다고 한 것에 대해 안 미안하다는 건데. 또 그전에 말한 것에 대해서도 안 미안하다는 거야."

 "……."

 다만 눈을 찡그리고 나를 희한한 생물 보듯 하던 유천영이 손바닥에 입술을 묻고는 차창 밖으로 고개를 돌렸다. 나로 말할 것 같으면 너보다 희한한 사람이 세상에 있을 것 같냐고 쏘아붙이고 싶은 심정이었다.

 잠시 어색한 공기가 흐르는 틈을 타 은형이와 내가 몇 마디 대화를 나누었지만 금방 그치고 말았다. 나 또한 차창 밖을 보며 생각에 잠겼다.

 아마도 CCTV에는 아무것도 찍혀 나오지 않겠지. 내가 낮게 중얼거렸다.

 대학생과 은형이의 묘사만 들어도 그들이 무엇을 가리켜 말했는지는 알 수 있었다.

 차원의 관리자. 그러나 그들이 보았던 관리자는 내가 폐교에서 보았던 그와는 또 다른 관리자겠지.

 나는 폐교의 낡은 벽 위에 붉은 분필이 삐뚤삐뚤하게 새겨 나가던 글씨를 떠올렸다. 지금 회상하자니 더더욱 공포영화의 한 장면 같은 광경이었다.

「골목과 어둠, 꿈속을 조심해」

 그를 통해 나는 그들이 나를 습격할 수 있는 건 어둡고 후미진 골목이나 꿈속에서일 거라고 짐작했지만 내 착각이었다.

 그들은 어디에서건 나를 공격할 수 있었으며, 또한 그건 나를 자신들의 세계로 데려가고자 함이 아니었다.

 애초에 관리자가 나를 이루는 것 중의 하나로 '다른 사람들의 나에 대한 기억'을 말했을 때부터 눈치채야만 했다. 나는 이제 3월 2일에조차 다른 세계로 이동하지 않을 정도로 완벽하게 이곳 사람이 되어 있었다. 그런 나에 대한 기억이 다른 세계의 사람들에게 남아 있을 리 없는 것이다.

그렇다면 다른 세계에도, 이 세계에도 있을 곳이 없는 내게 남은 선택지는 단 하나.

'죽음'뿐이었다.

실로 극단적인 선택지에 두렵다기보다는 황당한 나머지 웃음이 나왔다.

그러나 이 또한 틀림없이 내 앞에 놓인 현실이기는 했다.

그렇게 생각하자 서서히 입가에서 웃음이 잦아들었다.

나는 미간을 짚으며 길게 한숨을 내뱉었다.

"하아."

그런 내게 흘긋거리며 와 닿는 시선이 느껴졌다.

얼마 안 가 우리는 경찰서에 도착했다. 밤인데도 경찰서 건물에는 불이 환히 켜져 있었다.

내가 차에서 내리자 그 뒤를 따라 은형이와 유천영이 내렸다. 은형이가 오는 거야 당연해도 유천영까지 따라올 필요는 없는 것 같아 나는 고개를 기웃했다.

차에 혼자 있기 싫은 건가? 하긴, 그럴 수 있지. 고개를 주억거린 내가 유리문을 밀고 들어가자, 벤치에 몹시 취해 보이는 남자 한 명이 구겨져 자고 있는 게 보였다.

우리는 쭈뼛거리며 신고 접수대로 다가가 자초지종을 설명했다. 처음에는 잃어버린 물건이 있느냐고 친절하게 물어 오던 경찰관의 표정이 점차 변했다.

우리가 조서를 작성할 무렵에는 차를 주차하신 은형이네 아버지도 오셔서 우리가 하는 양을 지켜보셨다. 간혹 경찰관 아저씨께 뭔가를 묻기도 했다.

아무래도 정황이 복잡하진 않은 데다 CCTV부터 확인할 필요가 있어선지 조서에는 쓸 게 많이 없었다. 텅텅 빈 조서를 제출한 나는 고개를 꾸벅 숙이고 다시 밖으로 나왔다.

환한 실내를 빠져나와 다시 짙은 어둠 속에 서자 기분이 몹시 이상했다. 문득, 오늘 하루가 몹시 길게 느껴졌다. 그제야 부모님에게 아직 연락하지 않았다는 게 떠올랐다.

내가 핸드폰을 부랴부랴 꺼내며 말했다.

"어떡해, 미쳤나 봐. 아직 엄마 아빠한테 전화도 안 했다. 아, 아니. 미쳤대."

어른 앞에서 말실수를. 울상을 짓고 입을 틀어막는 내 옆에서 은형이와 은형이네 아버지가 차분히 말했다.

"뭐? 그럼 안 되지, 단이야. 얼른 해."

"얼른 전화 드리렴. 많이 걱정하시겠다."

다행히 그들은 내 어휘는 크게 신경 안 쓰는 모양이었다. 허둥지둥 핸드폰에 번호를 찍던 내가 다시 고개를 들며 물었다.

"어떡하지? 그래도 이 시간이면 간신히 카페 들렀다가 간다고 거짓말해도 될 정도인데, 병원 갔다 가면 더 늦어질 텐데. 나 뭐라고 하지? 그냥 병원 가지 말까?"

그에 대꾸한 것은 유천영이었다. 이해 안 된다는 듯 미간을 찌푸린 그가 낮게 물었다.

"거짓말을 왜 해. 거짓말하지 말고 사실대로 말씀드리고 병원 가."

"그럼 걱정하시잖아."

납치당했을 때조차 부모님께는 알린 적이 없던 나였다. 그런 내게 유천영이 다시금 말했다.

"사고 난 건 네 잘못 아니지만 사고 난 거 숨기는 건 잘못이야. 그냥 말씀드려."

"……."

"너를 걱정하는 사람들에게 너한테 무슨 일이 있었는지 있는 그대로 말하는 게, 그렇게 어려워?"

그 말을 들은 것은 나였는데 어째서인지 움찔한 것은 은형이었다.

의아해하며 옆을 본 순간, 나는 유천영이 이토록 강경하게 구는 이유를 단박에 이해했다. 다쳐도 병원 안 가고 무슨 일 있어도 절대 말 안 하는 사람과 동거 10년 차인 유천영에게 이런 방면의 인내심을 기대한 게 잘못이지.

여전히 그의 시선이 시퍼렇게 꽂히는 가운데, 결국 속으로 두 손 다 든 나는 통화 버튼을 눌렀다.

"어, 여보세요? 엄마. 나 오는 길에 횡단보도에서 누가 밀어서 좀 넘어져서……. 그런데 그때 하필 차가 와서, 다치진 않았는데……. 응, 그래서 같이 있던 친구랑 친구 부모님이랑 조서 쓰러 경찰서 갔다가 병원 가는 길이야."

다행히 '덤프트럭'이란 단어를 빼고 나니 그럭저럭 평이한 사건이 됐다.

통화를 마친 나는 '이제 됐지?' 하는 시선을 유천영에게 던졌다. 그는 드물게 묘한 표정을 지으면서도 아무 말도 하지 않았다.

병원에 가기 위해 다시 차에 타고 나서도 우리 사이엔 한마디 말도 오가지 않았다.

은형이네 아버지조차 가끔 말을 던지실 때를 제외하고는 대체로 운전에 집중하실 뿐이었다. 아까는 나를 안심시키기 위해 말을 많이 하셨을 뿐, 원래는 말이 없고 진중한 성격이구나 쉽게 짐작이 갔다.

마침내 발해 병원 앞에 선 나는 또 한 번 숨을 토해 냈다. 은미의 병문안 때문에 너무나 자주 방문했던 장소인 만큼 강렬한 기시감을 느끼지 않을 수 없었다.

내가 그녀를 보러 이곳에 들락거린 시간이 전부 없던 것이 되었다는 게 믿기지 않았다.

멍하니 있던 나를 은형이가 불렀다.

"단아, 너 괜찮은 거 맞아?"

"아, 응. 나 괜찮아, 진짜로."

고개를 뒤흔든 나는 빠르게 걸음을 옮겼다.

자동문을 통과한 우리는 누구 하나 내부 지도를 볼 생각조차 하지 않고 빠르게 걸음을 옮겼다. 드문드문 통로를 지키거나 돌아다니고 있던 관계자로 보이는 이들은 우리를 보고 막아서려다가도 흠칫 물러났다. 발해 그룹 막내 도련님인 유천영을 알아본 것이 틀림없었다.

누구 하나 말하지 않고 거침없이 걷기만 하던 그때, 문득 정신을 차린 내가 물었다.

"어, 그런데 여기 장기 입원 병동 쪽으로 가는 길 아니야? 우리가 여기에 올 필요는 없을 것 같은데."

그제야 두 사람은 최면에서 깨어난 듯 눈을 깜빡이며 주변을 찬찬히 둘러보았다.

은형이가 말했다.

"아차. 저절로 익숙한 길로 접어들었네. 예전에 너무 많이 오는 바람에."

그러더니 문득 나를 돌아본 그가 의아하게 물었다.

"그런데 단이 네가 이곳 길은 어떻게 알아? 주변에 쓰여 있지도 않은 것 같은데."

"한때 여기에 아는 사람이 입원해서……."

나도 방문 목적이 같았다는 말은 차마 할 수 없었다.

그러자 말끝을 흐리는 내게 그가 잠시 죄책감 어린 시선을 보냈다. 그가 무슨 오해를 하는지 깨달은 나는 황급히 말했다.

"아, 아니야. 지금은 다 나아서 퇴원했어. 걱정 마."

"그래? 다행이다."

그러더니 그는 방긋 웃고는 한마디를 덧붙였다.

"내가 아는 사람도 그래."

아아, 은미가 우리가 바꾼 그대로 건강한 채로 남아 있어서 정말 다행이다.

그리고 그는 몸을 돌려 길을 벗어났다.

접수처에서는 누가 먼저 접수할 것인가를 놓고 또 한바탕 실랑이가 벌어졌다. 서로에게 먼저 접수하라며 양보하던 우리는 유천영이 지겹다는 표정으로 '어차피 지금 연 곳은 응급실뿐이니 그만해.' 하고 말하는 것을 듣고서야 입을 다물었다.

은형이의 이름이 먼저 불렸다. 다녀오겠다고 말하는 그를 향해 손을 흔들어 준 뒤, 나는 유천영과 단둘이라는 것을 뒤늦게 깨닫고 어색하게 손을 내렸다.

나는 눈을 내리깔았다. 유천영과 단둘이 있을 기회는 흔치 않다는 걸 알지만 어떻게 말을 붙여야 할지, 도무지 좋은 말이 떠오르지 않았다.

더군다나 유천영은 이미 내게 질려 하는 눈치였다. 가끔 나와 은형이를 질린 듯이 번갈아 보는 눈빛 때문에 그걸 알 수 있었다. 나는 두 손을 쫙 펴고 맞붙인 채 손가락만 움찔댔다.

그때였다. 낮은 속삭임과 발소리만 남기고 오가는 사람들, 창백한 불빛 속에서 몸을 조금 숙인 채 석상처럼 앉아 있던 유천영이 문득 입을 뗐다.

"미안해."

"뭐가?"

내가 곧바로 되물었다. 솔직히 말하자면 나는 놀람보다도, '잘못하지 않은 일엔 사과하지 말라며?' 하며 그를 놀리고 싶은 마음이 컸다. 이게 다 최근에 스트레스가 너무 쌓인 탓이었다.

하지만 그래선 안 되겠지. 애써 충동을 눌러 참는 내게 유천영이 낮게 말했다.

"너한테 강압적으로 말한 거. 내가 과했다는 거 알아. 미안."

"아, 아니야. 사실 그 이유는 이미 짐작했어."

내가 방금 은형이가 사라진 복도를 가리키며 물었다.

"은형이가 잘못하지 않은 일에도 사과하고 자기를 걱정하는 사람들에게도 아무 말도 하지 않는 대표 주자라서지. 아니야?"

"전자는 틀려. 하지만 후자는 맞아."

그렇게 말한 유천영이 피로한 듯 손으로 이마를 가렸다.

아니, 전자도 맞을지도……. 꺼질 듯한 목소리로 중얼거린 그가 다시 한숨을 내쉬었다.

"일관성이라도 있으면 모르겠어. 우리가 연락이 없으면 부재중 전화를 삼십 통 가까이 남기면서. 왜 우리는 자기에 대해서 무소식이 희소식이라고 생각할 것처럼 구는지."

"으음. 그거 많이 답답하겠다."

내가 턱을 괴며 말하자 그가 한숨 쉬던 것을 멈추고 나를 빤히 보았다.

"왜 그래?"

그는 느리게 말을 이었다.

"그런데 네가…… 사고 난 게 아무것도 아닌 것처럼 구니까. 아니, 정확히는 권은형이 쓰러진 것만 별일이고 네가 사고당한 건 별일이 아닌 것처럼 구니까."

"으응."

"권은형보다 더한 사람이 있구나 싶으면서……."

그가 더는 말을 잇지 않고 고개를 돌렸다. 아, 하하. 어색하게 웃은 나는 빠르게 고개를 숙였다.

멋대로 꿈틀대는 손을 억지로 무릎에 딱 붙인 채 나는 생각했다. 솔직히 말해서 기분이 나쁘다기보다는 좀 기뻤다.

그가 하는 말에 나에 대한 걱정이 담겨 있는 한편, 전에 그와 나누었던 대화들을 상기시켜서. 정말로 예전으로 돌아간 듯한 착각이 들었다.

하지만 정말로 착각해서는 안 되겠지. 애써 잊고 있던 생각이 다시 머릿속을 점령했다. 숨을 크게 두어 번 들이쉰 나는 눈을 들었다.

유천영은 어째서인지 그런 나를 빤히 보고 있었다. 동물원이나 수족관을 관찰하듯, 미약하긴 하나 호기심 어린 눈이었다.

그런 그에게 내가 딱딱하게 굳어진 얼굴로 운을 띄웠다.

"그런데 있잖아."

"뭐?"

"나랑 이렇게 얘기 나눠도 괜찮아? 은지호나 주인이가 나에 대해 무슨 말 안 했어?"

내 입으로 이런 말을 꺼내는 것은 자승자박이란 생각도 들었다. 하지만 어차피 맞을 매라면 미리 맞는 것이 나았다.

오늘 이대로 집에 돌아가 유천영과 제법 대화를 나누었다며 성공적인 하루였다고 만족하다가, 사실 그건 내 착각이었을 뿐 다음에 다시 만났을 때 그가 나를 더욱 냉랭하게 대한다면 그거야말로 더 큰 상처니까.

무엇보다 준비성이 치밀하고 행동력까지 뛰어난 은지호나 주인이가 나에 대한 얘기를 하지 않았을 리 없었다.

과연, 눈을 깜빡인 유천영이 태연하게 내뱉었다.

"했어."

"뭐라고 그래?"

"들어서 좋을 얘기는 아니야."

딱 잘라 말하는 그를 보며 나는 얼굴을 찡그렸다.

그가 내용을 숨기는 것이 나를 위함인지 주인이와 은지호를 비호하기 위함인지 감이 오지 않았다. 아니, 그와 내 관계를 생각하면 당연히 후자겠지.

그때였다. 뒤이어 날아온 말에 나는 그만 크게 기침을 터트렸다.

"걔들 말 신경 쓰지 마. 걔네 머리가 너무 잘 돌아서 가끔 진짜 돌아."

"푸흡."

콜록, 커흠, 크흠, 흠. 한동안 주변에서 이상한 눈으로 쳐다볼 정도로 요란하게 기침을 해 대던 나는 간신히 멈추었다.

고개를 들자, 다른 사람들은 물론 유천영도 나를 이상한 시선으로 보고 있었다. 아니, 너는 그러면 안 되지. 나는 조금 억울해졌다.

그리고 내가 기침하느라 거칠어진 목을 가다듬으며 물었다.

"그게, 크흠, 무슨 뜻……."

나는 한 손으로 목을 매만지며 말을 이었다.

"너는 걔들 말을 믿지 않겠다는 뜻이야? 또 신경도 쓰지 않고?"

"그래."

"왜? 아니, 굳이 네가 그 애들 말을 들어야 한다는 게 아니라, 또 그 애들 말이 사실이란 뜻도 아니라. 단지 내 말은, 그 애들 여하간 똑똑한 건 사실이잖아. 사람 보는 눈도 날카롭고."

은지호든 주인이든 유별난 성장 환경을 거쳐 온 만큼 다소 미흡한 부분도 있었으나, 어떤 영역에서의 분석력은 타의 추종을 불허했다. 솔직히 말해서 나도 판단하기 어려울 때는 그들의 판단력에 기대게 되는 게 사실이었다.

그러나 유천영은 눈을 두어 번 깜빡이더니 단호하게 말했다.

"그게 내가 그 애들 말을 따라야 할 이유는 안 돼."

"응?"

"내가 그 애들 말을 따르기로 한 게 실수였다는 걸 깨달았을 때, 걔들이 나 대신 후회해 주진 않을 테니까."

그 말에 나는 숨을 삼키고 유천영을 보았다.

과연 그의 말은 정론이었다. 또한 지극히 그다운 말이기도 했다.

그가 말을 이었다.

"내가 내 판단대로 하든 그 애들 판단을 따르든, 어차피 책임도 내 몫이고 후회도 내 몫이야. 그 애들도 그걸 아니까 내가 자기들 말 안 들어도 별로 신경 안 써. 간섭도 안 하고."

나는 눈을 깜빡이며 생경하게 그를 보았다. 그 말은 마치, 그가 그들과 대립하면서까지 나를…….

간질간질하게 차오른 말을 입속으로 굴리던 내가 마침내 물었다.

"너는 나 안 좋게 생각 안 해?"

"나는 너 안 싫어해."

그 말은 내가 최초로 반여령에게 마음을 담아 했던 말과도 얼마간 닮아 있었다.

물결처럼 새파랗게 일렁이는 눈빛과 함께 그의 말이 일직선으로 날아와 내게 꽂혔다.

"아니, 오히려 가까워지고 싶다고 생각해."

눈을 들어 그가 올곧고 가감 없는 얼굴을 하고 있음을 확인한 나는, 그제야 비로소 안도하며 웃을 수 있었다.

그때, 내 연락을 받은 엄마와 아빠가 병원에 들어옴으로써 짧았던 대화가 끝났다.

꾸벅 인사한 유천영이 즉시 자리를 피하자, 엄마와 아빠는 당장 달려와 내 머리칼을 넘겨 뺨이나 이마를 쓸어 보며 무사한지 확인하려 들었다.

"괜찮아? 다친 데 없어?"

엄마가 걱정스레 물은 말에 내가 주저 없이 고개를 끄덕였다.

"응, 나 손만 좀 긁혔고 나머지는 멀쩡해."

"어떤 놈이 남의 집 귀한 자식을 밀어!"

내가 멀쩡하다는 것을 깨달은 엄마가 불같이 화를 내던 그 순간, 경찰서에서 전화가 왔다. 나는 까진 곳에 닿지 않도록 조심조심하며 핸드폰을 들었다.

"여보세요?"

[아, 거기 방금 조서 쓰고 간 학생이죠?]

내 신원을 확인한 담당 형사는 곧바로 말끝을 잘랐다.

[다행히 학생이 사고당한 곳이 CCTV가 설치된 곳이라 바로 확인을 했는데, 학생을 민 사람은 없었어. 블랙박스를 확보해서 다른 각도로 확인을 해 보겠지만, 아마도 그런 사람은 없었을 거야.]

"그런가요……."

[특히 학생의 친구가 증언했던 것과 같은 인상착의를 가진 사람은 근처에도 아무도 없었어. 아마도 학생 친구가 너무 놀라서 착각한 것 같은데.]

"알겠습니다. 감사합니다."

"왜? 누구야? 잠깐 전화 바꿔 봐."

담담히 내뱉는 내 옆에서 엄마가 핸드폰을 가져갔다. 빈손을 주머니에 쑤셔 넣고 시선을 내리깐 나는 얼마 떨어지지 않은 곳에 서 있던 유천영과 눈이 마주쳤다.

그가 다시 내게 다가오며 물었다.

"경찰서에서 전화 왔어? 뭐래."

아빠가 옆에서 그런 유천영을 사람 말을 하는 인형이라도 되는 것처럼 신기하게 쳐다보았다. 확실히 유천영을 처음 본 사람이라면 정상적인 반응이기는 했다.

나는 어깨를 으쓱하고는 대답했다.

"나를 민 사람은 없었대."

"뭐?"

"하하, 몰라. 그럼 그냥 내가 멋대로 넘어졌었나?"

그렇게 말하며 나는 머쓱하게 웃기만 했다.

그것 외엔 할 수 있는 말이 없었다. CCTV나 블랙박스에 아무것도 찍히지 않았는데, 여기에서 내가 인외의 존재를 주장해 봐야 미친 사람으로밖에 보이지 않겠지.

내 말에 잘 모르겠다는 표정을 짓던 아빠는 엄마와 얘기를 나누기 위해서인지 자리를 피했다. 다시 유천영과 단둘이 남겨진 나는 옆에서 쏟아지는 시선을 느끼고 고개를 들었다.

내가 물었다.

"너는, 이래도 나를 믿어?"

유천영은 오묘한 표정으로 아무 말도 하지 않았다.

내가 말을 이었다.

"은지호나 주인이의 말대로, 내가 너희에게 접근하기 위해 온갖 거짓말과 편법을 쓰고 있다는 생각은? 앞뒤가 안 맞거나 수상한 점을 본다면 그런 의심이 안 들 수는 없을 텐데. 그래도 너는 나를 계속 믿을 수 있어?"

나를 빤히 보던 유천영이 마침내 입을 열었다. 나는 내색하지 않으려 애쓰면서도 못내 긴장한 눈으로 그를 바라보았다.

"네가……."

그의 첫마디가 천천히 흘러나왔다.

"……거짓말을 잘한다는 건 알겠어. 게다가 거짓말을 할 때 별다른 거리낌이 없다는 것도."

숨이 죄는 듯한 느낌이었다. 그도 CCTV에 아무도 찍히지 않았다는 것을 알고 내가 보인 반응이 뭔가 이상하다는 것은 느꼈을 것이다. 하긴, 우리 중에 직감이 가장 예민한 게 유천영인데.

내 거짓말을 가장 잘 눈치채던 것도 그였지. 회상에 빠져 고개를 숙인 내게 그의 말이 이어졌다.

"하지만, 네가 거짓말을 하는 게 너를 위해서인 것 같지는 않아. 이득을 노리고 하는 거짓말이 아니란 건 알겠어."

"……."

"내가 너와 가까워지고 싶다고 생각한 건 사실이야. 하지만 그것과 의심은 별개야. 난 네가 나쁜 짓을 할 거란 생각은 안 들어. 네가 싫어진다고 해도 이 생각은 아마 변치 않을 거야."

그제야 마음이 조금 놓인 나는 기운이 빠진 채 대답했다.

"그래……."

그때 유천영이 덧붙였다.

"은지호나 우주인이 널 의심한다고 해서 네가 주눅 들 필요는 없어. 스스로를 의심할 필요도 없고."

그리고 그가 덧붙인 말에 나는 그만 키득대며 웃기 시작했다.

"걔네가 무슨 소리를 하든 오늘도 좀 돌았구나 하고 무시해."

"너 걔네랑 친구 맞아?"

내가 어깨를 작게 들썩이며 물은 말에 그가 눈살을 찌푸리며 대답했다.

"친구인 나도 걔네 말을 곧이곧대로 안 듣는데, 왜 네가 걔네 말을 들으려고 해? 그냥 무시해. 어차피 악감정이 섞여 있을 테니까."

악감정.

유천영의 입에서 나온 한 단어가 내 가슴을 세게 찔렀지만, 나는 내색 않고 웃으며 고개를 끄덕였다.

그래, 내 행동은 겉으로 보기엔 그렇게까지 수상하지 않아. 은지호와 주인이가 날 유난히 수상하게 본 것은, 단지 그들이 내게 악감정을 갖고 있기 때문에······.

유천영이나 은형이, 반여령은 나를 한 치도 의심하지 않는 눈치잖아. 괜히 주눅 들지 말자.

그렇게 되뇌며 내가 애써 마음을 다잡던 그때, 마침 형사

님과 전화를 끝내고 돌아오던 엄마가 유천영을 발견했다.

눈을 휘둥그레 뜬 엄마가 의아하게 물었다.

"어머, 아까는 그냥 단이 친구일 거라고 생각했는데 이제 보니 어디에서 많이 본 얼굴인데? 맞지? 이 핸드폰 광고 찍은……."

"네."

"어머, 직원이 이 인근 고등학교 다닌다고 말하던데 진짜였네. 게다가 우리 딸이랑 같은 반이라고? 이렇게 신기할 데가."

엄마의 다소 호들갑스러운 반응에 나는 화끈거리는 얼굴을 감췄다. 아, 엄마.

그때 마침 은형이도 이쪽으로 다가오다가 우리를 향해 꾸벅 고개를 숙였다.

"아, 안녕하세요. 단이와 같은 반인 권은형이라고 합니다."

"어머, 안녕! 반갑다, 얘. 하필 장소가 이래서 어쩐다니."

"하하, 그러게요. 그래도 둘 다 다친 데가 얼마 없어서 다행이죠."

싹싹하게 대답하는 은형이를 엄마는 몹시 마음에 들어 하는 기색이었다. 아빠 또한 무뚝뚝한 유천영을 내버려 두고 은형이에게 신경을 쏟기 시작했다.

그러고 보면 세계가 바뀌기 전에도 부모님은 내 친구들 중에 은형이를 가장 좋아했었다. 사실 어른 중에 은형이를 안 좋아할 사람이 몇이나 될까 싶지만.

마치 옛날의 어느 날을 지켜보는 것 같은 기분에 사로잡혀 세 사람을 바라보던 내가 불쑥 끼어들었다.

"아, 은형아. 잠깐 얘기 좀."

"응?"

그에게도 사건의 전말에 대해 말해 둘 필요가 있었다. 무엇보다 그는 범인을 직접 목격했다고 증언까지 했던 사람이니까.

나는 아무렇지 않게 웃으며 말했다.

"나를 민 사람 말이야. CCTV 확인했는데 그런 사람 없었대. 내가 잘못 느꼈거나 네가 잘못 봤나 봐. 아마도 둘 다이겠지만."

기껏 증언까지 해 줬는데 미안해. 내가 마지막으로 덧붙인 말에도 은형이는 믿을 수 없다는 듯 한참 동안 눈을 깜빡이기만 했다.

그러더니 그가 고개를 내젓고 다급하게 입을 열었다.

"무슨 소리야, 단이야? 증언은 네가 부탁해서 한 게 아니라 그 사고를 목격한 사람으로서 당연히 해야 할 일이었으니까 사과할 필요 없어. 그보다도 민 사람이 아무도 없다니? 그럴 리 없어. 내가 분명히 봤는데……."

혼란스러워하는 그의 모습을 지켜보며 나는 깨달았다. 관리자는 전자 기기에 기록되지 않을 뿐, 몇몇 사람들 눈에는 꽤 선명히 보이는 모양이구나. 어쨌든 은형이가 내가 거짓말을 했다고는 추호도 의심치 않아서 다행이었다.

간신히 은형이와의 대화를 마친 나는 병원을 떠날 채비를 했다.

마침내 문 앞에 서서 내가 말했다.

"오늘 밤늦게까지 고생 많았어. 민폐 끼쳐서 미안해. 내일 보자."

"응, 단아. 조심히 들어가."

"내일 봐."

은형이와 유천영의 담담한 인사에 이어 은형이네 아버지도 우리를 향해 고개까지 숙였다. 몹시 놀라며 따라서 고개 숙인 우리는 그대로 주차장으로 가서 차에 탔다.

집에 가는 길, 고속 도로 양옆으로 스치는 불빛들을 물끄러미 바라보며 나는 생각했다.

만약 이대로 저들과 영영 친해지지 못하면 나는 어떻게 되는 거지? 내가 이대로 〈해가림〉 인물들과 영영 관계없는 존재가 되어 버리면?

아마도 관리자의 손에 의해 언젠가는 제거당하겠지? 그렇게 생각하자 누군가가 차가운 손으로 내 목을 틀어쥔 것처럼 오싹한 기분이 들었다.

이제 과거가 바뀐 지 고작 2주 정도가 지난 시점이었다. 그런데 첫 시도가 덤프트럭 앞으로 떠미는 것이었다니, 다음 시도 역시 필시 대단한 위험일 것이다. 나 혼자 대처할 수 있을 만한 규모가 아닐지도 모르지.

어처구니가 없었다. 친구를 살리기 위해 친구들에게서 멀어지는 쪽을 택했는데, 이제는 내가 죽지 않기 위해 그들과 다시 친해져야 할 판국이라니.

하지만 내가 더 필사적이 된다고 해서 저들이 갑자기 나와 친해질 마음이 들진 않을 텐데. 나는 눈을 찡그렸다. 아니, 사실 나는 지금도 충분히 필사적이야.

"여기서 뭘 어떻게 더 하라는 거야?"

여기서 뭘 어떻게……. 나는 머리카락을 헝클며 한숨을 푹 내쉬었다. 상황은 갈수록 난국이었다.

* * *

그날 꿈도 여느 때와 마찬가지로 혼란스러웠다. 사실 이 세계의 과거가 바뀌어 버리고 나서 악몽 아닌 꿈을 꾼 적이 거의 없었다.

꿈이 그나마 나쁘지 않게 끝날 때는 나를 여전히 기억하고 있는 친구들, 김혜힐이나 신서현, 이루다가 막바지에 나타나 나를 구해 줄 때였다. 그 외의 경우엔 나는 언제나 빠져나갈 수 없는 최악의 상황에서 발버둥 치다 잠에서 깨었다.

당연히 아침에 일어났을 때 내 기분이 좋을 리 없었다.

그럼에도 나는 애써 태연한 척 가방을 챙기며 중얼거렸다.

멀쩡해야 해. 멀쩡해 보여야만 해. 그래야만 다른 애들과 가까워질 기회를 조금이라도 늘릴 수 있어.

그래도 학교에 가는 내내 이어폰으로 줄곧 좋아하는 노래를 들었더니 기분이 조금 나아졌다. 요즘에는 공부에 집중한답시고 노래도 들은 지가 꽤 오래되었다.

귀에 익은 멜로디를 흥얼대며 교실 문을 벌컥 열어젖히는데 바로 앞에 어두운 그림자가 졌다.

무심코 고개를 들어 올린 나는 코가 닿을 정도로 가까운 거리에 서 있는 은지호를 보고 흠칫 놀랐다.

그는 나와 놀랄 만큼 가까운 거리에서 마주치고도 아무런 느낌도 없어 보였다. 다만 죽은 물고기 같은 검은 눈으로 나를 쓱 훑더니 어깨를 옆으로 틀어 비키는 시늉을 했다.

기억은커녕 아무런 감정의 편린도 떠올려 내지 못하는 그가 야속해지는 것도 잠시, 나는 속으로 생각했다. 그래, 싫어하는 티를 대놓고 안 내는 게 어디야? 그리고 나는 한쪽 가방끈을 세게 쥐며 그를 지나치려 했다.

그러던 내 머릿속에 문득 떠오르는 것이 있었으니, 다름 아닌 유천영의 말이었다.

'걔네 머리가 너무 잘 돌아서 가끔 진짜 돌아.'

"푸흡."

내가 고개를 돌리며 작게 웃음을 터트리자, 은지호의 눈썹이 못마땅한 듯 구부러졌다. 그가 싸늘하게 물었다.

"왜 웃어?"

"아."

나는 허둥지둥 시선을 내리깔았다.

젠장, 그런 말을 떠올리는 게 아니었는데. 나는 입술을 깨물며 괜히 유천영을 탓했다.

너는 왜 안 그렇게 생겨서는 웃긴 말만 골라 하는 건데? 떠올려 보면 내가 사대천왕에게서 이상한 말을 들었던 것은 언제나 그를 통해서였다.

그런 내게 은지호가 눈을 차갑게 내리뜨며 물었다.

"갑자기 사람 얼굴을 보면서 웃다니, 뭐 하자는 건데?"

"미안. 진짜 미안. 그런데 너 때문에 그런 거 아니야."

다른 사람이었다면 좀 더 성의 있게 둘러댔겠지만, 대신 내가 그렇게만 말한 것은 은지호가 내가 웃은 것이 '자기가 웃기게 생겨서'일 거라고는 절대 생각하지 않을 게 분명하기 때문이었다.

은지호의 재수 없음이 도움이 되다니, 세상 오래 살고 볼 일이군. 그런 감탄을 하던 내게 대뜸 손을 뻗은 은지호가 내 한쪽 귀에서 이어폰을 빼냈다. 응?

뺏은 이어폰 한쪽을 거리낌 없이 귀에 꽂은 그가 이윽고

놀이공원인데 데이트는 아니라고요? ⟨177⟩

고개를 기울이더니 말했다.

"라디오 아니고 노래잖아. 게다가 팝송인데?"

"그, 그냥 내가 다른 생각을 하고 있었다는 뜻이었어."

"흐음."

은지호는 다만 팔짱을 끼고 나를 지그시 내려다보았다. 그의 눈에서 나를 못마땅하게 여기는 감정이 느껴질 정도라서 마음이 따끔거렸다.

나는 입속으로 중얼거렸다. 그래, 한울 그룹 사대독자인 은지호 님께 온갖 수로 접근하는 사람들이야 밤하늘의 별처럼, 백사장의 모래처럼 넘치도록 많겠지요. 많고 말고요. 그러던 내게 은지호가 무심히 중얼거리는 목소리가 귀에 닿았다.

"……고전적인 수법만 가져오는 걸 식상하다고 해야 할지, 그런 고전적인 수법을 용기 내서 실행하는 게 참신하다고 해야 할지."

그 말을 들은 나는 반사적으로 목소리를 높였다.

"뭐?"

그것도 잠시, 나는 곧 고개를 내저으며 관자놀이를 짚었다.

아니야, 이런 도발에 일일이 넘어가선 안 돼. 그가 전략가적 기질이 강하다는 걸 알잖아.

굳이 '고전적인 수법' 운운한 것은 그가 그렇게 믿고 있어서가 아니라, 그렇게 말하면 내가 펄쩍 뛰며 진짜 이유를 말할 거라고 생각했기 때문이겠지.

 물론 내 기분 따위 하나도 생각지 않은 잔인한 전법이지만, 어차피 그에게 내 감정을 신경 써 줄 이유는 더는 없으니까.

 그러다 나는 불현듯 또 다른 기억이 떠올라 심장이 저릿해졌다.

 윤정인의 별장을 향해 떠나던 어느 여름날, 구불거리는 산길을 달리던 차 안에서 그가 했던 말.

 '나는, 너도 알다시피 내가 뭔가를 얻고, 내가 마음대로 할 수 있는 게 많을수록 보람을 느끼는 사람이다 보니까. 너한테도 똑같이 해 주고 싶었어.'
 '하지만 너랑 나는 다른 사람이고, 네가 그게 싫다면 나는 역시 너를 존중하지 못한 거겠지. 미안해.'

 순간 울컥하는 기분을 억누르고 주먹을 꽉 쥐며, 나는 스스로에게 되뇌었다.
 하필 지금 그런 기억 떠올리지 마. 지금 여기 있는 은지호는 그때와는 다른 사람이라고. 그렇게 믿는 편이 차라리 편해.
 겨우 평정심을 되찾은 나는 고개를 들었다. 잠자코 기다리던 은지호에게 나는 복도 쪽을 손짓으로 가리키며 말했다.

"좋아, 내가 웃은 이유 솔직히 말할게. 못 말할 것도 없어. 내가 숨기려고 한 건 단지 이게 다른 사람과 연관되어 있기 때문이었어. 너도 친한 사람."

"내가 친한 사람?"

못 믿겠다는 듯 되묻는 은지호에게 나는 애써 담담하게 말을 이었다.

"이유를 알려 주는 대신, 너는 내가 너희한테 하는 모든 행동들이 너희한테 수작 부리기 위해서라고 더는 오해하지만 마. 또 내 말과 관련해서 다른 사람을 추궁하지도 말고. 할 수 있겠어?"

내가 진지하게 물은 말에도 은지호는 태연히 고개만 까딱거렸다.

"들어나 보고."

재수 없다, 진짜……. 내가 이 애와 중학교 3학년 고등학교 3학년, 도합 6년을 가깝게 지냈다는 게 믿기지 않을 정도야…….

나는 속으로 되뇌며 천천히 손을 뻗어 그의 한쪽 어깨에 손을 얹었다. 뭐냐는 듯 나를 보는 은지호에게 나는 고개 숙이란 시늉을 해 보였다.

그는 내가 적국의 암살자라도 되는 것처럼 믿을 수 없다는 표정을 지으면서도 순순히 몸을 숙였다.

귀엣말하기 위해 발돋움하자, 창으로 쏟아진 햇빛이 그

의 은색 머리칼에 튕겨 환히 빛났다. 그리고 손끝에 느껴지는 뻣뻣한 교복 천과 익숙한 체향.

 잠시 멍해졌던 나는 은지호의 목소리를 듣고 다시 정신을 차렸다.

 "말 안 해?"

 "아. 미안."

 그리고 나는 조용히 입을 열었다. 유천영이 너더러…….

 잠시 후, 인상을 팍 쓴 은지호는 다시 고개를 들더니 성큼성큼 걸어가 교실 문을 열어젖혔다.

 그가 교실 안을 향해 싸늘하게 말했다.

 "유천영! 너 당장 복도로 나와."

 "지호야? 갑자기 천영이는 왜."

 회녹색 눈을 동그랗게 뜨며 그렇게 묻는 은형이의 모습을 보고 나는 당황했다. 안 돼, 은형이가 여기 있다는 건 유천영도 이미 이 교실에 도착했다는 뜻이잖아!

 과연 그랬다. 나를 발견하자마자 무언가를 말하고 싶어 안달이 난 듯한 은형이의 뒤에서, 유천영이 졸린 눈을 비비며 천천히 몸을 일으켰다.

 이미 늦었다는 것을 알고는 있었지만 나는 은지호를 붙잡고 외쳤다.

 "너 이거 갖고 다른 사람 추궁 안 하기로 했잖아!"

 "내가 언제? 들어 보고 결정한다고 그랬지."

"너 진짜······."

나는 그를 잡고 있던 손을 부들부들 떨었다. 이 사기꾼 같으니라고······.

그사이 유천영은 이미 지척까지 다가와 있었다. 여전히 잠이 덜 깬 눈으로 나를 한 번, 은지호를 한 번 번갈아 본 그가 입을 열었다.

"무슨 일이야?"

그 즉시 은지호는 나를 엄지로 가리키며 말했다.

"네가 얘한테 나 돌았다고 했다며."

나는 조마조마한 눈으로 유천영을 올려다보았다. 내가 이 말을 한 것 때문에 화내면 어떡하지? 아니, 나라면 친구들 사이를 이간질하는구나 싶어 틀림없이 화났겠지.

그러나 유천영은 내가 그 말을 전달한 것에 대해서는 아무런 유감이 없는 모양이었다. 다만 무표정하게 눈을 두어 번 깜빡인 그가 기계적으로 대꾸했다.

"돌았다고는 안 했어. 가끔 돈다고 했지."

"그거나 그거나."

"어차피 사람은 누구나 한 번쯤 돌아."

"그래서 멀쩡한 사람한테 돌았다고 해도 된다는 말이냐?"

기분 나쁜 듯 날카롭게 대꾸한 은지호가 유천영을 노려보았다. 아, 하기는. 누구보다 자기 자신한테 자부심이 있는 그로서는 그런 평가가 기분 나쁘지 않을 리 없겠지.

그리고 나는 조심스레 손을 들어 올리며 발언했다.

"하지만 은지호 너도 유천영한테 내 뒷담 깐 것 같으니 쌤쌤 아닐까? 아니, 내 말은, 쌤쌤으로 치는 게 어떨까?"

하하하....... 내 허무한 웃음소리가 복도에 흩어졌다.

일순 은지호는 물론이고, 유천영마저 황당하다는 눈으로 나를 보았다. 이윽고 은지호가 다시 말했다.

"근거 있는 의심과 근거 없는 의심은 다르지."

"나도 근거 있는데."

"넌 좀 조용히 해, 유천영. 누구 말마따나 너는 입만 열면 네 생김새에도 불구하고 열 받으니까."

아니, 도대체 누가 유천영에게 그런 막말을 했단 말이야? 내가 미묘한 표정을 짓는 사이, 한 걸음 물러난 은지호가 나를 돌아보았다.

차갑게 나를 노려보던 그가 천천히 다시 입을 뗐다.

"......너는 어제 야자 다 하고 갔지. 유천영은 여느 때처럼 야자 안 하고 수업 끝나자마자 집으로 가는 거 내가 봤고."

"어? 어. 그랬지."

나는 당황하면서 대답했다.

그가 팔짱을 끼며 말을 이었다.

"그런데 너와 유천영이 접점이 어디 있어서 어제 둘이 얘기를 나눠? 학교에서?"

아니, 학교에서는 내가 주시하고 있었으니 그렇진 않을 텐데. 턱을 매만지며 태연히 덧붙이는 은지호를 나는 조금 질린 눈으로 보았다. 감시한 게 자랑이냐. 잘났다, 이 자식아.

그리고 나는 머뭇머뭇 입을 열었다.

"별거 아니었어. 그냥……."

"사고가 있었어."

유천영이 기다렸다는 듯 내 말을 잘랐다. 유천영? 내가 그를 돌아보기가 무섭게 그가 딱 잘라 말했다.

"네가 생각하는 그런 거 아니니까 애먼 사람 붙잡고 추궁하는 것도 적당히 해."

헉, 완전 직설적인 그의 말에 나는 은지호의 눈치를 살폈다.

답답하다는 듯 은색 머리칼을 쓸어 넘긴 그가 태연한 얼굴로 대꾸했다.

"내가 이런저런 사람에게 하도 많이 데어 본 너를 걱정해서 이런다는 생각은 안 들어?"

"그게 내가 마음에 드는 사람한테 다가가는 거 막을 이유는 못 돼. 그리고 얘가 나한테 다가온 거 아니고, 내가 먼저 다가간 거야."

피곤하게 굴지 마. 유천영이 나른히 덧붙인 말에 은지호는 답답한 표정을 지었다. 그러나 그것도 잠시였다.

이윽고 전구의 불이 꺼진 것처럼, 순식간에 열의 없는 모습으로 돌아온 그가 다시금 머리칼을 쓸어 넘기며 말했다.

"아, 그러냐."

그리고 그는 높낮이 없이 단조로운 톤으로 말을 이었다.

"그래, 권은형이 평소보다도 일찍 등교해서 누가 오기를 기다리던 것처럼 뒷문만 힐끔거리던 이유…… 이제야 알겠네."

그리고 검은 눈을 굴려 유천영을 힐끗 본 그가 물었다.

"그런데 그 사고 말이다, 범인은 잡혔대?"

"아니. 권은형이 범인을 봤다고 했어."

"목격 말고 물증은?"

"없어."

"물론 그렇겠지……."

해석의 여지가 몹시 많은 말을 남긴 은지호가 건조한 발소리와 함께 자리를 떠났다.

그가 교실 뒷문을 열고 시야에서 완전히 모습을 감추는 그 순간까지 나는 모욕당한 사람처럼 주먹을 질끈 쥐고 고개만 숙이고 있었다.

내가 마침내 중얼거렸다.

"내가 사고를 당한 게 아니라……."

사고를 일으킨 거라고 생각하는 건가?

은지호가 남긴 말의 의미는 명백했다. 그는 나를 의심하고 있는 것이었다. 내가 기어이 그들과 가까워지기 위해 사고를 가장했다고.

아마 그는 사고의 규모를 모르기 때문에 했던 말일 테지만, 그렇다고 그가 나를 그런 사람으로 의심했다는 사실은 변하지 않는다.

입술이 하얘질 정도로 깨물며 나는 중얼거렸다. 아니야. 나 그렇게까지 제정신 아닌 사람 아니야. 나 아직 하고 싶은 일도 많고…….

무엇보다 나는 너희를 위해서라면 내 목숨을 걸 수 있을지도 모르지만, 너희와 가까워지기 위해서 내 목숨까지 걸 생각은 없어. 너라면 분명히 이 둘의 차이를 알 텐데. 왜냐하면 너는 똑똑하니까.

이 말들 중 그 무엇도 할 수 없는 지금의 내 처지가 가장 분했다. 머릿속에서 용암처럼 부글대며 끓어오르는 것이 분노인지 슬픔인지조차 알 수 없었다.

유천영이 내 낌새를 눈치채고 무어라 하기 전에 나는 얼른 걸음을 옮겼다.

유천영에게 화가 나서가 아니었다. 그는 충분히 내 변호를 잘 해 주었다.

그저, 지금 반여령이나 네 사람 중 단 한 사람이라도 곁에 있다면 할 말 못 할 말 못 가리고 다 쏟아 내 버릴 거라는 생각이 들어서였다. 그들이 그걸 기억하든지 못하든지 간에.

교실로 들어간 나는 노민찬 선생님이 교탁 앞에 서 계신 걸 보고 눈을 깜빡였다. 그가 마침 잘되었다는 듯 날 보며 말했다.

"왔니? 마침 중요한 얘기를 하려던 참이란다. 어서 앉으렴."

나에 이어 유천영까지 앉자 그가 다시 말을 꺼냈다.

"선생님이 오늘 할 얘기는 7월 체험 학습 얘기란다. 어쩌면 너희에게는 고등학교 마지막이 될 수 있는 체험 학습이야."

그러니 신중히 계획서 작성해 와 주기 바란다. 그가 덧붙인 말에 내 얼굴이 일그러졌다.

* * *

반여령과 사대천왕과 한 반이 되어 떠나는 소풍을 기대하지 않은 건 아니지만 지금은 상황이 너무 안 좋았다. 체험 학습 당일, 나는 버스 창문에 이마를 기댄 채 의욕 없이 잠만 잤다.

체험 학습 장소는 너무나 쉽게 놀이공원으로 정해졌다. 돌아다니는 데 의욕이 있던 고등학교 1학년 때를 제외하고는 이후에 가 본 사람이 드물기 때문이었다. 그 외에도 같은 반 학생들끼리 다 같이 놀이공원에 가는 것은 오늘이 처음이자 마지막이 되지 않겠냐는 이유도 있었다.

아무튼 마지막 체험 학습이니만큼 다들 특별한 추억을 많이 남기겠다고 다짐한 것 같았다. 괴상한 머리띠를 많이들 사서 착용할 테니 적어도 특별한 사진은 많이 남겠지, 뭐. 하지만 내게는 다 부질없는 것들이었다.

이렇게 말하면 아직도 날 기억해 주는 김 쌍둥이와 윤정인, 이민아와 신서현, 이루다에게는 실례가 된다는 걸 알지만 어쩔 수 없었다. 그들이 내게 소중하지 않기 때문이 아니라, 그저 난 자리가 든 자리보다 더 티 나기 때문이었다.

사람은 얻은 것보다 잃어버린 것에 더욱 집착하는 경향이 있다. 특히 이번 일로 그 사실을 뼈저리게 느끼게 되어 슬펐다.

이를테면 첫 수련회 때 은지호가 줄곧 내게 전화를 걸어 대는 통에 번번이 잠에서 깼던 일이라거나, 장기자랑 끝나고 그들과 숙소에서 놀았던 일. 고등학교 처음이자 마지막이었던 수학여행, 다른 반이었음에도 멀지 않은 거리를 두고 계속 시선을 마주치며 웃던 얼굴들. 종국에는 번쩍이는 조명만 남겨 둔 상태에서 어둠 속에서 불쑥불쑥 보이던 그림자들.

그런 기억들이 혼란하게 뒤섞인 꿈을 꾸다 보니 어느새 도착이었다.

김혜힐이 내 팔을 부드럽게 흔들어 깨웠다.

"일어나 봐."

나는 눈을 비비며 고개를 돌렸다.

"미안, 나 너무 잤지…… 나 때문에 심심했겠다."

중얼거리듯 말한 내가 창밖을 보았다. 어린이들은 물론 어른들에게도 꿈과 희망을 약속하듯 색색으로 된 과자 집 같은 구조물이 보였다.

놀이공원을 상징하는 캐릭터들이 바람개비며 비눗방울 통을 들고 다소 과장되게 밝은 표정을 짓고 서 있었다. 내 눈에는 꼭 웃지 않으면 손에 들고 있는 것으로 한 대 때려 주겠다고 협박하는 것처럼 보였지만, 아무튼 부모님 손을 잡고 정문으로 향하는 애들은 모두 즐거운 표정이었다.

음, 고3은 과연 어떨지 모르겠지만 말이야. 그렇게 생각하며 나도 한 줄로 서서 버스에서 내렸다.

다 함께 미니 기차를 타고 놀이공원 정문에 도착해, 자유이용권을 구매하고 마침내 출입구를 통과하자마자 노민찬 선생님은 우리를 한곳에 모아 놓고 말씀하셨다. 그는 놀이공원임에도 불구하고 평소처럼 지나치게 단정한 차림이었다.

"애들아. 자유의 몸이 되기까지 얼마 남지 않았는데 기껏 놀러 와서 다치면 얼마나 속상하겠니? 그러니까 다들 안전사고 유의해서 조심히 놀고…… 선생님이 말하는데 누가 자리를 피해!"

회장, 가서 잡아 와. 선생님이 하시는 말씀에 윤정인이 부리나케 달려가 남자애 둘과 커플 하나를 검거해 왔다.

머리 아프다는 듯 미간을 문지르던 노민찬 선생님이 다시 말했다.

"그래, 더 말해서 무엇하겠니…… 무모한 짓만 하지 말고, 저녁 다섯 시에 인원 점검 한번 할 테니 여기로 모이렴. 인원 점검 후에 더 놀 사람은 더 놀고 가도 된단다. 마침 7시 30분에 저녁 퍼레이드가 있다고 하니까 볼 사람은 그것도 보고 가도 괜찮을 것 같구나."

이상. 선생님이 말을 끝내자마자 아이들은 환호성을 내지르며 총알처럼 튀쳐나갔다. 그 모습을 보며 실실 웃음을 흘리던 나는 당연한 듯 김 쌍둥이에게로 돌아섰다.

누구와 같이 다니겠다고 정해 둔 것은 아니었지만 지금의 내게는 선택지가 없었다.

윤정인과 이민아는 커플다운 데이트를 즐기겠다고 이미 엄포를 놓았고, 루다야 내가 그의 고백을 거절했으니 말할 것도 없고. 그러던 나는 멀지 않은 곳에서 강렬하게 쏟아지는 시선을 느끼고 당황했다.

고개를 돌리자, 그곳에는 다름 아닌 여령이가 두 손을 기도하듯 모으고 열렬한 눈으로 나를 보고 있었다. 그녀의 뒤에 첨탑처럼 포진한 사대천왕은 덤이었다.

특히 은지호나 주인이는 마음에 들지 않는 것을 온몸으로 티 내거나 다른 곳을 가리키며 종알대는 둥, 어떻게든 여령이의 시선을 돌려 보려 열심이었지만 나를 향하는 그녀의 시선은 여전히 건재했다.

결국 견딜 수 없어진 나는 김혜힐의 팔을 잡아끌었다. 내가 작게 속삭였다.

"혜힐아, 얼른 가자."

저기에 끼어 봐야 내가 눈빛에 말라 건조 오징어가 되든 압박감에 눌려 가오리가 되든 뭐 하나는 되겠지……. 어쩌면 둘 다일지도 모르고.

그런데 반여령을 골똘히 쳐다보던 김혜힐은 돌연 눈을 빛냈다. 응?

내가 불안감을 느끼기가 무섭게 갑자기 내 팔을 떨쳐 낸 그녀가 말했다.

"이런 곳에서는 짝수로 다니는 게 훨씬 좋잖아? 놀이기구 탈 때도 둘씩 타는 게 보통이고 말이야, 특히 나는 오빠와 놀이기구 취향도 비슷해서."

놀랄 정도로 말이지. 김혜힐이 김혜우를 가리키며 하는 말에 무슨 말을 하는가 싶던 표정이던 김혜우도 이윽고 고개를 끄덕였다.

하여간 눈치 하나는 몹시 빠른 쌍둥이였다. 그들은 부러 조금 먼 곳에 서 있는 반여령에게까지 들릴 크기로 말하고 있었다.

나는 당황하며 말했다.

"아니, 하지만, 그럼 난 혼자 다니라고? 그리고 너희 짝수 아니야. 신서현이 있잖……."

그러다 말고 주변을 둘러본 나는 당연히 있을 거라 생각했던 그가 없다는 사실에 당황했다.

뭐야, 얘 어디 갔어? 속으로 절규하는 내게 그들이 말했다.

"신서현은 윤정인이랑 이민아한테 찍사로 끌려갔어. 걔네 오늘 찍은 사진으로만 앨범 하나 다 채울 거라더라."

"불쌍한 신서현. 어쩌다 그런 놈들한테 걸려서."

"동감이야."

아니, 이런 미친. 얼굴을 일그러뜨리던 내 어깨를 살갑게 두드린 그들이 내 뒤를 가리켰다.

"저기에 다른 선택지가 있는 것 같은데?"

그렇게 말하는 그들의 뒤에서 후광이 반짝반짝 빛나고 있었다. 선의에서 비롯된 것임은 알았으나 선뜻 받아들이기는 힘든 제의였다.

한숨을 짧게 내쉰 내가 뭐라고 말하려던 찰나, 나는 내 등을 부드럽게 건드리는 손길을 느끼고 굳었다.

뒤를 돌아보자, 두 손을 모으고 고개를 살짝 기울인 반여령이 심장이 떨어질 정도로 예쁘게 나를 올려다보고 있었다.

그녀가 애써 태연하게, 그러나 간절함이 묻어나는 목소리로 말했다.

"단아. 저기 있지, 너희 하는 얘기를 들었는데…… 우리는 다섯이거든."

나는 그녀의 등 뒤를 힐끗거리며 대답했다.

"하하, 음. 그렇지만. 너희 일행에는 내가 잘 모르는 애들도 많은데. 그 애들이 날 불편해하지 않을……."

"그럼 난 단둘이라도 좋아!"

그렇게 외치며 내 손을 덥석 잡는 반여령을 보고 나는 가벼운 현기증을 느꼈다. 아니, 물론 나도 차라리 둘이 넘치도록 좋기는 하지만…… 반여령과 같이 놀이공원을 와 본 지도 중학교 이후로 꽤 오래되었으니까.

　나는 다시 은지호와 주인이를 힐끔 보았다. 하지만 저 의심 많은 두 사람이 과연 너를 나와 단둘이 있게 해 줄지 의문인데.

　그러던 나는 은형이의 표정을 보고 안색을 싹 바꿨다.

　앗, 이럴 수가. 은형이가 시무룩해하고 있잖아?

　은형이 너 알고 보면 되게 티 나는 사람이구나! 아니, 나야 그들의 마음이 어떻게 시작되어 어떻게 진행되고 어떤 결말을 맞았는지 옆에서 모조리 생생하게 지켜본 사람이라서 그럴지도 모르지만.

　아무튼 그가 눈에 띄게 기운 없어 하는 모습을 본 이상 반여령만 홀랑 들고 튈 수는 없는 노릇이었다.

　결국 나는 주먹을 움켜쥐며 힘차게 외쳤다.

　"조, 좋아! 너희만 받아 준다면! 나 열심히 해 보도록 할게."

　거의 선거 공약 같은 내 말을 들고서도 여령이는 그저 몹시 기뻐했다.

　옆얼굴에 와닿는 뾰족한 시선을 애써 피하며 내가 다시 중얼거렸다. 그래도 내가 끼길 원한 사람이 둘이니까 나름 과반수다 뭐.

물론 반대하는 사람 역시 둘이라는 점에서 이건 별 의미가 없지만, 그런 사실은 가볍게 접어 두자.
 그리고 나는 반여령의 팔짱을 끼며 말했다.
 "그럼 지도부터 가지러 가자."
 "응!"
 사대천왕이 그런 우리의 뒤를 수행원처럼 쫓았다.

　　　　　　＊　＊　＊

 처음 귀엽게 범퍼카를 부딪힐 때라거나 찻잔을 빙빙 돌릴 때까지만 해도 꽤 괜찮았다. 문제는 반여령이 점차 놀이기구의 난이도를 올리기 시작하면서부터였다.
 나는 그제야 내가 반여령과 그토록 오랫동안 함께하면서도 중학교 때 단 한 번 이후로 놀이공원을 같이 가지 않았는지를 떠올려 냈다. 그녀는 익스트림 놀이기구 마니아였다.
 반여령의 전정 기관은 태초부터 떨어져 나간 것이 분명했다. 아니면 반여령의 전정 기관이 너무나 훌륭하게 일을 하기 때문에 나와는 달리 어지러움을 전혀 못 느끼는 건가? 됐고 나 좀 살려 줘…….
 한편 채 세 번도 안 되어 이탈을 선언한 이가 있었으니 다름 아닌 은지호였다.
 그는 세상의 중력은 나와 상관이 없고, 따라서 멀미도 나와 관련 없다는 것 같은 초연한 얼굴로 툭 내뱉었다.

"난 이런 거 별로야. 사람을 세탁기로 돌리고 짜 넣는 이런 거."

"왜? 얼마나 재밌는데!"

"재미가 없으니까 그렇지."

그렇게 말하는 그는 정말로 어지럽거나 무서운 게 아니라 단지 재미가 없다는 표정이었다.

입을 반쯤 막은 채 '은지호랑 전정 기관 바꿔 끼고 싶다…….' 그런 생각이나 하던 나는 뒤늦게 내 옆을 보고 마음을 바꾸었다. 아니, 전정 기관 바꿔 달아 줘야 할 사람은 어딜 보나 이쪽인데.

은형이는 보기와는 달리 멀미가 꽤 심한 모양인지, 헛구역질을 애써 참는 얼굴로 가로등에 한쪽 팔을 기댄 채 버티고 서 있었다.

운동 신경과 어지러움은 별 상관이 없나 봐. 내가 그런 생각이나 하는 사이, 그 모습을 발견한 여령이가 걱정스레 물었다.

"은형아, 너 괜찮아? 몸이 안 좋은 것 같은데."

"응? 아니야, 아니야. 그냥 좀……."

은형이는 자신이 놀이기구를 못 탄다고 여령이에게는 죽어도 말하기 싫은 모양이었다. 나는 그의 심정을 이해했다. 여령이가 기껏 저렇게 신나 하는데, 자기가 분위기를 망치고 싶진 않겠지.

그리고 다른 사람의 호감에 있어서는 한없이 둔감한 반여령은 그의 말을 곧이곧대로 믿었다.

"그럼 다음은 저거!"

그렇게 말하며 세계에서 가장 높다는 롤러코스터를 가리키는 여령이의 모습에 은형이의 얼굴이 다시금 창백해졌다.

그런 둘을 보며 나는 속으로 짧게 묵념했다. 은형아, 먼저 반한 네 죄지 누구의 죄겠니.

다음으로 나는 불쑥 손을 들어 올렸다. 모두의 시선이 내게 쏠렸다.

"나도 좀 쉬어도 될까? 나 지금 너무 몸과 마음이 힘들어서……."

여령이는 내가 바이킹과 청룡열차를 함께 탔던 것이 그녀에 대한 사랑 때문임을 알아야 한다.

게다가 바이킹의 경우에는 맨 뒷자리 바로 앞줄에 앉았다고. 항상 가운데 자리에만 앉던 내게 이게 얼마나 대단한 일인지 알아야 해.

하지만 이제 더는 버틸 수 없었다. 게다가 세계에서 제일 높은 롤러코스터라니, 난 절대 못 타. 그런 거.

그러자 여령이는 울상을 지으며 나와 익스트림 놀이기구 사이에서 갈등하는 눈치였다.

아니 뭐, 내가 여기에 잠깐 있다고 해서 사라지는 것도 아닌데.

내가 그런 생각을 하는 사이, 마침내 결심을 마친 듯한 반여령이 어두운 얼굴로 말했다.

"그럼 나 몇 개만 더 타고 올게……. 정말로 세 개만 더 타고 올 테니까 기다려."

"그래, 그래. 조심히 다녀와. 나는 그냥 쉬고 있거나 돌아다니거나 할게."

여령이가 시무룩한 뒷모습을 보이며 사라진 후, 나는 은지호와 단둘이 놀이공원 한가운데 덩그러니 남았다.

유천영은 그런 내가 적잖이 신경 쓰였던 듯 이쪽을 몇 번 힐끔거렸지만 결국 반여령을 따라갔다.

두 어깨를 늘어트리며 한숨을 푹 내쉰 내가 중얼거렸다. 자, 그럼 이번에는……. 두 손을 주머니에 꽂고 재빨리 몸을 돌리려는 찰나, 등 뒤에서 은지호의 목소리가 날아왔다.

"어딜 가?"

"피차 얼굴 보기 싫은 거 아니까 조용히 떠나려고 했는데."

너는 내가 내 입으로 이런 얘기까지 하게 만들어야 하니? 그렇게 생각하며 나는 뒤를 돌아보았다. 은지호가 특유의 잔인하기까지 한 담담한 눈으로 나를 보고 있었.

애써 담담하려 노력하며 내가 덧붙였다.

"날 싫어하는 건 너지만 그냥 중 대신 절이 떠나 줄게. 너보다 내가 마음이 넓은 것 같으니까."

"웃긴다. 아, 그건 그렇고."

대수롭잖게 던진 은지호가 덧붙였다.

웃겨? 내가 오랫동안 준비한 회심의 공격이? 내가 눈썹을 꿈틀거리는 찰나, 그가 다시 말했다.

"너 전에 한 말 진심이야?"

"뭐?"

"네가 우리한테 하는 모든 행동이 수작 부리고 접근하기 위해서는 아니니까, 착각하지 말라던 말."

그러자 그를 쏘아본 내가 대꾸했다.

"……적어도 널 보고 웃은 것과 사고에 관한 건 아니었어."

"그럼 어쨌건 우리와 가까워지고 싶은 마음은 있다는 뜻이네."

잠시 대답이 없는 내게 그가 나른히 눈을 내리깔며 말을 이었다.

"나는 여전히 내가 너한테 잘못 말했다고는 생각 안 해. 왠지 알아? 그런 눈으로 우리를 쳐다본 사람들, 셀 수 없이 많아. 우리가 몰려다닌 다음에는 더더욱 많아졌고. 그중에 시선 한번 끌어 보겠다고 기상천외한 짓을 저지른 사람이 몇이나 될 것 같아?"

"……."

"내가 널 의심하는 건 어쩔 수 없는 일이야. 그게 싫다면 네가 우리를 그런 눈으로 쳐다보지 않았으면 될 일이지."

여전히 아무렇지 않은 얼굴로 비수를 콱콱 꽂는 그를 가만히 노려보던 내가 돌아섰다. 그때 그가 다시 말했다.

"어디 가? 네가 가면 나 반여령한테 추궁당해."

다시 멈춰 선 나는 그를 어처구니없다는 눈으로 쳐다보다가 물었다.

"뭐?"

"그래, 세 개쯤이 좋겠다. 반여령도 그쯤 타고 돌아온댔으니까. 너랑 나도 세 개. 그렇게 타고 돌아오자."

그리고 그가 턱을 들며 덧붙였다.

"가까워지고 싶다며? 기회 주는 거야, 지금. 기왕 생긴 기회니까 잘 활용해 봐."

몹시 재수 없고 오만한 태도로 그렇게 말하는 그를 나는 한 대 치고 싶은 심정이었지만 그러지 못했다. 왜냐하면, 그 정도로 그가 베푼 작은 기회조차 내게는 절실했기 때문이었다.

내가 주먹을 질끈 쥐고 시선을 떨어뜨리며 고개만 끄덕이자, 은지호는 그런 나를 보며 그럴 줄 알았다는 듯 여유롭게 웃었다. 그리고 그가 물었다.

"어디 갈래?"

"잠깐……."

북받쳐 오른 감정을 숨기려고 나는 일부러 아무 곳이나 가리켰다. 은지호는 그런 나를 의외라는 듯 보다가 말했다.

놀이공원인데 데이트는 아니라고요? 〈199〉

"정말 괜찮겠어? 그래, 뭐. 가자."

이윽고 걷기 시작하는 그를 따라 걸으며 나는 속으로 중얼거렸다. 괜찮냐니, 뭐가? 네가 언제부터 내 상태 같은 걸 신경 썼다고.

그로부터 정확히 몇 분 뒤, 나는 은지호의 말뜻을 비로소 알게 되었다.

내가 보지도 않고 고른 것은 다름 아닌 자이로드롭이었다.

은지호는 내가 바이킹이나 다른 놀이기구에서 보여 준 태도 때문에 내가 놀이기구를 잘 못 탄다는 것을 알고 있었을 것이다. 또 약한 고소 공포증이 있다는 것도. 그런데 이런 걸 고르다니, 꽤 의아하기도 했겠지.

나는 울상을 짓고 앞에 길게 늘어선 줄을 보았다. 자이로드롭은 인기 있는 놀이기구이다 보니 당연히 줄이 상당했다. 이 정도 길이면 '한번 궁금해서 타 보려던 건데 생각보다 줄이 너무 기네, 그냥 돌아가자!' 따위의 핑계를 대 봐도 되지 않을까?

내가 그렇게 생각하는 찰나 은지호가 사람들을 지나쳐 줄이라곤 하나도 없는 문으로 곧장 들어갔다.

나는 그제야 깨달았다. 맞아, 너 모든 놀이기구 하이패스였지!

이 놀이공원이 한울 그룹 소유임을 내가 깜빡했다. 실제로 지금까지 우리는 은지호의 얼굴만 보면 비켜 주는 직원들에

힘입어 모든 놀이기구를 대기 하나 없이 타 온 참이었다.

조금의 기다림도 없이 곧장 탑승하게 된 나는 과장된 색깔로 칠해진 파란 의자나 흰 손잡이를 매만지며 한쪽 다리만 덜덜 떨었다.

안 돼, 여기에서 당황한 티를 내 봐야 '너 또 관심 끌려고 수작 부리는 거냐?' 따위의 말이나 들을 거야. 진정해. 그런 말을 되뇐 보람도 없이 안전바가 내려오자 어김없이 온몸이 벌벌 떨리기 시작했다.

결국 두려움을 이기지 못한 나는 은지호를 돌아보았다.

"야, 은지호. 너 혹시…… 자이로드롭 사고 몇 건이었는지 알아?"

내가 먼저 말을 걸자, 잠시 의외란 표정을 지은 그가 순순히 대답했다.

"내가 아무리 머리가 좋아도 그런 걸 외우고 다니겠냐? 그런 건 우주인도 안 외우고 다닐걸……. 일단 이 놀이공원에서는 없는 거로 아는데."

"그래? 그럼 최초의 팀이 우리가 될 수도 있지 않을까?"

"너 지금 우리 그룹에 악감정 있다고 내 앞에서 시위하는 거냐?"

아차, 이 놀이공원이 은지호네 그룹의 소유였으니 그가 그렇게 생각하는 것도 당연한 일이었다.

내가 아니라고 말하려 입을 떼는 순간, 덜컹 소리와 함께

기구가 천천히 올라가기 시작했다. 아아악. 나는 빠르게 멀어지는 지상을 보며 현기증을 느꼈다.

이윽고 놀이기구는 정상에 이르러 덜컹 소리와 함께 다시 멈추었다.

강한 바람 때문에 머리칼이 뺨에 거세게 부딪히는 것을 느끼며 나는 재빨리 눈을 감았다.

눈을 감기 직전, 아찔한 고도의 풍경이 눈꺼풀 속에 깊은 잔상을 남겼다. 이윽고 등골이 쭈뼛 서는 감각과 함께 놀이기구가 빠르게 추락하기 시작했다. 나는 결국 참지 못하고 비명을 질렀다.

"아아아악!!"

즐거움의 비명이 아니라 절규에 가까운 비명이란 것을 은지호도 알아챈 모양이었다. 내 옆에서 그가 황당한 듯 묻는 소리가 거센 바람에 섞여 날아왔다.

"너 도대체 왜 이걸 타자고 한 건데?"

나는 반쯤 울면서 대답했다.

"네가 재수 없어서……."

"너 지금 바람 때문에 안 들릴 줄 알고 아무 말 하는 거지?"

"흑, 흑흑. 몰라. 다 너 때문이야……."

"나 너한테 친해질 기회 준 거지 욕할 기회 준 거 아닌데."

내가 거의 흐느끼는 사이 마침내 안전바가 풀렸다. 나는 갓 태어난 새끼 양처럼 후들거리는 걸음으로 기구에서 내려갔다. 결국 그런 나를 보다 못한 은지호가 혀를 차며 부축했다.

그가 작게 말했다.

"가지가지 한다, 진짜……."

"나 죽지도 않았는데 천국을 봤어……."

나는 은지호의 막말에 대꾸할 여력이 없었다.

"이대로 너 진정할 때까지 기다리는 동안 반여령네 돌아오겠다. 다른 놀이기구는 그냥 포기하지?"

그렇게 말한 은지호가 나를 밀어다 벤치에 앉혔다. 나는 앉자마자 상체를 엎드리고 아까 못다 쉰 숨을 쉬느라고 여념이 없었다.

몇 분이 지나고 나서야 나는 간신히 고개를 들었다. 내가 다 갈라진 목소리로 말했다.

"안 돼……. 네가 세 개라고 말했잖아. 약속 지켜."

"잘 타지도 못하면서 뭘 그렇게 집착하는 건데?"

못마땅한 듯 묻는 은지호를 무시하고 나는 팸플릿을 뒤적거렸다. 어차피 자기가 뱉은 말은 무슨 일이 있든 지키려고 하는 애니까, 못마땅해도 내가 밀어붙이면 순순히 따라올걸.

그러던 내 눈에 문득 무언가 들어왔다. 나는 팸플릿을 뒤적이던 손을 우뚝 멈추었다.

한곳을 골똘히 들여다보던 내가 입속으로 중얼거렸다.

그래, 분명히 퀄리티는 전에 갔던 곳과는 비교도 안 되는 수준이겠지만. 그래도 환경은 얼추 비슷할 테니까…….

만에 하나 감정이나 기억을 아주 약간 되살려 줄지도 모르는 일이지. 사실 여령이나 유천영, 은형이가 내게 이유 없는 호감을 느끼는 것 외에 그런 전조는 아직 본 적이 없지만. 그래도 시도도 안 하는 것보다야 낫겠지.

그러던 나는 불쑥 날아온 물음에 고개를 들었다.

"정했어?"

"응. 가자, 이거."

내가 결연히 고개를 끄덕이며 팸플릿을 내밀어 한곳을 가리키자, 그것을 본 은지호는 곧 눈썹을 찌푸리며 희한하다는 표정을 지었다.

그는 대놓고 반대하지는 않았지만 이렇게 말했다.

"안 그럴 것같이 생겨서 영 이상한 것만 고르네, 너."

그리고 그는 지도를 들고 앞서 걷기 시작했다. 나는 주먹을 꽉 쥐고 긴장한 표정으로 그를 뒤따랐다.

그도 그럴 게 내가 지목한 놀이기구는 바로 '귀신의 집'이었으니까.

이번에도 은지호의 하이패스로 우리는 귀신의 집에 도착하자마자 곧바로 입장했다. 심지어 이곳은 몇십 명 단위로 이용하는 게 아니라 최소 두 명에서 최대 네 명의 팀으로만 이용 가능한 곳임에도 그랬다.

한 팀씩만 시설을 이용 가능하기에 전 팀이 나올 때까지 대기하라는 말에 따라 잠시 입구 앞에서 기다리며 나는 생각했다. 우와. 아무리 재벌 2세라도 이런 혜택은 너무한 거 아니야? 줄 선 사람들이 SNS에 뭘 올리면 큰일 안 나?

그런 생각이나 하고 있던 나는 은지호의 말을 듣고 고개를 돌렸다.

"그러고 보니 반여령네는 자기들이 말했던 것보다 꽤 걸리겠네. 세 개를 탄다고 해도 우리와 달리 줄을 서야 할 테니까. 특히 반여령이 타는 거면 인기 많은 것뿐일 테니까 더 시간 걸릴 거야. 운 나쁘면 하루 종일 걸릴걸."

그 말에 나는 고개만 끄덕였다.

"으, 응."

"너 왜 그래?"

잔뜩 긴장한 듯한 내 반응에 은지호가 미심쩍다는 듯 눈을 가늘게 떴다. 그것도 잠시, 자이로드롭 때의 일을 떠올린 듯한 그가 한 걸음 물러나며 말했다.

"너 혹시나 해서 말하는 건데, 이번에도 못 타는 놀이기구를 고른 거면……."

물론 죽었다 깨어나도 귀신의 집이 내가 잘 타는 놀이기구라고는 할 수 없었다.

하지만 나는 이실직고하는 대신 냉큼 말했다.

"이번 한 번만 도와줘. 나 이거 정말 타야 해."

"누구랑 귀신의 집 타기로 내기라도 했어……?"

은지호는 어쩔 수 없이 황당하다는 얼굴이었다. 이윽고 한숨을 푹 내쉰 그가 머리를 쓸어 넘기며 대꾸했다.

"아, 그래 뭐. 어쨌든 이미 와 버렸고, 입장하겠다고 말해 두기까지 했으니 들어가긴 해야지. 그런데 너 정말 보호 본능이라도 일으켜 볼 생각이라면 그만두는 게 좋아."

"그럴 생각 안 했거든. 너 어차피 능력 있고 당당한 사람 좋아하잖아."

입구 벽에 장식된 해골을 빤히 쳐다보며 내가 대답했다. 그러다 뒤늦게 나는 아차 하는 생각과 함께 고개를 들었.

아니나 다를까 은지호가 차게 식은 눈으로 나를 보고 있었다. 그가 딱딱한 목소리로 말했다.

"아무리 생각해도 수업 시간에 이상형 발표 따위는 한 적 없는 것 같은데."

"손님 두 분 입장하실게요!"

경직된 분위기를 끊고 직원의 발랄한 외침이 날아왔다.

직원의 안내에 따라 우리는 진홍색 커튼 사이를 조심스럽게 통과했다.

곳곳에 붉은 피가 튀고 보라색과 초록색 조명으로 장식된 폐쇄 병동 내부가 모습을 드러냈다.

첫 모퉁이를 돌자마자 시력 검사표 옆에 서 있던 인체 모형이 비명을 지르며 바르작거리고, 커튼이 제멋대로 걷혔다 달렸다. 은지호는 과연 아무런 반응도 하지 않았다. 그는 대신 마찬가지로 아무 반응이 없는 나를 희한하다는 듯 쳐다보았다.

하지만 나는 머릿속으로 다른 생각을 하느라 바깥 일에 쏟을 정신이 거의 없었다. 잘 보이지도 않는 어두침침한 공간을 가로지르며 내가 걱정한 것은 단 하나였다.

은지호가 이번에야말로 나를 스토커나 다른 무엇이라고 오해하면 어떡하지? 내가 그와 친해질 마지막 기회를 방금 걷어차 버린 거라면?

손끝이 갈수록 차게 식어 갔다. 그러던 나는 어둠 속에서 날아온 은지호의 목소리를 듣고 퍼뜩 고개를 들었다.

"너."

그가 낮은 목소리로 덧붙인 말에 나는 순간 안도의 한숨을 내쉬었다.

"나 좋아하는 건 아니지?"

다행이다. 내가 생각했던 가장 최악의 질문. '너 나 좋아하지?'가 아니야. 그런 물음이 나올 정도라면 은지호는 나를 정말로 스토커나 다른 무언가로 생각하고 있다는 뜻이고, 그와 내가 친구가 될 가능성은 영원히 사라져 버렸다는 뜻이 되니까.

그제야 나는 평소처럼 느긋하게 꾸며 대꾸할 수 있었다.

"나 네 이상형만 특별히 기억하고 있는 거 아니야. 너 말고 다른 애들 이상형도 다 알아. 그런 거 애들 사이에서 왕왕 돌거든."

약간 날 선 목소리로 대답이 돌아왔다.

"그럼 어디 한번 말해 봐."

어려울 것 없지, 어깨를 으쓱한 나는 말을 이었다.

"주인이는 모르겠고, 반여령은 사람이랑 사귀는 것 자체를 별로 하고 싶지 않아 해. 은형이도 그때그때 적당히 대답은 하고 있겠지만 사실은 누구와도 사귈 생각 같은 건 없겠지. 그리고 유천영은."

그 대목에 이르러 숨을 한번 내쉰 내가 말했다.

"유천영 걔야말로 이상형이 뭔지 모르겠다."

애초에 나는 그가 내게 고백할 때조차 그가 나를 좋아할 거라고는 상상도 못 하고 있었다.

은지호의 경우에는 오히려 이상형이 비교적 뚜렷하기 때문에 인터넷 소설 남자 주인공이 종종 보이는 괴벽으로 어떻게든 이해하고 넘어갔지만, 나는 유천영이 내게 고백하기 전까지 그가 사람을 좋아할 수 있다는 사실조차 확신하지 못했다.

내 말에 은지호는 걸음을 멈추었다. 어두운 복도 한가운데에 선 그가 팔짱을 끼고 나를 응시했다.

"흐음."

"왜?"

"아니, 너 말이야…… 너는 우리에 대해 잘 모르는 척 숨기고 싶어 하는 것 같지만, 오히려 우리에 대해 남들보다 많은 걸 알고 있다고 자꾸만 시사하는 것에 대해 어떻게 생각해?"

그것도 노린 거야? 은지호가 덧붙인 말에 나는 미간을 좁혔다. 얘는 내가 뭐만 하면 노렸대.

하지만 방금은 내가 지나치게 자세히 말한 느낌이 없잖아 있는 것도 사실이었다.

한 개의 거짓말을 덮기 위해 다섯 개의 거짓말을 하고, 또 그 다섯 개의 거짓말을 덮기 위해 일곱 개의 거짓말을 하고…… 그 과정에서 내가 실제로 알고 있던 정보들을 그만 숨기지 못하고 드러내 버리고. 내가 지금 그런 상황에 빠졌다는 것은 부정할 수 없었다.

나는 일단 이 상황을 모면하기 위해 톡 쏘아붙였다.

"아까 말했잖아. 나는 소문을 듣고 말하는 것뿐이라니까? 날 추궁할 게 아니라 그토록 자세히 소문을 퍼뜨린 사람을 추궁해야지."

그리고 가볍게 은지호를 밀쳐 낸 나는 힘차게 걸음을 옮겼다. 아무튼 방금까지 내 머릿속을 가득 채웠던 문제도 어느 정도 해결됐으니, 이제는 여기를 빠르게 빠져나가기만 하면 될 일이었다.

그러나 그것은 내 오산이었다. 나는 내 머릿속을 가득 채

우고 있던 문제가 해결된 이상, 현실 감각이 되살아나며 눈앞의 상황들이 나를 덮쳐 올 것이란 것을 간과하고 있었다.

나는 갑자기 천장에서 툭 떨어져 내린 마네킹 손을 보고 용수철처럼 튀어 올랐다.

"아악!"

"뭐야, 너 방금까지는 멀쩡하더니 갑자기 왜 놀라는데?"

이것도 연기야? 이제는 놀랄 것도 없다는 듯 심드렁히 되묻는 은지호의 뒤로 황급히 숨은 내가 대꾸했다.

"머, 멀쩡했다니, 내가 언제! 지금까지는 아무것도 안 나왔었잖아. 그런데 갑자기……."

"너 지금 농담하는 거지?"

못 믿겠다는 듯 되물은 은지호가 나란 짐을 매달고도 성큼성큼 앞으로 나아갔다.

그가 사람들의 돈값을 위해 끝도 없이 떨어지고 튀어나오고 솟아오르는 온갖 끔찍한 것들을 설렁설렁 피하는 것을 보며 나는 안도의 한숨을 내쉬었다.

이럴 때면 은지호가 보이지 않는 것은 절대 믿지 않는 상상력 전무한 인간이란 게 참 다행이었다. 그러다 말고 나는 우울하게 눈을 내리깔았다.

하지만 은지호는 사라진 기억들과 다른 세계, 그리고 나를 위협하는 관리자의 존재에 대해서도 내가 아무리 얘기한들 믿어 주지 않겠지.

그때 그가 나를 돌아보았다. 사람 이목구비가 간신히 분간될 정도로 어두운 조명 덕에, 그는 내 초조한 눈빛을 알아차리지 못한 것 같았다.

그가 불쑥 던진 말에 나는 깜짝 놀랐다.

"발소리 들리지 않았어?"

"뭐?"

"이상하네. 팀별 입장인 이상 안전 문제 때문에라도 한 팀씩만 들여보내는 게 보통일 텐데."

그리고 그가 턱을 짚으며 중얼거렸다. 우리가 도중에 얘기하느라 시간을 너무 지체했나? 과연 우리가 나눈 대화가 적지 않았기에 그 말은 설득력이 있었다.

"그럼 얼른 가자."

그렇게 말한 내가 걸음을 옮기려던 순간이었다. 문득 내 뒤를 향한 은지호의 눈이 휘둥그레졌다.

"당신 뭐야?"

그가 대번에 눈빛을 가라앉히며 말하자, 의아해진 나는 뒤를 돌아보았다. 옅은 조명 불빛에 드러난 양복과 모자챙을 본 순간 나는 곧바로 그의 정체를 알아차렸다.

다음 순간 반항할 새도 없이 남자가 내 팔을 잡아채어 걸음을 옮겼다. 어둠 속이라고는 믿을 수 없는 속도에 내 머리카락이 거세게 흩날릴 지경이었다.

그나마 뒤에서 은지호가 뒤쫓아 오는 듯 발소리가 따라

오는 것이 위안이었다. 어느 순간 모퉁이를 돌아 넓은 곳에 당도한 남자가 나를 놓았다.

넓고 장애물은 많은 공간이었다. 옅은 빛 속에 어지러이 얽힌 것들이 무엇인지 잘 알아볼 수 없었다. 나는 눈을 깜빡이며 사방을 어지럽게 훑었다. 병실을 테마로 한 방 중 하나일 텐데, 왜 이곳에 날 데려왔는지 이해가 되지 않았다. 나와 대화를 하려고? 아니면……

그러나 남자의 양복이 내가 폐교에서 보았던 검은색이 아닌 밝은 회색인 것을 보고, 나는 그가 전에 보았던 관리자가 아님을 알아차렸다. 그렇다면 그는 필시…….

내가 생각을 더 잇기도 전에 그가 나를 갑자기 벽으로 던졌다. 나는 일순 정신이 어찔해질 정도로 뒤통수에 충격을 받았다.

덤프트럭 앞에 나를 던졌던 그가 이곳에 나를 던졌다면 필시 이유가 있겠지.

당장 이 자리를 벗어나야 한다는 건 알고 있었지만 쉽지 않았다. 나는 주파수 맞지 않는 라디오처럼 이명이 울려대는 귀를 틀어막으며 힘겹게 몸을 일으켰다. 그러는 내 귀에 문득 날카롭게 삐그덕대는 소리가 들려왔다.

고개를 휙 돌린 나는 이쪽으로 쏟아지려는 듯 기울어진 철제 구조물을 보고 망연자실하게 내뱉었다. 아, 이런.

그 찰나, 바닥을 짚은 채 더는 움직이지 못하던 내 팔을 누군가 세게 잡아당겼다. 어찌나 세게 당겼던지 당겼던 본인도 균형을 잃고 나와 함께 뒤로 넘어질 정도였다.

단단한 팔에 감겨 누군가에게 머리를 기대고 있던 나는 한참 뒤에야 정신을 차렸다. 숨이 뒤엉킬 정도로 가까운 거리에 있는 은지호를 보고 나는 넋을 놓았다. 그의 은색 머리카락이 더러운 바닥에 아무렇게나 흩어져 있었다.

이윽고 그가 내 뺨을 붙잡으며 뱉는 말에 나는 그제야 정신을 차렸다.

"다친 데 없냐? 다리는 안 깔렸어?"

내가 후다닥 몸을 비키자 따라서 일어난 그는 구조물들이 무너진 상태를 확인했다. 내 몸의 일부조차 그에 깔리지 않았음을 확인한 그가 안도의 한숨을 내쉬었다.

그리고 그는 식은땀이 흘러내린 이마를 쓸어 올리더니 불현듯 이를 으득 갈았다.

그가 음산하게 중얼거렸다.

"그 남자……."

그가 말을 이었다.

"내가 학생 신분에서 벗어나면 더더욱 나를 납치할 기회가 안 생길 테니 시도하는 거야 이해하지만. 하필 우리 그룹의 유원지 안에서, 게다가 나도 아닌 동행을 노려서 이런 짓을 저질렀다 이거지……."

멍하니 듣고 있던 나는 그의 뒷말에 황급히 부정했다.

"아니야, 은지호."
"뭐?"
철제 캐비닛은 덤프트럭에 비하면 양반이었기에 나는 전보다도 담담할 수 있었다. 아마도 관리자는 내가 어둠 속에 있는 것을 보고 나타나긴 했으나, 나를 해칠 만한 마땅한 수단을 찾지 못한 것 같았다.

그사이 은지호가 어리둥절하게 나를 돌아보았다. 나는 담담히 말을 이었다.

"그 남자는 네가 아니라 나를 노리고 온 거야."
"뭐?"
놀란 듯 눈을 크게 떴던 은지호가 이윽고 덧붙였다. 네가 그렇게 생각하는 것도 이해하지만…….

그가 생각하기에는 물론 나 같은 평범한 고등학생이 목숨의 위협을 당할 하등의 이유가 없을 것이다.

그러나 나는 옅게 웃으며 덧붙였다.

"그리고 내가 예언 하나 할까?"
뒤늦게 소란을 감지한 직원들이 허둥지둥 달려온 것은 그때였다. 그들은 방 안의 무거운 철제 기물들이 엎어지고 쓰러진 모습을 보고 사색이 되어 어쩔 줄을 몰라 했다. 그들은 엉망이 된 우리를 뒤늦게 발견하고 어디 다친 곳은 없냐고 묻기 시작했다.

그런 그들 사이로 내가 담담히 말을 맺었다.

"CCTV에는 아무것도 찍혀 있지 않을걸."

그리고 나는 고개를 돌리며 대꾸했다. 다친 곳은 없어요. 전 괜찮아요.

화나고 흥분했던 은지호는 금세 평소처럼 차분하고 담담한 상태로 돌아왔다. 무슨 말도 안 되는 말을 하냐는 듯한 눈으로 나를 빤히 보던 그가 직원들의 안내에 따라 돌아섰다.

보안 직원을 닦달하여 CCTV실로 온 은지호는 막상 모니터에 나오는 화면을 보고 말없이 턱만 매만졌다.

멋쩍은 듯 계기판만 하릴없이 매만지던 직원이 그를 슬쩍 돌아보더니 물었다.

"친구분께서 미처 오작동으로 제거되지 않았던 소품용 밧줄 같은 것에 발이 걸린 게 아닐까요? 그러다 보니 회수 경로를 따라 억지로 끌려가서……."

턱에서 손을 뗀 은지호가 건조하게 대꾸했다.

"하필 그곳에 철제 기물들이 쓰러졌다고요?"

"그건…… 주변 기기들도 하나같이 오작동을 일으키는 바람에. 왜, 주변 기기들은 연결되어 있곤 하니까……."

사실상 기기의 상세 구조나 설계에 대해서는 잘 모르는 직원으로서는 어떻게든 책임을 줄여 보기 위해 하는 말이었다.

나는 뒤에서 소파에 기댄 채 그 모습을 지켜보았다.

하필 모회사 그룹의 도련님이 놀러 온 마당에 이런 일이 벌어지다니, 그것도 바로 눈앞에서. 그들이 왜 저렇게 사색이 된 것인지는 짐작이 갔다.

아까는 실내의 공기가 숨 막혀 잠시 나가려다 복도에서 다른 직원으로 보이는 이가 '부사장님, 여기 한번 와 보셔야 할 것 같습니다…….' 하는 것을 듣고 잠자코 문을 닫기까지 했다.

그리고 나는 입을 열어 말했다.

"은지호."

그가 나를 휙 돌아보았다. 녹색 불빛을 뿜어내는 모니터 열여섯 대를 등진 채 나를 바라보는 눈빛이 형형했다.

나는 담담하게 물었다.

"내 말이 맞았지?"

나는 은지호를 다루는 법도 알고 있었다. 그는 앞서 말한 것처럼 상상력이라고는 전무한 인간이었기에, 자신의 상식선에서 납득 안 되는 상황과 맞닥뜨리면 그것을 어떻게든 이해하고자 분해하고 또 분해했다. 그래서 그는 그가 이해하지 못하는 세상의 신비한 여백을 절대로 원 상태로 두지 못했다.

과연 그는 대번에 타깃을 나로 바꾸었다. 직원에게 나중에 연락하겠다는 말을 남긴 그가 다시 나를 돌아보았다.

"일단 나가자. 별로 가능성 없는 얘기지만, 애들이 먼저 돌아와 있을 수도 있으니까."

"그래. 그러자."

그가 둘만 있을 핑계를 대고 있는 것임을 알아차린 나는 어렵지 않게 고개를 끄덕였다.

함께 건물 바깥으로 나오자마자 은지호가 내게 말을 건넸다.

"뭐야? 방금 그거. 그게 CCTV에 찍히지 않을 거란 걸 넌 어떻게 알았어?"

나는 드물게 초조해 보이는 그의 모습을 잠시나마 흐뭇하게 쳐다보았다. 짧게나마 입장이 뒤바뀐 기분을 만끽하는 것도 잠시, 고작 이런 것으로밖에 기분을 달래지 못하는 내 처지에 다시 한숨이 나왔다.

그리고 나는 뒷머리를 긁적이며 입을 열었다. 바닥에 쓰러질 때 머리카락에 먼지가 꽤 많이 섞여 든 느낌이었다. 음, 하긴. 그렇게 어두운데 청소를 제대로 하겠어?

내가 대답했다.

"그게 전에도 내 목숨을 노린 적이 있었거든. 분명히 목격자가 있는데도 CCTV는커녕 어떤 영상 매체에도 저장되지 않아서 이번에도 예상했어."

"목격자가 있는데도 증거가 남지 않았다…… 잠깐, 그거 설마."

내 말을 낮게 되뇌던 은지호가 뒤늦게 얼굴을 굳혔다.

나는 고개를 끄덕였다.

"왜 아니겠어? 내가 며칠 전에 당했던 사고 얘기야. 물론 그 목격자란 건 은형이고."

그가 드물게 확신을 잃어버린 얼굴로 난감한 듯 입술을 깨무는 모습을 나는 주의 깊게 지켜보았다. 이윽고 그가 느릿느릿 입을 열었다.

"그 사고의 내용이란 게 정확히……."

"차에 치일 뻔했어."

"……."

"미안하다는 말은 안 해도 돼. 아무튼 내가 무의식적으로 유난히 너희 많이 쳐다본 건 사실이고. 너도 아까 납치 얘기하는 걸 보면 쌓인 게 많겠지. 다만 내가 너희 관심 끌려고 일부러 그런 게 아니란 것만 알아주라."

사고는 너무 심하잖아, 사고는. 내가 머리칼을 헝클어뜨리며 덧붙인 말에 복잡한 눈으로 나를 쳐다보던 은지호가 나직이 말했다.

"그냥."

"어?"

"말하지."

그가 괴로운 듯 얼굴을 일그러뜨렸다.

"차 사고란 거 알았으면…… 당연히 그런 말은 안 했어."

"아, 아니. 뭐. 그때도 운 좋게 치이기 직전에 차가 멈춰서 다친 곳은 하나도 없었거든. 그냥 손바닥이랑 무릎 좀

까지고 말았는데 손바닥은 며칠 지나니까 싹 나아 있어서."

"그래도……."

그는 여전히 착잡한 듯 입술을 잘근잘근 씹으며 말이 없었다. 나는 그것이 그 스스로의 완벽 주의에서 나온 결벽일 거라 생각했다. 남의 실수나 미흡함도 잘 못 보아 넘기지만, 자기 자신의 실수나 미흡함만큼은 정말이지 절대 용납할 수 없는.

내가 뒷머리를 벅벅 긁으며 '안 어울리게 왜 이래.' 하고 머쓱하게 말하고서야 그는 화제를 돌렸다.

잠시 눈을 굴려 시선을 피했던 그가 다시 나를 보며 말했다.

"그 남자의 정체에 대해서는 짚이는 거 있어?"

"말하면 믿을래?"

"내 눈으로 봤는데 못 믿을까."

"너무 복잡해. 그냥 이렇게 생각해."

나는 낮게 덧붙였다.

"내가 건드려선 안 될 것을 건드리고, 바꿔선 안 될 것을 바꿨어."

그런데 나는 꼭 해야만 하는 일이었거든. 그렇게 말하자 잠시 침묵하던 그가 곧 미간을 좁히며 대답했다.

"폐가 체험이라도 했냐?"

"아니야."

"가서 거울이라도 깼어?"

"너 그런 건 하나도 모를 것 같아서는 거울을 깨면 뭔가 일이 생기는 건 안다?"

"나는 친구 없냐?"

날카롭게 대꾸한 그는 문득 생각난 것처럼 손목시계로 시간을 확인했다. 그가 시계의 유리판을 검지로 툭툭 두드리며 말했다.

"지금이 네 시니까. 아직 반여령네 오려면 한 시간 남짓은 걸릴 것 같은데."

그리고 그가 나를 돌아보며 말했다.

"자리 옮겨서 얘기할 거 있어? 내가 도와줄 수 있는 게 있으면 말해. 아니면 나랑 CCTV 더 보다가 들어가자. 그래도 쥐꼬리만 한 단서라도 나올지 모르니까. 하다못해 그게 어디에선가 개발한 전신 투명화 장치라고 해도."

그런 다음 그는 그런 비합리적인 말이 자신의 입에서 나왔다는 것을 믿기 싫다는 것처럼 미간을 좁혔다. 나는 두 손을 뒤로 모아 뒷짐 지으며 그저 웃었다.

"그런 거 없어. 가자."

그에게 '나를 제발 좀 기억해 내 달라'라고 구걸할 수는 없는 노릇이었다.

내 대답이 석연치 않은 듯, 가늘게 뜬 눈으로 나를 살피던 은지호가 하는 수 없다는 듯 돌아섰다.

귀신의 집 감시 카메라로는 야간 투시경밖에 쓸 수 없어 녹색으로 발광하는 화면이 눈 아플 법한데도, 은지호는 영상을 몇 번이고 확인하고 또 확인했다.

마침내 네 시 반 무렵에야 우리는 반여령네 일행의 연락을 받고 바깥으로 나갔다.

그 남자를 직접 보지 못한 사람에게 그 사건에 대해 말해 봐야 의구심을 살 뿐이라서, 나는 애들과 합류하기 직전 은지호에게 함구령을 내렸고 그도 동의했다. 일단 자기가 나를 의심한 전적이 있어서겠지.

마침내 합류한 우리는 쉴 새 없이 오가는 인파 사이에 한동안 정지 화면처럼 서 있었다.

은지호가 물었다.

"어디 갈래? 인원 점검까지는 시간 좀 남았는데. 끝나고 바로 밥 먹을 테니 소화에 영향을 미치지 않을 것으로 타야겠지."

그렇게 말하며 그가 은형이 쪽을 은밀히 눈짓했다. 그쪽을 쳐다본 나는 과연 그새 염라대왕을 두 번은 더 만나고 온 것처럼 창백해진 은형이의 안색에 안타까움을 감추지 못했다.

그나마 은지호가 눈짓만으로 상대를 지목할 은밀함은 갖추었다면, 유천영은 그런 거 없었다.

대번에 내게로 한 발자국 다가온 그가 물었다.

"은지호랑 둘이 있어도 괜찮았어?"

"유천영, 나 여기 있다."

"알아. 괜찮냐고."

은지호를 옆집 개 보듯 무시한 유천영이 나를 향해 물었다. 내가 무슨 해라도 당했을 것이라고 의심치 않는 눈빛이라 조금 당황스러웠지만, 나는 애써 어색하게 웃으며 말했다.

"하하, 그럼. 귀와 정신은 좀 고단했지만 몸은 편했어. 웨이팅이 없어서."

내 대답에 유천영도 곧 이해하는 기색을 보였다.

"하긴……. 유일한 장점이지."

"그치. 장점보다 단점이 너무 크긴 하지만."

"뭐라고?"

기다렸다는 듯 돌아오는 은지호의 말에 나는 하하 웃으며 눈을 피했다.

그래도 단둘이 보낸 시간으로 인해 이전보다는 그와 꽤 편해졌으니, 절반의 성공인 셈일까? 비록 자존심 없이 비참할 정도로 매달려서 얻은 기회란 걸 부정할 수는 없지만 말이야.

이걸로 된 걸까. 씁쓸한 감상을 안고 웃던 나는 핸드폰이 울리자 곧바로 귀로 가져왔다.

[단이야?]

"루다야?"

[어디야?]

어디냐니? 다급하게 날아온 물음에 당황하던 나는 이어지는 그의 말들에 어리둥절해졌다.

[아직 집에 안 갔지? 인원 점검 때 오는 거 맞지?]

"아, 아니? 당연히 아직 안 갔지. 인원 점검 때 빠지면 우리 조퇴나 결석 처리되는 거잖아. 그보다 왜?"

그러자 잠시 말끝을 우물거리던 그는 곧 '그냥, 너무 안 보여서.'라고만 대답했다. 아, 그렇지? 역시 무슨 낌새를 알아챈 건 아닌 거지?

안도한 나는 웃으며 대답했다.

"나랑만 너무 못 마주쳐서 그래? 하기는, 내가 거의 줄을 안 서긴 했지. 다른 애들은 줄 서 있다 한 번씩 만났겠구나."

그러자마자 날아오는 다급한 물음에 나는 다시 당황했다.

[놀이기구 많이 안 탔어? 왜, 어디가 안 좋아?]

"아, 아니야 그런 거. 놀이기구는 많이 탔는데, 음……."

나는 대답을 흐리는 한편 핸드폰을 쥐고 있던 손에 힘을 주었다. 그런 내 눈 밑에 정체불명의 헤드라인이 스쳐 지나갔다.

'한울 그룹 자제, 놀이공원 이용 특혜 의혹…….'

안 돼, 절대 안 돼. 주먹을 들어 올린 내가 애써 힘차게 외쳤다.

"앗, 벌써 시간이 이렇게 됐네! 수능 끝날 때까지 다시는 놀이공원 생각나지 않으려면 얼른 더 타러 가야겠다. 이따 봐!"

[그, 그래. 인원 점검 때 봐.]

기다릴게. 전화가 끊기기 직전 작게 따라붙은 중얼거림에 나는 다시 고개를 기울였다. 인원 점검을 기다린다는 건 당연히 아닐 테니 나를 기다린다는 걸 텐데, 왜? 뭣 하러?

그러던 나는 시선이 느껴져서 옆을 보았다가 뜨악했다. 이 분위기 대체 뭐야?

마치 내가 서로 모르는 사이인 반여령과 사대천왕을 초대해 놓고, 전화가 왔다며 이들을 내버려 두고 밖으로 나갔다가 돌아온 듯한 분위기였다. 그 정도로 싸늘한 침묵이었다.

아니, 하지만 너희가 내가 없으면 서로 말도 못 하고 그럴 사이는 아니잖아? 오히려 여기에서 너희끼리 편하게 있는 데 가장 방해가 되는 사람은 나 아니야? 나도 이제 내 위치 정도는 잘 안다고.

그런데 어째서 내가 손님들을 불러 놓고 방치한 파티 주인이 된 것 같은 기분을 느껴야 하는 건데? 눈을 굴리며 그들의 눈치를 살피던 나는 진땀을 흘리며 한 발자국 물러났다.

그때, 주인이가 대뜸 침묵을 깼다. 팔짱을 끼고 황갈색 눈으로 나를 지그시 보던 그가 툭 내뱉었다.

"이루다랑 되게 친하네."

"어? 응. 그렇지."

떨떠름하게 대답하는 한편, 나는 속으로 생각했다. 또 무슨 말을 하려고?

주인이가 전에 내게 했던 말을 떠올리면 이번에도 좋은 뜻으로 한 말이 아님은 분명했다.

'속이 시커먼 녀석과 가깝다니, 너도 결국 마찬가지인 인종 아니냐?' 내지는 '우리와 함께 오대천왕으로 일컬어질 정도인 이루다와 네가 친하다고? 네 주제에?' 정도겠지.

이미 주인이에 대한 모든 희망과 기대를 저버린 내가 담담하게 생각하던 찰나, 그가 고개를 기울이며 다시 물었다.

"왜?"

왜? 왜 친하냐고?

뭐라고 대답해야 할까? 안타깝게도 방금 떠올렸던 생각이 온통 삐뚤어진 것뿐인지라 떠오른 대답도 매한가지였다.

'내가 보기와 달리 성격이 좀 터프해서…….'

'왜! 내가 루다랑 좀 친하게 지낼 수도 있지. 내가 뭐가 부족한데!'

아니야, 이런 대답을 꺼낼 수 있을 리 없잖아. 머릿속이 하얗게 비어 버린 채로 주인이의 눈을 보며 내가 말했다.

"루다가 착해서……."

"……."

일순 주인이뿐만이 아닌 모두의 얼굴에 '걔가?'란 표정이 떠올랐다. 심지어 친하지 않은 남을 뒷담하는 것을 싫어하는 반여령조차 그럴 정도였다.

그러거나 말거나 나는 더듬거리며 말을 이었다.

"루다가 나를 좋게 봤는지 1학년 초부터 잘해 줬거든. 음, 또. 아, 루다랑 나랑 입학하고 첫날부터 옆자리였어. 아마도 그래서 친해진 게 아닐까 하는데……."

주인이가 석둑 내 말을 잘랐다.

"아니야, 그만 됐어. 이루다가 남에게 그러는 건 처음 봐서, 뭔가 특별한 이유가 있을까 했는데……."

내가 조심스럽게 고개를 드는 가운데, 말도 안 된다는 듯 눈썹을 살짝 찡그린 그가 덧붙였다.

"이루다가 착하다는 얘기를 들을 줄이야."

"왜? 우리 루다가 뭐가 어때서."

나도 모르게 발끈해서 되묻자 주인이가 놀란 듯 눈을 홉떴다. 그가 나를 보며 배신감마저 깃든 표정을 짓는 바람에 이번에는 내가 당황할 차례였다.

"지금 화낸 거야? 이루다 때문에? 나한테?"

아니, 왜 저런 반응이람? 꼭 친한 사람한테 배신이라도 당한 것처럼.

그러나 지금 나는 루다와 친한 사이일 뿐 주인이와는 아무 관계도 아니었다. 차라리 주인이가 루다에게 예전처럼 호감이 있는데도 괜히 솔직하지 못하게 하는 말이면 모르겠으나 그렇지도 않은 것 같았다.

그렇다면 나로서는 친한 친구가 안 친한 애들 사이에서 뒷담을 까이고 있으니 한두 마디 변호해 줄 수도 있지. 어차피 내가 말해 봐야 귀담아듣지도 않을 거면서.

생각을 거듭할수록 점차 당황은 사라지고, 반항심이 차오르는 것을 느낄 수 있었다.

내가 고개 숙이던 것을 그만두고 눈을 들어 주인이를 노려보자, 그가 어쩐지 충격받은 표정으로 한 걸음 물러났.

그가 넋 나간 얼굴로 물었다.

"지금 화내는 거야?"

"화까진 아니야. 하지만 아까 말했잖아."

나는 한쪽 팔을 매만지며 천천히 말을 이었다.

"아까도 말했듯이 난 루다와 고등학교 1학년 때부터 옆자리였고, 게다가 3년 내내 같은 반이었어. 친하기야 당연히 친한 건데 왜 그걸 이상하다는 듯 물어보는지도 이해 안 되고. 또 네가 나보다 루다를 잘 알 거라고도 생각하지 않아. 그런데 루다와 친한 내 앞에서 그런 식으로 말하는 건 삼가 달란 얘기야."

그가 여전히 못 믿겠다는 듯 뇌까렸다.

"삼 년……."

"그래, 삼 년."

그렇게 대답한 나는 다시 미간을 좁혔다. 고등학교 입학할 때부터 지금까지 쭉 친하게 지냈다는데, 왜 감을 잡기 어려워하는지 모르겠네. 입학 때부터 지금까지 3년 내내 같은 반 해 온 애들 없나? 확률상 그러긴 힘들 텐데.

그렇게 생각하던 나와 주인이의 눈이 다시 마주쳤다. 그는 왜인지 표독스러운 눈빛을 하고 있었다.

그러더니 그가 눈에서 서서히 힘을 풀며 꺼낸 말에 나는 놀랐다.

"미안. 내가 생각이 짧았어."

"뭐?"

"미안하다고."

그가 볼 안에 굴리고 있는 알사탕을 뱉듯이 툭 내뱉었다.

그러더니 갑자기 그가 휙 돌아서서 가 버리기에 나는 정신을 차렸다.

왜 저래? 어디 아픈가? 그가 나를 기억하지 못한다는 것 때문에 어쩔 수 없이 거리감을 두고 있었을 뿐, 여전히 그를 좋아하는 나로서는 당연히 걱정이 될 수밖에 없었다.

그러던 나는 은형이의 중얼거림을 듣고 고개를 돌렸다.

"으음, 주인이가 굳이 쉬운 길을 두고 어려운 길을 고르려는 것 같은데……."

"응?"

"아, 아무것도 아니야."

내가 아무것도 알아서는 안 된다는 듯, 재빨리 선량한 미소를 짓는 은형이를 보며 나는 다시 미궁에 빠졌다.

너는 저 행동의 뜻을 알겠니? 난 모르겠는데?

물론 내가 주인이에 대해 남들보다야 많이 안다고 자부하지만, 그래 봐야 그림자를 갖고 있다는 것만 알았을 뿐 그것이 어떤 식으로 드러나는지 본 건 이번이 처음이라 어떻게 대처해야 할지도 잘 모르겠고.

또 사실 언제나 내 편이 되어 줄 거라 믿었던 그가 나를 적대하기 시작한 시점에서 전에 알았던 모든 것들은 쓸모가 없기도 하고…….

그러던 나는 여령이가 내 팔을 잡아당기자 간신히 그녀를 따라 걸음을 옮겼다.

* * *

인원 점검 시간이 가까워지자 나와 반여령, 사대천왕은 집합 장소가 잘 보이는 노점 테이블에서 각자 구슬 아이스크림이며 콘 아이스크림, 솜사탕 같은 것을 사서 먹었다.

전의 대화로 인해 주인이와 나 사이에 생겨난 기묘한 분위기는 아직까지 풀리지 않고 있었다.

나는 반여령에게 내 구슬 아이스크림을 한 숟가락 떠서 내미는 한편, 테이블 맞은편의 주인이를 흘깃거렸다.

그는 먹고 있는 건지 단순히 코와 입을 처박고 있는 건지 모를 정도로 의욕 없이 솜사탕을 깔짝대고 있었다. 생김새에 어울리게 귀여운 젤리나 달달한 사탕, 초콜릿 같은 것을 좋아하는 그치고는 몹시 의외의 모습이었다.

보다 못한 은지호가 말했다.

"솜사탕에 질식사당하는 최초의 인간이 되고 싶은 거냐? 그럼 기왕이면 여기 말고 다른 놀이공원 가서 해 주라. 우리 경쟁사로."

오늘따라 SNS에 올라가면 큰일 날 소리만 해 대는 은지호를 향해 주인이는 이상할 정도로 활짝 웃어 보였다.

"와, 죽지 말란 소리를 그따위로 정떨어지게 할 수 있다니. 꼭 여기에서 죽어야겠다는 생각이 드는걸? 고마워, 지호야."

"내가 말을 말자……."

"맞아, 너는 좀 말을 말아야 할 필요가 있어."

"뭐라고?"

은지호가 으르렁대거나 말거나, 주인이는 턱을 괴며 다른 곳으로 슬쩍 고개를 돌렸다. 두 사람 사이에서 괜히 좌불안석이 된 나는 덩어리진 구슬 아이스크림을 스푼으로 푹푹 쪼개며 한숨 쉬었다.

왜 이 분위기가 내 탓인 것 같은 기분인데……. 그러던 나는 내 어깨 위로 쑥 들어와 내 목을 끌어안는 두 팔에 놀라서 뒤를 보았다.

 짓궂게 웃고 있는 김혜힐을 보고 너무 반가운 나머지, 나는 살짝 눈물을 흘릴 뻔했다.

 "혜힐아!"

 내가 물기 어린 목소리로 외친 말에 옆에 있던 반여령은 물론이고, 사대천왕들도 하나둘 이쪽을 보았다.

 왜인지 부럽다는 눈으로 열렬히 바라보는 반여령에게 태연히 인사를 건넨 김혜힐이 다시 나를 보았다.

 "잘 놀고 있어? 놀이기구는 많이 탔고?"

 그녀는 마치 체험 학습 날 데리러 온 학부모처럼 부드럽게 물었지만, 사실 묻고 싶은 것은 나와 이들이 많이 친해졌나 하는 것임이 분명했다.

 작게 도리질 친 내가 입 모양으로 말했다. 나 좀 데려가……. 내 말을 대번에 알아들은 김혜힐이 내 허리를 한 팔로 감싸듯이 일으켰다.

 "이 정도 같이 놀았으면 충분하지? 이제 단이는 내가 데려갈게."

 "어, 뭐……."

 그래라……. 떨떠름하게 대답하는 은지호의 모습을 보니 내가 다 민망해지는 기분이었다.

 마치 집구석에 먼지 쌓인 채 굴러다니던 물건에 갑자기 주인이 나타나 소유권을 주장할 때의 반응이라고 할까.

괜히 한 손으로 얼굴을 가린 내가 김혜힐의 팔을 잡아 흔들었다.

"야, 빨리 가자. 빨리."

그리고 나는 뒤늦게 반여령의 손을 두 손으로 붙들며 외쳤다.

"다음엔 우리 둘만 놀자!"

그에 사대천왕의 얼굴이 순식간에 못마땅하게 경직되었으나 나는 무시했다. 무엇보다도 반여령이 여자 친구가 필요하다는 사실엔 너희도 꾸준히 동의해 온 바로 아는데.

"응! 꼭이야!"

영영 못 볼 사람처럼 물기 어린 목소리로 외치는 반여령을 뒤로하고, 나는 김 쌍둥이와 함께 그녀를 떠났다. 그들이 보이지 않게 되고 나서야 '아, 어차피 인원 점검 때 또 볼 건데 왜 그랬지?' 하고 부끄러운 생각이 들었다.

그때 옆에서 김혜힐이 불쑥 물었다.

"어땠어?"

아, 맞다. 보고해야지. 그녀를 돌아본 나는 호기심 어린 눈에 대고 작게 브이를 그렸다.

"예기치 못한 기회를 얻어서 은지호랑 좀 친해졌어."

그러자 김혜우가 작게 손뼉 쳤다.

"오. 함단이 선수, 그 어려운 걸 해냅니다."

하하. 가슴을 펴며 멋쩍게 웃던 나는 곧 고개를 다시 숙이며 말했다.

"아, 그런데 주인이랑은, 아니, 우주인이랑은 좀 망했어."

"어쩌다가? 오히려 친해지기 쉬운 거로는 걔가 제일이지 않아?"

김혜힐이 눈을 동그랗게 뜨며 되묻는 것에 이어 김혜우가 다시 박수를 치며 말했다.

"함단이 선수, 그 어려운 걸 해냅니……."

재빨리 그의 배에 팔꿈치를 박아 넣은 김혜힐이 다시 날 돌아보며 웃었다. 그녀가 주먹을 갈무리하며 가볍게 말했다.

"음, 하긴 걔가 가끔 싸하긴 하지. 꼭 루다 같은 싸함이랄까……. 뭐, 아무튼 진전이 있었다니 됐어."

그리고 그녀가 빙긋 웃으며 내 손을 잡고 물은 말에 나는 감정이 울컥 치밀었다.

"아무튼 이번이 그 애들과 함께하는 마지막 체험 학습이었던 거잖아. 후회 없을 만큼은 해 봤어?"

"아니."

나는 단호하게 대답했다. 그러자 김혜우와 김혜힐이 동시에 눈을 휘둥그레하게 뜨고 나를 보았다.

내가 미간을 좁힌 채로 대꾸했다.

"그 애들이랑 있느라고 너희랑은 못 있었잖아. 그래서 후회돼. 사실, 아무리 잘했어도 그것 때문에 후회됐을 거야."

어쨌건 이번이 고등학교 마지막 체험 학습이었다. 나는

반여령과 사대천왕과 놀이공원을 누비는 내내 다른 친구들에 대한 생각을 하지 않을 수는 없었다.

어찌 보면 내 주변의 소설적인 인물들에 질린 나머지 일종의 도피처로서 사귀었던 친구들이었다. 그러다가 점차 소중해져 버린 친구들.

사건에 휘말리거나 의리 때문에 거의 언제나 2순위가 되었는데도 변함없이 내 곁을 지켜 준 고마운 친구들이었다.

반여령과 사대천왕과 떨어지게 된 지금, 나는 그런 감정을 더더욱 절실히 느끼지 않을 수 없었다.

내가 뱉은 말에 눈을 깜빡이며 서로를 보던 김 쌍둥이가 이윽고 나를 돌아보며 환하게 웃었다.

김혜우가 내 머리카락을 헝클어트리며 물었다.

"뭘 졸업하면 안 볼 것처럼 말해? 그리고 오늘도 많이 남았는데."

"맞아, 오늘 차 끊길 때까지 시간 많이 남았어. 남은 시간 동안 실컷 놀면 돼."

김혜힐이 비장하게 하는 말에 나 또한 그녀의 손을 세게 잡으며 더욱 환히 웃었다.

집합 장소에 도착한 우리는 두리번거리며 이미 도착해 있는 이들을 확인했다.

윤정인과 이민아, 정세연 등 놀이공원에서 내내 마주치지 못했던 애들이 '너 대체 어디에 있었기에 그렇게 안 보였냐?'고 묻는 말에 나는 그저 웃기만 했다.

 어차피 누군가에 의해 밝혀지긴 하겠지만, 그때를 최대한 늦추고 싶었다. 반여령과 사대천왕과 다시 가까워지는 과정에서 틀림없이 한 번쯤은 소문에 휘말릴 수밖에 없을 테니까.

 그렇게 생각하던 나는 뒤에서 날아온 부름을 듣고 고개를 돌렸다.

 "단이야, 왔네?"

 "루다야."

 뛰어오기까지 한 것인지, 그는 거친 숨을 몰아쉬고 있었다.

 내가 그를 의아하게 보던 찰나, 앞에서 홀로 명단과 우리들을 번갈아 보고 계시던 노민찬 선생님이 외쳤다.

 "좋아! 인원 점검 했고 오늘은 이만 해산! 더 놀 사람 놀고 끝까지 조심히 들어가는 거 잊지 마라! 너무 늦지 않게 가고."

 "네, 선생님! 감사합니다!"

 우르르 쏟아지는 인사 소리에 파묻혀 나는 다시 루다를 돌아보았다. 내가 조금 먹먹한 귀를 매만지며 물었다.

 "아까 전화는 왜 했던 거야? 나 안 갔냐고 물어봤던 그 거. 내가 너무 안 보이니까 걱정됐어?"

 내가 이런저런 큰 사건에 몇 번 휘말렸던 것을 그도 알고 있을 테니 그런 이유라면 이해가 갔다. 그런데 루다는 고개를 내저었다.

"그럼?"

내가 고개를 기울이며 의아하게 되묻자, 그는 갑자기 얼굴을 확 붉혔다. 내가 어리둥절하게 보는 가운데, 그가 주먹을 움켜쥐며 말했다.

"나랑……."

"어?"

"나랑 놀이기구, 한 번만 타 줄 수 있어? 너랑 같이 타고 싶은 게 생겨서……."

대수롭잖은 부탁을 하면서도 그의 얼굴은 이미 목부터 이마까지 빨갛게 달아올라 있었다.

순간 아까 은지호가 놀이기구 세 개를 같이 타자고 하며 '기회를 주겠다'니 뭐니 운운하던 것이 떠올라 머릿속이 차게 식었다.

그것도 잠시, 애써 그 생각을 털어 낸 나는 빙긋 웃고는 흔쾌히 말했다.

"그래, 뭐. 너무 무서운 것만 아니면 괜찮아. 앗, 그 전에 잠깐 김 쌍둥이한테 물어보고."

그렇게 말하면서 나는 김혜힐을 불렀다. 그녀는 내 옆에 공손히 서 있는 이루다를 보자마자 모든 것을 눈치챈 듯한 표정을 짓더니, 내 설명이 끝나자마자 고개를 끄덕였다.

"그럼 우리도 한 개쯤 타고 올 테니 여기에서 다시 만나.

먼저 온 팀이 퍼레이드 자리 맡아 두고 있기로 해."

"알았어, 그렇게 하자."

그녀의 명쾌한 말에 답한 내가 다시 루다를 돌아보았다.

"그 놀이기구가 뭐야?"

그는 내 물음에 대답하는 대신 눈만 굴리더니, 가만히 내 소매만 잡아끌었다.

루다를 따라 걸을수록 야자수 사이로 높이 솟은 구조물이 가까워졌다.

마침내 꼭대기가 보이지 않을 정도로 높고 거대해진 구조물을 올려다보며 내가 중얼거렸다.

루다가 여령이처럼 360도로 스무 번 회전하는 롤러코스터나 가로세로 대각선으로 공평하게 360도 회전하는 이상한 스핀 놀이기구 같은 걸 타고 와서 '이 스릴을 혼자 알고 넘어가긴 아깝다고 생각했어!'라고 말하는 사람이 아니라서 다행이야.

그가 타러 온 놀이기구는 다행히 내가 그럭저럭 잘 타는 편에 속했다.

아니, 좀 무섭긴 하지만 말이야. 그렇게 생각하며 나는 탑승구를 향해 한 발을 내디뎠다.

관람차에 먼저 올라탄 루다가 나를 향해 손을 내밀었다.

"발밑 조심해. 혹시나 넘어지지 않게 내 손 잡아."

그렇게 말하는 그를 보며 나는 민망함을 감추지 못했다. 누가 보면 탑승구와 관람차 사이가 1미터쯤 떨어져 있는 줄 알겠어……. 10센티미터 정도에 불과한데 말이야.

결국 그의 손을 잡고 관람차에 탄 나는 문이 닫히자 재빨리 손을 놓고 머리카락을 쓸어 넘겼다.

지금까지 이것저것 다 한 그와 손 좀 잡았다고 새삼 부끄러워질 일은 없었지만, 그래도 그의 과보호는 항상 민망했다.

관람차가 천천히 올라기 시작하자 진동을 느낀 나는 얼른 의자에 앉았다.

루다는 잠시 서서 내 옆과 빈 의자 중에 고민하는 눈치였다.

내가 말했다.

"너 앉고 싶은 곳에 앉아도 돼."

푸른 눈을 들어 힐끗 나를 본 그가 머뭇머뭇 물었다.

"그럼, 옆에 앉아도 돼?"

"응."

그게 뭐 대수라고. 내가 빙긋 웃으며 대답한 말에 그는 쭈뼛쭈뼛 내 옆에 앉았다.

무심코 나를 돌아본 그는 나와 너무 가깝다는 생각이 들었는지 대뜸 거리를 벌렸다. 거의 벽에 붙을 지경이 돼서야 그가 입을 열었다.

"높은 데 무섭진 않아? 혹시 나 때문에 괜히 온 건 아니지?"

"아, 그건 아니야. 나 굳이 말하자면 높은 것보다는 빠르고 아슬아슬한 게 무서워서. 이렇게 천천히 움직이는 건 아무리 높이 올라가도 괜찮아."

"다행이다."

그리고 두 손을 무릎 위로 떨어뜨린 그는 작아지는 사람들과 풍경들을 잠자코 바라보았다.

"다른 이유로 같은 의자에 앉으려고 한 건 아니야. 너랑 같은 풍경을 보면서 말해야겠다고 생각했거든."

"아. 응."

나 또한 그와 나란히 시선을 던지며 대답했다. 줄을 서는 동안 시각은 어느덧 여섯 시에 가까워져 있었다. 하늘에 깔린 주홍색 노을이 넘실대며 관람차 안으로 천천히 스며들었다.

그에 눈부신 듯 눈을 조금 찡그린 루다가 말을 이었다.

"나는 사실 높은 거 별로 안 좋아하거든. 아니, 정확히는 통제하에 높은 곳에 있는 걸 별로 안 좋아해."

"으응……."

"오히려 맨몸으로 높은 곳에 있는 거면 무서울 게 없겠어. 하지만 이런 곳에서는 내 균형 감각이 아니라 시설의 안전성에 모든 것을 맡겨야 하니까. 오히려 안심이 안 돼."

나는 그 말을 듣고 나도 모르게 웃어 버렸다. 그것참 후계자가 될 사람이 정해지자마자 그를 밀림 오지에 보내 버린 집안 사람다운 말이로군. 역시 피는 물보다 진한 걸까?

그때, 루다의 말이 다시 들려왔다.

나는 고개를 들었다.

"이걸 타게 된 것도 그냥 한 녀석의 억지였는데 말이야, 막상 타고 나니까…… 여기에서 보는 풍경이 예쁘다고 생각돼서."

나는 그렇게 말하는 그와 멍하니 시선을 맞추었다.

정작 말을 잇는 그는 부끄러움 때문인지, 나와 눈도 마주치지 못하고 있었다.

"나는 아름다운 것에는 상당히 둔감한 사람이거든. 그런데 그런 내 눈에도 예쁘게 보이면, 네 눈에는 어떨까 싶어져서……. 그런 것들과 맞닥트릴 때마다 네가 생각나."

지상 어디쯤을 헤매던 루다의 시선이 다시 나를 향했다.

저녁노을만큼이나 붉은 루다의 얼굴을 보며 나는 넋을 잃었다.

루다는 이 관람차에서 내다보이는 풍경을 보며 예쁘다고 말했지만, 내가 보기에는 그의 지금 모습이야말로 이 풍경보다도 훨씬 인상적이었다. 그의 말과 그가 짓는 모든 표정, 관람차가 움직임에 따라 각도를 바꾸어 가며 그의 얼굴 위로 쏟아지는 주홍빛 햇살이.

그때 루다가 갑자기 내 눈을 피하며 덧붙였다.

"부담 주려는 게 아니었어. 알지, 나는 그냥…… 예쁜 걸 보니까 네가 떠올라서, 같이 보고 싶다는 생각이 들어서 어쩔 수가 없었어."

그렇게 말하고 그가 무릎 위로 주먹을 꾹 움켜쥐는 것을 보며, 나는 그가 하지 않은 말도 알 것만 같았다.

"그래, 어쩔 수가 없나 봐."

그가 낮은 목소리로 읊조린 말에 정적이 내려앉았.

잠시 멍하니 있던 나는 바깥에서 들어온 금빛 햇살 한 줄기가 눈을 찌르자 그제야 정신을 차렸다.

내가 천천히 고개를 뒤흔들고는 입을 열었다.

"루다야……."

"맞아. 나 지금 네가 생각하는 그 말 하는 거야."

고개를 돌려 내 시선을 피한 그가 조금 분한 표정을 지었다.

"나도 내가 이렇게 구질구질한 말을 하게 될 줄은 몰랐어."

"아, 아니야. 나는 전혀 그렇게 느껴지진 않았어."

나는 머리카락을 매만지며 대꾸했다.

빈말이 아니라 실제로 그랬다. 관람차에 나란히 앉아 그의 말을 듣는 동안, 나는 오랫동안 열지 않은 서랍에서 수신인이 나로 되어 있는 편지라도 찾은 것처럼 몹시 두근거렸다. 그의 말에 담긴 표현들 또한 편지 속의 문장들처럼 절제돼 있으면서도 진솔했다.

그러나 루다는 내 말에 더욱 미간을 찌푸렸다.

"네가 날 거절한 시점에서 이건 구질구질한 짓이 맞아. 나도 너한테 전처럼 고백을 다시 하고 싶은 게 아니야. 난 그저."

그가 짧게 한숨을 뱉었다.

"네가 지금 조금도 안정되어 보이지 않으니까. 행복해 보이지 않으니까."

"아."

"그러기는커녕 시종일관 잠을 잘 못 잔 표정이고, 있을 곳을 찾지 못한 사람처럼 불안해 보이기만 하니까."

"……."

"너는 네가 나를 거절한 이상, 혹여 마음을 돌리더라도 돌아올 자리는 없을 거라고 생각하고 있을 거야. 애초에 나를 더 기다리지 않게 하기 위해서 그 말을 했을 테니까. 하지만 나는 여전히 네게 하나의 선택지로 남고 싶어."

그가 시선을 내리깔며 말을 이었다.

"……루카스가 항상 하는 말이 있어. '한쪽 문이 닫힐 때 다른 쪽 문이 열린다'고. 하지만 사람이 제일 못 견디는 건 한쪽 문이 닫히고, 다른 쪽 문이 열리기까지의 그 짧은 틈이야. 안 그래? 극한에 몰리는 순간. 제일 약해지는 순간."

"아……."

"너는 괜찮다고 했지만 나는 네가 혼자 그렇게까지 몰리는 건 싫어. 적어도 그럴 때 네 옆에 나라도 있었으면 해."

비장하게 말하던 그가 다시 눈을 들어 나를 보자, 나는 낮게 한숨을 터트렸다.

"날 이용해도 괜찮으니까."

"루다야. 널 이용하지 않기 위해서 네 고백을 거절한다는 내 말을 어떻게 들은 거야?"

"내가 알고 허락하면 이용이 아니라 사용 아니야?"

턱을 들고 유창하게 말하는 그를 보며 나는 어쩔 수 없이 웃고 말았다.

그 또한 스스로의 말이 어이없다는 것을 알고는 있었는지 작게 웃었다. 그가 뻔뻔스럽게 물었다.

"꽤 그럴듯하지 않았어?"

"루다 너 말 진짜 잘한다. 평소에 윤정인이랑 싸울 때도 잘 좀 해 봐."

"걔는 인간의 논리로 상대하려고 하면 안 돼."

경직된 분위기 속에 움츠렸던 몸을 펴고 가벼운 한담을 나누던 중, 문이 열렸다.

언제 시간이 이렇게 됐어? 고개를 돌린 나는 서서히 열리는 문 사이에서 익숙한 인영들을 보고 당황했다.

그들 역시 나만큼이나 이 예기치 못한 만남에 당황한 모양이었다.

"이렇게 또 만나네."

그렇게 말하는 은지호에게 내가 물었다.

"여령이랑 은형이는?"

"걔네는 앞차."

"아."

그리고 나는 그의 뒤에 서 있던 유천영과 주인이에게도 인사를 건넸다. 아니, 주인이는 내 인사를 받아 줄 마음이 여전히 없는 것 같으므로 사실상 내가 인사를 건넨 사람은 유천영뿐이었다.

그리고 내가 관람차에서 내리자 루다도 따라 내렸다. 태연히 머리를 쓸어 넘기던 그는 여러 개의 시선이 동시에 자신에게 꽂히자 고개를 들었다.

"뭐야?"

야생 동물처럼 예민한 그가 눈썹을 들어 올리며 묻자, 은지호는 떨떠름하게 대꾸했다.

"아니, 아니다. 뭐……."

잠시 일자를 그렸던 루다의 눈썹이 이어진 은지호의 말에 다시 산처럼 치솟았다.

"너도 사람인데 놀이기구를 탈 수도 있지."

"너 진짜 싸우고 싶냐?"

무슨 뜻인지 아직 해석도 안 하고서 루다는 덜컥 성부터 냈다. 그 옆에서 나는 혼자 은지호의 말뜻을 유추해 보았다. 음…….

루다라면 굳이 놀이기구를 타지 않고서도 저 정도 높이는 맨몸으로 올라갈 수 있지 않냐는 뜻이지? 좋아, 잘 맞혔어 나. 인터넷 소설 6년이면 풍월을 두 번은 읊을 때도 됐지.

 그리고 나는 루다를 잡아끌며 말했다.

 "루다야. 김 쌍둥이 아까 집합 장소에서 기다린댔으니까 같이 가자. 우리 짝수 아니니까 너도 같이 타자."

 "어? 그, 그래."

 당황한 듯 내뱉는 루다를 데리고 내가 돌아섰다. 등 뒤에서 은지호의 목소리가 날아온 것은 그때였다.

 "너 이거 안 탈래?"

 나는 다시 뒤를 돌아보았다.

 "뭐?"

 눈썹을 찡그리며 되묻는 내 옆에서 루다 또한 물었다.

 "얘가 너희랑 그걸 왜 타냐?"

 그의 물음을 보란 듯 무시한 은지호가 나만 보며 말을 이었다.

 "둘씩 앉아야 무게 중심이 맞는데 우린 셋이잖아. 한 사람 모자라서."

 사리에 통 맞지 않는 그의 말에 나는 가만히 인상을 썼다. 관람차에서 무게 중심 따위는 별로 중요치 않을 텐데? 고작 무게 중심 때문에 셋 모두와 친하지 않은 나를 끼운다고?

 그때 옆에서 루다의 말소리가 다시 들려왔다. 나는 고개를 돌려 그를 보았다.

"웃기고 자빠졌네. 관람차에서 무게 중심을 맞추긴 왜 맞춰? 똑똑한 놈이 그런 것 하나 모르냐? 아까 나랑 단이랑 한쪽에만 앉았을 때도 전혀 안 기울어졌거든?"

그는 아무래도 은지호가 자기 말을 무시한 것에 대해 복수하고 싶은 것 같았다.

그러나 그 말을 들으며 도리어 표정을 바꾼 것은 유천영과 주인이였다. 아니, 너네가 왜?

내가 어리둥절해지던 찰나, 이루다가 다시 쏘아붙였다.

"그렇게 무게 중심 걱정되면 네가 양쪽에 한 발씩 걸치고 타든가."

그렇게 말하고 보란 듯이 가운뎃손가락까지 들어 보인 루다가 나를 돌아보며 씩씩하게 말했다.

"가자."

나는 웃으며 고개를 끄덕였다.

"응, 그래. 가자."

그리고 나는 조금 망설이다가 은지호를 돌아보았다. 내가 그와 다시 친해져야 한다고는 하지만, 그의 무수히 많은 재수 없는 발언에 대응해서 이 정도는 해도 괜찮겠지?

왜인지 긴장한 눈으로 쳐다보는 은지호에게 나는 주먹을 가볍게 들어 보이고는 외쳤다.

"양쪽에 한 발씩 걸치고 균형 잡기 파이팅!"

그리고 나는 옆에 있던 루다를 냉큼 붙잡고 뛰기 시작했다. 우리는 등 뒤에서 무슨 대답이라도 돌아올세라 빠르게 달려서 관람차를 벗어났다.

마침내 그들에게서 완전히 멀어졌을 즈음 나와 루다는 서로를 바라보며 웃음을 터트렸다. 오랜만에 한 점의 거리낌도 없는 시원한 웃음이었다.

* * *

관람차 안에 이제는 핏빛이 완연해진 석양이 쏟아졌다. 넘실대는 붉은빛 속에서 세 사람은 각자 다리를 꼬고 가만히 앉아 있었다.

바라보는 곳 또한 놀라울 정도로 제각각이었다. 관람차의 취지에 걸맞게 바깥 풍경을 바라보고 있는 것은 한 사람뿐이고, 다른 한 사람은 눈을 내리깔고 아무것도 없는 바닥을, 마지막으로 한 사람은 그런 두 사람을 흥미롭다는 눈으로 번갈아 보고 있었다.

유일하게 바깥 풍경을 보고 있던 사람, 은지호는 좌석 위에 내려놓고 있던 손으로 딱딱한 의자를 툭툭 두드렸다. 그에 맞은편의 우주인이 풋 웃음을 터트렸다.

은지호가 함단이와 이루다의 뒷모습에 두고 있던 시선을 거두고 그쪽을 쳐다보았다.

"뭐야?"

"아니. 슬슬 그 버릇 나오겠다 싶었는데 진짜 나와서."

턱을 괸 우주인이 빙글거리며 말을 이었다.

"너 그거 화났을 때 하는 버릇이잖아."

"화? 내가? 그 유치한 놀림에 짜증이야 났을지도 모르지만 화까지는 아니야."

"거울이나 보고 말하지 그래."

"화 안 났어?"

불쑥 그렇게 말하며 대화에 끼어든 것은 유천영이었다. 그가 이제까지 바닥을 헤매던 시선을 들어 이쪽을 보자 은지호도, 우주인도 일순 어깨를 움찔했다.

섬뜩할 정도로 새파란 눈동자로 그들을 보며 유천영이 말했다.

"나는 좀 화났는데."

"……."

"이유를 모르겠어."

그렇게 말한 그는 거미처럼 큰 손으로 눈가를 덮으며 한숨 쉬었다.

"……이루다가 함단이를 좋아하고, 고백까지 했다는 건 우리 학년에서 모르는 사람이 없을 정도로 유명한데. 내가 왜……."

가라앉은 정적 속에서 그가 눈가를 덮었던 손을 내리며 중얼거렸다.

"둘이 관람차에서 내리는 걸 본 순간, 그 사실을 처음 안 것처럼 화가 났는지. 도무지……."

그렇게 말하고 침묵에 휩싸이는 유천영을 은지호는 지그시 바라보았다.

어떠한 이성적이고 논리적인 검증 없이도 자신의 감정을 날것 그대로 꺼낼 수 있다는 점은 은지호가 유천영을 부러워하는 이유 중 하나였다. 비록 죽었다 깨어나도 그 사실을 입에 담을 일은 없겠지만.

그는 스스로 자부했던 냉철한 사고력이 이럴 때면 족쇄처럼 갑갑하게 느껴졌다. 입 안에서 맴돌 뿐 끝내 나오지 않는 말들을 추스르며 그는 우주인을 돌아보았다.

그가 짐짓 여유롭게 물었다.

"그러는 우주인, 너는 왜 아까 별 이유 없이 화냈던 건데? 네가 아무리 함단이를 싫어한다고 해도 이루다가 좋은 사람이라고 믿게 둘 수는 없어서? 아니면 네가 싫어하는 녀석들끼리 서로 편들어 대는 게 마음에 안 들어서?"

"둘 다 아니야."

딱 잘라 말하는 우주인의 태도에 은지호는 고개를 들었다. 형형하게 빛나는 갈색 눈을 본 그는 흠칫 놀랐다.

그가 우주인에게 굳이 화난 이유를 물은 것은 그가 저와 같은 족속이기 때문이었다. 날것의 감정을 드러내는 것을 끔찍이 싫어하고 어떻게든 논리로 포장하지 않고서는 견디지 못하는.

다만 은지호는 야만에 가까운 비합리성을 꺼리는 것뿐이지만, 우주인은 자신이 느끼는 감정들이 비정상적이라 남들의 지탄을 살까 봐 두려워한다는 것만이 차이점이었다.

그는 언젠가 자신이 사람이 아니라는 게 밝혀져 모두에게 추방당할 것을 두려워하는 기계 인간처럼 보였다. 그랬기에 은지호는 우주인의 드물게 솔직한 태도에 꽤 놀랐다.

미간을 좁힌 우주인이 거침없이 말했다.

"나야말로 이해가 안 돼."

눈을 내리깐 그가 중얼거리듯 말을 이었다.

"이상한 일이지. 걔가 내 앞에서 이루다 편 좀 든 것 갖고 그렇게 화가 나다니."

그가 보다 차분해진 어조로 덧붙였다.

"처음에는 내가 이루다를 생각했던 것보다 더 좋아하기 때문이 아닌가 생각했어. 그런데 그런 이유가 아니야."

"……."

"아무리 생각해도 난, 누군가 내 앞에서 이루다를 잘 안다는 듯 말했다는 것보다 그렇게 말한 게 함단이란 사실 자체에 화가 나는 거야."

조금 경직된 은지호 앞에서 우주인이 갑자기 고개를 들었다. 그가 가볍게 웃기까지 하며 지껄였다.

"아니, 하지만 삼 년이라잖아? 고등학교 입학한 이후로 삼 년 동안이나 같은 반이었다고 하잖아? 내가 둘 사이에 끼어들 틈이 없는 게 당연하잖아. 그런데 왜 둘이 서로를 편드는 모습을 보면서 소외라도 된 기분을 느낀 건지. 난 전혀……."

 말을 마친 그가 머리칼을 스스로 헝클어트리며 입술을 깨물었다. 그것을 마지막으로 더욱 짙은 침묵이 이들 사이에 내려앉았다.

 돌연 우주인이 다시 손을 들었다. 그는 팔에 걸린 소원 팔찌를 잡아 끊을 듯 당겼다. 스스로 자각하지 못한 듯한 그의 동작에 은지호와 유천영의 시선이 그의 팔로 향했다가 돌아왔다.

 우주인이 입술을 잘근잘근 깨물며 말을 이었다.

 "누가 나도 몰래 내 방에 들어와 중요한 걸 가지고 간 듯한 기분이야. 그런데 가장 싫은 건, 사라진 중요한 게 뭔지조차 모르겠다는 점이야. 이런 기분 정말 찝찝하고 싫어."

 "……."

 "정말로 유쾌하지 않아."

 그가 뚝뚝 끊어 씹어뱉는 것을 마지막으로 관람차가 멈추었다. 잠시 시선을 교환하던 은지호와 유천영은 자리에서 일어났다.

* * *

 그날 또 그 꿈을 꾸었다.

우주인은 정신을 차리자마자 습관적으로 주변부터 살폈다. 흰색으로 칠해진 창틀과 나뭇결이 그대로 드러난 테이블이 보였다.

창으로 쏟아지는 햇빛과 노란 전등 빛이 어우러져 만들어 낸 밝고 환한 공간. 아무리 보아도 카페였다.

귓가에는 익숙한 팝송이 흐르고 있었다. 너무 처지지 않으면서 무언가에 집중하며 듣기에 거슬리지도 않을 정도로 튀지 않는 멜로디.

그는 잠시 멍한 채로 눈만 깜빡였다. 이 테이블에 잠깐 엎드려 있다가 꿈이라도 꾼 걸까? 손을 들어 머리카락을 매만져 보니 아니나 다를까 부스스하게 헝클어져 있었다.

순간 마음속에 안도감이 차올랐다.

아, 그래. 역시 방금 있던 일들은 꿈이었지? 그런 게 현실이었을 리 없지. '그 사람'을 눈앞에 두고 우리 모두가 못 알아보는 일 따위는.

그렇게 되뇌었을 때 또 다른 질문이 마음속에서 울렸다.

─'그 사람'이라니, 도대체 누구 말이야?

─왜 있잖아, '그 사람' 말이야.

당연하다는 듯이 대답하는 마음의 목소리에 귀 기울이는 순간, 탁 소리와 함께 테이블 위에 뭔가 놓여서 그는 고개를 들었다.

테이블 위에 올려진 물건이라고는 평범한 스프링 노트

와 필통이 다였다. 이미 이 자리에 앉아 있는 그는 보이지 않는다는 듯, 태연히 자기 물건을 내려놓은 여자가 의자를 빼고 맞은편에 앉았다.

눈을 내리깔고 태연히 노트를 펼치는 그녀를 보며 그의 의식이 서서히 선명해졌다. 마침내 의식이 명료해진 그가 뇌까렸다.

아, 그랬지? 꿈이었지, 이거?

그가 얼마 전부터 계속 꾸던 꿈속이었다.

얼마나 자주 꾸었냐면 이제는 이 장소와 저 여자를 보는 것만으로 어렵지 않게 이곳이 꿈속이라는 것을 알아챌 수 있을 정도였다. 보통 같았으면 불가능할 일이었다.

방금까지만 해도 이곳이 현실이고 현실이 오히려 꿈이라 믿었던 것이 어이가 없어서 웃음이 나왔다. 비죽비죽 새어 나오는 웃음을 굳이 참지 않으며 우주인은 여자를 관찰했다.

일순 모르는 사람을 빤히 보는 것은 실례 아닌가 하는 생각이 들었으나, 곧 어차피 꿈속인데 뭐 어때 하는 생각이 들었다.

더군다나 카페 안에는 다른 빈자리가 많은데도 굳이 이곳에 앉은 것을 보니 여자의 눈에는 자신이 보이지 않는 모양이었다.

어디 보자, 우주인은 턱을 괴었다.

단 한 번도 염색하지 않은 듯 순수한 검은 머리카락을 양

갈래로 묶어 길게 늘어뜨렸고, 유순하고 조용한 인상이었다.

키가 작고 어린 얼굴이었지만 눈에는 알 수 없는 쓸쓸함이 감돌아서 나이를 종잡을 수 없었다. 자신과 비슷한 것도 같았고 어쩌면 좀 더 많을 것 같기도 했다. 아니면 세상의 풍파를 많이 겪었을 뿐 사실은 한참 어릴지도.

이상한 일이었다. 단지 여자는 샤프를 사각거리며 스프링 노트 위에 글인지 그림인지 모를 것을 끼적이고, 자신은 그걸 가만히 지켜볼 뿐인데도.

남이 하는 일을 가만히 지켜보는 이런 심심한 짓 따위 딱 질색인데도, 왠지 나쁘지 않다는 기분이 들어서. 마치 이 일이 자신에게 이미 익숙한 것처럼.

아니, 익숙하다니? 그럴 리 없지. 그 감상을 아까처럼 가볍게 부정한 그는 문득 여자가 노트 위에 적고 있는 것이 무엇인지 궁금해졌다.

그가 노트 속을 들여다보기 위해 테이블 위로 상체를 불쑥 내밀던 찰나, 여자가 눈을 들었다.

며칠 동안 내내 노트에만 시선을 고정하고 있던 그녀와 우주인의 눈이 처음으로 마주쳤다.

경계심과 그리움을 담고 자신을 보는 검은 눈동자를 마지막으로, 그는 잠에서 깨어났다.

꿈과 비슷한 하얀 햇살이 그의 얼굴 위로 소나기처럼 쏟아졌다. 두 눈을 활짝 열고 그 광경을 멍하니 지켜보던 그가 이윽고 작게 중얼거렸다.

"하필 그때."

그렇게 말하며 신경질적으로 머리칼을 쓸어 넘긴 우주인은 자리에서 일어났다. 그의 손목엔 여전히 낡고 가느다란 소원 팔찌가 달랑거렸다.

제73조. 어제의 아군이 오늘의 적이더라도

어제의 아군이 오늘의 적이더라도

정확히 놀이공원으로 체험 학습을 다녀온 다음 날부터 나는 어마어마한 양의 질문 공세에 시달리기 시작했다.

나는 퀭한 얼굴로 내게 달려오는 인파들을 바라보았다. 이게 다 내가 루다가 사대천왕 못지않은 존재감을 가진 데다 얼마 전 오대천왕 중 하나로 승격했음을 잊은 탓이었다.

은지호에게 한마디 쏘아붙인 것만으로 지나치게 신이 난 우리는 김 쌍둥이와 합류해서 이런저런 놀이기구를 타러 다녔다.

밤이 되자 사람들이 좀 빠져서 놀이기구 타기가 한결 수월해졌다. 한두 개 정도만 더 탄 다음, 우리는 곧바로 야간 퍼레이드를 보러 이동했다.

야간 퍼레이드는 과연 이게 내가 수능 전 마지막으로 보는 퍼레이드라고 해도 아쉽지 않을 만큼 화려했다. 내가 오지 않던 그 몇 년간 폭죽이든 조명이든 기술이 굉장히 발달한 것이 틀림없었다.

그러나 솔직히 말하자면 내 눈에는 화려하고 성대한 퍼레이드 따위가 전혀 들어오지 않았는데, 왜냐하면 나는 그때도 루다와 신나서 떠들기에 여념이 없었기 때문이다.

우리가 계속 은지호 물 먹인 얘기만 해 대자, 처음에는 흥미 있게 듣던 김 쌍둥이는 나중에는 완전히 질려서 우리 곁을 떠나 버렸다.

2미터 떨어진 곳에서 두 손을 맞잡고 퍼레이드를 구경하는 김 쌍둥이의 뒤통수를 보며 우리는 끊임없이 떠들어 댔다.

멀리 폭죽 사이로 관람차의 거대한 그림자가 얼비치자 내가 다시 말했다.

"루다야, 아까 은지호한테 양쪽에 각각 한 발씩 걸치고 타라고 한 거 진짜 멋졌어. 아직도 상상돼서 웃길 정도야. 넌 진짜 천재야."

퍼레이드의 요란한 음악과 불꽃을 쏘아 대는 폭음 때문에 대화하려면 서로의 귀에 대고 외쳐야 할 정도였다. 루다도 내게 고개를 숙이고 외쳤다.

"그러는 너도 그때 그놈한테 할 말 다 한 거 속 시원하고 멋졌어."

"뭐?"

"그때 우주인한테 말이야! 그 이중인격자한테 반여령이랑 네가 친해지는데 간섭하려고 하는 꼴, 돈 봉투 주면서 헤어지라고 하는 부모 같다고 말한 거 진짜 멋졌어. 정곡이었잖아. 그러니까 걔도 인정할 수밖에 없었겠지."

그렇게 말하며 키들대는 그를 보던 내가 문득 떠올라서 입을 열었다.

"아, 그러고 보니까. 나 갑자기 생각났어."

"뭐가?"

"너희 부모님한테 나랑 친하게 지내 달라고 봉투 받았던 때 말이야."

루다의 얼굴이 구겨졌다. 갑작스레 시선을 피하며 머리를 헝크는 그에게 내가 키득대며 말했다.

"돈 봉투인 줄 알았는데 알고 보니까 놀이공원 티켓이 들어 있어서 놀랐지. 생각해 보면 당연한 건데 말이야."

"악. 아악."

흑역사가 괴로운 듯 기어이 머리를 쥐어뜯기까지 하던 그가 이어진 내 말에 다시 나를 돌아보았다.

"그때도 이 놀이공원이었는데, 간다 간다 해 놓고 결국 못 갔지. 이제라도 오게 돼서 다행이다."

그렇게 말하며 나는 곁에 선 루다를 올려다보았다. 때마침 가장 큰 폭죽이 터져 새카만 하늘 위로 녹색과 금색의 가루들을 점점이 뿌렸다.

반짝이며 떨어져 내리는 빛 가루 속에서 잠시 멍한 얼굴로 서 있던 그가 이윽고 밝게 웃었다. 보는 사람 심장이 철렁할 만큼 아름다운 미소였다.

"정말 그러네."

그 순간만큼은 정말이지, 근래 있었던 중에 가장 완벽한 순간이었다고 해도 과언이 아니었다.

그러나 내 불찰은 야간 퍼레이드를 보러 온 학생 중 우리 학교 학생이 몇 명이나 섞여 있을지를 간과했다는 점이었다.

노민찬 선생님은 야간 퍼레이드를 볼 사람만 보고 가라고 말씀하셨지만, 평소에 좋아하지 않던 것도 다시는 못 한다는 생각이 들면 괜히 필사적으로 되기 마련이다. 그리하여 적어도 수십 명은 되는 우리 학년 학생들이 야간 퍼레이드를 구경했다.

아무리 많은 인파 속이라고는 해도 유난히 눈에 띄는 외모의 루다가 그들에게 아예 목격당하지 않는 건 불가능했다. 그러자 그의 옆에 있는 나 또한 눈에 띄는 것은 당연한 일이었다.

그로부터 불과 하루 만에 루다와 내가 사귀기로 했다는 소문이 온 학교를 강타했다. 내가 놀이공원에서 줄 서 있는 모습이 거의 안 보였던 것은 그와 단둘이 숨어 다니느라 그랬다나 뭐라나.

루다와 놀이공원에서 같이 다녔던 친구들이 '아닌데? 이루다 인원 점검 때까지는 우리랑 다녔는데?' 하고 우정을 부정당해 억울한 얼굴로 항변했지만, 지루한 와중에 새로운 가십에 그만 눈이 돌아가 버린 고3들에게는 들리지 않았다.

물론 다 차치하고 퍼레이드를 둘이서만 봤다는 것으로도 의심을 사기엔 충분하긴 했다. 아니, 하지만 2미터 떨어진 거리에 김 쌍둥이가 있었는데 어째서 못 본 거야?!

그 결과, 나는 주말이 끝나고 월요일에 등교하자마자 어마어마한 질문 공세에 시달려야만 했다.

"단아, 있잖아. 내가 들었는데 너 루다랑 사귄다며?"

"아니? 우린 그냥 친구야. 그런 일 없어."

"단아. 내가 너무 궁금해서 물어보는 건데 너 혹시……루다와."

"안 사귀어."

"너 루다와 사귄다는 거……."

"진짜 아니야."

"선배, 있잖아요. 혹시……."

"루다랑 안 사귀어. 나 다음 이동 수업 교실이 좀 멀어서 그러는데 이만 가 봐도 될까?"

개교 이래로 최대의 인기와 관심 속에 나는 서서히 말라비틀어졌다. 그 와중에도 나는 이러한 관심 속에서도 용케 학교를 다닌 반여령과 사대천왕을 향해 속으로만 잠시 묵념하지 않을 수 없었다.

마침내 저녁 시간이 끝나고 야자를 앞두었을 무렵, 이대로 탈진해 쓰러질 수도 있을 것 같아 나는 매점으로 향했다.

예기치 못한 사건은 내가 김혜힐과 함께 과자와 음료를 바리바리 사서 품에 안고 교실로 들어오던 그때 벌어졌다.

우리 반 복도 앞에서 얼쩡대고 있는 인영을 보고 나는 눈을 크게 떴다. 어? 쟤가 왜 여기 있어?

그리 살가운 사이가 아니라서 말을 걸어야 하나 말아야 하나 고민하던 사이, 그가 인기척을 느끼고 먼저 고개를 돌렸다.

차분한 시선을 내게로 향한 그가 빙긋 웃으며 말했다.

"안녕, 단이야."

이럴 때면 은형이 만큼이나 모범적이고 단정하게 보이는 그의 모습에 나는 새삼 감탄했다. 비록 안에 든 것은 전혀 다른 속 시커먼 사람이라고 해도.

그리고 내가 물었다.

"이서진. 네가 왜 여기 있어?"

"보자마자 용건부터 묻는 거야? 섭섭하게."

"우리가 섭섭하고 그럴 사이는 아니지 않나······."

대놓고 싫은 표정을 짓는 내 반응에도 불구하고 이서진은 안경테 너머로 눈을 접으며 키득키득 웃기만 했다.

때마침 창밖에서 새어 든 가로등 불빛을 받은 이서진은

한 폭의 그림 같은 미남이었다. 물론, 그의 인성까지 화폭에 담으려면 화가는 어마어마한 노력을 기울여야 하겠지만.

내 옆에서 그 모습을 잠자코 보던 김혜힐이 눈썹을 찡그리며 물었다.

"선율예고 부회장이 여기에는 무슨 일이야?"

까칠한 그녀의 말투에도 이서진은 아랑곳하지 않고 여전히 웃는 얼굴로 배지를 들어 보였다.

"이제 부회장 아니고 회장이야. 우리도 이제 2학년 아니고 3학년이잖아?"

"아, 그래. 그래서 용건은?"

"뭐, 시기가 시기이다 보니 대충 짐작은 가지? 수능 관련된 일이야. 그래서 말인데 너희 학교 전교 회장 좀 불러 줘."

너희 학교는 핸드폰 압수하는 게 참 불편하단 말이야. 그렇게 말하며 턱을 매만지는 이서진을 참 싫다는 눈빛으로 보던 김혜힐이 나를 당기며 몸을 휙 돌렸다. 물론 윤정인을 찾으러 교실로 가기 위해서였다.

그런데 그때, 이서진이 손을 내밀며 다시 나를 불렀다.

"아, 잠깐만. 단이는 두고 가."

"뭐?"

"단아, 나한테 뭐 할 말 없어?"

김혜힐의 대놓고 어이없다는 반응에도 개의치 않고 이서진이 빙글거리며 내게 물었다.

나 또한 그런 그를 게슴츠레하게 쳐다보았다. 도대체 나한테 뭘 바라고 이러는 거야?

안타깝게도 과거가 바뀌고 이서진을 만난 것은 이번이 처음이었기 때문에, 그와 내가 어떤 사이인지 아직 짐작이 가지 않았다.

다만 김혜힐이 대놓고 질색하는 걸 보면 이놈이 나한테 좋은 짓은 안 했구나 싶을 뿐.

하긴, 이놈 성격에 퍽이나 그랬겠어. 심드렁히 생각한 내가 입을 열었다.

"내가 너한테 돈 빌렸었니?"

"음, 아니."

"돈 말고 다른 걸 빌렸었니?"

"아니."

"전에 만났을 때 재수 없다고 한 대 치고 깻값 안 물어 줬니?"

"뭐? 하하, 아니."

갈수록 막장이 되어 가는 내 질문에도 이서진은 여전히 유쾌한 태도를 유지했다. 그가 빙글거리며 답변하면 할수록 내 표정은 점점 썩어 갔다.

"단아, 상대하지 마. 저 자식 수법 알잖아."

급기야 김혜힐이 내 팔을 당기며 말하던 찰나였다. 이서진이 안경을 가볍게 추어올리며 말했다.

"나 회장 됐잖아. 축하 인사 해 줘야지."

"아."

그것참 대단하십니다. 그를 게슴츠레하게 보던 내가 두 손을 들어 기계적으로 박수를 쳤다.

"와, 정말 축하해."

"고마워."

귀족처럼 우아하게 처신하는 그에게 나는 교실 문 쪽을 가리켜 보였다.

"그럼 나 그만 가도 되는 거지?"

"부디 원하시는 대로."

하여간, 여전히 이상한 놈……. 괜히 찝찝한 기분에 귓바퀴를 문지른 나는 다시 김혜힐을 데리고 돌아섰다.

그러자 내 눈에 창문과 문에 따개비처럼 다닥다닥 붙어서 이쪽을 구경하는 우리 반 애들의 모습이 들어왔다.

아니, 도대체 언제 이렇게 인파가 몰린 거야? 이서진과 내가 대화하는 게 뭐 그렇게 큰 구경거리라도 된다고? 별로 대단한 얘기를 한 것 같지도 않은데.

그러던 나는 그 속에 사대천왕까지 끼어 있는 것을 보고 당황했다. 비록 품격 없이 창문이나 문에 매달리지는 않았지만, 그들이 각자 자리에 앉아 이쪽을 뚫어져라 보고 있다는 것만으로도 내겐 큰 충격이었다.

그러던 중에 어떤 남자애의 외침을 듣고 나는 고개를 돌렸다.

"이루다! 네 여친이 바람피운다!"

"야! 너 이상한 소리 하지 마! 다른 학교 사람 앞에서. 이거 다른 학교까지 소문이라도 나면 어쩔 거야!"

네가 책임질 거야?! 내가 울상을 하며 외쳤다. 이렇게 크게 외칠 정도로 친한 애가 아니긴 했지만 지금 이 상황에서는 상관없었다.

아니, 정말 남의 학교 애 앞에서 그런 말을 하기는 왜 해! 그렇게 생각하며 나는 이서진을 휙 돌아보았다.

그는 나와 바람을 피운다는 둥의 표현으로 묶인 것 따위는 신경도 안 쓰이는 눈치였다. 입가를 가리고 키득키득 웃기만 하는 그가 대뜸 내게 몸을 숙였다.

그가 내 귓가에 대고 나만 들릴 정도로 작게 속삭였다.

"그새 남친을 만들었어? 나한테 기별도 안 하고. 섭섭하게."

나는 눈을 내리깔며 음산하게 대답했다.

"닥쳐……."

아무리 생각해도 옛날에 자기 바닥 다 까발린 놈 앞에서 나도 굳이 내 바닥 지킬 필요는 없을 것 같았다. 지금까지는 내가 너무 소극적으로 대응했지.

그러자 다시 키득키득 웃은 이서진이 말했다.

"많이 씩씩해졌네."

"네가 부회장에서 회장이 된 것 이상으로, 고등학교 2학년에서 3학년이 된 것도 꽤 큰 변화란다."

"지금 보니까 그래 보이네. 수능 끝나면 또 얼마나 재미있게 변할지 기대되는걸. 수능 끝난 날 맞춰 꽃다발이라도 들고 찾아올까 봐."

나는 그렇게 말하는 이서진을 경악해서 바라보았다.

내가 아는 이서진은 분명 뻔뻔할지언정 느끼하지는 않은 놈이었는데. 그런데 이놈은 도대체 왜 이러는 거지?

그러고 보면 그는 예전부터 내가 직설적으로 터놓고 말하면 말할수록 더 좋아하는 눈치긴 했다. 하긴, 애초에 이상형 자체가 '예기치 못한 엉뚱함을 간직한 사람'인걸.

그제야 나는 경각심을 가지며 한발 물러났다.

설마 내가 지금까지 내뱉은 말들이 이서진에게는 호감도 포인트 같은 것으로 치환되어 차곡차곡 쌓이고 있던 건 아니겠지?

그런 생각을 하며 죽을상을 짓는 나를 보며 이서진은 다시금 유쾌한 듯 웃어 댔다. 그러더니 그가 고개를 숙이며 하는 말에 나는 화들짝 놀랐다.

"한 가지 말해 둘까? 이제 널 귀찮게 할 일은 없어."

이 세계에서 그는 반여령이 아니라 나를 좋아하기라도 했던 걸까? 새로운 가정을 세우는 내게 그가 말했다.

"찾았거든. 너만큼이나 도무지 생각의 방향을 예상할 수 없이 통통 튀면서도 귀여운 사람. 당분간은 그쪽에 집중해

볼 생각이야."

그의 말을 들으며 나는 미간을 좁혔다. 하여간 사람에게 반해서 다가가는 것을 무슨 게임 하듯 말하는 건 여전하군. 그리고 나는 소름이 오스스 돋은 팔을 문지르며 물러났다.

"너 지금까지 날 그렇게 생각하고 있었어? 소름이다, 진짜. 다시는 내 앞에 나타나지 마라."

통통 튀면서도 귀여운 사람이라니, 나와는 도무지 어울리지 않는 수식어였다.

도대체 나를 얼마나 하찮게 봤으면 저러는 건데? 내 모든 회심의 공격들이 저 애한테는 그냥 고양이 갸릉대는 소리 정도로밖에 안 들렸다는 거 아니야.

그러던 나는 옆에서 불쑥 튀어나온 목소리를 듣고 고개를 돌렸다.

아차, 나도 모르게 내 목소리가 지나치게 커졌던 모양이었다. 윤정인이 눈을 휘둥그레 뜬 채 물었다.

"너희 대체 뭐 하냐? 이서진, 너 무슨 말을 했길래 얘가 가까이 오지도 말라고 해?"

그에 내게 숙였던 몸을 바로 한 이서진이 학생 회장다운 온화한 미소를 떠올리며 다시 말했다.

"수능 날 내 키만 한 꽃다발 들고 찾아오겠다는 말."

하여간 그에게 흥미 가는 상대가 새로 생긴 것과 나에게 수작을 거는 것 사이에는 별 연관이 없는 모양이었다. 윤정인 듣는 자리에서 태연하게 이런 말을 할 수 있다니.

얼굴을 구기는 내 옆에서 나만큼이나 얼굴을 구긴 윤정인이 말했다.

"으. 그거 진짜 소름이다. 함단이 쪽팔려서 죽을걸? 하지 말라면 하지 좀 말지."

윤정인의 말에도 아랑곳하지 않고 이서진이 나를 돌아보며 말했다.

"실기 준비로 바쁠지도 모르겠지만 널 위해 특별히 시간 내 보도록 할게."

"제발 꺼져……."

학교 앞에서도, 내 인생에서도.

내가 덧붙인 말을 들었는지 못 들었는지, 이서진은 손을 살랑살랑 흔들며 윤정인과 함께 멀어졌.

나는 그가 복도의 어둠 속으로 파묻혀 사라질 때까지 게슴츠레한 눈으로 노려보았다.

도대체 저 도움이라곤 안 되고 해만 끼치는 놈이 우리 학교에는 왜 나타났던 걸까? 수능 관련이라고? 선율 예술 고등학교 학생들 대동해서 응원 영상이라도 만들어 주려나?

꽤 그럴듯하다는 생각이 들었다. 체육 대회 이후로 지속적인 교류를 이어 가는 학생들이 몇 정도는 있다고 알고 있으니까. 그리 많지는 않았던 것 같지만.

어제의 아군이 오늘의 적이더라도 〈271〉

그런 생각을 하던 나는 다시 우리 반 쪽을 돌아보았다.

교실 창문과 문에 따개비처럼 달라붙은 인영들과 눈을 마주친 내가 간절하게 말했다.

"제발 부탁이야……. 저놈이랑 나를 엮어서 어떻게 해 볼 생각 같은 건 하지 말아 줘. 루다랑 소문난 건 솔직히 기분이라도 좋지만 저 자식은 아니야. 쟤는 그냥 내가 곤란해하는 게 재미있을 뿐이라고."

이서진이 애들 앞에서 장난기를 가감 없이 드러냈으니 나도 이 정도는 말해도 될 것 같았다. 줄줄이 뱉은 내 말에 애들이 일제히 고개를 끄덕였다. 그중 하나가 물었다.

"이서진이랑은 언제 그렇게 친해진 거야?"

아니, 전혀 친하지 않은데. 왜 그런 오해를 한 거지? 내가 미간을 구기는 사이, 김혜힐이 나 대신 대답했다.

"작년 여름 방학 때 다 같이 윤정인네 별장에 놀러 간 거 기억나? 거기서 만났어. 걔네 별장 옆 별장이 선율예고 전 학생 회장네 거였거든. 선율예고 학생회 전체가 놀러 왔는데 저놈…… 이서진은 부회장이라 따라왔었고."

"아! 윤정인한테 작년에 들은 적 있는 것 같다."

"맞아. 어떻게 체육 대회 끝나자마자 만나냐고. 이런 우연이 다 있냐고."

금세 화색이 되어 떠드는 아이들을 보며 나는 김혜힐을 향해 입 모양으로만 말했다. 고마워.

그러자 빙긋 웃은 김혜힐은 이서진이 사라진 복도 쪽을 돌아보며 금세 싸늘한 표정을 지었다.

"아니야. 저렇게 보란 듯이 분탕질 쳐 대는 걸 두고 볼 수는 없지."

"뭐?"

"저 자식 심보가 어린애인 거야 전부터 알아봤지. 자기가 끈질기게 들러붙었는데도 전부 쳐 낸 네가 갑자기 다른 사람이랑 사귄다니까 짜증 나서 심술부린 거 아니야, 지금."

"아, 그런 거구나."

이서진이 보여 주었던 이기적인 면모를 떠올리면 과연 불가능한 일은 아니었다.

나는 그가 이미 사라진 복도를 향해 두 손을 모으고, 그가 새롭게 꽂혔다는 사람에게 잠시 명복을 빌어 주었다.

그러고 보면 어느새 노아리가 말했던 선율예고를 배경으로 한 원작 소설 여주인공이 나올 시점이 되었군. 이서진이 마침내 학생 회장이 되었으니 말이야.

기도를 마친 나는 다시 교실로 들어가기 위해 몸을 돌렸다.

그러나 나는 은지호 때문에 내 자리로 향하던 걸음을 멈출 수밖에 없었다.

그는 내가 가는 길목에서 묘한 표정을 짓고 서 있다가 불쑥 속삭였다.

"알았다. 너 겉과 속이 다른 놈들이 취향인 거지."

"뭐?"

무슨 개소리야. 멈춰 서서 그를 얼마간 싸늘하게 쳐다본 나는 다시 걸음을 떼었다.

평소였다면 그가 먼저 말을 걸어 주었으니 기회라고 생각했겠지만, 지금은 이서진이 온통 헤집어 놓고 간 탓에 정신이 없었다. 욕을 내뱉지 않는 것만이 최선이었다.

그때 이번에는 또 누군가가 이쪽으로 다가왔다. 부딪히는 것을 피하기 위해 무심코 고개를 든 나는 주인이가 이제껏 한 번도 본 적이 없는 황폐한 눈으로 나를 보고 있는 것을 발견하고 놀랐다.

반사적으로 걸음을 멈추는 내게 그의 물음이 들려왔다. 스스로도 자각 못 한 것처럼 작은 목소리였다.

"왜?"

"뭐?"

"왜 그 사람이랑 친한 거야?"

여전히 불탄 들판처럼 황폐한 표정을 짓고 있는 그에게 내가 대답했다.

"이서진? 안 친해."

이 타이밍에 물을 사람이라면 이서진밖에 없겠지. 왜 그런 오해를 했는지도 대강 이해는 가고. 모르는 사람이 보기에는 우리가 서로 말 막 뱉고 장난치는 편한 사이인 것처럼 보였을 테니까. 하지만 천만의 말씀, 만만의 콩떡이다.

그렇게 생각하던 나는 주인이의 말소리에 다시 눈을 들었다.

"왜 이루다에 대해 착하다고 말해? 왜 이서진과조차 친하게 지내? 그러면서 왜……."

여전히 황폐한 시선을 내게 꽂은 채 말하던 그는 갑자기 정신을 되찾은 사람처럼 스스로 입을 막았다. 갑자기 허둥지둥 교실을 나가는 그를 나는 어리둥절한 얼굴로 쳐다보았다.

그도 그럴 게, 내가 잘못 들은 게 아니라면 그의 다음 말은 분명……….

왜 이루다에 대해 착하다고 말해? 왜 이서진과조차 친하게 지내? 그러면서 왜.

왜 나에게만.

한동안 멍하니 서 있던 나는 다급히 주인이를 뒤쫓았다. 루다와 사귄다는 소문이 난 상황에 이런 짓을 하는 건 꺼려졌지만, 그래도 상태가 이상해 보이는 그를 가만 놔둘 수는 없었다.

내가 따라오고 있다는 걸 아는지 모르는지 그의 걸음은 무척 빨랐다. 주변 애들이 건네는 인사조차 무시해서 지나는 사람들을 어리둥절하게 하던 그는 인적 드문 복도에서 우뚝 걸음을 멈추었다.

함께 멈춰 선 나는 가쁜 숨을 내쉬며 주변을 둘러보았다. 과학실과 실험실이 있는 4층 복도였다.

인기척을 느꼈는지, 의아한 듯 뒤를 돌아본 그가 날 발견하고는 당황했다.

"네가 왜 여기에……?"

나는 변명하듯이 빠르게 말했다.

"네 표정이 너무 이상해서 따라올 수밖에 없었어. 그러니까 제발 너를 이용해 유천영과 은지호에게 접근하려고 한다거나 하는 말만 하지 말아 줄래?"

"……."

"나, 나는 네가 걱정돼서 온 거란 말이야. 너는 어떻게 생각할지 모르겠지만……."

바닥을 보며 말을 잇던 나는 결국 두 손 들며 한숨을 푹 내쉬었다. 아, 이젠 몰라. 오해할 테면 오해하라지. 이제 무슨 말을 듣든 놀라지 않을 마음의 준비도 되어 있으니 괜찮다고.

그런데 주인이는 한참 동안 아무 말도 없이 날 빤히 보기만 했다. 이윽고 그가 꺼낸 말에 내가 눈을 크게 떴다.

"넌 내가…… 안 싫어?"

그의 목소리에는 뜻밖에도 아무런 가시도 없었다. 전에 들었던, '내가 이렇게까지 말하는데도 안 싫어?' 하는 빈정거리는 투가 아니었다.

이윽고 정신을 차린 나는 그의 소매를 잡고 얼른 과학실로 잡아끌었다.

"누가 엿들을까 겁난다. 이쪽에서 얘기하자."

너 또 나한테 할 말 못 할 말 다 할 거잖아. 그렇게 말하며 스위치가 있을 만한 벽을 더듬는 나를 주인이가 못마땅한 눈으로 쳐다보았다.

그 가운데 과학실 불이 반짝 켜졌다. 마침내 환해진 실내에서 주인이를 돌아본 나는 작게 한숨 쉬었다. 자, 이제 뭐라고 대답할까?

물론 여기에서 '난 너를 변함없이 좋아해.'라고 말하는 건 간단한 일이다. 하지만, 그래서는 어이없다는 반응밖에 사지 못한다는 것을 나는 이미 전에 확인했다.

그래서 나는 대신에 다른 것을 물었다.

"나야말로 묻고 싶은 게 있는데. 너 나 안 싫어해?"

"……."

"아니, 아니다. 질문을 바꿀게."

눈을 깜빡인 내가 딱 잘라 말했다.

"너 나 안 싫어하지. 그렇지?"

"갑자기 무슨……."

주인이의 눈에 옅은 경계심이 떠올랐다. 의도적으로 만들어 낸 듯한 싫은 표정 또한 떠올랐다.

그것들을 무시하고 내가 다시 말했다.

"그럼 왜 루다와 내가 친한 걸 신경 쓰는데?"

"나는······."

"또, 이서진이 나와 친한 걸 신경 쓰는 건 어째서야?"

그러자 주인이는 입을 다물었다.

내가 말을 이었다.

"너는 내가 네 주변 사람들과 여령이와 친해지는 게 싫다고 했지. 그럼, 내가 루다나 이서진과 친하게 지내는 건 신경 쓰지 말아야 하는 거 아니야? 아, 물론 이서진과는 안 친해. 이건 진짜야. 아무튼 간에."

머리칼을 헤집은 내가 말을 맺었다.

"너는 나한테 과하게 신경 쓰고 있어. 내가 정말 그렇게 싫으면, 내가 하는 모든 일에 신경을 끄면 될 일이야. 안 그래?"

주인이가 싫어하는 사람들을 대하는 태도가 대체로 경멸과 무관심이란 것을 나는 알고 있었다.

이서진 같은 타입에게는 그가 모르는 새 수작 부리지 못하도록 꾸준히 감시의 눈길을 보내겠지만, 나야 그럴 만한 실력도 의지도 없다는 걸 모르진 않을 것이다.

그렇다면, 주인이는 나를 정말로 싫어할까?

이는 내가 놀이공원에서부터 꾸준히 고민해 온 문제였다.

그리고 오늘, 이서진의 일을 보고 나서야 나는 확신할 수 있었다.

주인이는 나를 싫어하지 않아. 그랬다면 내 말과 행동에 거듭 상처받은 표정을 지을 이유가 없다.

하지만 왜? 날 싫어하지 않는다면 그는 왜 나를 이토록 밀어내려 하는 걸까?

나는 그의 가장 오래된 기억에서 그 이유를 찾을 수 있었다.

결국, 너는 또 한 번 그 감옥에 갇혀 있는 거구나.

씁쓸하게 웃은 내가 다시 입을 열었다.

"네가 정말 싫은 건, 사실은 내가 다른 사대천왕이나 여령이와 친해지는 게 아니라…… 너와 친해지는 거지? 아니야?"

"……"

주먹을 쥐고 아무 말 없이 서 있는 그에게 내가 못 박았다.

"다시 말하자면 네가 진짜 싫어하는 사람은, 내가 아니라 너 자신인 거지."

"네가 어떻게 그걸……."

반사적으로 대답하던 그의 입이 흡 하고 다물렸다. 그는 손을 들어 자기 입을 가리며 낭패란 듯한 표정을 지었다.

아무래도 잘 알지도 못하는 사이인 내 추측이 너무 정확해서 당황했던 거겠지. 더군다나 그에게 계산 밖의 일 같은 건 거의 일어나지 않을 테니까.

그래도 그의 반응을 통해 사실을 확인할 수 있었다. 여전히 당황한 그에게 빙그레 웃어 준 내가 말했다.

"어떻게 알았냐고? 보다 보니까 왠지 알 것 같던데."

그렇게 말한 나는 눈을 내리깔았다. 지금부터 내가 할 말은 대부분 거짓말일 것이기에, 그와 시선을 마주칠 수는 없다.

이런 말은 눈을 보고 하고 싶었는데. 나는 속으로 한숨 쉬었다.

물론 사실대로 말하는 수도 있다. '사실 난 전부 알아, 네 어머니와 너를 둘러싼 일들에 대해.' 하지만 지금 그랬다간 주인이는 당장 먼 곳으로 도망쳐 버리고 말겠지.

미안해, 주인아. 거짓말해서. 입속으로 중얼거리는 내게 날카로운 목소리가 날아왔다.

"제대로 설명해."

주인이가 다시 경계심을 되찾은 눈으로 나를 노려보고 있었다. 나는 빙긋 웃으며 말을 꺼냈다.

"그냥, 나도 나 자신을 꽤 많이 싫어하는, 아니, 싫어했던 때가 있었거든. 남들보다 심했는지 덜했는지는 나야 모르지만, 아마도 심한 편이었다고 생각해."

팔을 매만지며 말한 나는 흘끔 주인이의 눈치를 보았다. 아니나 다를까 그의 얼굴 한가득 불신이 깃들어 있었다.

그는 주저 없이 말했다.

"말도 안 돼. 자기 자신한테 그 정도 확신도 없으면, 네가 우리에게 그토록 당당하게 접근하려고 했을 리가……."

"맞아, 그래서 말했잖아? 과거형이라고."

나는 다시 웃으며 말을 이었다.

"지금은 괜찮아졌어. 내 주위에 좋은 사람들이 많았거든. 그 사람들이 나한테, 나도 충분히 좋은 사람이라고. 적어도 자기들은 그렇게 생각한다고 계속 말해 줬거든. 그래서……."

거기까지 말한 나는 잠시 미간을 매만졌다. 그의 눈치를 보던 내가 조심스레 입을 떼었다.

"태어나서부터 날 봐 온 사람들이 나에 대해 안 좋게 말하면, 어쩔 수 없이 그냥 받아들이게 되는 것 같아. 아무런 비판도, 저항도 없이. 안 그래?"

아무 말 없이 나를 지켜보던 주인이의 눈이 커졌다.

나는 애써 태연하게 웃으며 다시 말했다.

"또 충분히 커서 그게 아니란 걸, 그 사람들의 말이 틀렸다는 걸 알고 나서도 벗어나기가 힘들지. 그 사람이 사라져도 그 사람이 한 말들은 늪처럼, 감옥처럼, 사라지지 않고 계속해서 얽매니까."

"……."

그리고 나는 다시 고개를 들어 그를 바라보았다.

내가 물었다.

"너도 주변에 좋은 친구들이 충분히 많은 것 같던데. 그 애들이 너한테 그 말은 틀렸다고 해 주지 않아? 너는 네가 믿는 것보다 훨씬 좋은 사람이라고."

그제야 주인이는 정신을 차렸다. 내 말을 어떻게 오해한 건지, 갑자기 그가 분한 표정을 지으며 대꾸했다.

"내 친구들의 노력이 부족했다는 식으로는 말하지 마. 그 애들은 충분히 날 바꾸려고 애썼어. 하지만 내가……."

"알아. 네가 받아들이지 못한 것뿐이겠지."

내가 담담하게 그의 말을 받자 그는 이해 안 된다는 눈으로 나를 보았다.

나는 그저 웃기만 했다. 물론 나에겐 그의 친구들을 비난할 생각 따위 전혀 없었다.

그도 그럴 게, 내가 말한 좋은 친구들이란 다름 아닌 너희들인걸. 물론 너까지 포함해서.

그러자 또다시 마음이 씁쓸해졌다. 애써 내색하지 않고 웃으며 내가 말했다.

"주인아. 나는 너를 안 지 얼마 안 되었지만."

은지호를 제외하고 너를 이 학교의 누구보다도 오래 알았지만.

"그래도 말할게. 나는 네가 좋은 사람이라고 생각해."

그가 여전히 이해 안 된다는 얼굴로 물었다.

"왜?"

내가 너라는 사람을 잘 아니까.

"그냥. 이 학교 사람들 대부분이 널 좋아하잖아."

"그건 그냥 내가 잘 웃고 부탁을 잘 들어줘서야. 내가 그렇게 해서라도 잘 보이려고 노력하니까."

나는 그의 말에 단호하게 반박했다.

"하지만, 너는 네가 그 일들에 대한 보상으로 다른 애들에게서 호의를 살 수 있을 거라고는 조금도 믿지 않잖아. 그렇지?"

"……."

"너는 다른 애들이 사실 네 실체를 이미 다 알고 있다고 생각하면서도 기꺼이 모든 부탁들을 들어주고, 아무도 섭섭하지 않게 하려 노력하고, 어쩌다 누가 자기 진심이나 상처를 꺼내기라도 하면 너도 진지해지려고 노력하잖아."

"내가 단지 혼자 되기 싫어서 그런다는 생각은 안 해? 속셈이 있는 행동이 어떻게 선한 게 될 수 있어?"

주인이는 여전히 자기가 아닌 전혀 다른 사람에 대해 말하듯이 가차 없었다. 이 정도면 내가 그가 아니라 그가 싫어하는 사람을 변호하고 있다고 누가 오해라도 할 것 같았다.

쓴웃음을 지으며 내가 말했다.

"아니야, 주인아. 애들이 네 곁에 있는 건 네가 잘해 주기 때문이 아니라, 그냥 너란 사람이 좋아서야."

"그걸 어떻게 알아?"

내가 그랬으니까.

나는 차오른 속마음을 숨기고 말했다.

"사람이 다른 사람을, 그가 어떤 사람인지와는 관계없이, 행동만으로 좋아할 수는 없어. 소소하게 도와주는 일이나 고민 상담 같은 건 누구나 해 줄 수 있지. 하지만 중요한 건 그 행동에 동정심이나 흥미만이 담기느냐, 진심이 담기느냐 하는 거야. 애들이 널 좋아하는 건 네게서 진심이 느껴져서가 아닐까?"

"진심 같은 건……."

"진심을 속일 수는 없어."

내 단호한 말에 그가 고개를 들어 나를 보았다.

나는 담담하게 말을 이었다.

"진심은 못 속여. 몇 사람을 속일 수는 있을지언정, 모두를 속일 수는 없어."

"……."

"무엇보다 중요한 건, 네가 아무런 보답도 바라지 않고 그 일들을 기꺼이 한다는 거야. 사람들이 널 진심으로 좋아해 줄 거라고 믿지 않으면서도, 너는 사람들을 진심으로 대하기 위해 노력하잖아."

"너는……."

마침내 주인이의 입이 다시 열렸다. 나는 가볍게 웃는 그대로 고개만 기울였다.

"응?"

"너는 왜 나한테 이런 말들을 하는 거야?"

그의 두 눈은 혼란으로 거세게 흔들리고 있었다.

"아무리 네가 우리와 가까워지고 싶다고 해도. 그래도

이런 말들은 해서는 안 되는 거잖아. 날 판단하기에 너는 그 정도로 나와 오래 알지도 않았고……."

그가 비로소 불신 어린 눈으로 다시 나를 쏘아보았다.

"……너는 이 말을 책임질 수도 없잖아. 이 말에 속을 다른 사람들도, 그리고 나도. 그렇지 않아?"

매섭게 튀어나온 말과 달리, 마지막에 덧붙인 물음은 내게 책임질 방법이 있으면 꺼내 보라고 간청이라도 하는 듯했다.

나는 그런 그를 그저 말없이 바라보다가 말을 꺼냈다.

"주인아. 나는 단지 너희와 친해지기 위해서 아까 그 말들을 한 게 아니야. 나는 그냥."

"……."

"나는 그냥, 네가 너 자신을 조금이라도 좋아할 수 있게 되면 좋겠어. 그리고, 그렇게 되고 나면……."

나는 시선을 떨구며 씁쓸하게 덧붙였다.

"그때는, 나도 좀 좋아해 줬으면 좋겠고."

"그건 방금 내가 했던 말과 같은 말이잖아. 너는 결국 우리와 가까워지기 위해 ……."

그의 모진 말을 자른 내가 다시 말했다.

"괜찮아. 내 말이 너한테 조금도 받아들여지지 않는다고 해도. 그래도 네가 말했던 것처럼 네 곁에는 좋은 친구들이 많이 있잖아. 그러니까 너는 반드시 언젠가는 바뀔 수 있을 거야. 앞으로도 그 친구들이 다들 네 곁에 계속 있어 줄 거니까."

"……."

"과거가 지금을 바꿨듯이, 지금을 바꾸면 미래도 바꿀 수 있어."

계속 아무 말이 없는 주인이에게 나는 계속 웃으며 덧붙였다.

"학습된 건 쉽게 사라지지 않는다는 걸 알지만, 널 싫어하는 사람의 말에 더는 갇혀 지내진 마. 네가 너 자신에게 하는 말들을 그 사람의 말이 아니라, 네가 좋아하고 너를 좋아하는 사람들의 말들로 바꿔."

처음에는 힘들겠지만, 언젠가는 힘들지 않은 날이 올 거야. 차차 괜찮아지고, 더 나아질 거야. 내가 해 봐서 알아.

그렇게 덧붙이며 나는 미소 지었다.

그랬다, 나 또한 저 과정을 겪었기에 변화가 어떤 식으로 일어나는지는 알고 있었다.

변화란 어느 날 우리 머리 위로 기적처럼 쏟아지는 소나기 같은 게 아니었다.

그보다는 땅속에서 씨앗들이 움틀 준비를 하듯이 온몸이 간지러워 참을 수가 없다가, 마침내 익숙해질 때쯤 갑자기 자라나 온 세상을 뒤덮는 초록 들판에 가까웠다.

오랫동안 나를 괴롭혔던 목소리들이 더 이상 들리지 않

는다는 것을 깨달았을 때는 조금 눈물이 났다.

이것이 갑작스럽게 얻어 낸 것이 아니라, 오랫동안 나를 햇빛처럼 비추어 준 사람들 덕이라는 것을 알고 있었기에.

또한 내가 오랫동안 참고 견딘 덕분이라는 것을 알고 있었기에.

나는 다시 앞을 보았다. 주인이는 형용할 수 없이 이상한 표정으로 나를 보고 있었다.

그가 내게 손을 뻗으려던 순간, 우리 머리 위에서 자습 시작을 알리는 벨 소리가 울렸다.

나는 황급히 과학실을 나가면서 말했다.

"나 먼저 갈게. 같이 가면 애들이 이상한 오해 할 수도 있으니까. 올 때 불 끄고 와."

"잠깐……."

등 뒤에서 주인이의 목소리가 날아왔지만 이미 문은 닫힌 뒤였다. 나는 빠르게 걸음을 옮기며 눈가에 배어난 물기를 손등으로 문질러 닦았다.

그리고 내가 중얼거렸다.

"주인아, 너는 전혀 기억 못 하겠지만."

이건 전부 예전에 네가 나한테 해 줬던 말들이야.

네가 내게 해 줬던 말들을 네가 잊었다면, 이번에는 내가 말해 줄게.

* * *

7월 모의고사 성적표가 나오는 것과 동시에 방학이 시작되었다.

어차피 우리 학교에서 내신 따기는 글렀기에, 기말고사 때의 참패에도 별 타격을 받지 않았던 나는 모의고사 성적표를 보고는 좀 충격을 받았다.

전교 등수가 20등가량 떨어져 있었다.

사실 우리 학교는 최상위권인 10등까지를 제외하면 아래로 50등 정도까지는 수도 없이 엎치락뒤치락했기 때문에, 전교 등수가 20등가량 떨어진 건 별일이라고는 할 수 없었다. 하지만 성적이 2연속 하락세라는 건 확실히 문제가 있었다.

저번 시험 때 10등 정도 떨어지고 또 20등 떨어진 바람에 내 전교 등수는 이제 50등 언저리에 걸쳐 있었다.

아무리 우리 학교가 전교 50등까지는 수도 상위권 대학 안전권이라고는 해도, 이건 좀 문제가 있어……. 성적표를 접어 이마에 대고 끙끙대던 나는 노민찬 선생님의 말에 고개를 들었다.

"그럼 방학 즐겁게 보내고, 너희들끼리 놀러 가거나 물놀이 가는 것만 좀 자제해 주렴. 이맘때면 늘 사고가 나서 하는 말이니까 잘 새겨듣고. 방학 특강과 자습 나올 사람들은 맨 앞에 붙은 공문 확인하고 그대로 하면 된단다. 이상."

"감사합니다!"

천둥 같은 외침과 함께 모두가 우르르 자리에서 일어났다.

이미 짐은 다 싸 두었다는 듯 책상 서랍이나 사물함 한번 확인하지 않고 가방만 메고 쌩 스쳐 가는 애들도 있고, 나가기 전 마지막으로 서랍 속에 손을 깊숙이 넣어 뒤져 보는 애들도 있었다.

나는 후자였다. 서랍 점검을 마친 내가 고개를 들기가 무섭게 여령이가 다가와 내 책상 앞에 섰다. 그녀의 눈은 기대로 반짝반짝 빛나고 있었다.

"단아, 짐 다 챙겼어? 그럼 나가자!"

"그래."

나는 웃으며 대답하고 미리 챙겨 둔 가방을 짊어졌다.

나와 여령이는 방학식이 끝나고 함께 번화가에서 놀기로 약속했었다. 특별한 일을 하기로 한 건 아니고 단지 영화를 보고 노래방이나 카페를 갈 뿐이지만, 여령이는 그것만으로 꽤 들뜬 것 같았다.

그러고 보면 여령이는 최유리가 전학 간 뒤로, 여자 친구와 어울려 노는 건 무지 오랜만이겠구나.

그런 생각을 하자 새삼 가슴이 따끔거렸다.

그녀의 삶에서 내가 오려져 나간 건 내 탓이 아니었지만,

나는 괜히 모든 게 내 잘못 같다는 느낌을 받고는 했다.

원래는 남녀 모두에게 사랑받았어야 할 그녀가 이렇게 의기소침해진 것도. 나와 함께했던 몇 년간의 즐거웠던 추억을 모두 잃어버린 것도.

아니, 내가 있는 그녀의 삶이 내가 없는 그녀의 삶보다 나았을 거라고 속단하는 것도 잘못이겠지.

하지만 적어도 내게는 반여령이 있던 때가 그녀가 없던 때보다 더 좋고 찬란했던 건 부정할 수 없는데.

그렇게 생각하며 나는 바로 옆에 있는 손을 꼭 쥐었다.

"가자."

"응!"

여령이가 활짝 웃으며 춤추듯이 나를 교실 밖으로 이끌었다. 그에 몇몇 이들의 시선이 반사적으로 내게 꽂혔지만 애써 무시했다.

내가 여령이와 어울리며 은형이와 유천영과 무난히 가까워진 것에 비해, 은지호와 주인이와는 여전히 악화 일로를 걷고 있었다.

주인이는 마지막 대화 이후로 내가 무슨 전설 속 메두사라도 되는 것처럼 아예 눈도 마주치려 하지 않았다.

은지호의 경우 가끔 내게 말을 걸긴 했지만, 제대로 된 말은 안 하고 사람 속 긁는 말만 해 댔다. 그는 루다나 이서진과 나를 둘러싼 소문들에 대해 계속 물어서 나를 괴롭게 했다. 그가 그런 가십 따위에 관심 없다는 걸 누구보다도 내가 제일 잘 알고 있는데도.

말도 안 되는 질문에 지친 내가 점점 그를 멀리하게 되는 것도 당연한 일이었다.

그들의 시선을 당연한 듯 무시하고, 나는 여령이와 함께 교문을 나섰다.

번화가가 가까워지자 점차 내 마음도 들뜨기 시작했다.

우리는 팔짱을 끼고 곧장 영화관으로 향했다. 원래는 예매 같은 걸 잘 안 했지만 오늘은 대부분의 고등학교가 방학하는 날이니 혹시 몰라 해 두었다.

직원에게 티켓을 보여 주고 상영관으로 들어선 내가 물었다.

"우리 자리 어디지?"

"여기, 여기!"

여령이가 작게 외치며 손을 흔들었다. 그녀의 큰 동작에 무심코 그녀를 쳐다본 옆자리 남자가 얼굴을 붉혔다.

혹시나 무슨 일이 생길까 봐 나는 자연스레 여령이와 자리를 바꿔 앉았다.

반여령은 다행히 아무것도 눈치채지 못한 것 같았다. 다만 그녀는 광고가 흘러나오는 스크린을 바라보며 계속 종알댔다.

"전편 보면서 내가 너무 궁금했던 게, 주인공 아버지 정체가 다 안 밝혀진 것도 있지만. 그보다도 예언 같은 게 나왔는데, 그게 저 탑이 부서지는 내용이었잖아? 그 장면을 너무 내 눈으로 직접 보고 싶은 거야!"

"응, 응. 나도."

나는 웃으며 말을 보탰다. 대부분 반여령이 말하고 내가 수긍하는 식이긴 했지만, 반여령의 생각과 내 생각이 거의 일치하기도 했다.

우리는 영화 취향만큼은 누구보다도 잘 맞았다. 스토리나 개연성 그런 건 상관없고 그냥 액션이 호쾌하고 특수효과가 화려하면 잘 봤다. 그런 의미에서 액션 영화나 괴수, 재난 영화는 우리에게 적격이었다.

나는 스크린 조명에 비친 여령이의 옆얼굴을 흘끔 바라보았다. 문득 그 위로 그녀와 닮은 누군가의 얼굴이 겹쳐졌다.

그러고 보면 여단 오빠도 우리와 하도 영화를 많이 본 덕에 죽을 사람 감별사가 다 됐었지……. 포스터만 보고도 죽을 사람이 누구누구인지 골라내곤 했었어.

그와의 마지막 영화관 데이트를 떠올린 내 얼굴빛이 흐려졌다.

잘 지내고 있겠지, 여단 오빠는?

그는 내가 과거를 바꾸고 나서 아직 한 번도 만나지 않은 유일한 사람이었다.

과거가 바뀌고 얼마 간은 한 번쯤 마주치지 않을까 기대했는데, 생각해 보면 나는 일요일을 제외한 나머지 날에만 이 인근에 오고, 여단 오빠는 토요일이나 일요일 무렵 이 인근에 잠깐 다녀가기 때문에 전혀 만날 일이 없었다.

그가 다니는 대학교는 이 동네를 중심으로 정확히 내 집과 반대편에 있어서 우연히라도 마주칠 일은 없었다.

그가 그립지 않냐고 한다면 물론 아니었다. 내 인생에서 어쩌면 가장 힘들 수도 있었던 시간을 나는 여단 오빠 덕에 너무 힘들지 않게 보냈고, 그것을 제외하고라도 여단 오빠는 내가 태어나서 가장 많은 시간을 함께 보낸 사람이었다. 여령이와 마찬가지로.

그러나 나는 나보다는 그를 위해서, 다시는 그의 앞에 나타나지 않기로 했다. 설령 앞으로 그럴 기회가 생긴다고 해도.

만약 기억은 사라져도 감정이 남는다는 혜힐이의 말이 사실이라면. 나는 미간을 좁혔다. 지금 사대천왕의 행태를 봐서는 별로 그런 것 같진 않지만, 만약 그렇다면 여단 오빠에게는 정말 못 할 짓 하는 셈이니까.

그가 다시는 나 때문에 상처받지 않았으면 해.

내가 되뇌는 사이 영화관의 불이 꺼지고, 스크린이 어두워졌다.

이윽고 화려한 효과음과 함께 로고가 떠오르는 스크린을

보며 여령이가 무척 기대된다는 표정을 지었다.

나도 그녀를 보며 설핏 웃고는 시선을 정면에 고정했다.

* * *

솔직히 말하자면 영화에는 전혀 집중할 수 없었다. 영화가 시작되기 직전에 여단 오빠에 대해 떠올린 게 패착이었다.

여령이와 영화 끝나고 간 카페에서 나는 일부러 화제를 영화가 아닌 쪽으로 유도했다. 다행히 여령이는 잘 따라와 주었다.

빙수를 퍼먹다 말고, 문득 떠오른 생각에 내가 물었다.

"그러고 보니까 방학 중엔 뭐 해? 너도 자습은 안 하지?"

이런 날씨에는 학교 나가는 게 더 고역일 것 같아서 나는 일부러 자습을 신청해 두지 않았다. 이사를 하면서 학교까지의 거리가 전과는 비교도 안 되게 멀어진 탓도 있었다.

무엇보다 이제 우리 집에는 신형 에어컨이 생겼다고.

나도 모르게 흐뭇한 웃음을 짓는 내게 여령이가 대답했다.

"아, 응. 나도 방학인데 학교 나가기는 싫어서."

그녀는 아직도 이런 말을 할 때면 조심스러워하며 내 눈을 피하곤 했다. 그러지 않아도 나는 널 절대로 싫어하지 않을 텐데.

하긴, 아직은 나를 완전히 믿기는 어렵겠지. 속으로 쓴

웃음 짓는 내게 여령이가 다시 말했다.

"나는 아직 잘 모르겠어. 삼촌이 카페에서 아르바이트하지 않겠냐고 해서 내키면 그러겠다고는 해 뒀는데, 솔직히 전에 해 봤을 때 너무 귀찮은 일이 많았어서 별로 그러긴 싫고……."

그녀가 스푼을 흔들며 말을 이었다.

"은지호 말이, 수능 전 마지막 방학이니까 나도 공부 좀 하라고, 자기네도 이번 방학에는 외국 안 나가고 국내에 딱 붙어서 자기 집에서 공부할 거니까 오라는데……. 모르겠어, 같이 공부한다고 도움이 되나?"

스푼을 물고 고개를 기웃하는 그녀를 보며 나는 생각했다. 아니, 아마 너한테는 안 되겠지.

은지호는 그도 아주 가끔 맞닥트리는 초고난도 문제나 까다로운 논술 문제 풀이에 동원하기 위해 여령이를 부른 것이 틀림없었다.

하여간 여령이 설명 이해 안 된다고 투덜거릴 때는 언제고, 필요할 때는 알차게도 이용해 먹는군. 속으로 투덜거린 나는 여령이의 외침에 다시 고개를 들었다.

"아, 맞다!"

"응?"

손뼉을 짝 친 그녀가 말했다.

"단아, 너 우리랑 같이 공부 안 할래?!"

"아하하."

나는 일단 웃고 봤다. 그런 다음 스푼을 입에 물고 슬쩍 눈을 돌리며 중얼거렸다. 글쎄.

물론 은지호의 공부 모임에 초대되어서 반여령과 사대천왕과 함께하는 시간을 조금이라도 더 늘릴 수 있다면 내게는 좋은 일이지만, 과연 그 애들에게 둘러싸이면 신경 쓰여서 공부가 되기나 할까?

은지호가 날 끼워 주려 할지부터가 문제인데. 그렇게 중얼거린 나는 다시 여령이를 보았다.

그녀의 눈이 별 한가득 떠오른 것처럼 반짝반짝해진 것이, 그녀는 어떻게든 날 공부 모임에 끼워 넣고 싶어진 게 틀림없었다.

친구들과 같이 뭔가를 하는 걸 유난히도 좋아하는 그녀니까, 이걸 통해서도 새로운 추억을 쌓고 싶은 거겠지.

여행 같은 걸 가자고 하기에는 수능이 목전인데 얘기 꺼내기 눈치 보일 테고. 이 공부 모임만이 수능 전 모두와 함께 놀 수 있는 유일한 기회일 테니까.

과연 그녀가 보다 적극적으로 물었다.

"우리 같이 공부하자, 응? 네가 은지호가 싫으면 우리 둘이서라도."

은지호가 날 싫다고 할 가능성은 아예 고려하지 않고 있는 거니? 나는 목덜미에 땀을 흘리며 마지못해 고개를 끄덕였다.

"그, 그래……."

내 대답에 눈에 띄게 화색이 된 여령이가 곧바로 핸드폰을 들었다. 메시지를 보내려나 했더니 바로 통화 버튼을 누르는 그녀의 행동에 나는 당황했다.

아차, 반여령은 메신저보다는 전화 파였지.

신호음이 끊기자마자 한쪽 팔을 테이블에 걸친 그녀가 껄렁하게 말했다.

"야, 은지호."

날건달 같은 그 말투에 나는 잠시 이마를 짚었다. 맞아, 반여령. 은지호와 대화할 때는 유독 저랬지…….

핸드폰 음량이 꽤 큰 덕에 건너편의 목소리가 나에게까지 들렸다.

[뭐냐?]

"네가 말한 그 공부 모임에 한 사람 더 넣자. 내가 데리고 갈게."

[누구? 아, 알겠다.]

은지호가 당연하다는 투로 말했다.

[함단이지. 아니야?]

"응. 됐고 좋아, 싫어?"

[아무리 우리 집에서 모인다고 해도 그걸 어떻게 나 혼자 정하냐? 다른 애들 의견도 들어 봐야지.]

의외로 꽤 민주적인 대답을 내놓은 은지호가 곧바로 물었다.

[그건 그렇고, 거기에 함단이 있어?]

"응."

[바꿔 봐.]

반여령은 고민도 하지 않고 딱 잘라 말했다.

"싫은데."

[왜?]

"너랑 단이랑 얘기하게 두는 거 싫어."

[어차피 같이 공부하면 얘기하게 될 거거든. 어이없네…….]

"왜 그 기회를 지금 미리 끌어다 쓰려고 그래? 네가 아직 된다고 대답 안 했으니까 나도 단이 안 바꿔 줄 거야. 싫으면 된다고 대답하든가."

[웬 생떼야? 됐고 바꿔 봐.]

은지호의 대답에 여령이가 아쉽다는 듯이 혀를 차며 핸드폰을 내게 건넸다.

나는 조심스럽게 핸드폰을 귀 가까이 댔다.

"여보세요?"

[너 솔직히 말해.]

전화를 넘겨받자마자 들려온 말에 나는 가만히 인상을 썼다. 이번에는 또 무슨 추궁을 하려고?

[너 지금 반여령이 협박해서 마지못해 이러는 거야, 아니]

면 정말로 네가 필요하거나 하고 싶어서 이러는 거야? 반여령 안 듣고 있을 때 제대로 말해.]

"듣고 있거든?"

내 옆에서 반여령이 공격적으로 대꾸하자 그 너머가 잠시 조용해졌다. 그러더니 한결 피로해진 목소리가 돌아왔다.

[하여튼, 대답.]

"내가 필요해서 그래."

나는 당황하면서도 대답했다.

"얘기하자니 좀 쪽팔리긴 한데, 나 최근에 등수 많이 떨어졌거든. 그래서 그거 만회하려고 그래. 학원으로는 효과 못 봤는데, 그대로 자습만 하기에도 정체기인 것 같아서……. 나보다 잘하는 애들하고 같이 공부하면 나야 좋지. 너희야 손해일지 모르지만."

내 구구절절한 설명에 그는 못내 미심쩍은 태도로 대답했다.

[그래, 알았다…….]

그러더니 그가 다시 묻는 말에 나는 당황했다.

[너희 지금 어디야?]

"뭐?"

[너희도 학교 근처지? 반여령이 학교 끝나고부터 신나서 달려 나가는 거 보면 알지. 이따 다섯 시까지 내가 말하는 곳으로 와.]

"갑자기?"

"뭐야, 왜 우리 둘이 노는데 끼어들어서 방해하려고 그래?"

내 옆에서 끼어드는 여령이에도 아랑곳하지 않고 은지호가 다시 말했다.

[아까도 말했잖아. 다른 애들 의견도 들어 봐야 한다고. 우주인은 나랑 같이 있으니까 됐고, 권은형은 학교에 남아 잡무 보는 중일 텐데 부르면 되고. 마지막으로 유천영은 내가 지금 말하는 거기에 있을걸.]

"거기가 어딘데?"

의아함을 느끼며 되묻는 내게 그가 카페 이름 하나를 불러 주었다. 익숙한 어감에 기억을 되짚어 보던 나는 곧 깨달았다.

맞아, 여기 여령이네 삼촌 카페가 생기기 전만 해도 우리가 자주 모이던 곳이구나.

1학년 때 담력 시험 직전 우리가 모인 것도 바로 그곳에서였다.

루다와 유천영이 말도 못 하게 유치하게 싸워 대던 것을 떠올린 내 표정이 차게 식었다. 그때는 걔네가 왜 그러나 했는데, 아마도 걔네는 그때부터 나를……

나는 황급히 고개를 내저었다. 아니야, 이제는 없는 게 되어 버린 과거의 일 따위로 머릿속을 어지럽히지 말자.

그리고 나는 어느새 전화가 끊어진 핸드폰을 여령이에게

건네주며 자리에서 일어났다.

"그럼 갈까?"

"앗, 진짜 가게?"

여령이가 못마땅한 얼굴로 중얼거렸다.

"난 싫은데……."

"방학 때 얼굴 계속 보려면 직접 면접 봐야겠다잖아, 은지호가."

결국 여령이는 마지못한 듯 몸을 일으켰다. 지금 한때를 희생해서 방학 온종일을 나와 함께 보낼 수 있다면 그것은 그것 나름대로 괜찮다고 생각한 것 같았다.

아니, 그보다 지금 은지호는 엄연히 내 친구가 아니라 여령이 친구 아닌가?

그런데도 이렇게 만나는 걸 싫어하다니. 여전히 웃기는 관계야, 얘네도 참.

나는 속으로 실소하며 그녀와 함께 약속 장소로 향했다.

마침내 카페와 가까운 사거리에 도착했을 때였다.

신호에 걸려 잠시 횡단보도 앞에 멈춰 선 나는 여령이의 말에 고개를 돌렸다.

"어, 진짜네. 유천영 카페 안에 이미 앉아 있어. 여기에서도 보인다."

"응?"

고개를 들어 바라보니 과연 그랬다.

유천영 바로 옆에 사거리를 향한 전면 유리 벽이 나 있어서 우리가 유천영을 보기도, 그가 우리를 보기도 쉬웠다.

심상치 않은 그의 외모에 행인들은 걸음을 옮기다가도 한 번씩 그를 흘끔거리고 있었다.

한편 유천영도 눈을 이쪽에 고정한 채 지나가는 행인들을 무심히 관찰하고 있었다. 은지호의 말을 생각해 보면 평소에도 저 자리에서 저러고 있는 것을 좋아하는 모양이었다.

그렇게 생각하던 내가 문득 미간을 좁혔다. 어라? 하지만 유천영에게는 원래 그런 습관 따위 없었는데.

아무리 기억을 되짚어 봐도 그런 건 없었다.

유천영은 겉으로 보기에는 여단 오빠와 비슷하게 모든 자극에 무관심해 보이지만, 그는 오히려 그를 즐겁게 할 무언가를 늘 찾아 헤매고 있지만 기준이 워낙 높아 만족할 만한 것을 찾지 못한 것에 가까웠다.

말하자면 여단 오빠는 친구들과 PC방에 가서 잠깐 만들었던 것 외에는 게임 아이디가 하나도 없지만, 유천영은 거의 모든 게임 아이디를 가지고 있었다. 그런 차이였다.

나는 다시 고개를 기울였다. 그런 유천영이 저렇게 무의미하게 시간을 흘려보내는 걸 버틸 수 있을 리 없는데. 하다못해 집에 가서 잠이라도 잘 일이지.

그러던 나는 문득 눈을 크게 떴다. 그가 시간이 전혀 아깝지 않다고 한 일이 하나 있었다.

내가 학교 축제 때 거울 속 세계로 끌려가는 바람에 쓰러져 병원에 입원했던 날, 유천영은 바쁜 일정에도 불구하고 굳이 나를 찾아왔다.

연락 좀 하고 찾아오지 그랬냐고, 마침 내가 여기 나오지 않았으면 어떻게 할 셈이었냐고 내가 물은 말에 그는 한 치의 주저도 없이 대답했다.

'안 아까워.'

잠시 멍해졌던 나는 손톱이 손바닥에 파고들 정도로 주먹을 세게 쥐었다.

내가 되뇌었다. 아니야, 유천영이 과거도 아니고 지금 나를 기다릴 이유는 어디에도 없어.

그때 신호등의 불이 초록색으로 바뀌어 우리는 곧바로 걸음을 옮겼다.

내가 횡단보도 아래로 발을 내딛던 그때 나와 유천영의 눈이 마주쳤다. 비록 그러기에는 먼 거리였지만 나는 확실히 마주쳤다는 느낌을 받았다.

과연, 우리가 카페에 들어가자 그는 이미 우리가 올 것을 알고 있었다는 듯 문 쪽을 보고 있었다. 괜히 긴장해서 가방끈을 움켜쥔 나는 속으로 중얼거렸다.

하여간, 무슨 생각을 하는 거람. 행인들 속에서 우연히 아는 사람들을 마주쳤는데, 그 사람들이 자기가 있는 카페까지 들어올 줄은 몰라 당황한 거겠지.

나와 반여령이 그가 앉은 자리로 다가가자, 그가 비로소 귀에 꽂고 있던 이어폰을 빼냈다.

"무슨 일이야?"

"30분 뒤에 여기에서 애들이랑 다 같이 보기로 했어. 내 말은 은지호랑, 주인이랑, 은형이. 그리고 너도 같이."

질문에 대답한 것은 내가 아닌 반여령이었다. 그런데도 유천영은 이상하게도 여전히 날 쳐다보며 물었다.

"왜?"

이번에도 물음에 대답한 것은 내가 아닌 반여령이었다.

"은지호네 집에 모여서 공부하기로 한 거. 거기에 단이도 같이 끼워서 하면 어떨까 하고. 너는 어때?"

말을 마친 그녀는 곧바로 그렇게 물으며 유천영을 빤히 보았다. 그녀의 눈에서 싫으면 네가 나가라는 투지가 엿보였다.

그것을 읽었는지 못 읽었는지는 모르지만, 유천영은 태연히 대답했다.

"나는 상관없어."

"그래?"

"아니, 좋아."

그가 곧바로 말을 바꿔 하는 대답에 나는 설핏 웃었다. 그가 빈말을 못 하는 사람이란 걸 알기에 새어 나온 웃음이었다.

앞으로 세 사람이나 더 올 테니 미리 넓은 자리로 가 있자는 반여령의 말에 유천영은 순순히 자리에서 일어났다.

우리는 소파가 서로 마주 보고 벽에 붙어 있는, 한 소파에 세 사람씩 총 여섯 사람이 앉을 수 있는 자리를 찾아냈다.

반여령과 유천영이 각각 맞은편에 앉고, 내가 반여령의 옆에 앉았다.

나는 유천영을 돌아보며 물었다.

"그런데 유천영 너는 여기에서 왜 이러고 있었어? 만나는 사람도 없이."

그는 시시콜콜하게 캐묻는 사람을 귀찮아했지만, 나에겐 그러지 않을 것 같아서 물은 말이었다.

과연, 그는 단번에 대답해 주었다.

"습관이 됐어."

"왜?"

"어느 꿈을 꾼 뒤로부터."

꿈? 내가 어리둥절하게 유천영을 보자, 시선을 내리깐 그가 천천히 말을 이었다.

"꿈에서 나는 자주 이 카페에…… 다른 사람과 있었거든."

"누구?"

"내가 모르는 사람."

눈을 한 번 감았다가 뜬 그가 덧붙였다.

"한 번도 만난 적이 없는 사람."

"응."

"일상적으로 만나서 떠드는 날들이 반복됐는데…… 어느 날부터인가 꿈에 그 사람이 안 나오더라고."

그렇게 말하며 그가 왜인지 다시 나를 보았다. 나는 괜히 어깨를 움츠리며 대답했다.

"그, 그래서?"

"그래서 최근 꿈에서는 나 혼자 이 카페에서 그 사람을 기다리거나 아예 밖에 나가 있고는 하는데."

"그래……."

"창밖에는 이상하게도 항상 눈이 와."

그가 언제 적 일을 꿈으로 꾸고 있는 건지 비로소 깨달은 내가 얼굴을 굳혔다.

2학년 때 내가 일주일씩이나 사라졌던 때. 그때 그는 이 카페에서 하루에 몇 시간씩 죽이며 나를 기다렸다고 했다. 여기서 기다리고 있으면 언젠가 그가 기다리는 사람이 올 것 같다는 이상한 예감에.

또한 그 얘기는, 폐교에서 보았던 꿈속의 그가 내게 말했던 것과도 일치했다.

'눈이 왔어. 그런데도 나는 그 자리에 서서, 내가 왜 여기에 서 있는 걸까 생각하고 있었는데.'

'아무리 생각해도 기억이 안 나서. 대체 내가 누구를 기다리고 있었던 걸까. 나는 왜, 하고 생각했는데.'

'너였어.'

잠시 긴장된 침묵이 흘렀다. 아무것도 느끼지 못하던 반여령조차 눈을 동그랗게 뜨며 이쪽을 돌아볼 정도였다.

나는 여전히 얼어붙은 채로 유천영의 다음 말을 들었다.

"꿈에서는 그 사람을 아직도 다시 못 만났는데. 그러긴커녕 그 사람 얼굴도 기억이 안 나더라."

나는 가만히 고개를 끄덕였다.

"응."

"그런데…… 어쩌면 그 사람이 누구인지 이제야 알아낸 것 같아."

그의 입에서 나온 말에 나는 하마터면 그게 누구냐고 되물을 뻔했다.

애써 테이블 아래로 치맛자락을 정리하며 나는 중얼거렸다. 아니겠지, 설마.

유천영의 시선은 말이 끝나고 나서도 여전히 내게 꽂혀 있었다.

내가 애써 아닐 거라는 말만 되뇌며 그의 시선을 외면하던 그때, 딸랑 하는 소리와 함께 카페 문이 열리며 익숙한 이들이 쏟아져 들어왔다.

은지호를 필두로 한 주인이와 은형이, 세 사람이 카페로 들어오고 있었다.

잠깐 자리 배정 때문에 논란이 있었다. 전처럼 내 옆에 누가 앉을 것인가 따위를 놓고 경쟁한 게 아니라, 오히려 다들 내 옆에 앉기 싫어서 생긴 문제에 가까웠다.

반여령과 내가 앉은 소파는 내가 맨 바깥쪽을 차지하고 있었고, 유천영은 맞은편 소파 맨 안쪽을 이미 차지하고 있었다. 즉 지금 온 세 사람 중에서 한 사람은 반드시 내 옆에 앉아야 하는데, 은형이는 친하지 않은 여학생 옆에 붙어 앉을 정도로 격의 없는 성격이 아니었다. 그렇다고 은지호나 주인이가 내 옆에 앉는 건 말도 안 되는 일이고.

남자 중에서도 큰 체격을 가진 이들이 한 소파에 네 명이나 앉는 것도 불가능했다. 아주 노력하면 가능하기야 하겠지만, 꼴이 아주 이상해지고 말 것이다.

아무도 내 옆에 앉지 못하고 서성거리기만 하자 나는 한숨을 내쉬었다. 그렇다고 내가 지금 일어나서 '여령아, 나랑 자리 바꿀래?' 같은 소리나 해도 분위기만 더 이상해지겠지.

그리고 나는 주인이를 힐끔 바라보았다. 사실 이런 상황에서 내 옆자리에 앉곤 하는 건 언제나 주인이였지만, 지금 그와 내 관계를 생각하면 말도 안 되는 일이지.

그때, 이변이 일어났다. 주인이가 선뜻 걸음을 옮겨 내 옆으로 다가온 것이다.

털썩 내 옆에 앉은 그가 나머지 두 사람을 돌아보며 물었다.

"뭐 해, 안 앉고?"

"어, 응? 그래."

은형이는 애써 당황한 티를 숨기며 유천영의 옆에 앉았고, 그 옆에 은지호가 앉았다.

얼떨결에 나와 마주 앉게 된 은형이는 조금 부담스러운 듯, 내 시선을 피하며 은지호를 돌아보았다.

"음, 그래서 왜 부른 거야?"

그는 아직도 용건에 대해 전혀 전달받지 못한 모양이었다. 은지호가 의자에 기대며 말했다.

"별거 아니야. 우리 방학 때 모여서 공부하기로 한 거."

"응."

"거기에 함단이를 끼워도 되냐는 거지."

은형이는 당황한 듯한 얼굴로 입을 달싹였다. 그러던 찰나 그의 옆에서 한발 빠른 대답이 날아왔다.

"난 상관없어."

벽에 붙어 팔짱을 끼고 있던 유천영의 말이었다.

모두의 놀라는 반응에도 아랑곳하지 않고 그가 다시 말했다.

"너희가 싫다고 하면 나는 이쪽이랑 공부할 거야."

그가 말한 '이쪽'이란 물론 나와 반여령이 틀림없었다. 나는 내심 기분이 좋으면서도 의아함을 감추지 못했다. 유천영, 너 언제부터 나랑 그렇게 친했다고?

한편 다른 이들은 의외로 덤덤한 반응이었다.

잠시 어이없다는 듯 그를 쳐다보던 은지호가 말했다.

"하긴, 너 반여령이랑 뇌 구조 좀 비슷하니까 너한테는 그쪽이 더 잘 맞을지도 모르겠네."

"왜 갑자기 욕이야?"

그러자 내 옆에서 여령이가 반쯤 일어나며 버럭 화냈다.

"뭐? 욕이라고 했어, 지금?"

그러자 유천영은 슬그머니 시선을 피하고, 은지호도 다른 곳을 보며 딴청 피웠다.

이 모임의 실세는 여전히 여령이구나. 그런 생각을 하며 턱을 괴고 웃는 내게 시선들이 모였다.

응? 나? 나는 그제야 턱에서 손을 떼고서 말했다.

"나야 뭐. 너희 전부 다 나보다는 공부 잘하니까 누구랑 같이하든 상관없어. 솔직히 여령이와 함께하는 것만도 대단한 이득이고."

그러던 나는 문득 중얼거렸다. 아니, 다 좋지만 여령이와 단둘이 하는 것만은 피하자. 그럴 경우 공부 장소가 여령이네 집이 될 가능성이 있으니까. 여령이네 집에 가는 건 별로 상관 없지만 여단 오빠를 만나는 것만은 곤란하다.

그러자마자 은지호가 물었다.

"무슨 소리를 하는 거야?"

그가 미심쩍다는 얼굴로 내 옆을 가리켰다.

"우주인은 너보다 성적 낮은데?"

아차, 그제야 실수를 깨달은 나는 입을 다물었다. 주인이는 아직 자기 실력을 발휘하지 않고 숨기고 있었지?

고개를 돌리자 주인이 또한 의심쩍다는 눈빛으로 나를 빤히 보고 있었다. 그의 그런 눈빛이야 과거가 바뀌고 나서 한시도 그치지 않고 받아 왔으므로 별로 상처도 아니었지만.

나는 뒷머리를 긁적이며 태연하게 웃었다.

"하하. 주인이야 워낙 머리 좋다고 알고 있어서. 지금은 하기 싫어서 추진력을 얻고 있는 거고, 나중에 수능 직전에 파바박 치고 올라갈 생각인 줄 알았어. 내가 잘못 알고 있었니? 하하, 하……."

아, 이 분위기 어쩔 거야. 진짜.

테이블에 찾아온 침묵 속에서 내가 어색하게 눈만 굴리는 동안, 은지호가 입을 열었다.

나는 그의 중얼거림을 듣고 몸을 움찔했다.

"가만 보면 너는 뭐든지 다 알고 있는 것 같아."

"그건 그래."

그의 말에 주인이 역시도 불퉁한 목소리로 대꾸했다. 두 사람의 심상치 않은 표정 앞에서 나는 여전히 어색하게 웃어 댔다.

그리고 뒷머리를 매만지던 손을 슬그머니 내린 내가 중얼거렸다. 망했다. 이대로라면 방학 때 여령이와 유천영하고만 공부하게 생겼는데.

아니, 뭐. 그것도 나쁘진 않겠지만. 과거가 바뀌고 몇 달이 지나 이제야 겨우 둘 외의 나머지 사람들과 제대로 친해질 기회를 잡은 셈이었다. 그런데 이 기회를 이렇게 날리게 되다니. 아니지, 이대로라면 내가 떡보다 콩고물에 더 관심 있다는 주인이의 주장을 증명하게 되는 셈일까……

그런 고뇌에 빠진 내게 반여령의 목소리가 들려왔다.

"전에도 말했지만 나는 너희가 싫다고 하면 단이와 공부할 거야. 유천영 너는 빠르게 줄 섰으니까 특별히 끼워 줄게."

나는 고민하던 것을 잠시 멈추고 그녀를 어이없다는 듯이 쳐다보았다.

그런 식으로 선심 쓰는 듯이 말하면 아무리 유천영이라도 끼고 싶겠어?

"고마워."

한 치의 주저도 없는 유천영의 대답에 나는 생각을 정정했다. 쟤는 진짜 자존심이라는 게 없구나.

그리고 여령이가 남은 이들을 둘러보며 물었다.

"너희는 어쩔 거야?"

그녀의 시선은 은지호에게 유독 길게 머물렀다. 아무래도 그녀는 은지호가 빠지는 걸 은근히 바라는 게 분명했다.

저 둘 정말 사이 안 좋다니까. 내가 어처구니없다는 표정을 짓는 찰나, 은형이가 불쑥 말을 꺼냈다.

그가 테이블 위로 깍지 낀 손을 올려놓으며 말했다.

"아까는 당황해서 바로 대답 못 했지만, 나야 당연히 좋지. 사람은 적은 것보다 많은 게 좋고, 단이라면 나도 배울 게 많을 것 같으니까."

내가 보기에도 그의 말은 빠른 태세 전환이 아니라 온전한 진심이었다.

나는 민망함에 뒷머리를 긁으며 말했다.

"은형아, 네가 나한테 뭘 배울 게 있다고 그래."

"왜 그래? 너무 겸손해하지 마."

그렇게 말하며 온화한 미소를 보내는 은형이에게 나 또한 마주 웃어 보였다.

비록 나에 대한 그의 호의가 '여령이의 새 친구'에 대한 것일지언정, 나를 곁에 있게 해 준다면 그것만으로도 괜찮았다.

한동안 그러고 있던 나는 갑자기 날아온 말에 고개를 돌렸다.

"나도 괜찮아."

주인이? 나는 믿을 수 없다는 듯 그를 응시했다.

그는 여전히 고개 숙인 채 음료를 빨대로 휘젓고 있었다.

여령이는 주인이가 나를 적대하는 것에 대해 전혀 모르는 듯 기뻐했지만. 나나 은지호는 미심쩍다는 눈으로 그를 쳐다볼 수밖에 없었다.

왜지? 그가 이 일에 동의할 이유는 전혀 없는데. 아, 그건가? 겉으로는 동의하는 척하고 단둘이 있을 틈이 생길 때마다 날 갈궈서 내쫓으려고? 아무리 생각해도 그 외엔 이유가 떠오르지 않는데.

나는 미간을 찌푸리며 그가 이유를 말하기를 기다렸지만, 주인이는 눈을 내리깔고 더는 아무 말도 하지 않았다. 결국 포기한 나는 고개를 돌렸다.

마지막으로 은지호가 담담히 말했다.

"나야 뭐. 너희가 다 괜찮다면 나는 상관없어."

나는 눈을 가늘게 떴다. 끝까지 좋다는 말은 안 했지만, 적어도 반대하지는 않으니 다행이었다.

안도의 한숨을 내쉬던 내게 은지호가 불쑥 물었다.

"너 내 번호는 있어? 아니, 우리들 번호는?"

"은형이랑 유천영 건 있어."

내가 둘을 돌아보면서 말하자, 은지호가 주머니에서 핸드폰을 꺼내어 내게 내밀었다.

"번호 찍어."

우와, 최신을 넘어서서 듣도 보도 못한 기종. 오랜만에 보는 그의 핸드폰을 신기하다는 눈으로 쳐다보던 나는 이윽고 내 번호를 입력하고 다시 그에게 내밀었다.

그의 주머니 속으로 다시 미끄러져 들어가는 핸드폰을 보며 나는 불쑥 생각했다.

과거가 바뀐 지 한 달하고 2주가 지난 지금에야 겨우 드디어 번호를 교환하다니. 정말 이대로 괜찮은 걸까?

나는 정말 졸업 전까지 이들과 조금이라도 가까워질 수 있을까? 대학 입학과 함께 실낱같던 인연마저도 거짓말처럼 끊어져 버리는 건 아닐까.

워낙 유명하고 요란한 이들이니 건너 건너 소식은 항상 들리겠지만 그뿐, 서로의 인생에 전혀 영향은 미치지 못한 채.

어딜 봐도 이 몇 달 새 이들이 나와 친해질 수 있으리라고 믿는 것보다는 그쪽이 더 타당성 있는 주장이었다. 그런 생각을 하느라 내 얼굴이 과하게 어두워진 찰나, 주인이가 불쑥 말했다.

"번호 주기 싫으면 안 줘도 돼."

"뭐?"

나는 허둥지둥 고개를 들었다. 어느새 그의 핸드폰이 내 눈앞에 내밀어져 있었다.

"어차피 단톡방 초대는 한 명만 하면 되니까. 나 빼고 나머지는 다 네 번호 알고."

그렇지? 고개를 기울인 그가 가면을 벗은 듯 무표정한 얼굴로 말했다.

나는 나도 모르게 도와 달라는 듯이 여령이와 다른 애들 쪽을 돌아보았다. 아무 말 없이 당황한 표정만 짓는 반응을 통해 그들이 나를 도와주는 건 글렀다는 걸 깨달은 순간, 주인이가 내 손에서 자기 핸드폰을 빼앗듯이 낚아채 갔다.

겨우 그 핸드폰 끄트머리를 잡은 내가 다급히 말했다.

"아, 아니야. 그런 거 아니니까 그런 말 하지 마."

"……."

"난 너랑 오래 보고 싶은데, 벌써부터 어색해지기 싫단 말이야."

그러자 주인이가 몹시 마음에 안 든다는 듯이 눈을 찡그렸다. 나는 황급히 그의 시선을 피하며 생각했다. 어쩌지? 그렇게까지 나한테 번호 주기가 싫나? 하지만 이미 핸드폰은 받아 버렸는걸. 나는 황급히 핸드폰에 번호를 입력해 그에게 내밀었다.

내 번호가 입력된 화면을 한참이나 물끄러미 바라보던 그는 결국 내 이름을 저장하더니 핸드폰을 주머니에 넣었다.

아, 다행이다. 내가 속으로 안도하는 가운데, 여령이가 불쑥 말했다.

"앗, 벌써 여섯 시네. 단아, 슬슬 배고프지? 저녁 뭐 먹으러 갈까?"

그 말에 기다렸다는 듯 시선이 내게 쏟아졌다. 예전 같았으면 아무렇지도 않았겠지만, 나는 애써 어색한 미소를 지어 보이며 입을 열었다.

"아, 내가 깜빡하고 말을 안 했네. 난 오늘 저녁은 못 먹을 것 같아. 미안."

"뭐?!"

"엄마가 해 지기 전까지 들어오라고 해서."

괜히 엄마를 팔아넘긴 나는 죄책감을 느끼며 그들의 시선을 피했다.

사실, 내가 집에 빨리 들어가려고 하는 이유는 다름이 아니라 관리자와 마주칠 위험을 피하기 위해서였다.

학기 중에는 야자가 끝나고 집에 도착하면 열한 시가 넘었기에 조심하는 건 별 의미가 없었지만, 그래도 나는 매번 버스가 멈추면 집까지 단 한 번도 쉬지 않고 뛰어가곤 했다. 아마 버스 승객 중에는 그런 내 행동이 특이해서 기억하고 있는 사람도 많을 것이다.

그 덕인지는 몰라도 관리자는 놀이공원 이후로 다시는 내 앞에 나타난 적이 없었다. 아니면 내가 여령이와 유천영, 은형이와 가까워지면서 이전보다는 훨씬 '이쪽 세계'에 속하게 되었는지도 모르지.

하지만 아무리 여태껏 별별 일 다 겪어 본 나라도, 내 목숨이 더 이상 위험에 노출되는 건 최대한 피하고 싶었다.

내가 속으로 변명할 말을 더 고르는데, 유천영의 말이 날아왔다.

"왜 가?"

나는 말을 고르던 것을 멈추고 의아하게 그를 돌아보았다. 익숙한 푸른 눈이 찡그려져 있는 걸 발견한 내가 중얼거렸다. 아니, 너 뭐야? 뭔데 약속이라도 한 것처럼 우리 사이에 끼어들려고 하고 있어.

그때 이번에는 은형이 또한 끼어들었다.

"음, 아쉽다. 단이 네가 좋아할 것 같은 가게 있었는데. 며칠 전에 내가 봐 뒀거든."

뭐……? 나는 믿을 수 없다는 듯한 눈으로 그를 쳐다보았다. 물론 우리가 최근 친해지며 이런저런 잡담을 나누어서 서로 좋아하는 음식에 대해서도 알고 있지만, 그게 왜 우리가 같이 밥을 먹으러 갈 이유가 되지? 게다가 은형이 성격에 집에 빨리 들어가 봐야 된다는 사람을 굳이 붙잡을 리가 없는데…….

뭔가 이상하다는 느낌과 별개로 내 마음은 거세게 흔들리기 시작했다.

나는 진지하게 고민했다. 어쩌지? 그냥 다 같이 저녁 먹으러 가?

왜냐하면, 이걸 기회로 삼아 여기 있는 모두와 더 친해진다면 그만큼 내가 제거될 확률은 줄어드는 거 아니야? 그렇다면 밤에 돌아다니는 위험을 좀 감수하더라도 이쪽이 훨씬 이득 아닐까?

결국 결심을 마친 내가 그럼 같이 가자고 입을 열려던 찰나, 평화롭던 공기를 가르고 은지호의 목소리가 서늘하게 울렸다.

"집에 가려고 했으면 집에 가."

나는 그를 돌아보았다. 그의 검은 눈동자는 건조하기 짝이 없었다.

내가 그의 시선에 어깨를 움찔하던 찰나, 반여령이 반박했다.

"우리가 단이랑 밥 먹겠다는데 네가 무슨 상관이야?"

은지호는 그 말이 들리지 않는 것처럼 은형이를 돌아보면서 물었다.

"집에 가겠다고 하는 애를 왜 굳이 붙잡아? 너답지 않게."

"으음, 그래도 어차피 같이 공부하기로 한 거, 저녁 먹으면서 더 얘기하면 좋지."

은형이는 전혀 당황하지 않고 차분히 대꾸했다.

"앞으로 숱하게 볼 건데 뭐 하러 벌써부터?"

심드렁한 말투로 말한 은지호가 다시 나를 보았다. 조금의 감정도 없이 나를 담는 검은 눈을 보며 나는 주먹을 움켜쥐었다. 이렇게 나오겠다는 거지?

다른 이들과 반목하지 않기 위해 순순히 나를 받아들였을 뿐, 그는 여전히 나와 어울릴 마음은 조금도 없는 것 같았다. 어쩌면 사람끼리 급을 나누던 예전 습관답게, 그와 어울리기에는 내가 너무 별 볼 일 없다고 생각하고 있는지도. 어떤 의미에서 보자면 그리 거짓도 아니었다.

한숨을 내쉰 나는 자리에서 일어났다.

노골적으로 저런 말까지 나온 이상, 내가 여기에서 더 버티고 있을 이유는 없었다. 그래 봤자 그 또한 너무 자존심 없다고 생각해서 그에게는 감점 요인이 될 테니까.

주인이가 얼떨결에 비켜 준 덕에 어렵지 않게 자리를 빠져나온 내가 말했다.

"그럼 장소랑 시간은 톡으로 알려 줘. 난 이만 가 볼게."
"아, 응. 조심히 들어가."

당황한 얼굴로 말하는 은형이와 반여령을 향해 나는 너희 때문이 아니라는 뜻의 미소를 보냈다. 마지막으로 오늘 내 편이 되어 준 유천영을 향해서도 감사의 눈길을 보낸 나는 카페를 나왔다.

아무도 안 보는 곳에서 분한 마음을 진정시키느라고 조금 시간이 걸렸다. 카페 옆 골목에서 주먹을 쥐고 숨을 고르다 겨우 다시 골목을 빠져나오는 참인데, 길에서 누군가 나를 발견하고 빠른 걸음으로 다가왔다.

한쪽 눈썹을 들어 올린 내가 물었다.

"무슨 일이야?"

"태워다 줄게."

나는 그렇게 말하는 은지호를 미심쩍게 쳐다보았지만, 결국 고개를 끄덕일 수밖에 없었다.

어차피 나는 그를 영영 적대할 수는 없는 입장이었다. 그와 다시 가까워지고 싶은 내 감정은 차치하고라도, 나는 살기 위해서 그와 다시 친해질 필요가 있었다. 정말 비참한 노릇이지만.

그렇다고 해도 그와는 오늘 더 이상 말을 섞고 싶지 않았다. 얼마 안 가 우리를 태운 차 안에서 나는 팔짱을 끼고 창밖만 보았고, 은지호 또한 반대쪽을 보며 아무 말도 하지 않았다.

나는 새삼 비참한 감정을 느꼈다.

이 차 안이 우리에게는 너무 넓다는 듯이 서로 붙어 앉아 키득거리고 장난을 치던 시절이 있었다.

그러나 지금 우리는 우연히라도 서로 닿는 것이 무섭다는 듯이 멀찍이 떨어져 앉아 좌석 양쪽 끝을 차지하고 있었다.

그가 왜 나를 태워다 주겠다고 한 것인지 전혀 감이 잡히지 않았다. 같이 밥 먹기는 싫지만 태워다 줄 수는 있다고? 너 모르게 다시 네 친구들과 합류하지 못하도록 감시하겠다는 거야 뭐야?

내가 속으로 화를 삭이며 입술을 짓씹던 그때, 마침내 차가 우리 집 앞에 멈췄다.

그러기까지의 시간이 열 시간이라도 된 것 같았다. 실제로는 고작 삼십 분 좀 넘게 지났을 뿐인데.

나는 애써 태연한 척 차에서 내리고는 말했다.

"데려다줘서 고마워. 잘 가."

"어."

그렇게 말하는 은지호는 내 쪽을 보고 있지도 않았다.

하여간 마지막까지. 나는 성질대로 차 문을 거칠게 닫으려다가, 차값을 상기하고는 얌전히 닫고 집으로 향했다.

집으로 달려가는 내 앞길을 차 전조등이 오랫동안 떠나지 않고 비추었다.

제74조. 우리는 레코드판에 걸린 바늘처럼

우리는 레코드판에 걸린 바늘처럼

대망의 모임 당일, 나는 잔뜩 긴장한 채로 초인종을 눌렀다.

머리꼭지를 달구는 강한 여름 볕을 느끼며 기다리기를 잠시, 대문이 양옆으로 미끄러지듯 열리며 은지호네 집 정원이 모습을 드러냈다.

두 문짝 사이로 펼쳐진 정원은 마치 비밀의 숲으로 가는 입구처럼 보였다.

여기에 처음 와 보는 것도 아닌데, 여전히 볼 때마다 경악스럽네. 나는 새삼 감탄하며 옆에 있던 여령이의 손을 굳게 잡았다.

사실, 아무리 몇 번 와 봤다고는 해도 옆에 여령이가 없었더라면 감히 초인종을 누를 엄두도 내지 못했을 것이다. 그 정도로 은지호의 으리으리한 집이 내게 주는 압박감은 컸다.

나는 다리와 팔이 동시에 나갈 정도로 긴장하며 정원 안으로 발을 디뎠다.

웃자란 풀들이 양말 위 발목을 가끔 스치고, 매끈한 돌바닥에 닿은 고무 밑창이 또박또박 소리를 냈다. 길을 따라 굽이굽이 십 분쯤 걷고서야 눈에 익은 건물이 나타났다.

한 면이 전부 유리로 되어 있어 안이 훤히 비쳐 보이는 건물이었다. 세부 소품들은 상당히 바뀌었지만, 거실 한쪽을 차지한 열대어들이 헤엄쳐 다니는 벽은 여전했다.

여기도 벌써 2년 만에 와 보는구나. 나는 새삼스레 회상에 잠겼다.

1학년 때, 담력 시험 직전 은지호가 아파서 병문안 왔던 게 마지막이었지.

그때도 계절이 여름이었던 것을 상기하자, 마치 이 모든 일이 또 한 번 되풀이되고 있는 듯한 착각이 들었다. 레코드판 위에서 같은 트랙을 빙빙 도는 바늘이라도 된 듯한 느낌.

그런 기묘한 느낌에 사로잡혀 있던 나는 문득 새로운 사실을 깨닫고 고개를 기울였다.

어라, 그러고 보면 은형이 앞에서 교통사고를 당한 것도 내가 1학년 때 이미 겪었던 일이었잖아? 게다가 루다가 내게 고백한 것도. 장소는 달랐지만 어쨌든 그때도 여름이었고.

그런 생각을 하던 나는 철컥하고 문 열리는 소리에 고개를 들었다.

거실을 가로질러 다가오는 인영을 발견하고, 나는 억지로나마 웃으려고 노력했다.

"안녕."

"어. 거기 슬리퍼 있으니까 신고 들어와."

그렇게만 말한 은지호가 몸을 휙 돌렸다. 잘 왔다는 말 한마디조차 안 하는 그의 태도에 여령이는 손님맞이 하는 기본자세가 안 됐다며 투덜거렸다.

그녀가 은지호를 따라 2층으로 가는 계단 쪽으로 향하며 물었다.

"어렸을 때 바른 생활에서 안 배웠어? 이럴 땐 볼 건 없지만 와 줘서 고맙다고, 누추하지만 편히 있다 가라고 말하는 거야."

"그래? 하지만 우리 집이 누추하다고는 빈말로도 못 하겠지 않냐?"

그의 기습적인 재수 없는 발언에 나는 반사적으로 인상을 찌푸렸다. 윽, 얘는 과거가 바뀌어도 여전히 이러고 사는 거야? 내가 지금까지 이런 말을 한 번도 듣지 못했던 건 그가 편한 사람들끼리 있는 순간을 찾지 못해서였군.

그러던 나는 옆에서 티 나게 주먹을 떠는 여령이를 보고 중얼거렸다. 여령아, 아니지?

우리는 지금 계단을 절반 정도 올라와 있었다. 그 말은 여령이가 여기에서 은지호를 때려서 그가 넘어진다면 살인 미수가 될 수도 있다는 말이었다.

물론 앞뒤 상황을 말하면 주인이랑 은형이는 정상 참작해 주겠지만, 경찰은 안 해 주지 않을까?

여령아, 고작 은지호를 잡자고 네 호적에 줄 그을 순 없잖니. 내가 안타깝게 중얼거리는 가운데, 여령이가 갑자기 손을 자기 바지 주머니에 집어넣더니 뒤적거리며 말했다.

"잠깐 있어 봐, 은지호. 나 너희 집 오는 건 처음이라 선물 준비했거든."

"우리 사이에 굳이? 아니, 그보다 그 작은 데 선물이 들어가긴 하냐?"

과연 여령이는 오늘 마린 블루색 줄무늬 반팔에 흰 반바지 차림이라 주머니에 넣을 수 있는 건 열쇠나 반지 정도가 다일 터였다.

아니, 그보다 여령이가 은지호 집에 오는 게 오늘 처음이라고? 왜?

내가 눈을 크게 뜨는 가운데, 여령이가 산뜻하게 웃으며 대답했다.

"응, 너한테 꼭 필요한 걸로 준비해 봤어. 너한테 없는 거."

"그런 게 있나?"

아, 은지호 너 진짜. 내가 다시 얼굴을 찡그리는 가운데,

드디어 주머니에서 손을 뺀 여령이가 은지호의 손 위에 아무것도 없는 빈손을 겹쳤다.

빈손을 쥐었다 편 은지호가 황당하다는 얼굴로 물었다.

"뭐야?"

"싸가지. 너한테 없는 것 같아서 준비해 봤어."

"야."

그사이 다른 주머니를 뒤적거리는 척하던 여령이가 또다시 손을 빼내더니 말했다.

"아 참, 여기 너한테 없는 게 하나 더 있는 것 같아서 챙겨 줄게. 이건 양심이란다."

"필요 없어."

아무것도 없는 손으로 그의 손을 붙잡으려 하는 여령이와, 그런 그녀를 피하려는 은지호 사이에 잠깐 실랑이가 일어났다. 이윽고 그가 갑자기 웃음을 터트리며 말했다.

"아, 진짜……. 너 아니면 누가 나한테 이런 식으로 대하냐?"

나는 흠칫했다. 마치 너만이 내게 특별한 존재라는 듯한 그 말에도 여령이는 아무 감흥 없이 고개를 주억거리며 답했다.

"그래? 그럼 다음부터는 주인이한테 말해서 좀 더 너를 거칠게 다루도록……."

"야, 잠깐. 당연히 그놈 빼고지. 내 명줄이라도 줄일 일 있냐?"

"아아, 난 또. 너한테 클래식 대신 욕 듣는 취미가 생긴 줄 알았지."

그러자 은지호가 기어이 못 참겠다는 듯이 여령이의 볼을 죽 잡아당겼다. 야! 이게 무슨 짓이야! 그렇게 외친 여령이가 이번에는 은지호의 발목을 발로 퍽 찼다.

야, 잠깐만. 너희 그러다 진짜 넘어져. 그들을 걱정스럽게 보던 나는 문득 통증을 느끼고 가슴 부근을 감쌌다.

어쩌면 이것도 관리자가 나를 없애려는 수작의 일종인 걸까? 차라리 그런 거였으면 좋겠다는 생각이 들었다.

내가 가장 좋아하고, 또 오래 봐 온 친구들을 보며 이런 감정을 느껴야 한다면 견디기 힘들었다.

게다가 나는 이번 방학 내내 나만 빼고 전과 다름없는 이들의 모습을 수도 없이 봐야 할 텐데.

그때, 드디어 장난을 멈춘 그들이 나를 돌아보았다. 내 표정을 보고 무슨 생각을 한 건지, 헛기침을 한 그들은 헝클어진 머리카락을 수습하더니 다시 얌전히 계단을 올랐다.

마침내 은지호의 방에 도착한 우리가 문을 열자, 열린 문 안에는 아무도 보이지 않았다.

분명 다들 이미 도착했다고 들었는데? 속으로 당황하던 나에게 은지호가 말했다.

"우리가 공부할 방은 따로 있어."

"아아."

그럼 네 방은 왜 보여 준 거니? 단순히 자랑? 그런 생각을 하던 나는 그가 방 안으로 먼저 걸음을 옮기자 납득했다. 공부방으로 가려면 먼저 이 방을 지나야 하는 모양이로군.

조용히 그를 따라가며 나는 티 나지 않게 사방을 둘러보았다.

침대의 위치와 벽에 걸린 그림, 클림트의 〈키스〉는 여전했고, 그 외에는 별다른 장식이 없어 삭막하기 짝이 없었다.

색색의 책이 꽂혀 있던 책장들이 사라지고 붙박이장이 그 자리를 대신 차지한 데다가, 구석에 놓여 있던 업라이트 피아노마저 사라져서 더욱 그렇게 보이는지도 몰랐다.

이윽고 미닫이문이 나타나며, 그 너머로 드디어 익숙한 얼굴들이 나타났다.

나는 먼저 새로운 방의 구조를 살폈다. 문에서 가장 먼 벽에 창이 하나 있었고, 창이 없는 양쪽 벽면은 모두 서가로 꽉 차 있었다.

내가 예전에 제목만 봐도 진저리쳤던 영문 책들도 버젓이 한 자리를 차지하고 있었다.

방 한가운데에는 열 명이 둘러앉아도 될 만한 큰 책상이 놓여 있었는데, 거기에 주인이와 유천영, 은형이가 각기 둘러앉아 있었다.

방의 모든 가구가 원목인 데다가 벽도 밝은 노란색인 탓에, 일순 도서관에라도 온 듯한 느낌이 들었다.

언제 이런 공간을 만들었지? 전에 있었다면 분명히 구경시켜 줬을 텐데.

주위를 살피던 내가 다시 은지호를 보자, 그가 태연하게 말했다.

"방에서 하기엔 자리가 마땅치 않고, 책상만 큰 거로 바꾸려니 책상 혼자 붕 뜨기에 이참에 드레스 룸을 서재로 바꿨어. 물론 서재가 따로 있긴 하지만, 나도 이제 슬슬 개인 서재가 필요하던 차였거든. 마침 잘됐지, 뭐."

"아, 그래서 아까……."

무심코 납득하던 나는 황급히 말을 멈추고 그의 눈을 피했다.

"아까 뭐?"

"아, 아무것도 아니야."

미치겠네, 하마터면 '왜 저렇게 큰 붙박이장이 생겼나 했네.' 하고 또 아는 체할 뻔했잖아.

제발 정신 좀 단단히 차리자. 첫날에 스토커나 범죄자로 오해받아서 끌려 나가고 싶은 게 아니라면. 그렇게 중얼거린 나는 유천영 옆으로 다가갔다.

사실 설명을 들으려면 은형이 옆에 앉는 게 낫고, 마음이 편하려면 여령이 옆에 앉는 게 제일 낫겠지만.

은형이는 분명히 여령이가 자기 옆에 앉길 내심 바라겠

지. 또, 그의 다른 한쪽은 이미 주인이 차지하고 있고.

그러니 이편이 제일 나아. 그렇게 생각하며 유천영의 옆에 앉은 나는 그를 보며 작게 웃었다.

그러자 잠시 의아한 듯이 눈을 깜빡이던 그도 이윽고 나를 따라 씩 웃었다. 나는 황급히 그의 시선을 피했다.

우와, 놀래라. 너무 오랜만이라 유천영이 웃는 것만으로 사람 심장에 해를 끼칠 수 있는 사람이라는 걸 잊고 있었어.

그의 시선을 피해 몇 번이고 숨을 마시고 내쉬며 가슴을 진정시키던 나는 주먹을 움켜쥐었다. 나, 과연 이 저택에서 살아서 나갈 수 있을까? 이 여름이 끝나기도 전에 심장에 이상이 생겨서 병원 실려 나가는 거 아니야?

그러던 나는 문득 인기척을 느끼고 고개를 돌렸다. 남은 자리도 많은데 굳이 내 옆 의자를 꺼내어 앉는 은지호의 모습에 나는 눈을 크게 떴다.

무심히 책과 필기구들을 정리한 그가 내 반응을 보더니 물었다.

"왜?"

"아, 아니. 그냥……."

겨우 당황을 추스른 나는 조금 떨어진 자리를 가리키며 되물었다.

"너한테는 저 자리가 더 어울리지 않나 해서?"

그 자리는 회의 때 의장이 된 사람이나 앉을 법한, 소위 말해 상석이었다.

　아니, 하지만 내 옆에 앉기보다는 저기 앉는 게 여러모로 낫지 않나. 어차피 이 집 주인이 은지호이기도 하고…….

　내 말에 그는 눈을 찡그리더니 대답했다.

　"저 자리 양쪽은 우주인과 유천영이지만, 이 자리 맞은편은 반여령이잖아. 가까운 곳에 권은형도 있고."

　"아, 그것도 그러네."

　나는 곧바로 납득했다.

　그러게, 은지호가 스터디를 기획한 의도가 반여령의 두뇌를 활용하는 거라는 걸 까맣게 잊고 있었네. 아까 계단에서 싸울 때 보니까 도저히 전국 1등과 2등으로는 안 보이지 뭐야.

　재빨리 고개를 끄덕인 나는 그에게 신경을 끊었다. 새 샤프심을 샤프에 넣고 딸깍거리다 말고, 나는 문득 강한 기시감에 휩싸였다.

　어라, 그러고 보니 이거 우리 1학년 여름 방학 때 도서관에서 앉던 자리 배치 그대로 아니야? 그때도 유천영과 은지호는 나를 꼭 사이에 끼워 앉곤 했으니까…….

　물론 그때와 지금은 이유가 전혀 다르긴 하지만, 그렇게 생각하니 새삼 긴장되었다. 에어컨 바람이 센 데도 손에 땀이 밸 것만 같았다.

　나는 여기 온 목적에 생각을 집중하려고 애썼다. 이번 여름에 성적을 최소 전교 30등은 올리지 못하면 나는 한국대학교에 못 가. 그러니 이들과 함께하는 이 몇 달은 친해지기 위한 기회가 아니라 장기적인 투자라고 봐야 해.

그러자 어지럽던 머리가 비로소 조금 맑아지는 것 같았다.

좋아, 나는 전보다 눈에 잘 들어오는 국어 지문을 신중히 읽어 나갔다.

뺨에 간혹 와 닿는 것이 여름 햇살인지, 아니면 누군가의 시선인지 알 수 없었다. 부드러운 침묵 속에는 종이 넘기는 소리와 샤프 사각거리는 소리, 숨소리만이 번갈아 흘렀다.

그렇게 하루가 지났다.

* * *

공부 모임은 의외로 내가 걱정했던 것과 달리 순탄하게 흘러갔다.

내가 공부 모임에 참가하며 걱정했던 최악의 일 첫째, 은지호가 모두의 앞에서 내 의도를 까발리는 일.

둘째, 주인이가 아무도 안 볼 때마다 재벌 집 시부모처럼 나를 추궁하는 일.

마지막으로 셋째, 은형이나 천영이의 예상치 못한 배신.

그중 아무것도 일어나지 않았다.

처음 일주일간은 바짝 긴장해서 누가 말만 걸어도 움찔

대고, 사레까지 들릴 정도였지만, 나는 그러던 게 언제였냐는 듯 몹시 빠르게 적응했다.

사실 그럴 수밖에 없었던 게, 이 조합으로 공부하는 일은 내게는 너무 익숙했으니까.

사실 긴장했던 건 나뿐만이 아닌지, 첫날에는 날 의식해서인지 뭔지는 모르겠지만 문제를 풀고 은지호에게 질문을 하기까지 하던(그런데 죄다 엉뚱한 질문이었다) 주인이는 어느샌가부터 공부하는 시간보다 책상 위에 엎드려 자는 시간이 더 많아졌다.

화장실에 다녀온다더니 그 뒤로 보이질 않아 밖에 나가 보면, 은지호의 방에서 빈백이나 침대에 파묻혀 잠든 그를 쉽게 발견할 수 있었다.

그런 그의 모습에 은지호는 질색했지만, 나는 잠이 많은 건 여전하구나 싶어 키득키득 웃기만 했다.

잠이 많은 건 유천영과 같지만, 다른 점이 있다면 주인이는 그런 스스로를 너무 잘 알아서 아예 약속을 오후 세 시 이후에 주로 잡는다는 점일까.

그런 그에게 오전 열한 시부터 모여 함께 공부한다는 이 일정은 퍽 버거운 것이 틀림없었다.

그런데 왜 굳이 여기 참여하겠다고 한 걸까.

오늘도 점심을 먹자마자 후식으로 나온 과일엔 손도 대지 않고, 꾸벅꾸벅 졸기 시작하는 그를 나는 따뜻하면서도 의문 섞인 눈길로 쳐다보았다.

한낮의 빛을 받으며 곤히 잠들었던 그가 다시 눈을 뜬 것은 오후 세 시 무렵이었다.

공교롭게도 그때 서재에 있는 것은 나와 주인이, 단둘뿐이었다.

혼자서 공부에 집중하던 나는 맞은편에 엎드려 있던 주인이의 눈이 천천히 뜨이는 것을 보고 웃으며 말을 건넸다.

"잘 잤어? 다른 애들은 다 주방에 있어. 이 기회에 은형이 요리를 먹어 봐야겠다며 후식 만들라고 데리고 갔거든."

내 말투가 너무 치대는 것처럼 들리지 않길 바랄 뿐이었다. 사실 치대는 거 맞긴 하지만.

그리고 내가 '우리도 주방에 가 볼래?' 하고 물으려던 참이었다.

주인이의 긴 속눈썹 아래로 흘러내리는 한 줄기 눈물을 보고, 나는 그대로 얼어붙었다.

더욱 환장할 노릇인 것은, 하필 이 타이밍에 간식을 만들러 주방으로 갔던 이들이 돌아온 것이었다.

아니, 하필 이 타이밍에? 물론 내 삶에 지금까지 많은 우연이 있었지만, 이번만큼은 좀 너무하잖아?

나는 그들을 보며 경악했다.

그러나 다행히도 그들은 내가 주인이를 울렸다고는 추호도 의심하지 않는 눈치였다. 심지어 날 싫어하는 은지호조차도.

아, 하긴. 주인이가 누가 울린다고 쉽게 울어 줄 사람이 아니긴 하지……. 내가 납득하는 찰나, 은지호가 근처 선반에 있던 티슈 갑에서 티슈 몇 장을 뽑아 주인이에게 던져 주었다.

그 모습을 보며 나는 또 감탄했다. 어쩌면 쟤는 티슈도 저렇게 싸가지 없게 줄까? 주인이 위로 나풀나풀 떨어져 내리는 것이 꼭 티슈가 아니라 지폐 같았다.

그중 하나를 낚아채 눈물을 닦은 주인이가 중얼거렸다.

"정말로 부적이라도 하나 써야 할까 봐……."

나는 그 말에 놀랐다. 단순히 슬픈 꿈을 꿔서 오늘만 잠깐 우는 줄 알았는데, 그게 아니라는 말이야? 게다가 부적이라니……. 은지호 다음으로 미신을 믿지 않는 주인이인데.

나와 같은 생각을 한 건지, 은형이가 고개를 숙이며 걱정스럽게 물었다.

"저번에도 비슷한 말을 하더니. 왜 그래? 도대체 무슨 꿈을 꾸길래 그러는 거야?"

"나도 잘 모르겠어. 자꾸만 어떤 여자애가 나오는데……."

주인이가 눈가를 꾹꾹 누르며 대답했다.

문가에 서 있던 은지호가 벽에 몸을 기대며 물었다.

"구체적으로 어떤?"

정보망을 통해 정말 그런 애가 있는지 조사해 보기라도 할 참인 걸까?

나는 대답을 기다리는 한편 유천영을 힐끗 보았다.

설마 주인이도 유천영처럼 나에 대한 꿈을 꾸는 건 아니겠지? 그렇다면 그건 참 다행이면서도 곤란한데…….

그때 주인이의 대답이 들려왔다.

"검은 생머리를 양 갈래로 묶어서 늘어뜨렸고, 얌전한 인상. 실제로 말수가 적고 조용한 성격 같아."

그의 입에서 나온 익숙한 묘사에 나는 눈을 크게 떴다. 잠깐, 그거 아무리 생각해도 노아리잖아.

노아리와의 일이 과거가 바뀌고 나서도 그의 무의식에 영향을 미친 걸까? 모습이 나올 정도로 생생하게? 내가 생각하는 가운데, 다시 은지호가 물었다.

"그 애가 꿈에 나와서 너한테 뭘 하는데?"

잠자코 듣던 반여령도 끼어들었다.

"피눈물을 흘리면서 쫓아와?"

고개를 가로저은 주인이가 다시 말했다.

"아니."

그리고 그는 갑자기 시선을 들어 창밖을 바라보았다. 마치 꿈속과 이곳의 다른 점을 찾기라도 하듯이.

그가 여전히 의식의 반은 꿈에 걸친 듯 몽롱한 어조로 말을 이었다.

"꿈의 시작은 항상 같아. 나는 내가 잘 모르는 카페에 앉아 있고…… 얼마 지나지 않아 그 애가 들어와서 앉아. 굳이 다른 빈자리를 두고, 내 맞은편에."

여령이가 되물었다.

"그리고?"

"그 애는 항상 노트를 들고 와서 뭔가 글을 쓰거나 그림을 그리거나 하는데, 전에 슬쩍 보니까 아무래도 글 같았어. 일기인지 뭔지는 모르겠지만……."

순순히 말을 잇던 주인이가 문득 책상 위로 시선을 떨구었다. 그가 말을 맺었다.

"그리고 난 그걸 하염없이 지켜보다가 깨. 그게 끝이야."

책상 위에는 창문으로 쏟아진 햇볕이 노란 사각형을 그리고 있었다. 말을 마친 그는 그것을 눈으로 하염없이 더듬기만 했다.

그 모습을 물끄러미 보던 나는 시선을 옮겨 그의 팔에 걸린 소원 팔찌를 바라보았다.

그랬구나, 아리가…….

그녀가 남겨 둔 안배는 여전히 주인이의 곁에 머물고 있었다. 그렇다면 그녀는 어째서 그의 꿈에 나타나기만 할 뿐, 얘기를 나누진 못하는 걸까? 무슨 조건 같은 거라도 필요한 걸까?

하긴, 다른 세계의 존재인 그녀가 이 세계의 존재와 꿈으로라도 만나는 것 자체가 자연스러운 일은 아니니까…….

혼자서 납득하던 나는 여령이의 말을 듣고 다시 고개를

돌렸다.

"음, 방금 주인이 네 말을 들어서는 어디가 울 만한 꿈인지는 모르겠는데……."

고개를 기웃거리던 여령이의 물음에 턱을 괸 주인이 여상하게 대꾸했다.

"그렇지? 나도 그래서 고민이야. 별 상관은 없지만 계속 같은 꿈을 꾸니까 찝찝하기도 하고, 게다가 눈물까지 나니까……."

이상한 오해 사기 딱 좋을 것 같잖아. 그의 말에 나는 가만히 고개를 끄덕였다. 과연 그렇긴 했다.

그때 이번에는 유천영을 돌아본 여령이가 다시 말했다.

"그리고 보니까 이 꿈 얘기, 유천영 네가 꾼다는 꿈이랑도 꽤 비슷하네?"

그러자 은형이가 충격을 받은 말투로 물었다.

"너도 이런 꿈을 꾸고 있었어? 최근에?"

유천영은 그에게도 꿈에 대한 이야기를 하지 않은 게 틀림없었다.

하지만 왜 은형이에게도 말하지 않은 걸 나와 여령이에겐 말한 거지?

내가 고개를 갸웃하던 찰나, 유천영이 입을 열었다.

"그건 그런데, 난 다른 애였고……. 이미 그 애를 만나서."

그렇게 말하며 그가 시선을 준 것은 다름 아닌 나였다. 다행히 유천영이 날 쳐다보는 건 모임 중 대수로운 일이 아니었기 때문에, 아무도 꿈속 사람이 나라고는 의심하지 않는 것 같았다. 나는 재빨리 그의 시선을 피했다.

그런 가운데 여령이가 외치듯이 물었다.

"만났다고?! 꿈에서 본 사람을 말이야?!"

"응. 그런데 사실은 그렇게 될 걸 알고 있었어."

그래서 별로 놀랍진 않았던 것 같아. 담담히 대꾸한 그가 이번에는 주인이를 돌아보았다.

"그래서 난 깨고 나서도 별로 슬프진 않았어."

그러자 주인이가 제법 당황한 얼굴로 대꾸했다.

"뭐? 난 그 애를 현실에서 만나지 못할까 봐 슬픈 게 아니야. 이건 그냥 반사적인 반응이라고."

"네가 그렇다면 그런 거겠지."

그런 유천영의 대답이 마음에 안 드는 듯 주인이는 인상을 찌푸렸지만, 끝내 아무 말도 하지 않았다. 어쩌면 꿈속의 일을 지나치게 파고드는 것은 쓸데없다고 생각했는지도 모른다. 아니면 비교적 어색한 사이인 내 앞이기 때문이거나.

갑자기 찾아온 어색한 침묵 속에서, 은형이가 내 쪽으로 접시를 건네주더니 말했다.

"맞아, 혼자 공부하느라 많이 심심했지? 이거 내가 주방에서 방금 만들어 온 샌드위치야."

"와, 고마워. 잘 먹을게."

"주인이 너도 먹어."

반색하며 샌드위치에 손을 뻗는 나와는 달리, 주인이는 의욕 없이 고맙다고만 말하고는 정작 샌드위치엔 손도 대지 않았다. 그 뒤로는 전에 없이 어색한 침묵 속에서 시간이 흘렀다.

 오후 다섯 시가 되었지만, 계절이 한여름이라 아직 창밖으로 보이는 하늘은 주황색이 옅게 섞였을 뿐 밝았다.
 주인이와 여령이는 진작 가방을 싸고 잡담을 나누고 있었고, 공부할 게 많은 나와 은형이, 원체 느긋한 유천영의 물건들만이 책상 위에 놓여 있었다.
 긴 고난 끝에 겨우 아까 틀렸던 문제의 정답을 찾아낸 나는 한숨을 내쉬며 마침내 문제집을 덮었다.
 그때 은지호에게서 불쑥 말소리가 날아왔다.
 나는 눈을 들었다.
 "아, 그리고 미리 말해 두는 거지만 다음 주에는 모이는 날 없어. 한 주 쉬고 다음다음 주에 보자."
 미리 말해 둔다기엔 벌써 이번 주도 목요일이긴 하지만, 일단 말해 주기는 했다는 데 의의를 두자. 그렇게 생각하며 나는 고개를 끄덕였다.
 한편으로는 다음 주에는 모임이 없는 게 무슨 이유일지 궁금하기도 했다.
 어디 여행이라도 가나? 물어보면 또 나한테 관심 있냐는 말이나 하려나?

그때 여령이와 주인이가 기다렸다는 듯이 말했다.

"드디어 올해도 돌아오고야 말았구나. 힘내, 힘내."

"뭐 어쩌겠어? 집안을 잘 타고난 너의 숙명으로 받아들이렴. 그래도 그것만 버티면 평소에 재수 없는 소리를 맘껏 할 수 있잖아."

내 의아한 시선을 받은 여령이는 뭔가를 깨달은 것처럼 화들짝 놀라더니 말했다.

"아! 은지호가 모임 쉬자는 거, 한울 그룹 창립일 때문일 거거든. 그래서 은지호가 유난히 이맘때쯤 되면 까칠해져."

"내가 언제?"

기다렸다는 듯 툴툴대는 은지호를 몰래 눈짓한 여령이가 입 모양으로 속삭였다. '저거 봐.'

나는 작게 웃으며 고개를 끄덕였다.

가방을 챙기느라 시선을 내리깔며 내가 중얼거렸다. 그랬지, 참. 함께 옷을 차려입고 파티에 가기까지 해 놓고 잊고 있었어.

그때는 화려하게 장식된 홀에 들어서면서, 평생 이런 경험은 다시는 없을 거라 생각했는데.

이제는 평생에 한 번 있는 일이 아니라, 아예 없는 일이 되어 버렸구나.

내가 씁쓸하게 웃던 그때, 불쑥 말소리가 날아왔다.

"……오고 싶으면 와도 돼. 재미는 결코 보장 못 하지만, 음식은 맛있을 테니까. 접시로 저글링을 하지만 않으면야 무슨 짓을 하든 괜찮아."

그에 화들짝 놀라 고개를 든 나는 손을 내저었다.

"뭐? 아니야, 내가 거기 가서 뭐 하겠어."

내가 기운 없어 하는 걸 그런 자리가 궁금해서 그런 거라고 받아들였나? 아니, 그래도 그렇지, 단순히 궁금하다는 이유로 그런 자리에 나를 데려가면 유원지처럼 되는 거 아니야? 다른 사람들도 그런 이유로 잔뜩 올 게 아니냐고. 물론 파티의 주체가 은지호의 아버지이니 뭐라 할 사람은 없겠지만.

평소답지 않은 은지호의 호의가 나는 그저 이유를 알 수 없고 부담스럽기만 했다.

그러자 거절당한 은지호는 담담히 고개를 돌리는데, 정작 서운한 표정을 지은 건 유천영이었다.

아니, 네가 왜? 내가 어리둥절해하는 가운데, 은지호가 해산하자고 말하는 바람에 이유도 알지 못한 채 그날 일은 그렇게 끝나고 말았다.

* * *

다음 날, 우리는 다시 은지호의 저택에 모였다. 우리의 공부 모임은 평일에만 이루어지고 있었으므로, 이번 주에 모이는 날은 이게 마지막이었다.

다음 주에는 모임이 없으니까, 앞으로 9일 정도 지나야 이들을 다시 볼 수 있겠군. 그렇게 생각한 나는 고개를 들었다.

오늘이 금요일이라 그런지는 몰라도, 주인이의 졸음이 다른 애들한테까지 전염된 것 같았다. 설상가상으로 제일 성실한 은형이조차 잠깐 엎드리겠다더니 삼십 분째 깨어나지 못하고 있었다.

덕분에 나는 오늘도 이들과 더 친해지긴커녕 거의 아무와도 말하지 못했다. 하하, 그래. 매일매일 함께하면 호감도가 쌓이는 게임도 아니고, 이런 날도 있는 거지 뭐.

질문할 사람이 없는 건 문제였지만, 다행히 은지호가 옆에서 아직 멀쩡한 정신으로 버티고 있었다.

내가 그에게 질문한 것이 처음 있는 일도 아니었다. 그는 어쨌거나 필요한 대화에는 성실히 응했다.

"저기. 나 이거 모르겠는데……."

내가 그렇게 말하며 문제집을 옆으로 내밀자, 은지호가 나를 돌아보았다.

물음을 던지려다 말고 잠든 애들 모습을 살핀 나는 목소리를 낮추었다. 그러자 은지호는 어처구니없다는 듯 눈살을 찌푸렸다.

그가 투덜거렸다.

"공부하려고 모인 건데, 왜 공부하는 사람들이 자는 사람들 눈치를 봐야 하는데?"

"하하. 그건 그렇지."

급기야 '운명 교향곡이라도 틀어 줄까 보다.' 그렇게 말하며 CD 플레이어 리모컨을 찾으려는 그를 내가 황급히 말렸다.

"그, 그럴 필요까지야. 차라리 잠깐 나가서 얘기할까? 네 방에도 책상 있지 않아?"

"그건 그런데……. 그래, 가자."

그가 나가기 전 마지막으로 시선을 던진 사람은 은형이였다.

즉, 평소에 성실한 은형이까지 저러지만 않았어도 다들 국물도 없었을 거란 얘기지……. 나는 어색하게 웃으며 그를 따라 나갔다.

막상 나가자 마땅히 앉을 곳이 없어서, 우리는 방 한가운데 우두커니 서서 설명을 주고받았다.

그래도 은지호가 설명을 잘하는 편이라 다행이었다. 상대가 여령이였으면 마땅히 필기도 못 하는 이 상황에 아무것도 이해 못 했을걸. 그렇게 생각하며 속으로 웃던 나는 설명이 끝나자 사방을 둘러보았다.

은지호의 눈치가 보여서라도 이 방에 최대한 관심을 주

지 않으려고 했지만, 여전히 궁금한 게 많았다. 특히 다큐멘터리밖에 안 나오던 책장 속 TV가 여전한지에 대해.

주위를 두리번거리던 나와 은지호의 시선이 마주치자, 그는 뜻밖에도 팔짱을 끼며 선뜻 말했다.

"구경하고 싶으면 구경해. 어차피 다른 애들 다 자서 할 일도 없는데."

"음, 그럼 조금만."

이 정도는 재벌 집에 대한 호기심이라고 생각하고 넘어가 주겠지? 그렇게 생각하며 나는 성큼 걸음을 옮겼다.

나는 옛날에 TV가 있던 자리에 우뚝 멈췄다. 지금은 이 자리를 대신 차지한 붙박이장을 열어 보곤 싶지만, 역시 그러려면 허락을 받아야겠지.

그때 은지호가 물었다.

"왜?"

"아, 그게. 혹시 TV나 컴퓨터 없나 해서."

아무렇게나 둘러댄 내가 생각했다. 그러고 보니 진짜 컴퓨터도 없네.

공부야 과외나 독학으로 하니 인강이야 안 듣겠지만, 숙제는 어떻게 하는 거지? 자료 조사 같은 거.

때마침 어깨를 으쓱한 은지호가 대답했다.

"컴퓨터라면 아까 너희랑 있던 서재 책상 상판 열면 노트북 나와. 내가 그래서 그쪽 자리는 일부러 비워 둔 거야.

쓴다고 해도 아무 문제는 없지만, 두드릴 때마다 속 빈 소리 나는 게 거슬려서."

"아하."

고개를 주억거리면서도 나는 생각했다. 참 별 게 다 거슬리네.

너무 자세히 말해서, 어쩐지 그가 내 옆에 앉은 것에 대한 변명 같았다.

그리고 이런 생각이 들 때면, 그가 나를 좋아한다는 데 너무 익숙해져 있구나 하는 생각이 뒤늦게 들고는 했다.

쓰게 웃던 나는 다시 고개를 들고 물었다.

"그럼 TV는?"

"안 봐."

"아예?"

"응."

"뉴스는?"

"아침에 학교 오는 차 안에서 라디오."

나는 눈을 굴리며 감탄했다. 은지호는 여전히, 아니, 전보다도 더한 아날로그적 세계에서 살아가고 있군.

그는 여전히 그에 대해 갑갑함을 느끼고 있을까? 아니면 이제는 그 자신의 숙명으로 받아들였을까?

그때 갑자기 은지호가 나를 똑바로 보며 물었다.

"또 뭐가 있어야 할 것 같은데?"

갑작스러운 그의 질문에 나는 당황하면서도 대답했다.

"어, 음. 피아노?"

피아노가 사라졌다는 것을 진작부터 알고 있었기에 한 말이었다. 정작 은지호가 기악 시험에서 연주한 건 늘 바이올린이었고, 피아노 연주하는 건 한 번도 본 적이 없지만.

그러자 고개를 기울인 은지호가 대답했다.

"있어. 피아노. 다른 방에."

"아, 그래? 평소에도 쳐?"

"원래는 그랬는데, 고3 되니까 잘 안 치게 돼서 서재 만들면서 같이 옮겼어."

쳐 보고 싶으면 쳐 보든가. 그가 여전히 심드렁히 하는 말에 나는 괜히 두 손바닥을 펴 보이며 웃었다.

"아니, 나 피아노 못 쳐."

"그럼 기악 시험은 뭘로 했어?"

"오카리나……."

"정말?"

믿기지 않는다는 듯 되묻는 그에게 내가 움찔하며 대꾸했다.

"그, 그래도 B는 받았거든?"

"그게 가능해? 음악 선생님, 교장 친척에 유학파라 리코더나 단소, 오카리나 같은 건 전부 C 준다고 엄포 놨던 것 같은데."

"네 말이 맞긴 한데. 그래도 내가 열심히 불었더니 B 주시던데."

급기야 '내가 그만큼 잘 불었다는 거 아닐까?' 하고 말하자, 은지호가 눈을 가늘게 뜨며 대답했다.

"그래, 뭐……."

"그러는 너는 뭐 얼마나 잘 봤길래."

반사적으로 불퉁하게 말하다 말고, 문득 떠오르는 생각에 나는 얼굴을 찡그렸다. 아차…….

"나야 당연히 A+이지."

턱을 치켜들고 대답하는 은지호를 보며 나는 생각했다. 앞으로 '스스로 불러온 은지호의 재수 없는 순간'을 줄여서 '스불재'라고 부르자……. 원래는 '스스로 불러온 재앙'의 줄임말이지만, 난 이렇게 써야지 안 되겠어.

그리고 나는 미간을 짚으며 중얼댔다. 그래, 이건 스불재야. 내가 스스로 부른 것이니 화내면 안 돼…….

그러던 나는 은지호의 말에 다시 고개를 들었다.

"궁금하면 좀 쳐 줄까?"

"와! 응, 제발."

나는 간절하게 두 손을 모았다. 내 손재주로는 도저히 못 할 것이란 걸 알아서 이러는지는 몰라도, 내 취미는 언제나 그림 감상과 음악 감상이었다.

"뭘 제발씩이야."

어이없다는 듯 웃으며 그렇게 말한 은지호가 앞장서서 걸음을 옮겼다.

"안 쓰는 물건 놓아둔 곳이라서 거의 창고에 가까워. 거실 쪽에 그랜드 피아노가 따로 있어서 내가 치지 않는 한 다시 나올 일은 없거든."

복도를 걷는 내내 그런 말을 하기에 많이 더러운가 보다 했는데, 막상 문이 열리며 드러난 방의 모습을 보고 나는 실망했다. 뭐야, 우리 집 다용도실은커녕 내 방보다도 깨끗하잖아.

문을 열며 일어난 바람 때문에, 하얀빛 속에서 먼지가 민들레 홀씨처럼 흩날렸다.

원래 창고로 쓰던 방은 아닌 듯, 레이스 커튼이 흔들리며 바닥에 반투명한 그림자를 드리우고 있었다.

당구대나 골프채, 알록달록한 과녁과 빈 책장 여러 개가 놓여 있었지만, 물건들을 벽 쪽으로 겹쳐 쌓은 덕에 피아노가 놓인 가운데는 텅 비어 넓은 느낌이었다. 게다가 채광이 좋아 바닥에 번진 빛에 조금 눈부시기까지 했다.

집기들을 헤치고 나아간 은지호가 피아노 의자에 털썩 앉으며 뚜껑을 열었다.

나는 어쩔까 하다가 피아노 바로 옆 바닥에 주저앉았다.

그런 나를 보며 은지호가 눈살을 찌푸렸다.

"돌바닥이라 차가울 텐데. 자리 남으니까 여기 앉아."

그렇게 말하며 제 옆을 두드리는 은지호에게 나는 고개를 내저어 보였다.

"아니야, 난 여기가 편해."

로맨스 영화나 순정 만화에서 남녀 주인공이 나란히 앉아 피아노 치는 장면이 고전이 될 수 있었던 건, 피아노 의자가 그만큼 좁기 때문이었다.

내가 그의 옆에 앉으면 필연적으로 팔이나 다리가 맞닿을 터였다.

그와 닿는 것보다도, 나와 닿을 때마다 그가 반사적으로 싫은 표정을 지을 것이 싫었다. 또 그것에 변함없이 상처받을 나 자신도.

내가 거듭 사양하자, 그는 러그에라도 앉으라며 조금 떨어진 곳을 가리켰지만 나는 다시 고개를 내저었다.

"괜찮아. 별로 안 차가운데 뭐."

반바지를 입은 탓에 확실히 바닥으로부터 냉기가 올라오는 것이 느껴지긴 했지만, 소스라치게 추운 정도는 아니었다.

"여기서 네가 연주회를 열 것도 아닌데 뭐."

그러자 은지호는 못내 찝찝한 얼굴로 건반 위에 손을 올렸다.

잠깐, 이것도 어쩌면 '스불재'가 되는 거 아니야? 덜컥 겁을 집어먹는 것도 잠시, 이윽고 머리맡에서 흘러나오는 부드러운 선율에 나는 살짝 눈을 감았다.

화려한 기교를 과시하고 압도하는 곡이 아니라, 느리고 부드러우면서 나도 알고 있을 만큼 대중적인 곡이었다.

다시 눈을 뜨고 은지호를 바라보자, 부드럽게 건반을 두드리는 그의 얼굴에 얼마간의 여유마저 깃든 것이 보였다.

한동안 말없이 연주를 감상하던 내가 물었다.

"이 곡, 제목 뭐였지?"

"〈사랑의 인사〉."

"아, 맞아. 이걸 까먹네."

어이없을 정도로 쉬운 정답에 혹시나 이런 것도 모르냐고 타박이 돌아올까 했지만, 은지호는 말없이 연주에 집중할 뿐이었다.

그러다 말고 내가 문득 말했다.

"좋긴 한데, 너랑 좀 안 어울리는 것 같기도 하다."

그러자 은지호는 건반을 두드리는 채로 눈썹만 들어 올렸다. 그가 내 쪽을 돌아보며 물었다.

"왜?"

"인사라는 건, 하루에도 수십 번씩 해야 할 만큼 일상적인 일이잖아. 그런 데까지 일일이 사랑을 담으려면 굉장히 다정한 사람이어야 하지 않을까?"

"그건 결국, 내가 다정하지 못한 사람이란 얘기잖아. 너 전부터 은근히 멕인다?"

"아니, 뭐. 적어도 나한테는 그렇다는 얘기야."

내가 어설프게 웃으며 대답하자, 한동안 침묵만이 흘렀다. 건반을 누르는 힘이 조금 세진 것도 같았다.

그리고 그가 마침내 대답했다.

"그건 그렇지."

아아, 역시. 나는 다리를 끌어안으며 쓰게 웃었다.

너도 내게 하는 말이 가끔 너무하다는 걸 스스로 알고 있었구나. 하긴, 오히려 내 관심을 떨쳐 내려고 일부러 그렇게 군 걸 테지.

그리고 나는 고개를 기울였다. 내가 또 내 무덤을 팠네. 좀 아프다…….

그때, 내 귀로 날아오는 곡조가 갑자기 바뀌었다. 주황색과 분홍색 구름 속에서 기분 좋게 노니는 것 같던 앞선 곡과는 달리, 얕은 호수 표면에 보라색과 하늘색 파문이 이는 것 같은 곡조는 은은한 슬픔을 내포하고 있었다.

내가 퍼뜩 고개를 들고 물었다.

"이건 무슨 노래야?"

"〈사랑의 슬픔〉. 네가 〈사랑의 인사〉는 나와 안 어울린다며."

"아, 그랬긴 한데."

나는 머뭇거리다가 그냥 아무 말도 하지 않고 고개를 숙였다.

그래도 이런 밝고도 침울한 괴상한 노래보다는, 마냥 밝고 따뜻하던 전 곡이 더 나았는데.

이런 곡을 들으면, 자꾸만 우울한 생각을 하게 되잖아. 그렇게 중얼거리며 나는 고개를 더욱 숙였다.

사실 은지호는 마음먹으면 누구보다도 다정해질 수 있는 사람이었지. 나는 그걸 알고 있었다.

그의 다정함은 아무에게나 주어지지 않는 것이었기 때문에 더더욱 귀했다. 그러니 나는 그걸 아껴야 했는데.

마치 〈사랑의 인사〉가 끝나고 지금은 자취조차 남지 않은 것처럼, 다정함이 사라진 자리를 이제는 슬픔만이 채우고 있었다.

나는 눈을 감으며 더욱 깊은 우울 속으로 침잠해 갔다. 빗방울처럼 내 귓가를 때리는 건반 음 또한 더욱 깊어졌다.

하지만, 내가 어떻게 이에 대해 슬퍼할 수 있을까? 어떻게 내가 감히?

나는 언제나 그가 먼저 내민 손을 쳐 내곤 했다. 그러다가도 그가 상심하여 완전히 돌아설까 봐 겁이 난 내가 지푸라기라도 내밀면, 그는 그걸 동아줄이라도 되듯이 다급히 붙잡곤 했다.

그가 내 빈말에도 거세게 흔들리는 것을 알면서도 빈말의 무게에 너무 익숙해진 나머지, 진심을 담으면 너무 무거워서 추락할까 두려웠던 나머지 끝내 빈말과 기약 없는 약속들로만 우리 사이를 채운 건 나였다.

그런데 그 가벼운 징검다리가 물살에 휩쓸려 나갔던들 누굴 탓할 수 있을까? 나 자신 외에는.

나는 더욱 고개를 푹 숙였다. 그러던 내 귓가에 문득, 오래전 누군가의 악에 받친 목소리가 울렸다.

'나는 네가, 나만큼이나 누군가에게 걷잡을 수 없이 빠졌으면 좋겠어.'

'그래서 처절하게 부딪치고, 끝내 처참하게 부서졌으면 좋겠어.'

그 저주는 과연 이루어진 걸까?

아니면 그건 실은, 저주가 아니라 예언이었던 걸까?

내가 이마를 짚으며 그렇게 생각할 때, 목소리가 들렸다.

"함단이."

얼마나 생각에 몰두했던 건지 어느새 연주가 멎어 있는 줄도 몰랐다.

혹시 연주에 집중하지 않았다고 화난 걸까? 나는 조마조마한 마음으로 위를 올려다보았다.

옅은 빛 속에서 먼지들은 여전히 민들레 홀씨처럼 날아다녔고, 반투명한 커튼을 등지고 피아노 의자에 앉아 나를 바라보는 은지호의 모습은 마치 낡은 엽서 속에 나오는 사람 같았다.

고개 숙여 나와 시선을 맞춘 그가 말했다.

"네가 좋아하는 사람."

아직도 그 소리야? 나는 하마터면 덜컥 화를 낼 뻔했다.

내가 반사적으로 짜증이 올라온 얼굴을 갈무리하는 찰나, 은지호의 다음 말이 들려왔다.

그 순간 나는 내 모든 평정심을 내다 버릴 수밖에 없었다.

"어쩌면 유천영이 아니라, 나 아니야?"

"……."

"나 맞지? 그렇지?"

어느새 덮은 피아노 뚜껑 위에 팔꿈치를 올려놓고 턱을 괴며, 은지호가 나른하고도 만족스럽게 웃었다.

"말해 봐. 이제 더는 피하지 말고, 솔직하게."

은지호와 내가 있던 창고에 일순 정적이 찾아왔다.

창문 틈으로 불어든 미풍에 레이스 커튼이 유령처럼 흩날렸다. 먼지는 여전히 진눈깨비처럼 우리 곁에 떠다니고 있었다.

한참 만에 나는 간신히 입을 뗐다.

"너……."

아까 거기서 더한 비참함을 느낄 수 있다는 게 믿겨지지 않았다.

나는 폐에 남은 마지막 숨까지 쥐어짜 내는 느낌으로 나머지 말을 뱉었다.

"……는, 어쩌면 사람이 그렇게 한결같아?"

간신히 완성된 문장에 은지호는 이해 안 된다는 듯이 눈썹 끝을 추켜올렸다.

"그게 무슨 소리야?"

나는 두 손으로 얼굴을 덮으며 말을 이었다.

"남들 같으면 못 할 말을 태연하게 잘도 하잖아. 그것도 한 번도 아니고 여러 번."

은지호의 모습이 보이지 않으니 차라리 숨쉬기가 좀 나았다.

그러나 그는 이런 내 상태에도 불구하고 계속 말했다.

"내가 재수 없다는 말을 하고 싶은 거야? 자이로드롭 때처럼."

내 말 따위 금방 잊었을 줄 알았는데 용케 기억하고 있네. 하긴, 기억력 좋으니까.

픽 웃은 나는 힘겹게 말을 이었다.

"그것도 그렇지만…… 내가 전에도 한번 말한 적 있지. 네가 묻는 것들, 원래는 친한 사이에도 함부로 물어도 될 거 아니라고."

내가 숨을 헐떡이며 말을 맺었다.

"그런데 너는 계속해서 그걸 물어보잖아. 마치 너한테 당연히 대답 들을 권리가 있다고 생각하는 것처럼."

그러자 상체마저 틀어 내 쪽으로 완전히 돌아앉은 은지

호가 피아노 뚜껑에 한쪽 팔꿈치를 기대며 물었다.

"난 네가 우리 집에 들어오는 그 순간부터 협의는 끝난 줄 알았는데."

그에 나는 눈썹을 찌푸렸다. 이게 무슨 사기꾼 같은 소리람.

"무슨 협의?"

"내가 네가 우리에게 접근하는 걸 허용하는 대신, 너는 네가 숨기고 있는 비밀을 알려 주기로. 그렇게 협의한 거 아니었어?"

사기꾼처럼 천연덕스러운 그의 말에 화난 내가 목소리를 높였다.

"웃기지 마. 너 혼자 머릿속으로만 결정한 것도 협의야? 내가 이 공부 모임에 참여하기로 한 건 어디까지나 다른 모두의 동의를 받아서 진행된 일이야. 그걸 인제 와서 너만의 결정으로 이루어진 것처럼 말할 수는 없는 거야. 이미 얘기 끝났다고."

"하지만, 네가 다른 모두의 동의를 받았다고 해도 내 동의를 얻지 못했다면 여기에 있을 수 있었을까?"

"……."

그것만은 부정할 수 없었기에 나는 잠시 입술을 깨물었다. 그 틈을 타 그가 웃으며 말했다.

"차라리 그냥 말해. 그럼 너도 더는 이런 질문에 시달릴 일 없고, 나도 더는 네 의도가 뭔지 궁리할 필요 없어서 편해지니까."

나는 여전히 바닥에 주저앉은 채로 그의 미소 띤 얼굴을 멍하니 바라보았다.

이럴 때의 은지호는 유건만큼이나 신뢰감 있는 사람처럼 보여서, 그의 말을 듣다 보면 이성이 마비되어 그의 판단에 모든 것을 맡기는 게 낫지 않을까 하는 생각마저 들었다.

하지만, 이윽고 정신을 차린 나는 입술을 깨물며 고개를 내저었다.

자리에서 벌떡 일어난 내가 옷의 먼지를 털어 내며 말했다.

"너랑 더는 이 문제로 얘기하고 싶지 않아. 나 갈게."

"그럼 계속 귀찮아지게 될 텐데."

"너는 그걸 알면서 왜……!"

나는 결국 소리를 높이며 다시 그에게로 휙 돌아섰다.

내가 갑자기 목소리를 높였는데도 전혀 놀라지 않은 은지호의 눈에 대고, 나는 씩씩대며 외쳤다.

"너도 네 질문이 날 곤란하게 한다는 걸 알고 있잖아! 그뿐만 아니라 때로는 상처까지 입게 한다고."

그렇지 않으면 '질문을 그만둔다는 것' 자체를 회유의 조건으로 내걸 리 없지.

내가 말을 이었다.

"그런데도 그 질문을 계속하겠다는 건, 결국 네 알 권리가 내가 상처받지 않는 것보다 더 중요하다는 거잖아. 이렇게까지 사람 비참하게 해야겠어? 작작 좀 해!"

그렇게 말하고 이를 꽉 물던 나는 그의 다음 질문에 흠칫 놀랐다.

"그게 왜 널 비참하게 하는데?"

인간적으로 상대가 여기까지 말했으면 어떤 유감 정도는 드러내야 함에도, 은지호는 여전히 태연한 표정으로 고개를 기울였다.

그가 다시 말을 꺼냈다.

"네 비참함까지 내가 알아야 할 필요는 없는 것 같은데. 그건 네 개인적인 문제니까."

"이게 네게서 비롯되었는데, 이게 내 개인적인 문제라고……."

그렇게 말하며 다시 이를 깨무는 내게 그가 당연하다는 듯이 말했다.

"그야 당연하지. 예를 한번 들어 볼까? 우리 반 애 중에 자기가 나한테 우선순위가 낮다고, 제대로 존중받지 못한다고 슬퍼할 사람. 몇이나 될 것 같은데?"

"……."

"내가 아는 한 나한테 그런 걸 기대해서 상처받지 않을 사람은, 다시 말해 그 기대에 보답받을 수 있을 만한 사람은 반여령과 나머지 세 명 외에 없어."

그 말을 잠자코 듣고 있던 내가 말했다.

"즉, 내가 너한테 상처받는 건."

나는 꽉 깨문 잇새 사이로 내뱉었다.

"내가 너한테…… 주제넘게, 과한 기대를 해서 상처받는 거라고. 네가 하고 싶은 말이 그거야?"

"나는 네가 왜 그렇게 쉬운 길을 돌아가려고 하는지 모르겠어."

은지호는 내 말에 대답하는 대신 말을 돌렸다. 그가 나를 똑바로 보며 물었다.

"애초에 내 말대로, 네가 좋아하는 사람이나 의도만 곧바로 말했어도 내가 이렇게까지 했을까?"

그리고 그가 눈을 내리깔며 나른히 중얼거린 말에 나는 눈을 크게 떴다.

"네가 말만 하면, 그다음은 내가 원하는 대로 맞춰 줄 수 있어."

"그건 또 무슨 말이야?"

"아무리 내가 널 수상하게 여긴다고 해도, 다른 애들이 다 널 좋아하는 게 보이는 이상 내가 더 왈가왈부할 수는 없는 거지. 네가 우주인에게 했던 말마따나 내가 애들 부모도 아니고……."

느릿하게 눈을 감았다 뜬 그가 말을 이었다.

"네가 다른 애들과 계속 본다면 틀림없이 나하고도 계속 부딪칠 텐데, 피차 피곤해질 일은 피하자는 얘기야. 난 한

번 약속한 건 지켜."

계속 침묵이 흘렀다. 그의 모양새 좋은 입술을 내려다보며 나는 생각했다.

거짓말. 너는 벌써 나와의 가장 중요한 약속을 어겼잖아. 너는 그래선 안 됐어.

물론 그런 말을 입 밖으로 꺼낼 수는 없었다. 대신, 나는 작게 한숨을 내쉬며 물었다.

"……뭘 어떻게 맞춰 줄 건데?"

은지호의 논리가 폭거를 휘두르는 왕이나 다름없다는 것을 알면서도 그럴 수밖에 없었던 것은, 나 또한 이 공방에 말도 못 할 만큼 지쳐 있었기 때문이다.

은지호가 그럴 줄 알았다는 듯 태연하게 말을 이었다.

"네가 우리에게 접근한 게 유천영을 좋아해서라면, 내가 신경 쓸 게 뭐가 있겠어? 걔는 남이 도와주겠다고 해도 다쳐 내는 녀석이니까. 뭐, 워낙 남이 간섭하는 거 싫어하기도 하고. 그게 아무리 몇 년 친구라 할지라도."

거기까지 말한 그가 깔끔하게 결론 맺었다.

"네가 그렇게 말하면 난 전혀 손 안 대. 앞으로도 더는 안 물어볼게."

나는 그런 은지호를 물끄러미 보다가 물었다.

"그럼, 내가 좋아하는 게…… 너라면?"

단지 가정일 뿐인데도, 나는 말하는 내내 입술을 떨지 않기 위해 부단히 노력해야만 했다.

그러자 은지호가 턱을 매만지며 중얼거렸다.

"네가 원하는 게 그거라면…… 원하는 대로 맞춰 주겠다고 했으니까."

이어서 흘러나오는 말에 나는 심장이 떨어진 것 같았다.

"사귀어 줄까?"

"……."

"단, 고등학교 졸업하기 전까지만. 그 이상은 곤란해. 나도 사정이 있어서. 뭐, 어차피 너하고도 그 이상으로 볼 일은 없을 테니."

그의 말을 들으며, 나는 비로소 그가 나와 만나는 것이 졸업까지만이라고 생각하고 있음을 깨달았다.

졸업한 뒤에는 우연히라도 서로의 삶의 경로가 겹칠 일은 없을 거라고.

사실 그리 틀린 말도 아니었다. 내가 알기로는 과거가 바뀌기 전 은지호는 한국 대학교를 지망하고 있었지만, 그건 어디까지나 우리와 함께하기 위해서였을 뿐이고 실제로는 아버지에게 외국 대학으로 진학하는 것을 제의받았을 가능성이 컸다.

단지 내가 사라졌다는 이유만으로 그가 갑자기 외국으로 나가기로 했을 리는 없지만, 가능성이 아예 없지도 않았다.

그런 생각을 하던 내게 은지호가 다시 말했다.

우리는 레코드판에 걸린 바늘처럼 〈365〉

"어때? 학창 시절 트로피가 필요한 거라면 잠깐이나마 네 손에 쥐어 줄게. 그렇게 해. 너도 그리 손해 보는 거래는 아니잖아?"

"……."

침묵 속에서 그의 말을 들으며 나는 빈손을 몇 번이나 쥐락펴락했다. 하지만, 결국 내 입에서 나온 말은 여전했다.

나는 그에게서 휙 돌아서며 말했다.

"이 얘기는 그냥 없었던 거로 하자. 애들이 우리 분위기 이상하다고 하거든 네 쪽에서 적당히 둘러대. 나도 적당히 둘러댈 테니까."

"잠깐, 뭐가 문제인데?"

등 뒤에서 뾰족한 목소리가 날아왔다. 그가 여전히 날 선 목소리로 비아냥댔다.

"이 거래는 어디까지나 너한테 이득 아니야? 솔직히 말해 네가 날 어떻게 대하든, 네가 날 철저히 무시한다고 해도 난 전혀 신경 안 쓰여. 하지만 넌 아니겠지."

"……."

나는 다시 그를 돌아보았다.

"너와 사귀는 척하려면 더 많은 시간과 돈을 쏟아야 하는 사람이 누구라고 생각해? 그런데도 손해를 감수하고 내가 너에게 제안한 거야. 네가 내놓아야 하는 건 아주 짧은 대답일 뿐이고. 도대체 뭐가 불만이야?"

그를 지그시 노려보던 나는 한숨을 쉬며 말했다.

"은지호, 적당히 해. 네가 태어나서부터 지금까지 무슨 교육을 받았는지 모르는 건 아니지만, 네 제안이 최소한의 투자로 최대 효과를 얻을 기회라고 해도 내가 반드시 그걸 받아들일 거란 생각은 마. 그리고……."

짧게 눈을 감았다 뜬 내가 말을 이었다.

"내가 너한테 원하는 거, 지금의 넌 절대로 못 줘. 방금 얘기해 보니까 알겠어. 그러니까 그렇게 번거로운 일 할 필요 없이, 차라리 입 다물고 나한테 신경 꺼. 그게 너한테도 시간도, 돈도 손해 볼 일 없고 좋겠지."

그런데 어째서인지 은지호의 미간이 조금 찌푸려졌다. 그가 나와 대화하면서 저렇듯 감정을 드러낸 것은 처음이었기에, 나는 그를 자세히 관찰하며 생각했다. 방금 내 말에 어딘가 틀린 데라도 있었나?

하지만 아무리 되짚어 봐도 그런 건 없었다. 아니, 오히려 내 말치고는 꽤 드물게 논리적으로 완벽한 말이었다.

그때였다. 다시 들려온 목소리에 나는 고개를 들었다.

어느새 평정을 되찾은 그는 가볍게 웃고 있었다.

"이거 참 웃기는 상황이네."

그가 재미있다는 듯이 말을 이었다.

"권은형이 멀미가 심하다는 말도 못 하고 잠자코 익스트림 놀이기구를 타러 다녀야 했듯이. 반여령이 너 하나 보겠다고 굳이 자기한테는 필요도 없는 공부 모임에 성실히 나오듯이……. 분명히 더 손해 보는 쪽은 더 간절한 쪽이어야 하는데."

'손해'. 그는 또 그렇게 말하고 있었다. 마치 사람 간의 관계도 철저한 손익으로만 이루어진 듯이.

그가 다시 말을 이었다.

"그런데 어째서 나는 너한테 손해를 감수하고 굳이 이런 제안을 해야 하고, 그리고 너는 또 왜 그걸 거절하는 건데?"

"나는 너보다 덜 손해 보고 싶은 게 아니야. 네 시간과 돈을 함부로 뺏고 싶은 것도 아니야. 나는, 나는 그저……."

결국, 이런 상황에서는 지나치게 진부하고 상투적으로 느껴지는 말이 내 입에서 흘러나왔다.

"'진심'을 바라는 거야."

"'진심'."

은지호가 어이없다는 듯 웃으며 그 말을 되뇌었다.

나는 겨우 마음을 다잡고는 화제를 돌렸다.

"애초에 네가 나한테 좋아하는 사람을 계속 캐묻는 이유가 뭐야? 너는 단지 친구들 곁에 의도도 모르는 사람을 둘 수 없기 때문인 것처럼 말했지만, 그걸 위해서라면 네 말마따나 그렇게까지 할 필요는 없어. 안 그래? 너야말로 나한테 이러는 진짜 이유가 뭔데?"

피아노 뚜껑 위를 손가락 끝으로 두드리던 은지호는 내

말이 들리지 않는다는 듯이 말했다.

"진심, 진심이라. 네가 나한테 이걸 요구하는 건 이번뿐만이 아니겠지."

"그래."

그는 이제야 결착이 났다는 듯 태연한 표정을 짓고서 말했다.

"네 말대로 그것만은 내가 못 들어줘. 차라리 너와 마음 없이 사귀는 게 내게는 훨씬 쉬워."

"그야 물론 그렇겠지."

속으로 이를 갈며 쏘아붙이는 내게 그가 마지막 말을 던졌다.

"네가 지금 요구하는 건 내가 배우고 살아온 방식을 송두리째 바꾸란 거야. 내가 왜 널 위해 그렇게까지 해야 돼?"

"그럼 너와 더 할 말은 없어."

하필이면 더는 상처받는 일이 없을 거라 무장 해제되어 있던 내 마음에 그의 말이 깊숙이 꽂혔다.

입술을 깨물며 애써 태연하게 대꾸한 나는 뒤돌아 창고를 나왔다. 미처 하지 못할 말들이 내 입속에서 들끓었다.

'나한테 말 함부로 하지 마. 네가 좋아하는 사람인 나한테.'라거나.

또는 '나를 위해서만은 그렇게 할 수 있잖아. 네가 지금까지 말했던 유일하게 포기 못 한 것에 대한 얘기는 모두

내 얘기였으니까.'라든가.

그러나 그 모든 말들은 결코 지금 내 입장에서는 할 수 없을뿐더러, 내게 그런 말을 떳떳하게 할 권리가 있는 것도 아니었다.

일자 복도를 따라가며 나는 속으로 생각했다. 맞아, 은지호가 내게 보여 줬던 모습들은 모두 뼈를 깎는 노력의 산물이었지.

그러지 않고서야 그토록 계산에 철저하던 그가 언제나 내겐 모든 진심을 내보이고, 칼자루를 내 쪽에 쥐여 주지 못해 안달하고, 나와 얘기할 때 한 번도 유리한 입장에 선 적이 없을 수는 없었다.

그리고 나는 그와의 관계를 유지할 때 한 번도 그만큼 노력해 본 적이 없었다. 그렇다면 지금 내게 일어난 이 일도 당연한 듯이 받아들여야 마땅할 텐데.

나는 이마를 일그러뜨렸다.

하지만 그의 전부를 가져 본 지금, 그의 일부만 가지고 만족하라니, 도저히 그러지 못하겠어.

선심 쓰듯 내주는 약간의 시간과 말뿐만이 아닌, 모든 것을 갖고 싶었다.

사라진 시간 속에서 일어난 일 중 아무것도 기억 못 하는 그에게 그런 걸 바라는 게 말도 안 된다는 걸 알면서도, 그의 말대로 비합리적인 건 그가 아니라 나라는 걸 알면서도.

그런데도 바라게 되는 것을 멈출 수가 없어서.

잠시 걸음을 멈춘 나는 입술을 꾹 깨물었다. 세계가 뒤바뀌고부터 계속 말도 못 할 만큼의 갈증과 허기에 시달린 내겐 은지호가 내민 지푸라기라도 동아줄처럼 보였다.

물론 붙잡고 싶은 마음이야 간절하지만, 그래서는 첫 단추부터 잘못될 뿐이다. 하지만 어떻게 해야 그에게서 지푸라기보다 나은 걸 얻을 수 있지?

생각에 잠겨 있던 나는 누군가 내 어깨를 붙드는 바람에 깜짝 놀랐다. 내가 창고에 두고 온 은지호가 어느새 날 따라잡았다.

"기다려. 내 얘기 아직 안 끝났어."

"뭘 안 끝나? 난 할 말 다 끝났다고 했잖아. 이거 놔."

그렇게 말한 내가 어깨를 잡은 그의 손을 뿌리쳤다. 물론 그의 얼굴을 보고 더 얘기하고 싶은 마음이야 굴뚝같았지만 지금은 아니었다. 지금은.

그러자 은지호가 다시 말했다.

"결론이 하나도 안 났는데 무슨 얘기가 끝나? 아무튼 난 말했어. 목적도 의도도 모르는 사람을 곁에 둘 순 없다고."

그에 나는 결국 참지 못하고 다시 외쳤다.

"웃기지 마! 그 변명 더는 안 통하니까. 내가 아까도 말했지, 의도를 모르겠는 건 너도 마찬가지라고. 아무리 모두를 위해서라고 해도 그렇게까지 번거로움을 감수하고 제안할 이유는 없어. 게다가 설령 내가 유천영과 사귀게 되더라도, 갑자기 숨은 본색을 드러내거나 할 것 같아?"

내가 은지호의 제안을 받아들이지 않기로 이미 얘기가 끝났으니, 그가 고려하고 있는 것은 내가 유천영을 좋아하는 가능성일 게 분명했다.

그러나 그거야말로 아까는 신경 안 쓰겠다고 했을 텐데, 이제 와서 왜 이러는 건지.

내가 다시 말했다.

"너희가 내 본색을 눈치채기 전에 유천영이 먼저 눈치채고 날 내치는 게 더 빠를걸? 걔가 그런 데는 눈치 빠른 거 모르는 것도 아니면서 뭐가 문제야? 그러니까……."

그만 좀 하라고 말하려던 찰나, 갑자기 은지호의 안색이 어두워졌다.

왜 저래? 내가 의아해하던 찰나, 그가 답지 않게 사납게 뇌까렸다.

"아, 그러니까 네가 좋아하는 건 결국, 내가 아니라 유천영 쪽이었다?"

"그……."

그게 아니라며 부정하려던 내 말을 그가 다시 잘랐다.

팔짱을 낀 은지호가 금세 태연해진 모습으로 말했다.

"하긴, 나와는 달리 유천영은 입에서 나오는 게 진심 아니면 없지. 그 자식은 좀 더 이성과 논리란 걸 함유해야 할 필요가 있으니까. 그렇다고는 해도, 네가 사귀는 상대에게 바라는 게 진심뿐이라면 유천영을 고른 게 이해가 되긴 해."

"그럼 이만 비켜."

내가 이를 악물며 쏘아붙이자, 그가 삐딱하게 고개를 기울이더니 다시 말했다.

"그런데 그거 알아? 논리가 없는 사람은 논리가 없는 사람대로 상대하기 골치 아픈 거. 기분파거든. 네가 걔 기분 변화 다 맞춰 줄 수나 있을 것 같아? 굳이 너한테 맞춰 주겠다는 사람을 두고, 네가 맞춰야 하는 사람한테 갈 이유는 뭔데?"

나는 그를 올려다보며 사납게 쏘아붙였다.

"그렇긴 해도 유천영은 나한테 해될 일은 안 해. 또 사람 상처받는 것도 아랑곳하지 않고 자기 하고 싶은 말만 할 정도로 속없는 애도 아니야. 그러긴커녕 보기보다 굉장히 다정하다고."

확실히 유천영은 나와 감정을 표현하는 방식이 이들 중에서 제일 달랐던 만큼 가장 많이 부딪쳤던 사람이지만, 그만큼 서로가 허용 못 하는 부분이 무엇인지도 잘 알고 있었다.

그는 내가 어떤 문제나 큰일을 말하지 않고 혼자 끙끙 앓는 걸 제일 싫어했지. 실제로 그것 때문에 제일 많이 싸웠고.

그러나 내가 그들에게 필요한 존재란 것을 인정하고, 내게 닥친 일들에 대해 제때제때 말하기 시작하고부터는 그런 일이 크게 줄었다.

그와 만난 마지막 순간에도 나는 예린과의 대화에 그를 끌어들이는 것을 마다하지 않았다. 그러다가 그만…….

내가 눈빛을 가라앉히는 찰나, 은지호의 대답이 날아왔다. 나는 다시 고개를 들었다.

그가 몹시 어처구니없다는 듯한 투로 말했다.

"네가 유천영에 대해 알면 얼마나 안다고 그런 말을 해?"

너희만큼이나 오래 알았다고 속 시원히 말할 수 없는 것이 가장 분했다.

내가 입술을 꽉 깨무는 그때, 갑자기 복도 반대편에서 익숙한 목소리가 들려왔다.

나와 은지호는 화들짝 놀라 고개를 돌렸다.

"무슨 얘기들을 하는 거야?"

"유, 유천영…….""

말까지 더듬는 나를 보며 그가 의아한 듯이 눈을 찡그렸다. 다행히 그는 우리가 말하던 내용까지 듣지는 못한 모양이었다.

다만 그는 나와 내 앞의 은지호를 보며 무언가 직감한 듯, 태연하고도 자연스럽게 우리 사이를 막아섰다.

그리고 그가 은지호를 향해 차분하게 말했다.

"들어가자. 반여령이 함단이랑 너 둘만 사라졌다고 난리야."

"아."

확실히 반여령 입장에서는 그럴 만도 했다. 그럼 돌아가야지.

내가 발을 떼려던 찰나, 은지호가 유천영을 향해 불쑥 물었다.

"너 방금 하나도 못 들었어? 함단이랑 내가 하던 말."

"아니."

"야, 그런 걸 왜 물어?"

작게 화내던 나는 유천영의 대답을 듣고 입을 다물었다.

들었다고? 어디에서부터 어디까지? 내가 그와 사귀는 것 운운하는 것만은 듣지 말았어야 하는데.

내가 생각하던 찰나, 은지호가 다시 말을 이었다.

"짧게 너와 알고 지낸 것치고는 널 꽤 잘 안다고 생각하던데. 실제로 맞는 부분도 꽤 있어서 놀랐어."

그리고 그는 빈정거리는 듯한 미소를 입에 걸고는 덧붙였다.

"너답지 않게 잠깐 사이 꽤 가까워진 모양인데, 그러다 저쪽이 오해라도 하면 어떡할 거야?"

"야, 은지호. 너 진짜······."

내가 으르렁대며 하는 말을 무시하고 은지호가 다시 말했다.

"자기만 특별 취급하는 것 같으니까, 네가 자기를 좋아한다고. 오해라도 하면 어떻게 책임질 셈이야?"

내 얼굴이 차갑게 식었다. 내가 더는 견디지 못하고 입을 열었다.

"은지호, 너 작작 해. 내가 너한테 아쉬운 입장이라고 해서 네 그런 말까지 들어 넘겨 줄 이유 없어."

그때, 유천영이 내 말을 대뜸 잘랐다.

"오해 아닌데."

잠시 우리가 서 있던 복도에 침묵이 찾아왔다. 시종일관 여유롭던 은지호도 그때만큼은 당황을 감추지 못했다.

이윽고 은지호가 되물었다.

"뭐?"

"오해 아니라고."

유천영은 마치 아침 인사라도 하듯 태연한 얼굴로 그렇게 말했다.

우리의 경악한 표정에도 전혀 아랑곳하지 않고, 유천영은 담담히 말을 이었다.

"내가 전에 말했지. 내가 마음에 드는 사람한테 다가가는 거 네가 신경 쓸 일 아니라고. 내가 함단이를 좋아하건, 그걸 함단이가 받아 주건 그건 우리 사이 문제지, 네 문제가 아니야."

그가 무표정하게 덧붙였다.

"알았으면 신경 꺼. 한 번만 더 그런 식으로 빈정거리면 가만 안 둬."

 그렇게 말한 유천영이 다시 나를 돌아보았다. 차가운 표정을 짓고 있었던 게 언제냐는 듯, 나를 보고 눈을 살짝 휘며 웃은 그가 말했다.

 "가자."

 나는 햇살을 받아 빛나는 그의 웃는 얼굴을 멍하니 올려다보았다.

 분명히 유천영은 이 세계에서 연기하지 않았을 테고, 그러니 웃음이 헤플 이유도 없을 텐데. 어째서 그는 내가 금세 익숙해질 정도로 수많은 웃음을 보내는 건지 의아했었다.

 그런데, 유천영이 또다시 나를······.

 감상을 곱씹을 새도 없었다.

 여전히 은지호로부터 나를 보호하듯 몸으로 막아선 유천영이 나를 앞세운 채 성큼성큼 걸음을 옮겼다. 덕분에 나는 그에게 등 떠밀리다시피 공부방으로 들어갈 수밖에 없었다.

 천하의 은지호도 그때만큼은 조용히 뒤를 따라왔다.

 "어디 다녀왔어? 그것도 은지호랑 둘이서."

 우리가 방에 들어가자마자 여령이가 잔뜩 찌푸린 얼굴로 물었다.

 물론 그 의미는 여타 인터넷 소설 여주인공들처럼 '네가 감히 내 남자랑?' 따위가 아닌, '왜 저런 거랑······?'에 더 가까웠다.

나는 그저 머쓱한 웃음만 지으며 대답했다.

"너희 다 자길래 다른 방 구경하고 왔어."

"아."

그러자 여령이는 금세 부끄러운 듯 뺨을 붉혔다. 그녀가 검은 머리카락 사이로 드러난 귀를 매만지며 말했다.

"사실 내가 어제 좀 늦게 잤거든……."

그때 은지호가 아무렇지 않게 끼어들었다.

"반여령 어젯밤 열 시 이후로 톡방에서 사라지는 걸 내가 봤는데."

"야!"

반여령이 버럭 성을 냈다. 그 모습을 보며 웃는 한편, 나는 조금 질린다는 눈으로 은지호를 힐끗거렸다.

정말이지 쟤는 방금 있었던 일에도 불구하고 저렇게까지 태연하게 구는 게 가능한 걸까? 물론 그렇게 굴라고 주문한 사람이 나이기는 해도.

그러나 미션은 한 사람만의 활약으로는 성공할 수 없었다. 그로부터 약 한 시간가량, 나와 유천영은 계속 삐거덕거리며 어색한 티를 수차례 냈다. 잠에서 깨어 슬슬 공부에 집중하던 이들이 다들 의아해하며 이쪽을 쳐다볼 정도였다.

결국, 주인이가 눈썹을 찡그리며 물었다. 그의 손안에서는 샤프가 빙글빙글 돌고 있었다.

"너희 밖에서 무슨 일 있었지?"

"……."

나와 유천영은 아무 말 없이 서로 다른 방향으로 고개를 돌렸다. 그러자 주인이가 턱을 괴며 중얼거렸다.

"흐음, 거참 이상하네. 분명 단둘이 오래 사라졌던 건 은지호인데, 왜 정작 무슨 일이 생긴 건 너희 둘이야?"

그리고 그가 금빛이 도는 눈으로 유천영을 똑바로 보며 물었다. 물론 유천영의 직선적인 성격을 노린 것이 틀림없었다.

"뭐 했어? 천영아."

"내가 고백했어."

"프흡."

나는 바짝바짝 타는 목을 축이기 위해 마시고 있던 오렌지 주스를 조금 뱉어 냈다. 그 모습을 본 은지호가 나에게서 한 뼘 정도 의자를 떨어트렸다.

그래, 넌 깨끗하고 난 더럽다 이놈아……. 내가 투덜대는 사이, 주인이가 유천영에게 다시 물었다.

"뭐라고?"

천하의 주인이조차 이 일에는 놀란 것이 틀림없었다. 하긴, 유천영은 본 지 얼마 되지 않은 사람에게 쉽게 마음을 여는 성격이 아니니까. 그런데 친해진 지 얼마 되지도 않은 여자애에게 갑자기 고백이라니.

 이 자리에서 놀라지 않은 것은 문제의 고백 장면을 직접 봤던 은지호와, 진작부터 들어서 알고 있었던 듯한 은형이뿐이었다.

 아니, 잠깐. 알고 있었어? 그럼 살짝 떠보기라도 해 주지! 나 진짜 아무것도 모르고 있다가 간 떨어지는 줄 알았다고!

 내가 드물게 은형이를 원망하는 사이, 대각선 방향에서 음산한 소리가 흘러나왔다.

 무심코 그쪽을 돌아보았던 나는 헉 소리를 내며 의자째로 몸을 물렸다.

 "뭐라고, 유천영? 누가 뭘 해?"

 반여령이 어느새 자리에서 일어나 의자 등받이를 두 손으로 잡고 있었다. 분명히 힘을 별로 들인 것 같지 않은데도, 의자 바퀴는 이미 허공에 떠올라 있었다.

 그녀가 반쯤 초점이 나간 눈으로 말했다.

 "네 고백 상대가 은지호라고 말해. 그럼 살려 줄게. 아니, 축복도 해 줄 수 있어……. 결혼식 때 들러리도 서 줄게."

 "물론 함단이 쪽이야."

 유천영이 그런 일은 꿈에서라도 상상하기 싫다는 것처럼 딱 잘라 말했다.

 그러자 급기야 의자는 자이로드롭처럼 천장 높이 솟구치

기 시작했다. 그 모습을 본 나는 황급히 자리에서 일어났다.

내가 그때까지도 태연히 앉아 있던 유천영의 뒷덜미를 다급히 잡아채며 외쳤다.

"잠깐 둘이 얘기 좀 하고 올게!"

"단아! 위험해!"

반여령이 유천영이 무슨 생체 병기라도 되는 것처럼 다급히 외치는 것을 뒤로하고 나는 문을 닫았다. 미닫이문이 끝까지 밀려 탁 하고 닫히는 소리가 났다.

그것을 듣고서야 나는 유천영을 돌아보며 물었다.

"그, 그럼 잠깐 얘기를 좀 해 볼까? 물론 여기에서는 말고, 어디 한가한 데로 가서……."

"그래."

담담하게 돌아온 대답에 나는 속으로 울상을 지었다.

사실은 이러려던 게 아니었는데. 적어도 공부하는 동안 마음의 여유를 갖고 대답할 말을 머릿속으로 정리하고 싶었다.

유천영 너나 은지호와는 달리, 나는 생각한 말을 바로바로 할 수 있는 사람이 아니란 말이야. 더군다나 오늘 누군가와 대화할 기력은 은지호와 다투는 것만으로 다 써 버렸다고.

속으로 투덜거려 봐야 하는 수 없었다. 나는 한숨을 내쉬며 그와 함께 아래층으로 걸음을 옮겼다.

* * *

 솔직히 그간 은지호네 집을 오가면서 정원이 너무 넓어서 불편하다고 생각했는데, 이럴 때는 장점이었다. 나와 유천영은 적당히 함께 정원을 거닐다 보이는 벤치에 걸터앉았다.
 산책로도 아닌데 이런 걸 뭐 하러 만들어 두었는지 모를 일이었다. 손님들을 위해서인가? 아니면 이 넓은 정원을 매일 돌아다니느라고 힘들 고용인들을 위해서?
 뭐 어때, 풍경만 좋으면 됐지. 그렇게 생각하며 나는 하늘 위로 두둥실 흘러가는 솜털 구름을 멍하니 쳐다보았다.
 그때 옆에서 목소리가 날아왔다. 나는 정면을 보는 채로 눈동자만 굴렸다.
 "당장 대답을 바라고 한 말은 아니야."
 "아."
 "대답 안 해도 돼."
 그렇게 말하며 유천영이 무릎 위에 팔꿈치를 올려놓고 턱을 괴었다.
 손바닥에 입을 파묻은 그가 중얼거렸다.
 "조금 더 신중하려고 했는데, 은지호가 하는 말 듣다 보니까 열 받아서. 자제가 안 됐어."

"으응."

작게 말한 나는 이윽고 키득키득 웃기 시작했다. 뜬금없이 터져 나온 웃음에 유천영이 의아한 듯이 나를 쳐다보았다.

나는 여전히 웃는 얼굴로 말했다.

"너한테서 신중하다는 말이 나오니까 왠지 이상해서."

"아……."

"그런데 확실히 넌 필요한 일엔 신중했…… 아니, 신중할 것 같아. 맞아."

나는 작년 여름 체육 대회 때 그가 은지호와 싸우면서 했던 말을 떠올리며 덧붙였다.

그때 그는 내게 2년 동안이나 고백하지 않았던 이유에 대해, 고백해 봐야 내가 받아들이지 않을 것이었기 때문이라고 말했다. 고백을 '받아 주지 않는 것'과 '받아들이지 않는 것' 사이에는 큰 차이가 있다.

그때의 나는 아마도 그의 말대로 고백을 받아도 기뻐하긴커녕, 이 또한 소설 속 모종의 장치인가 싶어 불안해지기만 했겠지.

그런 것을 보면 확실히 그는 날 잘 알았다. 지나칠 정도로.

그리고 나는 쓰게 웃었다. 하지만, 지금은 그것과는 전혀 다른 이유로 기뻐할 수 없는 이 상황이 착잡했다.

바로 그때, 내가 웃는 모습을 빤히 보고 있던 유천영이 말했다.

"알아. 내가 지금 고백해 봤자 너는 받아 주지 않을 거란 거."
"응?"
"네가 좋아하는 사람, 나 아니잖아."
유천영이 고저 없는 목소리로 덧붙인 말에 나는 그대로 굳어 버렸다.
"그렇다고 해서 이루다는 아니고, 이서진도 아니고."
후보를 하나하나 제거한 그가 마침내 결론을 냈다.
"네가 좋아하는 사람, 은지호지?"
"어……."
"그 자식은 왜 그걸 몰라서 나한테 지랄인지……."
그가 이마 위로 흘러내린 검푸른 머리카락을 쓸어 넘기며 한숨 쉬듯이 하는 말에 나는 잠시 멍해졌다.
이윽고 나는 헛웃음과 함께 중얼거렸다. 사실, 내가 뭔가를 생각할 때마다 그게 다 이마에 쓰여 나오는 거지? 그래서 세상 사람들 모두가 그걸 읽을 수 있지만, 지금까지는 다들 모르는 척해 준 거지?
그러지 않고서야 어떻게 이래? 거기까지 생각한 내가 마침내 두 손으로 얼굴을 가리며 고개를 떨구었다. 그러지 않고서야, 어떻게 이러냐고…….
힘없이 읊조리는 내 옆에서 유천영의 말소리가 들려왔다.
"굳이 은지호를 좋아할 필요가 있을까? 그 자식, 좋은 상사라면 모를까, 좋은 남친은 못 될 것 같은데……."

그리고 그가 작게 덧붙였다. '하긴, 선택할 수 있었다면 이러지도 않겠지.' 확신이 담긴 그의 말에 그제야 고개를 든 내가 물었다.

"상사로서 좋다니, 그게 무슨 소리야? 나는 상사로서도 별로일 것 같은데……."

"내가 적당히 해 두면 자기 성에 안 차서 혼자 고쳐서 완벽한 결과물을 만들어 내니까."

"아."

"같은 조 됐을 때 편했어. 자기 조에서 나온 보고서가 이런 꼴인 걸 못 보겠다며 알아서 고치던데."

나는 픽 웃었다. 어쩌면 자존심 상할 수도 있는 얘기를 태연하게 하는 유천영도 참 유천영이었다.

은지호가 유일하게 이용당할 수밖에 없는 사람이 있다면, 바로 이런 사람들이겠지. 그리고 내가 입을 열었다.

"뭐, 네 말이 맞아. 선택할 수 있었다면 얼마나 좋았겠어……."

그랬다면 세상 누구도 이런 불필요한 고통 따위 견디지 않아도 되었겠지……. 어쩌면 세상 대부분의 소설 또한 태어나지 않았을 테고, 인터넷 소설을 포함해서.

턱을 괴고 중얼거리던 나는 다시 들려온 말에 흠칫하며 고개를 들었다.

"처음부터 끝까지 들은 건 아니지만, 은지호가 너한테

뭔가 제안한 것 같던데."

"아, 응."

어찌 보면 아무 상관도 없던 그를 굳이 대화에 끌어들인 것이 미안했기에, 나는 순순히 대답했다.

그가 말을 이었다.

"은지호가 잠시 사귀어 주겠다고 제안한 것 같던데. 아니야?"

"그 정도면 그냥 처음부터 끝까지 들었다고 해도 돼……. 아니면 너 혹시 독심술이라도 있어?"

저건 복도에서뿐만 아니라 피아노가 있던 창고에서부터 모든 대화를 들은 게 아니면 나올 수가 없는 말인데.

그에 유천영은 담담하게 대답했다.

"오랫동안 함께한 만큼 나도 그 녀석을 잘 아니까."

"아."

"제안한 기간은 아마도 고등학교 졸업 때쯤까지."

내가 눈살을 찌푸리며 되물었다.

"그것까지 어떻게 아는 거야?"

그 말만큼은 아무리 오래 함께한 사이라고 해도 받아들일 수 없었다.

정말 창고에 설치된 CCTV라도 본 거 아니야? 내가 어쩔 수 없이 그런 의문을 떠올리던 그때, 유천영이 딱 잘라 말했다.

"은지호한테는 약혼녀가 있으니까."

일순 머리 위 하늘이 쩡 하고 얼어붙은 것만 같았다.

그런 내 기색을 전혀 알아차리지 못한 듯, 유천영이 담담히 말을 이었다.

"아직 약혼은 안 했지만 그러기로 내정된 사람."

나는 다만 아무 대답 없이 두 손으로 이마를 감쌌다.

"그 약혼에 은지호의 의사가 얼마나 반영되었는지는 나도 몰라. 우리 앞에서는 그 얘기를 별로 안 하기도 하고……. 그 약혼녀와 나는 사이가 별로 안 좋아."

여전히 아무 말이 없는 내 옆에서 유천영은 마치 그래야 할 의무라도 있다는 듯이 담담하게 말을 이어 나갔다.

'그냥, 성격이 안 맞아.' 하고 마지막으로 덧붙이는 그를 보며, 내 머릿속에 떠오른 이름은 단 하나뿐이었다.

그리고 나는 입술을 깨물었다.

물론 내가 없는 상황에서, 그녀가 은지호의 옆을 차지하고 있는 것은 자연스러운 일이었다. 나와 그녀 중 누가 더 은지호의 옆에 설 자격이 있냐고 묻는다면 백이면 백, 나보다는 그녀의 손을 들어 줄 것이 분명했다. 심지어 과거가 바뀌기 전이라 할지라도.

그러다 말고 화들짝 놀란 나는 다시 고개를 내저었다. 아니야, 누구의 옆에 누가 있을지는 자격의 문제가 결코 아니잖아…….

은지호 곁에 누군가 있을 이유는 은지호가 그 사람을 좋아하는 것으로 충분해. 그런 식으로 따지면 나는 이 애들과 친구조차 될 수 없는걸.

지금까지 몇 년간 그런 식으로 자격을 따지는 것에 대해 타박받아 왔으면서, 은지호한테 쓴소리 몇 마디 들었다고 금세 예전처럼 돌아가는 내가 한심했다.

손등으로 눈가를 비비던 나는 유천영의 말에 다시 고개를 들었다.

"어떡할래? 은지호와 약혼녀, 사이가 어떤지."

"……."

"직접 확인할래?"

예상치 못한 제안에 유천영을 빤히 보던 나는 결국 고개를 끄덕였다.

은지호가 약혼이 내정된 상대가 있으면서도 내게 그런 제안을 한 것으로 보면 그가 약혼 상대를 진지하게 여기고 있을 리는 없다. 하지만 그는 아니더라도, 상대는 다를지도 모른다. 내가 자주 보아 왔던 것처럼. 만약 그렇다면…….

나는 벤치 위로 놓인 주먹을 꽉 움켜쥐었다.

그렇다고 해도 뭐? 내가 과연 은지호를 포기할 수나 있을까?

가슴 밑에 검은 불길이 고여 일렁이는 것 같았다.

은지호 너는 어떻게 너를 좋아할 기미를 보이긴커녕, 네 마음조차 있는 그대로 믿지 않는 사람을 그토록 오래 흔들리지 않고 좋아할 수 있었던 건지.

어떻게 그토록 절망적인 속내를 감추고서.

'지금 뭐가 가장 괴롭냐면, 내가 호의로 했던 모든 일이 너한테는 그저 번거롭고, 귀찮고, 차라리 없었으면 더 좋았을 그런 일일까 봐서. 아니, 그런 일들이었을 게 분명해서.'

'미안하다.'

어떻게 그런 말들을 내게 울지도 않고 담담하게 할 수 있었던 건지.

나는 도무지 이해가 가지 않았다.

이해가 가지 않아……. 그렇게 읊조리며 꽉 쥔 손을 이마에 가져다 댄 나는 한참 뒤에야 다시 고개를 들었다.

다시 유천영을 돌아본 내가 물었다.

"유천영, 네가 나한테 파티에 네 파트너로 같이 가자는 말을 하고 있다는 건 알겠어. 그런데, 넌 그래도 괜찮아?"

유천영이 감흥 없는 얼굴로 되물었다.

"괜찮냐니, 뭐가?"

"너는 나를 좋아…… 한다고 했는데, 이렇게 나를 도와줘도 괜찮으냐는 거지. 내가 은지호와 약혼녀의 사이를 확인하는걸……."

"널 도와주려고 파티에 같이 가자고 한 게 아닌데."
"그럼?"
유천영은 눈 하나 깜짝하지 않고 대답했다.
"내가 그 이유를 들이민 건, 그래야 네가 파티에 갈 결심을 할 테니까야. 진짜 이유는 물론, 내가 너랑 같이 가고 싶으니까."
"뭐……."
입을 뻐끔거리던 나는 이윽고 허둥지둥 고개를 돌렸다.
하여간 유천영 진짜, 돌직구 하나는 누구도 못 이기지……. 내가 그렇게 중얼거리며 달아오른 뺨을 숨기던 찰나, 그의 목소리가 다시 들려왔다.
"그리고, 어차피 그걸 확인하지 않는 한 너는 계속 신경 쓰여 할 테니까."
"응."
"그럼 나와 있는 동안 그만큼 집중 못 할 테고."
나는 멍하니 눈을 들어 다시 유천영과 시선을 맞추었다.
아무리 그런 계산이 깔렸더라도 나는 그렇게까지 못 할 것 같은데, 유천영의 저런 여유는 어디에서 나오는 걸까? 역시 과거가 바뀌어도 그는 그일 수밖에.
그리고 그가 덧붙였다.
"하지만, 너무 많이 상처받지는 마."
그 말에 나는 작게 고개를 끄덕였다.

유천영이 나를 염려해서 하는 말이란 건 알고 있었지만, 마치 다가올 파국을 예고 받은 것 같아서 마음 한구석이 선득해졌다.

* * *

다시 방으로 돌아간 나는 유천영과 내가 한올 그룹 파티에 같이 참석하기로 했음을 알렸다.

그리고 나는 조마조마한 눈으로 은지호를 바라보았다.

여기에서 내가 파티에 참석하는 것을 유일하게 실질적으로 막을 수 있는 사람은 은지호뿐이었으나, 그는 묘한 눈길로 나와 유천영을 보다가 고개를 끄덕이기만 했다.

그렇게 내가 허락을 받고 나자 여령이 또한 외쳤다.

"뭐야! 단이가 가면 나도 갈래! 음......"

주위를 바쁘게 훑던 그녀의 시선이 은형이에게서 멎었다.

확실히 은지호는 약혼이 내정된 사람이 있다고 했고, 유천영은 나와 가게 되었으니 여령이 혼자 참석하면 심심해질 게 분명했다.

여령이가 은형이에게 얼굴을 불쑥 들이밀며 물었다.

"은형아, 파트너 이미 있어?"

그 모습을 잠자코 바라보고 있던 나는 곧 깨달았다.

잠깐, 그런데 내가 알기로는 은형이는 파티에 잘 참석하지 않을 텐데…….

 나는 유천영의 아버지와 은형이네 아버지가 동시에 교통사고를 당했던 날, 유천영네 집 마당에서 고용인들이 쑥덕거리던 것을 떠올렸다.

 누구든 싫어하지 못할 정도로 성실한 은형이에 대한 그들의 대접은 이상하게도 몹시 박했으니, 어쩌면 파티의 참석객들도 태도가 그리 다르지 않을지도…….

 내가 참석했을 때는 어땠는지 떠올려 보려고 했지만, 그때 나는 그런 자리가 처음이었다 보니 너무 정신이 없어서 그 사람들이 은형이를 어떻게 대했는지는 전혀 기억나지 않았다. 뭐, 은형이가 우리 곁에 줄곧 붙어 있기도 했고.

 그때, 은형이의 난감한 듯한 시선이 유천영을 향했다. 그러자 유천영은 고개를 끄덕이며 말했다.

 "나도 어렸을 때와 같진 않아."

 "응? 그게 무슨 소리야?"

 여령이가 눈을 휘둥그레 뜨는 것에는 대답하지 않고, 은형이가 다만 빙긋 웃으며 말했다.

 "여령아, 그럼 같이 갈까?"

 "와! 응, 고마워!"

 그렇게 말하며 여령이가 은형이의 어깨를 덥석 끌어안았다.

 그녀가 누군가를 끌어안는 것은 별로 대수로운 일이 아니었다. 실제로 스킨십을 별로 좋아하지 않는 유천영조차 그녀에게 끌어안겨 본 일이 몇 번 있으니까. 이를테면 수학여행 때 은형이가 실종되자 그가 헬기 군단을 끌고 왔을 때라든가.

아, 갑자기 내 인생 장르가 인터넷 소설이라는 자각이 급격히 몰려오는군……. 그렇게 생각하며 이마를 짚은 나는 다시 은형이를 보았다.

여령이에게 끌어안긴 은형이의 안색은 평소와 같았다. 그가 '아니야, 내가 더 고맙지.' 하고 말하며 어깨 위에 놓인 여령이의 머리를 토닥였다.

그러나 나는 분명히 보았다. 머리카락 사이로 보이는 그의 귀가 붉게 물든 것을.

머리카락이 붉으니까 귀가 저렇게 붉어져도 티가 하나도 안 나네! 저건 진짜 괜찮다.

그때, 다 먹은 요구르트 빨대를 질겅이며 씹던 주인이가 손을 번쩍 들고는 말했다.

"뭐야. 나도 이번 여름 방학 때는 이 공부 모임 외에는 딱히 하는 일도 없는데. 나 빼고 다들 몰려가 버리면 쓸쓸하잖아. 나도 참석할래! 괜찮지, 지호야?"

"그래, 그래. 우리 집 안마당이라 생각해라. 왜, 아예 바비큐 석쇠도 놔 줄까?"

팔짱을 낀 은지호가 우아하게 빈정댔지만, 주인이는 그의 말은 들리지 않는다는 듯 활짝 웃으며 여령이와 손바닥을 맞부딪치더니 파티에 가서 무얼 할지에 대해 조잘조잘 떠들기 시작했다. 그 모습을 본 은지호가 한숨을 푹 내쉬었다.

 그 모든 소란을 가까이서 지켜보던 내가 중얼거렸다. 이 파티, 정말 가도 괜찮을까……?

제75조. 이제는 더 이상 법칙이 아니더라고요

이제는 더 이상 법칙이 아니더라고요

나는 당연히 이번에도 은지호와 갔던 때처럼 유천영과 함께 샵에 가서 입을 옷을 고르고, 헤어를 세팅하고 메이크업을 받을 줄 알았다.

그렇게만 생각하고 있었던 나는 수화기 너머에서 들려오는 유천영의 말에 당황했다.

[굳이 그럴 필요는 없어. 네가 사이즈 말해 주면 내가 옷을 골라서 몇 벌 보내 둘 테니까, 입어 보고 결정해. 나머지 옷은 파티 끝나고 같이 돌려줘도 되고, 마음에 들면 가져도 돼.]

"아니, 받을 수 있을 리가 없잖아. 돌려줄게."

[너 편한 대로 해. 파티 당일 낮에 데리러 갈 테니까 헤어랑 메이크업만 같이 가서 받으면 돼.]

"옷은 같이 안 고르러 가도 돼?"

내가 어리둥절해하며 물었다. 이제껏 파티에 한 번도 참석 안 해 본 내 눈을 뭘 믿고 옷 고르는 걸 맡기겠다는 건지. 물론, 사실 처음이 아니긴 하지만.

그러자 유천영이 말했다.

[네가 고르면 그 옷에 내가 맞출게. 너 공부 급한 거 빤히 아는데, 더 시간 쓰게 하고 싶지 않아. 파티 시작 네 시간 전에 만나는 걸로 됐어. 그것도 번거로우면 말해.]

"아, 아니야. 고마워……."

나는 머쓱해하며 대답했다. 하긴, 그 공부 모임에서 나만 유독 필사적으로 보이긴 했었지. 다 함께 부엌에서 뭘 만든다거나 하는 일에도 전혀 참여 못 했고.

그리고 나는 조금 흐뭇하게 웃었다.

역시 유천영, 보기와는 다르게 배려심 많고 다정하지. 은지호 자식은 왜 아무것도 모르면서 잔소리야, 언제나 나한테 맞춰 주는 건 네가 아니라 유천영 쪽이거든.

그러던 것도 잠시, 나는 다시 씁쓸한 표정을 지으며 핸드폰을 꽉 쥐었다.

그렇게나 다정한 유천영이…… 다시 나를 좋아하지 않게 되었더라면 좋았을 텐데.

물론 그랬다면 나는 지금 그와 함께 파티에 가지 못했겠지만, 틀림없이 다른 방법이 존재했겠지. 또, 친구로서 부탁했어도 그는 아마 들어주었을 게 분명하고.

왜 여단 오빠에 이어 유천영까지, 미안한 사람이 자꾸만 늘어나는 걸까……. 나는 눈을 내리감았다.

아니야, 여단 오빠는 아직 안 만났잖아. 앞으로도 마주치지 않으면 돼. 필사적으로 그렇게 되뇌던 나는 다시 들려오는 물음에 고개를 들었다.

[함단이? 듣고 있어?]

"어? 응."

[네가 그렇게 걱정되면 같이 고르러 가도 돼. 아니, 나는 오히려 그편이 좋아. 당연하지만.]

"아니야! 난 이걸로 좋아."

다급히 대답한 다음, 나는 그 즉시 후회했다. 어떡해, 방금 목소리 너무 컸어. 필사적인 티 다 났겠다…….

그런데 뜻밖에도 유천영은 작게 웃는 소리를 냈다.

뒤이어 들려온 말에 나는 눈을 휘둥그레 떴다.

[같이 가서 고르고 말고는 상관없어. 너한테 보낼 옷들, 다 내가 직접 골라서 보내는 거니까.]

"아."

[내 취향이 아닌 게 있을 리 없잖아. 원래 뭘 입어도 상관없긴 하지만.]

"이, 이만 톡으로 얘기하자."

잠시 멍해졌던 나는 정신을 차리자마자 그렇게 말하고는

전화를 뚝 끊었다. 그가 전화를 선호한다는 건 알지만, 계속 통화하다가는 낯부끄러운 말을 얼마나 더 듣게 될지 모르니까.

나는 진저리 치며 핸드폰을 품에 꾹 안았다. 으으, 차라리 텍스트로 보는 게 낫지, 목소리로 듣는 것만은 도저히 못 버티겠어.

이윽고 유천영에게서 다시 메시지가 왔다. 내 사이즈와 신발 치수에 대해 답장을 적어 보내고 나자, 불쑥 은형이와 여령이는 어떻게 준비하고 있을지 궁금해졌다.

나로서는 은형이가 여령이에게 마음을 품게 된 시작이 언제인지 전혀 모르는 만큼, '혹시나 함께 파티에 참석했던 것도 영향이 있지 않을까…….' 하고 생각할 수밖에 없었다. 일단 내가 처음 그에게서 이상한 기미를 느꼈던 것도 그 파티에서였기도 하고.

흠. 연락을 한번 해 볼까? 핸드폰 화면을 보며 고민하던 나는 결국 통화 버튼을 눌렀다.

컬러링은 금방 끊겼다.

"여보세요? 여령아? 너 은형이랑 파티 가기로 한 거 어떻게 준비하고 있어? 아니, 혹시 우리 같이 준비하게 되려나 하고…… 응, 응…… 그래."

그리고 나는 미묘한 표정으로 전화를 뚝 끊었다.

예상하긴 했지만 여령이, 정말 아무런 계획도 갖고 있지 않군. 하긴, 여령이가 나타나는 것만으로도 다들 멍해져서 걔가 무슨 옷을 입었는지 따위는 눈에 들어오지도 않을 걸……. 나는 고개를 끄덕이며 납득했다.

그로부터 고작 이틀 뒤, 유천영의 말대로 옷들이 도착했다.

비닐 포장재 따위가 아니라 빳빳하게 다려진 채로 옷걸이에 걸려 커버째 온 원피스들을 보며 나는 입을 벌리고 기겁했다. 엄마야, 이게 다 뭐람…….

한편 엄마도 의아해하긴 마찬가지였다. 내가 어찌할 줄을 모르고 침대 위에 늘어놓은 옷들을 본 엄마가 떨떠름하게 물었다.

"단아, 너 무슨 인터넷 쇼핑몰 장사라도 시작했니?"

"아니, 내가 말했잖아. 나 친구네 파티 간다니까."

"생일 파티 말한 거 아니었니……?"

엄마가 의문 가득한 표정으로 대꾸했다. 과연, 내가 생각하기에도 어느 날 딸이 파티에 간다고 하면 그 이상을 상상하기는 어려울 것 같았다.

설명하기 곤란해진 나는 그냥 적당히 대꾸하고 문을 닫았다. 다시 침대 위에 널린 옷들을 보며 나는 고민했다. 이 중에 뭘 입는담?

제일 간단한 방법은 물론 다 한 번씩 입어 보고 고르는 것일 테지만, 한 벌 한 벌이 다 비싸 보여서 얼룩이라도 묻을까 봐 꺼내기도 겁나는데.

고심 끝에 나는 결정했다. 다 입어 보지 말고, 한 벌을 고른 다음 그것만 꺼내서 입자. 나머지는 고이 반품하고.

내 용돈을 다 털어도 한 벌도 못 살 것 같은 옷들이 몇 벌씩이나 널려 있으니까 심장에 안 좋다, 정말……. 나는 벌렁대는 심장을 진정시키며 옷을 한 벌씩 살펴보았다. 그러던 내 눈에 문득 띄는 옷 한 벌이 있었다.

내가 작게 중얼거리며 그 옷 위로 손을 가져갔다.

"어, 이거……."

두 겹으로 이루어진 짧은 원피스였는데, 겉감은 하늘거리는 시폰 소재라 속이 비치고, 안감은 빳빳한 재질이었다. 겉감과 안감 모두 눈처럼 새하얀 색이었다. 그 외의 장식은 따로 없으나, 카라와 천에 큐빅인지 뭔지 모를 것이 드문드문 박혀 별처럼 예쁘게 빛나고 있었다.

함께 입게 되어 있는 흰 반바지가 한 세트였다. 활동성을 고려한 것 같았다.

그 옷을 빤히 보던 내가 중얼거렸다.

"이거, 내가 전에 입었던 옷이잖아."

나는 혹시나 몰라서 배달되어 온 신발 상자도 살폈다. 역시나 내가 전에 신었던 은색 샌들이 그대로 놓여 있었다.

"유천영은 이걸 다 기억하고……?"

턱을 짚고 고민하던 나는 곧 고개를 내저었다.

기억을 떠올렸다면 어떤 식으로든 티를 냈을 테니, 그가 내가 이 옷을 입었다는 사실을 기억하고 보냈을 리는 없겠지.

그리고 나는 다시 옷을 내려다보며 두 손으로 입을 막았다.

"어떡해, 이러니까 진짜 2년 전으로 돌아간 것 같잖아……."

그때와는 상황이 완전히 다른데도, 정말이지 그렇게 착각이라도 하고 싶어서 어쩔 줄 몰라졌다.

2년 전 그날 있었던 일에 대해 나는 거의 모든 것을 생생하게 기억하고 있었다. 그야 내가 생전 처음 납치까지 당했던 날이니, 기억을 안 하려야 안 할 수가 없다.

어두운 창고에서의 기억도 기억이지만, 우리 집 앞에 나를 데리러 왔던 은지호에 대해.

단 하루만 생일인 셈 쳐 달라던 그의 말에 대해. 내가 옷을 갈아입고 파티션 너머로 나오자 그가 지었던 표정에 대해, 나는 떠올리지 않을 수 없었다.

고민 끝에 나는 이 옷을 입기로 했다.

"조금의 감정이라도 떠올리게 할 수 있다면, 입는 게 낫겠지……."

2년 전과는 모든 것이 달라졌는데도 그때로 돌아간 듯한 느낌이 드는 것은 정말이지 견디기 힘들었지만, 그것을 위해서라면 참을 수 있었다.

나는 곧바로 유천영에게 흰 원피스와 은색 샌들로 결정했다고 메시지를 보냈다.

그러자 그 즉시 답장이 돌아왔다. 한창 바빠서 대답이 느리던 그가 아직 더 익숙해서, 눈을 깜빡이고 있던 나는 핸드폰 잠금을 풀었다.

[유천영 : 나도 그게 제일 예쁘다고 생각했어]
[유천영 : 기대할게]

나는 고개를 푹 수그리며 중얼거릴 수밖에 없었다. 아, 전화로 보고하지 않아서 정말 다행이다…….
그리고 나는 초조해하며, 때로는 기대하며 파티를 기다렸다. 물론 내 마음과는 전혀 상관없이, 한울 그룹 창립 기념일은 서서히 다가왔다.

* * *

마침내 파티 당일, 우리 집 대문 앞에 주차돼 있는 유천영네 차 문을 열어젖힌 나는 안에 타 있는 인물들을 보고 깜짝 놀랐다.
내가 두 눈을 크게 뜨며 뭐라고 말하기도 전에, 활짝 웃은 그녀가 손을 뻗어 단숨에 나를 안으로 이끌었다.
"단아! 어서 와."
"아, 응. 같이 왔어?"
얼떨떨한 목소리로 그렇게 묻고서야 바보 같은 질문이란

것을 깨달았다. 은형이는 유천영과 같이 사니까, 그가 파티에 참여한다면 당연히 여령이도 함께 올 수밖에 없겠지.

과연 좌석 맞은편에서 은형이가 나를 향해 부드러운 미소를 보내고 있었다. 나는 그를 향해서도 뒤늦게 손을 흔들었다.

"아, 안녕. 은형아."

"안녕, 단아. 오늘 날씨가 안 더워서 다행이다. 그렇지?"

"으, 응……."

나는 아직 놀란 마음을 추스르지 못해 어색하게 고개를 끄덕였다. 그러자 빙긋 웃은 은형이가 다시 말했다.

"옷 잘 어울린다."

"아, 고마워."

그렇게 말하며 나는 원피스 밑단을 만지작거렸다.

많이 고민했지만, 갈아입을 옷을 담을 곳도 딱히 없고 해서 나는 결국 집에서부터 원피스를 입고 나오기로 했다. 생전 못 보던 내 차림에 엄마 아빠의 눈이 휘둥그레진 것은 물론이었다.

대문 앞에서 차가 오길 기다리며 나는 생각했었다. 이럴 때면 이사를 가서 참 다행이긴 해. 아파트에 살았어 봐, 절대 이 옷 입고 단지 앞에는 못 서 있었을걸…….

그리고 나는 여령이를 보며 말했다.

"여령아, 너도 옷 잘 어울려."

"그래? 그냥 있는 거 아무거나 입고 나왔는데. 고마워."

뺨을 긁으며 쑥스럽게 대답하는 여령이 또한 내가 전에 본 검은 미니 드레스 차림이었다.

나뿐만 아니라 여령이도 2년 전과 정확히 같은 차림이라니. 강한 기시감을 느끼는 것도 잠시, 나는 애써 고개를 내저었다.

아니야, 그냥 우연일 뿐이겠지. 무엇보다 여령이는 저게 자기 옷이라고 하니까, 사이즈가 달라진 것도 아닌 이상 다시 입고 온 게 전혀 이상하지 않고. 내가 봐도 여령이는 2년 전에 비해 키가 별로 크지 않았으니까.

애써 그렇게 생각하던 나는 갑자기 날아온 유천영의 말에 고개를 돌렸다.

"예쁘다."

"뭐야, 갑자기."

반사적으로 당황해서 툴툴대는 내 손을 잡으며 유천영이 나직이 말했다.

"역시, 같이 파티 가자고 하기 잘했어."

"야, 유천영! 너 그 손 안 놔?!"

내가 뭐라고 대답하기도 전에, 반대편에서 외친 여령이가 내 손을 휙 채 갔다. 그러다 나와 눈이 마주치자, 그녀는 얼굴이 빨개진 채로 어쩔 줄 모르더니 외쳤다.

"예, 예쁘다는 말은 내가 언제든지 몇 번이고 해 줄게!"

"으, 응."

"그러니까 유천영한테 넘어가지 마……. 아니, 아무에게도."

울 것 같은 얼굴로 그렇게 말하는 것을 보며 나는 고민했다. 기억을 되찾은 건 유천영이 아니라 이쪽인 것도 같은데…….

아니, 고작 몇 달 새 친해진 사이일 뿐인 나한테 왜 이렇게까지 한담?

뭐, 나도 좋긴 하지만 말이야. 그렇게 생각하며 나는 손 내밀어 그녀의 목을 끌어안았다. 화장 안 한 건 이 차 안에서가 마지막일 테니까, 이럴 때 아니면 또 언제 껴안겠어.

그리고 나는 그녀의 등을 토닥이며 속삭였다.

"걱정하지 마. 내가 사귀는 사람이 생긴다고 해도, 가장 좋아하는 사람은 너야."

그러자 여령이의 얼굴이 울 것처럼 빨갛게 물들었다.

"저, 정말?"

"그럼."

"당연하지. 내 최우선은 언제나 너야."

여령이가 나와의 기억을 되찾든 되찾지 못하든 그런 건 중요치 않았다.

중요한 건 주인이와 마찬가지로, 그녀가 내게 했던 말들을 잊었다면 내가 똑같이 되돌려줄 것. 그뿐이었다.

그리고 그녀에게 둘렀던 팔을 떼고 떨어져 나오며 나는 생각했다.

여령이에게서 처음 이 말을 들었을 때는 울 것 같았는데, 막상 내 입에서 나오니 어째 무게가 다르군. 뭐가 문제일까? 나도 진심은 충분하다고 생각하는데.
 역시 장소의 문제인가? 하긴, 단둘이 방에서 말하는 것과 이런 차 안에서 말하는 건 확실히 분위기가 다르긴 하겠지…….
 조만간 반여령 방에 놀러 갈 구실을 만들어 내야겠어. 급기야 그런 결심을 하던 찰나, 여령이의 눈에서 물방울이 툭 떨어지는 바람에 나는 깜짝 놀랐다.
 놀란 것은 우리를 지켜보던 은형이와 유천영도 마찬가지였다.
 은형이가 놀라서 여령이의 팔에 손을 얹던 그때, 그녀가 흘러내린 눈물을 손가락으로 닦으며 중얼거렸다.
 "나 왜…….."
 그러고도 눈물은 멈추지 않고 계속 흘러내려 턱에 맺혀 후두둑 쏟아졌다.
 "여령아, 옷 젖겠다. 아니, 그런데 너 진짜 괜찮…….."
 내 말을 자르고 그녀가 갑자기 입을 열었다. 눈물이 조명에 반사되어 빛나는 눈으로 나를 바라보며.
 그녀의 눈 안에서 수십, 수천 개로 쪼개진 빛이 유성우처럼 쏟아지는 것 같았다.
 "단아, 친구를 사귄다는 건…… 누군가와 가까워진다는

건, 원래 이런 거야?"

그 순간 나는 마치 거대한 무언가에 압도된 것처럼 멍하니 있을 수밖에 없었다.

"나, 이름밖에 모르던 너와 단지 친구가 되었을 뿐인데…… 그것뿐인데도 어째서 내 인생의 반을 이제야 돌려받은 것 같은 느낌이 드는지 모르겠어. 나도 모르는 새 떨어져 나갔던 조각을, 내 일부를……."

그녀가 계속 울먹이며 말하는 것을 듣던 나는 간신히 손 내밀어 그녀의 손을 쥐었다. 방금까지 눈물을 닦던 그녀의 손은 작은 동물처럼 축축하고 따뜻했다.

그리고 그녀와 이마를 맞대며 내가 입을 열었다.

"아니야. 나도 그래, 여령아. 나도 항상……."

나는 목울대의 일렁임을 삼키며 애써 말을 이었다.

"네가 내 일부였다는 느낌을 받아. 내가 만들어지고 나서 네가 내게 온 게 아니라, 나는 너와 함께 만들어졌다고. 서로에게 영향을 주면서, 그렇게 자라났다고……. 그러니 우리는 절대로 떨어져서는 안 됐는데. 누군가 우리를 강제로 찢어 놓았다고."

나는 뒷말을 목구멍 안으로 밀어 넣었다.

그리고 그건 바로 나였어. 유천영을 살리기 위해서라고는 하지만, 내가 그렇게 결정했어. 기꺼이 내 삶에서 절반 이상을 차지하고 있던 너를 뜯어냈어…….

그러면서 뭔가가 함께 뜯겨 나간 게 분명해. 그러지 않았으면 하루하루가 이렇게 힘들었을 리가 없어.

심지어 때로는 은지호가 차갑게 대하는 것보다도, 내가 너에게 단지 반 친구에 지나지 않는다는 게, 더는 어린 시절부터 거의 모든 일을 공유하는 단 하나의 특별한 친구가 아니라는 게 나를 더 힘들게 했어…….

하지만 그런 생각을 할 필요는 전혀 없었던 거구나. 왜냐하면.

"기억은 사라져도, 감정은 남는 거니까……."

"응?"

어리둥절하게 되묻는 반여령에게 고개를 내저어 보인 나는 그녀를 더욱 세게 껴안았다.

우리를 실은 차는 마치 나룻배처럼 고속 도로 위를 소리 없이 나아갔다.

나는 운다고 해서 눈이 잘 붓지는 않았지만, 여령이는 정말이지 만화 주인공처럼 퉁퉁 부어서 샵에 도착하자마자 허겁지겁 냉찜질 팩을 눈두덩이 위에 얹어야 했다.

메이크업이 헤어 다음이라 다행이었다. 헤어 세팅을 하는 동안 냉찜질 팩을 계속 얹고 있자, 다행히 화장할 때쯤에는 눈이 거의 다 가라앉아 있었다.

정말이지 식겁했네. 그제야 안도한 내가 작게 웃었다.

모처럼 반여령이 꾸민 모습을 볼 기회인데, 눈이 붓는다면 아쉽잖아.

원 상태를 회복한 반여령은 샵 안 모두의 찬사 속에서 메이크업을 마무리했다.

우리 자리가 어찌나 요란했던지, 나중에는 다른 직원들마저 한 번씩 들러서 거울에 비친 반여령의 모습을 힐끔 보고 갈 정도였다. 사람들이 괜히 구석에 있는 우리 자리 옆을 지나가는 빈도 또한 눈에 띄게 늘었다.

그 속에서 나는 누군가 갑자기 내 옆에 불쑥 멈춰 서자 흠칫하며 옆을 보았다.

다름 아닌 이 샵의 원장인 권혜영 씨였다. 2년 전 은지호에게서는 '누나'라며 친근한 호칭으로까지 불리던.

나도 설마 샵까지 2년 전과 같을 줄은 몰랐기에 놀랐다.

여전히 금색 링 귀걸이가 잘 어울리는 그녀는 나와 눈이 마주치자, 빙긋 웃더니 손에 들고 있던 무언가를 내밀었다.

진홍색 천에 감싸인 물건을 본 내가 물었다.

"이게……?"

"고객님 헤어 하는 걸 보다 보니 허전한 것 같아서, 제가 급히 가져왔어요."

친근하게 말한 그녀가 내 머리 위에 그것을 가져다 대더니 거울을 보며 물었다.

"어때요, 잘 어울리죠?"

평소라면 당치도 않다며 고개를 내저었겠지만, 이번만큼은 멍하니 고개를 끄덕일 수밖에 없었다.

그도 그럴 것이, 그녀가 가져온 그 물건은 내가 2년 전에 착용했던 것과 똑같은 머리띠였기 때문이었다.

머리띠에 무수히 달린 반짝이는 것들이 큐빅인지 아니면 보석인지는 여전히 알고 싶지 않았다.

그렇게 생각하던 내게 권혜영 원장님이 웃으며 말했다.

"고객님, 이 샵이 처음이라고 하셨죠? 그런데 이상하게 저는 왜 계속 본 것 같은 느낌이 드는지……. 혹시 다른 분이랑 여기에 온 적 없으세요?"

"아, 네. 한 번도 없어요."

흠칫했던 내가 곧 웃으며 대답하자, 턱을 매만지며 '거참 이상하네…….' 하고 중얼거린 그녀가 내 앞에 머리띠를 올려놓고는 엄지를 치켜세우며 사라졌다.

하하, 하여간 여전히 반여령 닮아 활기찬 것도 여전하셔. 그렇게 생각하던 나는 때마침 메이크업이 끝나 머리띠를 조심스레 머리 위에 얹었다.

"앗, 단아. 그거 진짜 잘 어울린다!"

"너도…….."

여령이를 돌아보며 대답하려던 나는 그만 반사적으로 눈을 찡그렸다. 으악, 눈부셔. 이건 진짜 폭력적이기까지 한 미모잖아.

노아리가 쓰고자 한 건 사실 반여령이 미모로 온 인류를 압살하는 바이오하자드 장르가 아니었을까? 그러지 않는 한 이런 미모는 말이 안 돼⋯⋯. 그런 헛생각이나 하던 내 팔을 여령이가 잡아챘다.

"단아, 가자!"

"으, 응."

"내가⋯⋯."

반사적으로 나를 에스코트하려던 유천영이 반여령을 보더니 휴 하고 한숨을 내쉬며 내게 뻗었던 손을 거뒀다. 그 모습을 본 나는 키득키득 웃으며 고개를 돌렸다.

파티가 열리는 쥬노 호텔로 이동하는 동안 나는 생각했다. 뭐, 그래도 2년 전과 달리 처음이 아니라서 그렇게까지 긴장되진 않네.

게다가 오늘 예상치 못한 반여령과의 대화를 통해 정말 큰 위안을 얻었다. 그래서 나는 비로소 결심할 수 있었다. 앞으로는 은지호의 냉대에 절대 상처받지 않겠다고.

여령이와 은형이, 유천영을 돌려받은 것만으로도 이미 기적이었다.

그런데 은지호만은 내게 전과 같은 모습을 보여 주지 않는다고 해서 실망해선 안 돼. 오히려 그가 내 기억 속과 그토록 다른 모습인 건, 과거에 그가 그만큼 날 위해 노력했었다는 증거야.

그와 매일같이 얼굴을 볼 때는 솔직히 말해 그의 은색 머리카락이 얼마나 두피에 단단히 붙어 있는지 시험해 보고 싶은 마음뿐이었지만, 일주일간 얼굴을 보지 않으니 차차 마음이 가라앉았다.

내가 다시 중얼거렸다. 그리고 그건 주인이에 대해서도 마찬가지야. 이 세계에서의 그가 바라는 게 정말로 나와 더는 연관되지 않는 거라면, 나는 그걸 얌전히 받아들여야만 해.

내가 그에게 위안을 주고자 했던 말이 이 세계의 그에게는 도리어 압박으로 느껴졌을 수도 있지. 달라진 관계상 그건 어쩔 수 없어. 그에게 더는 압박을 줘선 안 돼.

애써 그렇게 되뇌며 나는 달리는 차 창 너머를 바라보았다.

어둑어둑해지기 시작한 하늘 위로 어느새 시가지가 나타나더니, 반짝거리는 높이 솟은 건물이 점차 가까워졌다.

* * *

호텔 입구에서부터 로비로 향하는 길까지 영화제에서나 본 것 같은 레드 카펫이 깔려 있었다. 우리를 입구에 내려 준 기사님이 차와 함께 사라지고, 비로소 세 명과 함께 레드 카펫 위에 서게 된 나는 울렁이는 속을 달랬다.

윽, 아무것도 깔리지 않은 평범한 샛길 없나. 벌써부터 부담스러워 죽겠네. 그러던 나는 로비와 가까워질수록 점점 밝은 빛을 내는 유천영의 옷을 보고 놀랐다. 앗!

갑자기 비명을 지르는 나를 떨떠름하게 바라보는 유천영에게, 내가 그의 소매를 잡으며 외쳤다.

"너 이거 백 정장이구나!"

내내 함께였는데도 왜 지금에서야 눈치챈 걸까 싶을 정도로 유천영의 재킷뿐만 아니라 안에 갖춰 입은 셔츠와 바지까지 모두 눈처럼 새하얬다. 클래식한 스타일보다는 오히려 무대 의상에 가까운 듯, 넥타이도 하지 않았고 안의 셔츠는 단추가 보이지 않는 데다가 목깃은 풀린 채였다.

"네가 흰옷 골랐잖아."

뭐 문제라도 있냐는 듯한 그의 얼떨떨한 물음을 무시하고, 나는 레드 카펫에 선 그의 주위를 빙글빙글 돌며 살폈다.

그의 눈썹이 천천히 치켜 올라갈 즈음, 마침내 엄지를 치켜든 내가 말했다.

"와. 너무 자연스러워서 차에서부터 봤는데 백 정장인 줄도 몰랐네. 너 진짜 모델이긴 모델이구나. 의상 소화력 장난 없다."

그의 옆에서 반여령이 고개를 쭉 내밀고 말했다.

"단아, 그냥 유천영한테 관심 없다고 솔직하게 말해 버려."

"아니야, 아니야. 진짜 자연스러워서 눈치 못 챘던 것뿐이라고."

그렇게 말하며 나는 열심히 손사래를 쳤지만, 유천영은 내 말보다도 반여령 말을 믿는 건지 눈빛이 어두워졌다. 아니, 잠깐만. 내 감상인데 내 말보다 반여령 말을 믿으면 어떡해?

안절부절못하던 나는 그의 팔을 툭 치고는 다시 말했다.

"너 이대로 들어가서 피아노 치면 사람들이 다들 반주자인 줄 알겠다. 앗, 나비넥타이가 없어서 안 되려나?"

그제야 삐질 태세에서 겨우 벗어난 그가 나를 빤히 보다가 대꾸했다.

"나 피아노 못 쳐."

"앗, 정말?"

"응. 전혀."

"와, 나랑 똑같네."

내가 인터넷 소설 남자 주인공과 공통점이란 게 생길 줄이야. 아니, 우리 또래라면 피아노 학원 한 번쯤은 다녀 본 게 보통이니까 말이야. 얼떨떨해하는 내게 유천영이 다시 말했다.

"대신 드럼이랑 기타는 조금 칠 줄 알아. 둘째 형이 가르쳐 줬어."

"앗, 나랑 같다는 말 취소."

그러자 유천영이 피식 웃었다. 비로소 웃음을 되찾은 그의 모습에 나도 마주 웃으며 팔짱을 꼈다.

우리는 나란히 걸음을 옮겨 파티장으로 향했다. 그런 우리 뒤를 여령이와 은형이도 손을 맞잡은 채 따라왔다.

호텔 초고층에서 입구로 들어가기 전 조망에서부터 시선을 뺏긴 여령이는 은형와 함께 잠시 야경을 보고 오겠다고 했고, 나와 유천영이 파티장 안으로 먼저 들어갔다.

파티장 내부는 전과는 달리 상당히 어수선했다. 전에는 내가 주최 측인 한울 그룹 일가 중 한 명인 은지호와 동행했기 때문에 일찍 와야 했고, 은한수 회장님의 연설을 고스란히 들어야 했지만 이번엔 그렇지 않기 때문일까. 실제로 유천영이 나와 반여령을 데리러 온 시각도 전보다 한참 늦은 오후 네 시가량이었다.

핸드폰을 클러치 안에 넣기 전 나는 마지막으로 시간을 확인했다. 벌써 저녁 8시 20분이구나. 어쩐지 배가 고프다 했네.

그리고 핸드폰을 넣고 클러치를 닫은 나는 다시 사방을 둘러보았다.

가장 먼저 눈에 띈 것은 구름 같은 인파에 둘러싸여 있는 은한수 회장님과 그 부인이었다. 은지호 또한 특유의 은색 머리카락 덕에 쉽게 눈에 띄었는데, 아니나 다를까 그의 주변도 발 디딜 틈 하나 없었다.

그 모습을 보던 내게 유천영이 말했다.

"우리가 여기 와서까지 굳이 은지호한테 인사하러 갈 필요는 없는 것 같고……. 일단 사람 빠질 때까지 좀 돌아다닐까."

"아, 응."

"은지호 약혼녀가 보이면 말해 줄게."

그가 낮게 덧붙이는 말에 나는 그제야 이곳에 왔던 본래 목적을 상기했다.

흠칫했던 내가 귀밑머리를 매만지며 고개를 끄덕였다.

"으, 응. 고마워."

"그럼 갈까."

나를 자연스럽게 핑거 푸드가 놓인 쪽으로 이끈 유천영이 배가 고프면 뭐 좀 먹어 두라고 말했다. 정작 그러는 그는 한두 개 정도 집어 먹고 마는 눈치였다.

하긴, 여기서 본격적인 식사를 하면 이상할 것 같기도 해. 나는 고개를 주억거렸다.

그것도 그렇고, 유천영은 원래 보는 사람이 다 입맛 없어질 정도로 입이 짧기도 하니까. 심지어 좋아하는 단것조차 많이 먹진 않고…….

그렇게 생각하며 연어 카나페를 입에 넣고 우물거리던 나는 누군가 등을 툭툭 두드리기에 뒤를 돌아보았다.

당연히 반여령이거나 은형이겠거니 했는데, 의외의 얼굴을 보고 나는 깜짝 놀라 입을 벌렸다.

"어."

"먹던 거 흘러나오겠다. 도로 다물어."

그렇게 말하며 김혜우가 내 턱을 들어 올려 내 입을 다물게 해 주었다. 그런 다음 그는 여자애 얼굴에 조심성 없이 손댄다며 김혜힐에게 어김없이 한 대 맞았다.

조금 놀란 것은 사실이었기에, 나는 그가 얻어맞는 모습을 방관했다. 그러고서야 내가 물었다.

"여기는 어쩐 일이야?"

물론 여기 오면서 그들과 마주칠 수도 있겠다는 생각을 안 한 건 아니었다. 그들은 엄연히 인터넷 소설에 많고 많은 재벌 2세 중 하나니까.

하지만 과거가 바뀌어 내가 파티에 온 적이 없게 돼 버린 지금 그들의 집안을 안다고 하는 것도 여의치 않고, 또 고3인데 설마 오겠어 하는 생각도 있었고 해서 일부러 아무 말도 하지 않았는데.

설마 정말로 마주칠 줄이야······. 나는 눈을 가늘게 떴다.

이렇게까지 모든 게 2년 전과 똑같이 흘러간다면, 조금 무서울 정도인데.

그러다 말고 내가 다시 고개를 내저었다. 아니야, 그래도 유천영은 2년 전과 달리 백 정장 입고 왔어. 그거면 됐지 뭐.

그때 다시 날아온 말에 나는 눈을 들었다.

김혜힐이 가장 먼저 물었다.

"여기에 우리가 왜 있냐니? 그건 우리가 할 말이야."

"우리는 우리 아빠가 은지호네 아빠와 유착 관계…… 아, 김혜힐. 아무튼 아예 관련이 없다고는 못 해서, 용돈 끊기기 싫으면 이런 자리는 나와야 해. 다 나와야 하는 건 아닌데 오늘은 아무래도 특별하지."

등을 문지르며 투덜대는 김혜우의 옆에서 김혜힐이 팔짱을 끼며 다시 말했다.

"맞아, 한울 그룹 창립 기념일이니까……. 그렇다고 해도 너까지 올 줄은 몰랐어. 어떻게 된 거야?"

그러더니 그들은 내 옆에 다가온 유천영을 보고 일제히 눈을 가늘게 떴다.

김 쌍둥이에게는 상황 보고 겸 내가 이들과 함께 방학 동안 공부하기로 했다는 것을 말해 두었다.

물론 유천영에게 고백받은 것은 말하지도 않았고, 말할 틈도 없었지만, 이들의 범상치 않은 눈치상 유천영과 내가 옷을 맞춰 입은 것만으로도 뭔가 알아차렸을 가능성이 컸다.

이윽고 재빨리 표정을 바꾼 그들이 말했다.

"안녕, 유천영."

"안녕."

"여기는 무슨 일이야? 이런 자리 잘 안 온다고 들었는데."

그러더니 김혜힐이 나를 힐끗 보며 하는 말에 나는 이마를 짚었다.

"단이랑 파트너로 온 거야?"

"응."

유천영은 그 대답 외에 아무 말도 하지 않았다. 마치 더는 설명할 필요가 없다는 듯한 태도였다.

그에 김혜힐이 묘한 눈빛으로 나를 바라보기 시작했다. 나는 어색하게 웃으며 입 모양으로만 '이따가.' 하고 말했다. 김혜힐 눈치를 내가 어떻게 당하겠어.

그때 김혜우가 불쑥 떠오른 것처럼 말했다.

"아, 그러고 보니 우리만 온 거 아니야. 윤정인하고 이루다도 왔어."

나는 난감해하던 것도 잊고 화들짝 놀라 되물었다.

"뭐? 루다도?"

윤정인이 온 거야 그도 2년 전 이 자리에 있었으니 별로 놀랍지 않았지만, 그때는 없었던 루다가 온 것만큼은 의외였다.

무언가를 떠올린 내 표정이 흐려졌다. 아니, 엄밀히 말하자면 오긴 왔었지. 비록 내 안전을 염려하여 여장하고 잠입했던 거지만 말이야……

하지만 이번에는 그럴 이유도 없으니 여장한 차림은 아닐 것 같았다. 무엇보다 그랬다면 이들이 그를 알아보았을 리도 없고.

과연 그랬다. 얼마 가지 않아 날아온 목소리에 나는 뒤를 돌아보았다.

"단아? 여긴 어쩐 일로."

"루다야!"

그의 이름을 외친 내가 반갑게 웃자, 루다의 얼굴이 금세 붉게 물들었다.

루다는 의외로 정석적인 검정 슈트 차림이었다. 그의 성격을 생각해 보면 진작 풀어 헤쳤어야 하는 진홍색 넥타이 또한 얌전히 매여 있었고, 넥타이핀까지 꽂혀 있었다.

이윽고 이쪽으로 다가와 유천영과 나란히 서는 그의 모습을 본 나는 감탄했다.

이렇게 보니까 둘이 각기 다른 장르 영화에 나오는 주인공들 같네. 루다는 시대물에 나오는 명문가의 도련님, 유천영은 아이돌이나…… 자유분방한 천재 피아니스트 정도 되려나? 정작 피아노를 전혀 못 친다는 게 문제지만.

그런 생각을 하면서 속으로 키득키득 웃던 내 앞에 윤정인 또한 나타나서 말했다.

"어, 뭐냐. 함단이 너 왜 여깄어? 게다가 이런…… 모습으로."

김혜힐이 옆에서 끼어들어 물었다.

"입이 삐뚤어진 것도 아닌데 왜 예쁜 걸 예쁘다고 말 못 해?"

"아니, 그것과는 별개로 평소하고 너무 달라서…… 괴리감 느껴지거든, 이 정도면?"

"그러는 너는 아닌 줄 알아?"

내가 기다렸다는 듯 이죽거렸다.

과연 윤정인은 2년 전 보았던 것처럼 교실에서는 언제나 사자처럼 헝클어져 있던 머리칼을 잘 고정하고, 격식을 갖춰 입고 있어 내가 본 사람 중에서는 제일 격차가 컸다.

"야, 너 뭐라고 했냐……."

분노가 섞인 윤정인의 말을 루다의 말이 썩둑 잘랐다.

"단아, 오늘 진짜 예쁘다."

윤정인이 다소 놀란 얼굴로 옆을 보았다. 나 또한 조금 당황하며 대답했다.

"응? 고, 고마워."

"진짜로……."

멍하게 되뇌는 그의 시선은 다름 아닌 내가 쓴 머리띠에 고정돼 있었다.

루다가 예쁘다고 한 건 사실 내가 아니라 내 머리띠가 아니었을까? 급기야 내가 그런 생각을 하던 찰나, 루다가 다시 말했다.

"너 그 머리띠 쓴 모습 꼭, 체육 대회 때 왕관 썼던 모습 같아. 진짜 잘 어울려. 너무 예쁘다, 단아."

"어, 응……."

떨떠름하게 대답하며 나는 속으로 고민했다. 이거, 사실은 칭찬이 아니라 욕인 건가?

체육 대회 때 나는 남들 손에 끌려다니랴, 물풍선 피하랴, 마지막에는 기어이 물에 빠지기까지 해서 거지꼴이 됐었다. 지금 과거가 달라졌어도 그때의 일이 그리 달라지진 않았을 것 같았다.

그런데 그때와 샵에서 메이크업 받고 헤어까지 세팅한 지금 내 모습이 다를 바 없어 보인다고? 역시 뭔가 문제가 있다는 뜻 아닐까?

그런 내 어깨를 툭툭 두드린 윤정인이 태연하게 말했다.

"야, 방금 들은 말 갖고 고민하지 마. 쟤는 이미 눈에 뭐가 단단히 씌어 버렸거든. 사랑의 콩깍지가 이래서 무섭다니까……."

루다가 그런 그를 향해 톡 쏘아붙였다.

"그건 윤정인 네가 할 말이 아닐 텐데."

"아, 그러고 보니 그것도 그렇네. 민아는 어디 갔어?"

김혜힐의 물음에 윤정인이 바깥쪽을 가리켰다. 혹시 오는 중인가 싶어 기대했던 나는 이어진 그의 말에 실망했다.

"아, 민아는 오늘 친척 모임 있어. 외가 식구들이 집에 다 모인다나 뭐라나."

"그렇구나."

"뭐, 굳이 그 이유가 아니었더라도 아마 오진 않았겠지만……. 그래도 너희가 다 온다는 걸 알았다면 좀 달라졌 겠지. 쳇, 이럴 줄 알았으면 미리 알아보는 건데."

윤정인이 턱을 매만지며 투덜대던 그때, 마침내 이 파티의 주인공이 등장했다.

인기척에 고개를 돌린 나는 어느새 내 등 뒤에 도달해 있는 인영을 보고 어깨를 흠칫 떨었다.

은지호는 그와 잘 어울리는 짙은 남색 정장 차림이었다. 샹들리에 불빛을 받아 빛나는 은색 머리카락이 눈부셨다. 길고 촘촘한 속눈썹 또한 은색으로 빛났고, 그 아래 숨은 눈동자는 대조적으로 모든 빛을 빨아들이는 듯한 싸늘한 검은색이었다.

피아노 앞에 앉아 새하얀 햇살 속에 파묻혀 있던 그의 모습이 마치 낡은 흑백 사진 같았다면, 지금 그의 모습은 어딜 봐도 선명한 컬러 포스터였다.

나를 보고도 아무 감흥 없어 보이는 은지호의 모습에 나는 속으로 생각했다. 역시. 고작 같은 옷차림 정도로 감정을 끌어낼 수는 없는 거겠지.

그는 내게는 시선 한 번 주지 않고 윤정인을 바라보면서 말했다.

"이거 예상치 못한 얼굴인데……."

그러자 윤정인이 기다렸다는 듯 받아쳤다.

"삼 년간 출석 도장 찍었는데도 예상치 못했다고 말하면 섭섭하다, 너."

"지금은 같은 반까지 돼 버렸으니 학교에서 보는 거로 충분하다고 굳이 말해야 이해하겠어?"

"야, 그건 나도 마찬가지거든? 내가 너 보려고 여기 나온 줄 알아? 으휴, 하여간 자신감 하나는 넘쳐서."

그렇게 말하며 고개를 절레절레 내젓는 윤정인을 향해 코웃음 치는 은지호를 나는 얼떨떨하게 바라보았다.

그도 그럴 게 나는 교실에서 생활하면서 한 번도 이들 사이에 서로 친한 듯한 분위기가 풍기는 것을 본 적이 없다. 솔직히 말하자면, 나는 윤정인과 은지호의 그런 모습을 보면서 '아, 천하의 윤정인도 지금의 은지호만큼은 어쩌지 못하는구나.' 하고 조금 안심했었다.

그런데 지금까지 둘은 딱히 대화할 일이 없었던 것뿐이었구나.

하긴, 고3이니 체육 수업이나 회의를 할 일도 거의 없지. 더군다나 윤정인은 전교 회장이라 회의를 한다고 해도 교실에 붙어 있는 일도 잘 없고 말이야.

다 내 착각이었어. 나는 조금 우울해졌다. 하긴, 윤정인의 친화력으로 누구든 친해지지 못할 리 없지…….

그러다 말고 나는 화들짝 놀라며 스스로 고개를 내저었다.

아니야, 은지호한테 더는 상처받지 않기로 했잖아. 그런데 벌써부터 이러면 안 돼.

그때 은지호가 유천영을 향해서도 말을 건넸다.

"일찍 왔네. 네 성격상 당연히 열 시쯤 지나서 느긋하게 도착할 거라 생각했는데, 그러고 보면 권은형도 같이 오는 한 지각할 수는 없겠구나."

"어, 권은형도 왔어?"

윤정인이 반색하며 물었다. 그러자 고개를 끄덕인 유천영이 대답했다.

"지금 반여령이랑 경치 구경하러 갔어. 금방 돌아올 거야."

그리고 은지호를 돌아본 그가 다시 말했다.

"나야 동행과의 약속도 있었으니까. 늦을 수는 없었지. 우주인은?"

'동행'이라며 굳이 나의 존재를 상기시키는 발언에 나는 어깨를 움찔했으나, 은지호는 이번에도 내 쪽은 쳐다보지도 않았다.

그가 여전히 유천영을 바라보며 답했다.

"우주인이야 뭐, 오늘 내내 톡방에도 안 나타나는 거 보면 모르냐. 또 자고 있는 거겠지 뭐."

"하긴."

대수로울 것 없다는 듯 납득하는 유천영에게 그가 다시 말했다.

"애초에 그 녀석이 이런 자리에 오겠다고 한 것 자체가 변덕이었고, 나는 차라리 안 올 거라고 생각하고 있으려고. 그편이 가능성 높기도 하고 마음 편하니까."

"그래."

그렇게 유천영과의 짧은 대화를 마무리한 은지호는 그제야 나를 보았다.

나를 온전히 눈에 담는 그의 얼굴에는 여전히 조금의 감정도 떠오르지 않았다. 다만 천천히 눈을 감았다 뜬 다음, 마치 나를 봤다는 사실 자체를 뇌리에서 지워 버린 듯한 얼굴이 된 그가 김 쌍둥이와 윤정인을 향해 말했다.

"그럼, 기왕 왔으니 재밌게 놀다 가. 결코 재밌는 자리는 아니겠지만 말이야."

"사려 깊은 말씀 고마워라. 감사해요, 주최자님."

김혜힐의 우아한 빈정거림에 어이없다는 듯 피식 웃은 은지호는 빠르게 뒤돌아 사라졌다.

그의 뒷모습을 노려보던 김혜힐이 다시 나를 돌아보며 무언의 추궁을 보냈다. 그녀는 나를 대하는 은지호의 태도가 이상하다는 것 역시 특유의 예리한 관찰력으로 눈치챈 게 틀림없었다.

아니, 하지만 은지호와 내 사이가 이렇게 돼 버린 경위를 설명하자면 정말이지 엄청나게 많은 이야기를 해야 하는데……. 잘못하면 파티 끝날 때까지 이야기가 안 끝날 정도로.

내가 그녀를 보며 난감한 웃음을 짓던 찰나, 대각선 쪽에서 여령이의 목소리가 날아왔다.

"단아! 여기 있었…… 앗, 김 쌍둥이랑 회장이잖아?"

"안녕, 혜우야, 혜힐아. 정인아."

반여령이 마치 종족 이름이라도 되듯 그들을 김 쌍둥이라고 부른 반면, 은형이는 부드럽게 웃으며 그들의 이름을 하나하나 불렀다. 과연 성격이 그대로 드러나는 인사법이라고 할 만했다.

아무튼 두 사람이 온 덕에 은지호의 등장의 여파가 사라진 것만은 다행이었다. 나는 휴 하고 안도의 한숨을 내쉬며 그들의 대화에 귀를 기울였다.

"뭐야, 함단이뿐만 아니라 권은형에 반여령까지? 이거 굉장히 이색적인 조합인데. 아니, 평소에 너희 친한 거 알고 있으니 그리 이색적이라고도 할 수 없지만……."

고개를 기울이며 그렇게 말한 윤정인의 시선이 내게 향했다. 너는 거기 왜 끼어 있냐는 뜻이었다.

나는 어색하게 웃으며 입을 열었다.

"나, 여름 방학 동안 애들이랑 같이 공부하고 있거든……. 여기 세 사람에 은지호랑 주인이까지 끼워서."

"뭐? 어쩌다가?"

윤정인이야 과거가 바뀐 것에 대해 전혀 알지 못하니, 우리가 갑자기 이렇게 친해진 것에 의아해할 만도 했다.

더군다나 고3은 수능이 가까워질수록 예민해지는 신경

때문에 고1, 고2 때 사귄 친구를 잃기는 쉬워도 새로 얻기는 힘든 시점이었다. 뭐, 학교에 붙어 있는 시간 또한 늘어나다 보니 기적처럼 빠르게 친해지는 이들도 몇몇 있지만.

다행히 윤정인은 우리에 대해 후자로 이해한 것 같았다. 금세 내 옆에 다가와 팔짱을 끼는 반여령을 본 그가 고개를 끄덕이며 말했다.

"하긴, 너희 이 짧은 새 엄청 친해졌으니까…… 그렇게 빨리 친해질 거면서 지난 3년간은 어떻게 한마디도 안 한 건지 신기할 정도라니까. 아무리 그동안 같은 반이 한 번도 안 됐어도 말이야."

"그야 당연히 3년 동안 천천히 친해지는 것보다는, 한 번에 친해지는 게 훨씬 운명적이고 낭만적이니까 그렇지."

반여령이 내 팔을 더 꼭 끌어안으며 그렇게 말했다. 그러는 걸 보면 그녀도 지난 반년 사이 윤정인의 주접, 아니, 존재에 제법 익숙해진 것이 틀림없었다.

그러자 윤정인이 질린다는 표정으로 답했다.

"아, 네. 예쁜 사랑 하세요……."

흔치 않은 그의 질린 표정을 키득거리며 바라보던 나는 옆에서 느껴지는 우울한 오라에 고개를 돌렸다.

그 오라의 정체를 확인한 내가 속으로 외쳤다. 이런, 루다야!

세계가 바뀌기 전, 내가 카페에서 공부하겠다고 했을 때도 그는 은지호와 경쟁하듯이 굳이 매일같이 나왔었다. 그런데 내가 그도 모르게 다른 이들과 함께 공부하고 있었다니, 당연히 충격일 수밖에 없겠지.

내가 김 쌍둥이에게도 말했던 것을 루다에게 말하지 않은 것은 당연히 그가 소문낼까 봐서가 아니었다.

단지 그는 내게 그를 '사용'하라고 말했지만 나는 여전히 그 일이 꺼려졌고, 더는 의지하지 않기 위해서라도 저들에 대한 일로 연락하는 빈도를 차차 줄여야겠다고 마음먹고 있었기 때문이다.

그때 내 시선을 느낀 듯 루다가 휙 고개를 들더니, 우물쭈물하며 다른 곳을 보았다.

그의 눈썹이 바들거리며 사이를 벌렸다 좁혔다 반복하는 것을 보아하니, 그는 애써 표정을 풀기 위해 노력하고 있는 것 같았다. 그 사실을 깨달은 나는 더더욱 미안해졌다.

결심을 마친 내가 그를 작게 불렀다.

"저기, 루다야."

"으, 응."

"잠깐 밖에서 얘기 좀 할까?"

그에 루다는 눈에 띄게 긴장한 표정을 짓더니 고개를 끄덕였다.

그걸 확인한 내가 유천영을 향해서도 말했다.

"잠깐 둘이 다녀올게."

그러자 유천영은 어울리지 않게도 조금 골이 난 것 같은 표정을 지었다. 그가 가라앉은 목소리로 답했다.

"너무 오래 안 오면 데리러 갈 거야."

일단은 파트너잖아. 그가 덧붙이는 말에 웃으며 나는 고개를 끄덕였다.

"그래. 너무 안 오면 데리러 와도 괜찮아."

그리고 다시 루다를 돌아보며 손을 내민 내가 말했다.

"가자."

* * *

내가 루다와 함께 간 테라스에서는 예상치 못한 만남이 기다리고 있었다.

물론 그는 우리를 만나려고 그곳에 있었던 게 아니라, 부산스러움을 피하고자 잠시 숨어 있었던 것뿐이겠지만.

그는 테라스 한가운데에서 두 손을 주머니에 꽂고 서서 바람을 쐬고 있었다. 몸에 딱 맞춘 듯한 고급 정장, 반질거리는 검은 구두, 흰 목덜미 위로 짧게 깎은 검은 머리카락이 살랑거렸다.

그 모습을 보며 나는 새삼 감탄했다. 언제 봐도 보험 광고나 투자 광고가 참 잘 어울리는 사람이로군. 성공한 기업가의 표본 같은 사람이 높은 빌딩에서 풍경을 조망하다가, 갑자기 뒤돌아보며 '무엇이든 맡겨 주세요. 확실히 책임져 드립니다.' 하고 말하는 그런 거.

유건과 연이 깊지 않은 나는 고작 그 정도 감상을 느꼈을 뿐이지만, 루다는 달랐다.

그는 뒤돌아 있는 남자의 정체가 유건이란 것을 알아차린 순간 빠르게 한 걸음 물러나더니, 얼굴을 찌푸리며 마음에 안 드는 티를 있는 대로 내기 시작했다.

2년 전 그들의 싸움을 기억하고 있는 나로서도 둘의 만남은 되도록 피해야 할 일이었다.

그러나 내가 루다에게 다른 곳으로 가자고 손짓하는 것보다, 유건이 이쪽을 돌아보는 게 더 빨랐다.

우리를 발견한 유건이 누가 봐도 신사다운 미소를 입가에 띠더니 말했다.

"아, 우리 천영이랑 같이 온 애로구나. 같은 반 친구라고 했나?"

"아, 네. 안녕하세요······."

나는 주춤거리다가 몸을 굽혀 인사했다. 그러자 유건의 눈에 이채가 떠올랐다.

그가 고개를 기울이며 물었다.

"나를 아니?"

"네. 다른 사람들이 말하는 걸 조금······. 천영이네 첫째 형이시라고."

나는 속으로 생각했다.

유건은 차기 발해 후계자, 당연히 은지호만큼은 아니더라도 파티 손님들의 시선이 쏠렸을 것이다. 그들에게서 유건의 얘기가 반드시 한 번쯤은 나왔겠지.

설령 그러지 않았더라도, 인터넷에서 그를 다룬 글을 보았다고 하면 된다. 유건은 이미 성인으로서 회사의 중역으로 일하기 시작한 지 오래니까.

물론 나도 유천영네 아버지 교통사고 때 알게 된 거긴 하지만, 설령 교통사고가 일어나지 않았더라 하더라도 그 사실은 크게 변하지 않았을 것이다.

과연 내 핑계가 자연스러웠는지, 유건은 그저 고개를 끄덕이고는 내 옆을 보았다. 그의 눈이 문득 가늘어졌다.

"그리고……. 네가 같이 있을 줄은 몰랐는데."

"피차 기분 더러울 테니 아는 척은 그냥 하지 말지?"

루다가 얼굴을 구기며 씹어뱉듯 내뱉은 말에 유건의 만면에 미소가 번졌다.

그가 아무리 봐도 기분 더럽다고 보기는 힘든 표정으로 말했다.

"이런. 오랜만에 봤는데 그게 무슨 정 없는 소리니."

"아, 됐고. 지금부터 이 테라스는 우리가 쓸 거니까 비켜. 싫으면 말고. 이쪽이 먼저 꺼져 줄 테니까."

유건이 여전히 나긋나긋한 말투로 말을 이었다.

"나야 너를 오래전부터 알아 왔으니 괜찮다고는 하지만, 네 말투가 그래서야 사람들이 네 성격을 오해하고 다가가지도 않을까 걱정이구나. 네 옆의 아가씨도 포함해서."

"웃기고 있네, 댁이 날 알긴 뭘 알아? 그리고 단이는 내 말투 신경 안 쓰니까, 그 핑계로 어떻게 해 볼 생각 마시지."

"흐음, 그래. 네 친구 이름은 단이라고 하는구나."

움찔하는 내 옆에서 루다가 가운뎃손가락을 곧게 치켜들었다.

그가 톡 쏘아붙였다.

"이미 뒷조사 다 했으면서 처음 안 척하지 마. 댁네 사랑하는 막냇동생이 처음 친구를 파티에 데리고 오겠다는데, 조사를 안 했을 리 없지. 그보다 얼른 말해, 비킬 거야 말 거야?"

"루다 네 옆의 아가씨가 네 말투에 신경 안 쓴다고 했지만, 과연 그럴까?"

두 사람의 신경전이 다툼으로 번지는 것을 말리려던 나는 유건의 말을 듣고 눈을 크게 떴다.

낌새가 영 좋지 않았다. 이러다 나까지 휘말릴 것 같은데.

그러나 내가 가자고 말하는 것보다 루다가 한발 빨랐다. 그가 두 눈을 희번덕이며 물었다.

"뭐?"

"그러지 않았다면 공개 고백까지 한 너를 두고, 굳이 천영이의 팔짱을 끼고 이 파티에 왔겠어?"

유건의 입에서 나온 '공개 고백'이란 말에 나는 잠자코 이마를 짚었다. 얼마나 소문이 요란하게 나 있는 건데, 그거.

한편 루다도 얼굴이 빨갛게 익어서 외쳤다.

"이런 우라질, 댁 역시 뒷조사 다 했잖아! 그러면서 뭘 안 한 척 뻔뻔하게……!"

"뒷조사보다는, 오랜만에 귀국한 김에 동생 학교생활에 대해 알아보러 다녔다고 하자. 겸사겸사 몇 년 전에 잠깐 봤지만 귀여운 동생으로 여기던 너에 대해서도 알아보고."

"귀엽고 나발이고 그런 소름 돋는 표현 나한테 한 번만 더 써 봐! 그땐 죽는다, 진짜!"

버럭대는 루다의 옆에서 내가 끼어들었다.

"저기요."

내 조용한 부름에 루다와 유건, 둘 다 나를 쳐다보았다.

나는 속으로 안도의 한숨을 내쉬었다. 둘 다 내가 이곳에 있다는 것 정도는 기억해 주고 있었구나. 난 또 잊어버린 줄 알았지.

그리고 내가 말을 이었다.

"아까 루다가 한 말 전부 사실이에요. 저는 루다 말투 신경 안 써요. 또 오해할 일도 없고요……. 저는 저희가 서로를 충분히 잘 안다고 생각해요."

"그러니?"

유건이 작게 금이 간 얼굴로 되물었다. 고개를 끄덕인 나는 다시 말했다.

"네. 그리고 파트너 건에 대해서도 말씀드리자면, 제가 루다가 여기에 올 거란 걸 모르고 있었을 뿐이에요. 사실 저야말로 원래라면 이런 곳에는 평생 올 일이 없으니, 루다도 저한테 알리지 않았고요."

"그렇구나……."

"네, 그러니까 루다한테 상처 주기 위해 절 이용하진 마셨으면 해요."

말을 마친 내가 유건의 눈을 똑바로 올려다보았다.

여전히 휘어져 있는 그의 검은 눈 안에 좁고 깊은 낭떠러지가 생겨난 것이 보였다.

하지만 난 물러서지 않기로 했다.

전에 파티에서 둘의 대화를 엿들었을 때, 유건이 루다에게 얼마나 심하게 말하는지 직접 들었기도 하고.

게다가 분명 이건 막냇동생이 좋아하는…… 윽! 아무튼, 호감이 있어 보이는 여자애에게서 라이벌을 떼어 내려는 수작이겠지.

하지만 내게 거절당한 뒤에도 친구로 남겠다고 해 준 루다를, 유건이 자기 보기에 거슬린다는 이유로 멋대로 내게서 떼어 내 버릴 수는 없는 것이다.

그렇게 생각하며 나는 유건의 눈을 계속 똑바로 쳐다보

앉다.

 다행히 지난 6년간은 물론이고 최근에는 목숨이 걸린 일들까지 많이 겪어선지, 예전 같았으면 몇 초 못 마주치고 물러났을 텐데 지금은 그를 마주하는 게 그리 어렵진 않았다.

 먼저 시선을 피한 것은 유건이었다. 그가 처음 보았을 때와 같이 완벽한 보험 광고 모델 같은 미소를 짓더니 말했다.

 "미안하구나. 루다가 버럭대는 게 귀여워서 잘 구슬려 주려던 게, 널 불쾌하게 할 줄은 몰랐어."

 "아니에요. 괜찮아요."

 유천영네 첫째 형과 심하게 갈등할 생각까진 없었던 나는 냉큼 답했다. 무엇보다도, 얼마 전부터 내 머릿속에서는 엄마와 아빠의 직장이 발해 그룹과 얼마만큼 관련이 있는지에 대한 정보들이 휙휙 스쳐 지나가고 있었다.

 그 가운데 다시 루다를 돌아본 유건이 말했다.

 "한국 생활에 훌륭하게 적응한 것 같구나. 좋은 친구도 얻었고 말이야. 너한테는 다소 과분한."

 "흥, 이제야 본색을 드러내는군."

 대놓고 과분하다는 말을 들었음에도 루다는 화내긴커녕 씩 웃었다. 그러는 걸 보면 그는 뒷조사나 도발당했다는 것보다도, 유건이 적의를 숨기고 겉으로는 사근사근하게 구는 것이 제일 거슬렸던 모양이었다. 그가 사납게 웃는 얼굴 그대로 말했다.

"댁이 전부터 날 과하게 거슬려 한다는 건 알고 있었어. 게다가 지금은 댁네 막냇동생이랑 같은 학교까지 다니니까 더 그렇겠지. 그런데 그거 알아? 당신이 막냇동생을 위해서라면 뵈는 게 없는 미친개라면, 나한테도 이제 날 위하는 사냥개가 하나 생겼거든."

그 말을 들은 나는 속으로 중얼거렸다. 루다 네가 말한 게 사람은 아니지? 진짜 사냥개를 가리켜 말한 거지? 설마······.

그렇게 생각하기가 무섭게 우리가 있던 테라스 문을 획 열고 한 사람이 들어왔다.

검은색 정장을 입은 그는 파란 꽃무늬 셔츠를 입고 우리 학교 체육 대회에 왔을 때 하고는 인물 자체가 달라 보였다.

잠시 하늘색 눈을 깜빡이던 그가 싱그럽게 웃으며 말했다.

"루다야, 형 불렀어?"

"형이라고?"

놀란 듯 내뱉는 것도 잠시, 유건이 곧 아무렇지 않은 듯한 미소를 되찾으며 말했다.

"아, 그랬지. 리드사의 후계자가 바뀌었다는 중요한 소식은 당연히 건너 들었는데 말이야."

그러자 하늘색 눈동자를 굴려 유건을 위아래로 살핀 루카스도 씩 웃으며 대꾸했다.

"그러는 그쪽은 혹시, 제 동생 친구인 유천영의 형님 되십니까? 발해 그룹 후계자라는."

"네, 맞습니다."

"하하, 제 동생이 그쪽 동생에게 신세 많이 지고 있다고 들었습니다."

"저야말로요."

순식간에 태세를 바꾼 두 사람이 웃으며 손을 맞잡았다.

두 사람 다 무서울 정도로 생글생글 웃고 있긴 했지만, 눈 안에 떠오른 글자는 한결같았다. '누가 내 동생 친구야?'

아무래도 그들은 서로의 동생이 상대방의 동생과 어울리기엔 너무 아깝다고 생각하고 있는 것이 분명했다…… 음, 또 하나의 전쟁이 시작될 기미가 보이는데.

내가 말없이 눈살을 찌푸리는 사이, 루다는 거리낌 없이 유건과 자기 형을 한데 묶어 테라스 밖으로 던져 버렸다.

"그럼, 둘이 개싸움 실컷 하도록 해. 나는 단이랑 단둘이 할 얘기가 있으니 말이야."

그리고 더러운 것 만진 듯 손을 탈탈 털어 낸 루다가 날 향해 손을 내밀었다.

"문에서 좀 더 떨어진 곳으로 갈래? 저 둘이 혹시나 엿들을지도 모르니까 말이야. 둘 다 정보 수집에는 수단 안 가리는 인간들이라."

"방금까진 설마 싶었는데, 루다 네가 그러니까 설득력 있게 들리긴 한다. 그럼 조금만 안으로 더 들어가자."

"그래."

나는 불빛을 받아 장갑을 낀 것처럼 하얗게 빛나는 루다의 손을 잡고 테라스 안쪽으로 향했다.

인공적으로 만들어진 얕은 물가 주위에 잔디와 돌길이 깔려 있었고, 그 사이사이에 나무 단상과 파라솔 달린 테이블들이 세워져 있었다. 난간 근처에도 위에 올라가서 야경을 볼 수 있게 해 둔 나무 단상과 긴 의자가 있었다.

루다의 손을 잡고 난간 앞 의자로 다가가 앉은 나는 바깥 풍경을 바라보며 탄성을 내뱉었다.

"와. 야경 진짜 엄청나다. 여기에서 보니까 건물들 창이랑 차 불빛들이 다 별 같아."

"그러게."

"여기 몇 층이더라? 50층보단 낮지? 아닌가? 비슷한가?"

고층이라 그런지 머리카락을 세게 흩날리는 바람 속에서 우리는 마주 보고 웃었다.

그것도 잠시, 내가 얼굴에서 웃음을 차차 지우며 말했다.

"루다야."

"응."

그는 이미 들을 말을 모두 짐작한 듯, 후련한 듯한 표정을 짓고 있었다.

"내가 좋아하는 사람, 전에는 말 못 했지만, 이제는 숨길 필요가 없을 것 같아서. 네가 알고 싶다면 적어도 너에게는 말해야겠다고 생각했어."

"응."

"듣지 않아도 괜찮아?"

"아니, 듣고 싶어."

주저 없는 대답에 고개를 들자, 흔들림 없는 시선이 나를 향하고 있었다. 나는 왠지 얼굴이 뜨거워지는 것을 느꼈다.

강한 바람에 헝클어지는 금발 아래로, 그가 지그시 나를 보며 말했다.

"말해 줘."

"응."

순간 마음의 괴로움 때문에 나는 짧게 눈을 감았다 떴다. 그리고 내가 말했다.

"은지호야."

"……."

"내가 좋아하는 사람."

잠시 우리 사이에 침묵이 흘렀다.

한동안 고개를 들지 못하던 나는 뒤늦게 고개를 들어 루다의 얼굴을 확인했다. 그의 미간이 심상치 않게 일그러져 있음을 확인한 내가 중얼거렸다.

아, 역시. 듣고 싶다고는 했지만, 들어도 괜찮을 거란 얘기는 아니었겠지…….

그때 루다가 불쑥 말했다.

"좀 더."

"응?"

"좀 더 좋은 사람을 좋아할 수는 없었어? 왜 하필 좋아해도 그런 재수 밥 말아 먹은 놈을……."

루다가 금발을 거칠게 헤집으며 내뱉은 말에 비로소 긴장이 풀렸다. 굳었던 어깨를 펴고 작게 키득거린 내가 물었다.

"그게 문제였어?"

"당연하지. 말 나온 김에 물어보자. 그 자식 너한테 같이 있을 때 잘해 줘? 뭔가 이상한 말 같은 건 안 해?"

루다가 여전히 미간을 좁힌 채 투덜거렸다.

"내가 보기에는 걔나 우주인이나 너에 대해 헛다리 짚어도 한참 잘못 짚은 것 같던데. 그래서 그거 알자마자 걱정됐어. 아, 물론. 질투를 안 했다고는 못 하는데……."

붉어진 얼굴로 갑자기 횡설수설하는 루다를 나는 따뜻한 눈으로 바라보았다.

물론 은지호가 나에게 한 헛소리는 어록을 만들어서 그가 기억을 되찾으면 보여 주고 싶을 정도로 많지만, 굳이 그런 말을 해서 은지호의 명을 재촉하고 루다가 감옥 가게 할 필요는 없을 것이다.

무엇보다 기억이 돌아온다는 보장도 없고 말이지……. 내가 그런 생각을 하며 쓰게 웃자, 뭔가 낌새를 알아챈 듯 루다가 내 어깨를 붙잡았다.

그가 가라앉은 목소리로 물었다.

"뭐야, 무슨 말 들은 거지? 그래, 그 자식이 그 재수 없는 주둥아리를 한 번도 안 놀렸을 리가 없……."

"어, 불꽃놀이다!"

나는 허둥지둥 테라스 난간을 짚고 벌떡 일어나며 외쳤다. 아닌 게 아니라 먼 상공에서 폭죽이 빠르게 피어나는 꽃처럼 펑펑 터지고 있었다.

밤하늘에서 자줏빛과 금빛 가루들이 반짝반짝 떨어지는 모습을 보며 내가 말했다.

"와, 요즘은 불꽃놀이 볼 일이 많네. 놀이공원에서도 그렇고……. 고3답지 않은 호사인데."

"단이 너……."

루다는 수상하다는 눈으로 나를 노려보았지만, 끝끝내 말을 잇지는 못했다. 결국 가볍게 한숨을 내쉰 그가 다시 정면을 돌아보았다. 우리는 아까 야경을 구경할 때처럼 나란히 앉아 불꽃놀이를 구경했다.

그러다 말고 루다가 불쑥 말했다.

"단아."

"응?"

나는 다시 그를 돌아보았다.

"이러고 있으니까 말이야, 꼭 새해 전야 같다."

그에 눈을 깜빡이던 나는 싱거운 웃음과 함께 대답했다.

"지금은 여름인데? 새해는 한겨울이잖아."

그런데도 루다는 그치지 않고 반짝거리는 눈으로 말했다.

"하지만 호주에서는 새해가 여름이야."

"그게 뭐야……."

웃으며 말하다가 말고 불현듯, 나는 루다가 말하고자 하는 것을 깨달았다.

새해 전야에 해외에서 흔히 하는 풍습. 다 함께 광장에서 시계탑과 불꽃놀이를 보며 카운트를 외치다가, 마침내 카운트가 0이 되면 누구나 할 것 없이 옆 사람에게 입맞춤하는…….

내가 반사적으로 내 뺨을 가리며 덥석 물러나자, 루다가 그런 나를 보며 아쉬운 듯 혀를 찼다.

그것도 잠시, 그가 눈을 반짝거리며 물었다.

"안 돼? 외국에서는 그냥 인사인데."

"여긴 외국이 아니라 한국이잖아!"

"하지만 연극 때는 별말 안 했잖아."

"그땐 네가 여자인 줄 알았……."

무심코 말하다 말고 나는 두 손으로 내 입을 틀어막았다. 아차, 말실수를.

그러나 이미 때는 늦어 있었다. 옆을 돌아보니, 루다는 트라우마를 자극당한 듯 상처받은 눈으로 나를 보고 있었다.

이윽고 내게서 고개를 돌린 그가 침울하게 말했다.

"맞아, 그랬지. 그땐 정말 충격이었어. 내가 좋아하는 여자애가 반년 동안 내 성별을 착각했다니……. 어쩌면 네가 리드사에 잠입하지 않았더라면 평생 잘못 알고 있었을지도 모르지."

"아, 아니. 나는 그게, 저……."

네가 하는 행동만 보고 너를 인터넷 소설의 남장여자 주인공으로 착각했다고 도대체 어떻게 말해!

내가 속으로 머리를 쥐어뜯던 찰나, 그가 다시 말했다.

"하지만 아무리 그래도 그렇지, 정말 믿을 수가 없어. 내가 여자 교복을 입은 것도 아니고, 엄연히 남자 교복을 입고 있었는데……."

"와, 잠깐, 잠깐! 루다야, 그건 내가 정말 미안했어. 나한테는 그럴 수밖에 없었던 특별한 사정이……."

이거 정말 얘기를 해야 하나? 나는 그의 어깨를 붙든 채 고민했다. 하지만 만약 한다면 어디까지지?

다행히 루다가 내가 다른 세계 사람이란 건 알고 있으니까, 이것과 맞춰서 얘기를 그럴듯하게 지어내 보면…….

아니, 하지만 인터넷 소설에 대한 설명 없이 이걸 어떻게 설명해? 그럴 수 있었으면 내가 작가지 소설의 등장인물이었겠냐고!

아리야! 보고 있다면 날 좀 도와줘! 급기야 내가 더는 이 세계에 없는 사람에게 구조 신호까지 보내던 찰나, 날 물끄러미 보던 루다의 얼굴에 새삼 장난기가 돌았다.

그가 다시 말했다.

"그럼 허락해 줘."

"허락하다니? 뭘?"

"한쪽 뺨."

나는 그대로 얼어붙은 채로 생각했다. 루다가 방금 한 말이 내 뺨을 한 대 치고 싶다는 뜻은 아니겠지? 아니어야 하는데……. 정말로 루다가 나를 친다면 나는 한 대만 맞아도 죽지 않을까?

그때 루다가 다시 입을 열었다.

어느새 장난기가 완전히 걷힌 푸른 눈은 진지하게 날 담고 있었다.

"우리가 함께 오는 파티는 이게 마지막일 거 아니야. 또, 네가 아무와도 사귀지 않는 순간도."

"그건…… 아니지 않을까? 상대가 은지호니까."

쓴웃음을 삼킨 내가 어색하게 말하자, 루다는 작게 고개를 가로저었다.

"아니. 그러진 않을 거란 예감이 들어. 솔직히 말해서는 널 그따위 놈한테 넘기다니 말도 안 된다고 소리치고 싶지만……."

"감이야?"

"응. 감."

그리고 루다가 다시 날 빤히 보았다. 그가 대답을 기다리고 있다는 것을 깨달은 나는 고민도 잠시, 결국 한숨과 함께 고개를 끄덕였다.

그러자 만족스러운 듯이 웃은 그가 내 귓가에 고개를 가져다 댔다.

루다의 입술이 막 내 뺨을 스치려는 찰나, 그의 뒤로 누군가 다가오는 것을 본 나는 황급히 그를 밀쳤다.

"자, 잠깐만! 루다야."

그러나 이미 때는 늦어 있었다. 루다의 입술은 내 뺨에 안착한 상태였고, 새로 나타난 이는 그 모든 광경을 속속들이 본 상태였다.

나는 루다에게서 황급히 물러나며 중얼거렸다.

"유천영······."

"둘이 뭐 해?"

심상치 않게 들리는 목소리였다.

나는 새삼 내가 루다와 나올 때 그가 했던 말을 기억해 냈다. 너무 늦으면 데리러 올 거라고 했었지. 나는 흔쾌히 고개를 끄덕이며 그러라고 했고.

이럴 줄 알았으면 그러지 말걸······. 뒤늦은 후회를 곱씹는 내게 루다의 말소리가 들려왔다.

"왜 이래? 외국 한 번도 안 나가 본 사람처럼. 널 끔찍이 아끼는 네 형이 억지로라도 널 매번 방학마다 끌고 간 걸로 아는데."

"여기는 외국이 아니라 한국이잖아."

내가 루다의 입맞춤을 사양할 때와 똑같은 이유를 댄 유천영이 나를 바라보았다.

얼어붙은 듯 파랗게 빛나는 시선 앞에 나는 그만 어깨를 움츠리고 말았다.

"하하, 그게……."

파트너로 온 사람은 내버려 두고 다른 사람에게 입맞춤을 받다니. 비록 그것이 인사에 가까운 입맞춤이었을지언정 미안하긴 하네.

그러다 말고 불쑥 억울한 기분이 치솟았다. 아니, 잠깐만. 2년이나 돼서 잊고 있었던 건데, 사실 나한테 누구보다도 많이 입을 맞춘 건 유천영 아니야? 심지어 한 번은 허락도 안 받고 그랬을 텐데?

나는 어느새 미안한 마음도 잊고 그를 노려보았다. 완전 내가 하면 로맨스 남이 하면 불륜 아니야, 이거?

내 시선에도 아랑곳하지 않고, 성큼성큼 다가온 유천영은 이루다와 대결하듯 나란히 섰다. 그가 다시 내뱉은 말에 나는 머리가 멍해졌다.

"닦아 낸다고 해도 입 맞췄다는 사실이 사라지는 것도 아니고."

그러면서도 유천영은 굳이 내 **뺨**을 엄지로 문질러 댔다.

루다도 그런 그를 기가 막히다는 표정으로 쳐다보는 사

이, 유천영이 나를 향해서 말했다.

"나한테도 허락해 줘."

"뭘?"

"인사라며?"

뒤늦게 그 말뜻을 알아차린 내가 입을 벌렸다. 야, 너 진짜…….

그런 내 심경과는 상관없이, 앞에서는 유천영과 이루다의 불꽃 튀는 눈싸움이 벌어지고 있었다. 결국 체념한 내가 말했다.

"그래. 해라. 인사."

"뭐? 단아, 잠깐. 나한테는 그렇게 어렵게 허락해 주고서……."

억울한 표정을 지으며 그렇게 말하는 루다에게 유천영이 기회를 잡았다는 듯 냉큼 말했다.

"너한테만 허락이 어려웠던 이유를 생각해 보는 게 어때."

"닥쳐. 자기는 나한테 허락해 준 거 자기한테는 왜 허락 안 해 주냐고 유치하게 굴어서 겨우 허락받은 주제에."

"둘 다 잠깐……."

순식간에 쉽게 모인 시선에 나는 머쓱해하며 말했다.

"내가 유천영 너한테 쉽게 허락한 건, 루다랑 인사 차원에서 한 걸 너하고는 안 하겠다고 하면 의미 자체가 이상해지니까 그런 거야. 그래도 민망하니까 빨리해."

난 외국 한 번도 안 나가 봤단 말이야. 내가 작게 투덜대자, 묘한 표정을 지은 유천영이 비로소 나를 향해 고개를 숙였다.

내 뺨에 미미한 온기를 남기고 떨어져 나가는 입술의 감촉에 나는 묘한 표정을 지었다.

음, 처음 뺨에 입맞춤 받았을 때는 정말 민망하다 못해 죽을 것 같았는데, 몇 번째 되니 이것도 할 만하다는 생각이 드는군. 외국에서 인사할 때 쓰는 이유를 알 것도 같아. 아니, 그래도 난 한국인인데, 역시 이런 감상은 좀 위험한 게 아닌가…….

생각이 점차 이상한 방향으로 뻗어 나갈 무렵, 나는 테라스 문 근처에 서서 이쪽을 보고 있는 인영을 발견했다.

나는 뒤늦게 탄성을 뱉었다.

"아."

그리고 나는 낭패란 듯이 미간을 좁히며 중얼거렸다. 아, 이럴 때면 새삼 내 삶의 장르가 인터넷 소설이라는 게 너무 싫어…….

"너희 거기서 뭐 하냐?"

그도 그럴 게, 그렇게 말하며 이쪽으로 다가오는 이는 다름 아닌 은지호였다.

나는 솔직히 말해 은지호가 아무 말 없이 넘어갈 줄 알았다. 평소의 은지호를 생각하자면, 그는 남의 일에 전혀 관여하는 성격이 결코 아니니까. 심지어 그 상대가 아무리 절친 유천영과 어느 날 일상에 끼어든 수상쩍은 여자애, 즉 나라고 해도.

그러나 그는 아직도 내 어깨를 짚고 있는 유천영과 루다, 그리고 나를 번갈아 보더니 태연하게 물었다.

"진짜 뭐 하냐? 그런 걸 할 거면 단둘이 있는 곳에서 해야지, 굳이 이루다가 있는 곳에서. 아니면 너…… 이 두 사람 증인이라도 해 주기로 부탁받았어?"

"아, 그런 거 아니거든?!"

버럭 외치는 루다에 이어 유천영이 담담하게 말했다.

"무슨 오해를 했는지는 모르겠는데, 네가 있던 곳에서는 잘 안 보였겠지만 방금 내가 입 맞춘 곳은 입술이 아니라 뺨이었고, 그냥 인사였어."

그 말을 들은 나는 속으로 안도했다. 역시, 나를 좋아한다고 하더라도 유천영은 유천영이구나.

유천영이 여기서 나쁜 마음이라도 먹고 제대로 해명하지 않았다면 내 처지는 크게 곤란해졌을 것이다. 나와 은지호 사이가 돌이킬 수 없을 만큼 멀어졌을 테니, 어쩌면 그의 입장에서는 이득이었을지도 모르고.

그러나 유천영이 모든 정황을 명명백백히 밝혔음에도 은지호는 여전히 못 미더워하는 눈치였다.

그가 눈을 가늘게 뜨며 물었다.

"외국도 아닌데 인사로 굳이 뺨에 입을 맞춰?"

그러자 그때까지도 가만히 있던 루다가 입을 열었다.

나는 왠지 모를 불안감을 느끼며 생각했다. 루다야, 내 생각에는 너는 그냥 가만히 있는 게 좋을 것 같은데…….

"그건……. 불꽃놀이를 보다 보니 새해 전야 같은 느낌이 들어서. 물론 한국의 새해는 겨울이지만 호주는 여름이라서. 그래서 내가……."

"아니, 루다야. 잠깐만."

이마를 짚으며 그의 말을 끊는 나를 은지호가 돌아보았다. 그가 믿을 수 없다는 듯이 물었다.

"뭐야, 그러니까 지금. 유천영뿐만 아니라 이루다도 너한테 입을 맞췄다고?"

"아니, 넌 방금 그 말을 듣고 그게 추리가 돼?"

어떻게 그게 되지? 역시 사소한 단서를 조합해서 이 세계가 소설 속이란 걸 가장 먼저 알아냈던 추리력이 어딜 가진 않는군…….

그러던 나는 아차 하며 고개를 들었다. 나를 보는 은지호의 눈이 차갑게 굳어 있었다.

그야, 그가 알기로 나는 유천영을 좋아하고 있었으니까.

그런데 유천영의 앞에서 이루다에게 뺨에 입맞춤을 받고도 모자라 그걸 본인 앞에서 당당히 말한다? 은지호가 보기에는 이런 기이한 상황도 없을 것이다.

일그러진 눈으로 나를 노려보던 은지호는 유천영을 보고

조금 이성을 되찾은 듯했다.

그리고 그가 다음으로 꺼낸 말에 유천영과 이루다가 일제히 발끈했다.

"차라리 나한테 당당히 쏘아붙이던 그 기백으로 고백을 해. 이게 뭐 하자는 거야? 질투 작전이라도 돼?"

"은지호 너 내가 단이한테 이럴 줄 알았어. 그냥 인사라고 했지. 그것도 내가 청해서 한 거야. 재수 없는 소리 한 번 더 지껄이기만 해!"

으름장 놓듯 으르렁대는 루다 옆에서 유천영 또한 말했다.

"어디 계속해 봐. 함단이가 너 성격 나쁜 거 다 알게."

그러자 은지호는 기가 막힌다는 표정으로 입을 다물었다.

한편, 나는 이 두 사람이 왜 은지호에게 유난히 날카롭게 구는지 알고 있었다. 이 둘은 내가 좋아하는 상대가 은지호라는 것을 아는 거의 유일한 사람들이니까. 그래도 은지호 입장에서는 마른하늘에 날벼락도 이런 날벼락이 따로 없겠지······.

결국 한숨을 내쉰 나는 말을 꺼냈다.

"은지호."

내 부름에 은지호의 시선이 나를 향했다.

태연히 어깨를 으쓱한 내가 말을 이었다.

"루다 말마따나 뺨에 키스하는 것 정도는 외국에서는 인사니까, 나는 두 사람이 내 뺨에 키스한다고 해서 딱히 문제 될 건 없다는 생각으로 허락했는데……. 정 네 눈에 문제 있어 보이면 소문내든가 해. 난 상관없어."

솔직히 난 반쯤 될 대로 되란 심정이었다. 이 장면을 가장 보이고 싶지 않은 사람이 다름 아닌 은지호였는데, 하필 그에게 보이게 되었으니…….

그러자 나를 게슴츠레하게 노려보던 은지호는 이윽고 고개를 돌렸다. 그가 까칠하게 대꾸했다.

"내가 그걸 소문을 내긴 왜 내?"

"아, 그래? 나는 네가 하도 예민하게 굴길래 내가 무슨 큰 잘못이라도 한 건가 했지."

"좋아하는 사람 좀 물어본 것 갖고 나하고 더는 말 안 하겠다던 네가 이렇게 개방적인 줄은 몰라서 좀 놀랐을 뿐이야."

내가 과연 은지호를 말싸움으로 이겨 볼 날이 오긴 올까?

나는 미간을 찌푸리며 대답했다.

"너는 나하고 아무 사이도 아니잖아. 아무 사이도 아닌 사람이 자꾸 좋아하는 사람 물어보면서 귀찮게 구는 거랑, 친한 사람이랑 인사로 뺨에 키스하는 거. 고르라면 누구나 후자를 고를 거라고 생각하는데."

"귀찮다고……."

그가 미간을 돌연 좁히며 그렇게 중얼거리는 이유를 알 수가 없어 나는 말없이 눈썹만 찌푸렸다.

나는 그에게 친해지고 싶다는 의사를 분명 여러 번 표현

했었다. 그것도 우회적인 방식이 아니라 몹시 노골적인 방식으로. 이렇게 자존심도 없이 매달려서야 그가 나를 받아 주기는 할까 싶을 정도로.

실제로 나는 은지호가 나를 끝끝내 받아 주지 않은 데 그런 이유도 어느 정도 있을 것이라 짐작하고 있었다.

그런데 이제 와서 내게 자기가 아무것도 아니라는 사실에 기분 나빠 한다고?

나는 속으로 어이없어하며 대꾸했다.

"내 표현에 무슨 문제 있어? 그런다 한들 네가 나한테 쓴 표현에 비할까 싶은데."

"아, 그만. 됐어, 여기까지 해. 나는 그런 것 때문에 화난 게 아니니까. 그냥……."

지친 듯이 말한 그가 유천영을 힐끗 보았다.

"내 친구의 몰랐던 취향을 발견해서 놀랐을 뿐이니까."

그에 유천영이 미간을 좁히며 싸늘하게 말했다.

"알았으면 이만 가지 그래. 질투 작전 같은 말도 안 되는 소리 운운하지 말고."

상황이 이렇게 되니, 유천영은 은지호의 친구가 아니라 오히려 루다와 한패 같아 보였다.

그런 말을 듣고서도 은지호는 여전히 태연해 보였다.

"걱정 마. 네 취향을 이번에 알았으니, 다음엔 놀라서 이렇게 반응할 일도 없겠지."

그렇게 말한 그는 미련 없이 자리를 떴다.

그의 뒷모습을 보며, 나는 아무래도 그가 지나치게 다른 애들 시부모처럼 굴고 있다는 생각을 머릿속에서 지울 수가 없었다. 도대체 남 일에 좀처럼 관심이 없는 그가 왜 저러는 걸까?

이윽고 작게 한숨을 내쉰 유천영이 나를 돌아보았다. 그가 눈썹을 날카롭게 찌푸리며 말했다.

"미안. 하필 그때 저 자식이 올 줄은."

나는 재빨리 손을 내저었다.

"아, 아니야. 난 괜찮아. 오히려 은지호라서 다행이지. 소문날 걱정은 없으니까."

"하지만······."

유천영은 여전히 미안한 기색을 감추지 못했다. 하필 내가 좋아하는 사람인 은지호 앞에서 그런 장면을 보이고 그런 말까지 들었는데, 정말로 괜찮냐고 묻고 싶은 눈치였다.

나는 여전히 웃으며 어깨만 으쓱했다. 하하, 뭘 모르는구나. 나는 너 없는 자리에선 이미 그보다 더한 말도 들었단다.

그때 루다가 돌연 뭔가를 깨달은 듯한 표정으로 입을 벌렸다. 그가 유천영을 가리키며 말했다.

"아, 아니, 잠깐. 설마 유천영 너도 알고 있었냐? 그, 단이가 은지호를······."

말이 채 끝나기도 전에 유천영의 표정이 묘하게 변하자, 루다의 안색 또한 창백하게 변했다.

그가 망연자실한 얼굴로 중얼거렸다.

"어째서 나보다 먼저……."

"아, 아니야! 루다야. 유천영 쟤는 내가 말해 준 게 아니라 자기가 알아서 눈치챈 거야."

내 말에 루다의 얼굴에 조금 화색이 돌아오던 찰나, 유천영이 한심하다는 듯 대꾸했다.

"그걸 왜 눈치 못 채?"

그러자 얼굴이 붉어진 루다가 또다시 버럭 외쳤다.

"내가 할 말이야! 그걸…… 그걸 어떻게 눈치채? 솔직히 말해, 발해 그룹에서 사람 마음을 읽는 렌즈라도 개발해 낸 건……. 그래, 네 눈! 네 형들은 다 검은 눈인데 너만 푸른 눈인 게 이상하다 했어."

"루다야, 그거 아니야. 진정해."

가만 내버려 두면 SF 장편 대서사시를 써 내려갈 것 같은 루다를 일단 말린 나는 미묘한 표정으로 안쪽을 눈짓했다.

"그보다도 우리, 일단 들어가지 않을래? 여기 정도면 꽤 외지다고 생각했는데, 막상 있다 보니 그렇지도 않은 것 같아서……. 더 있다간 이 파티에 온 모든 아는 사람을 만날 것 같아."

벌써 우리가 마주친 사람만 해도 유건에 루카스, 거기에 은지호까지 만났으니 틀린 말은 아니었다. 그러자 안색이 창백해진 루다와 유천영이 얌전히 고개를 끄덕였다.

우리가 샹들리에 불빛이 눈부신 홀 안으로 돌아오는데, 마침 반대편 테라스 입구 쪽에서 은형이와 여령이가 걸어오는 것이 보였다.

여령이는 은형이의 손목을 잡고 잔뜩 화난 얼굴로 씩씩대고 있었고, 그 옆에는 염려하는 표정을 짓고 있는 김 쌍둥이가 서 있었다.

도대체 무슨 일이지? 나는 한숨 돌리려던 계획도 접고 그들에게 다가갔다.

"단아."

나를 발견한 여령이는 한결 누그러진 기세로 내 목을 끌어안았다. 김 쌍둥이가 뒤에서 눈에 띄게 안도한 표정을 짓는 걸 보면 여령이가 내뿜던 맹수 못지않은 살기가 그들에게 여간 압박이 아니었던 게 틀림없었다.

그녀의 포옹을 익숙하게 받아들인 내가 물었다.

"무슨 일이 있었던 거야?"

"그게……."

금세 분위기가 다시 험악해진 여령이가 말을 꺼냈다.

"계속 안에만 있으니 답답하기도 하고, 또 아까 밖에서 봤던 야경이 예뻐서 모두에게 보여 주고 싶기도 해서 내가 먼저 제안해서 다 같이 테라스로 나갔거든. 그런데 거기에

웬 개 같은 자식들이……."

은형이가 옆에서 담담하게 제지했다.

"여령아, 욕."

"아, 미안. 강아지 같은…… 아니야, 이건 너무 귀엽잖아!"

그리고 울상을 지은 그녀가 고개를 홱 돌리며 외쳤다.

"은형아, 나 그냥 욕할래! 그 자식들이 먼저 너 욕했잖아. 그런데 나는 왜 하면 안 돼? 이건 불공평하잖아! 더는 나 말리지 마."

아, 아니나 다를까 내가 은형이가 파티에 간다고 했을 때부터 걱정했던 일이 터졌군. 그리고 나는 은형이를 흘긋 보았다.

아니, 그보다도 여령이가 이렇게 노발대발하는 걸 보면 보통 말을 들은 게 아닐 텐데, 본인이 화를 내긴커녕 여령이를 말리다니…….

그때 은형이가 다시 말했다. 평소와 다를 바 없는 조곤조곤한 말투였다.

"더러운 사람들 때문에 네 입을 더럽히면 아깝잖아, 여령아."

"……."

잠깐 침묵이 맴돌았다. 그 가운데 나는 내 귀를 의심했다.

방금 은형이가 누군가를 가리켜 '더럽다'고 한 게 맞는 걸까? 그것도 저런 온화한 표정과 말투로?

그때 옆에서 김혜힐도 끼어들었다.

"맞아. 굳이 더러운 놈들을 욕하기 위해 더러운 말을 쓸 필요는 없어. 타협해서 '칫솔로 이빨 대신 발가락을 닦아야 할 놈들'은 어떨까? 그 정도면 괜찮지 않아, 반장?"

"욕도 없고 괜찮네."

"좋아, 그럼 '칫솔로 이빨 대신 발가락을 닦아야 할 놈들'로 결정. 앞으로는 그렇게 부르자."

회의 결과라도 전달하듯 태연히 말한 김혜힐이 여령이를 향해 턱짓했다.

그러자 잠시 멍하니 있던 여령이가 다시 말을 꺼냈다.

"그, 그래. 칫솔로 눈알을 문대 버려야 할 놈들 말인데, 그놈들이 뭐라고 했냐면."

"아니, 여령아. 호칭 틀렸는데."

조심스럽게 지적하는 내 옆에서 루다가 작게 중얼거렸다. 윽, 아무리 우리 집안 사람들이라도 저런 흉악한 발상은 안 해······.

과연, 내가 생각하기에도 저런 짓을 했다간 양치질할 때마다 두고두고 떠오를 것 같았다.

여령이는 그런 우리 둘의 반응에는 아랑곳하지 않고 외쳤다.

"그놈들이 은형이가 유천영과 함께 사는 걸 가리켜 팔자 좋다면서, 귀찮은 일들은 유천영이 다 알아서 처리해 줄 테니 엄청 편하겠다고 하는 거야, 글쎄!"
"뭐?"
내 얼굴이 단번에 심각해졌다.
여령이가 주먹을 부들부들 떨면서 말을 이었다.
"성인이 거의 다 되도록 같이 살고 있으니 따로 살게 되면 자기 앞가림 제대로 할 수 있겠냐면서, 발해 그룹에서 호의로 애를 거둬다 폐…… 품으로 만들었다고."
폐품이라고? 그런 표현을 듣고도 정말 괜찮은 거야, 은형아? 나는 걱정스러운 얼굴로 은형이를 돌아보았다.
그때 여령이에게서 여전히 분에 가득 찬 외침이 터져 나왔다.
"멍청한 자식들, 뭘 알고서나 말해! 유천영이 은형이 뒷바라지를 하는 게 아니라, 은형이가 유천영을 뒷바라지하는 거거든!"
좌로 보나 우로 보나 앞구르기 하며 보나 진심 가득한 그녀의 외침에 홀 안에는 잠시 정적이 흘렀다.
이윽고, 나와 루다는 어쩔 수 없이 고개를 끄덕이며 말했다.
"음, 그건 그래."
"너 때문에 착한 반장이 무슨 고생이냐?"
나와 루다가 차례로 말하는 가운데, 심지어 유천영마저 아무 반박 없이 수긍했다.

"맞아. 권은형이 없었으면 난 출석 일수 미달로 고등학교 졸업을 못 했을 거야."

아니, 유천영. 그건 그렇게 당당하게 말할 일이 아니지……. 내가 그를 보며 미묘한 표정을 짓던 찰나, 여령이가 두 손을 더더욱 세게 쥐었다.

이어진 그녀의 말에 내가 얼굴을 굳혔다.

"그리고 가장 어이없던 건……. 은형이 본인이 워낙 재수가 없는데, 그게 지금은 유천영과 함께 살고 있어서 티가 나지 않을 뿐이래. 뭔가를 따로 해 보려고 하기 시작하면 그때부터 재앙이 우르르 덮칠 거라고……. 본인이 얼마나 성실하고 열심히 살아왔는가에 상관없이."

어떻게 그런 말을 할 수가 있지. 나는 작게 뇌까렸다.

그들이 은형이에 대해 아무것도 몰랐어도 결코 안 되었겠지만, 은형이에 대해 조금이라도 알고 있다면 더더욱 해선 안 되는 말이었다.

순식간에 싸늘해진 분위기 속에서, 잠자코 인상을 쓴 유천영이 말했다.

"그래서 그놈들 지금 어디 있는데."

"천영아, 난 괜찮아."

"됐으니까 말해."

유천영의 표정으로 보아, 그는 은형이가 과호흡 발작을 일으켜 놓고 병원 안 가겠다고 했을 때와 비슷한 인내심의 한계를 느끼고 있는 것 같았다.

한숨을 내쉰 유천영이 뭐라고 쏘아붙이려던 찰나, 난감하게 웃은 은형이가 다시 말했다.

"내가 괜찮다고 한 건, 복수하지 않아도 된다는 뜻이 아니라 이미 했기 때문에 괜찮다는 뜻이었어."

"뭐?"

"내가 아니라 여령이가……."

"뭐 했어?"

이전까지의 분노도 잊고 되묻는 유천영에게, 이번에도 여령이가 아닌 은형이가 침착하게 대답했다.

"테이블을 엎었어."

"……."

다시 주위에 침묵이 찾아온 가운데, 나는 차분하게 생각했다. 여령이가 머리끝까지 화가 났는데 테이블 하나로 끝났으면 싸게 먹힌 거지, 아무렴.

그러다 말고 나는 문득 위화감을 느꼈다. 아니, 잠깐. 그런데……. 테라스에 플라스틱으로 된 테이블이 있던가?

그러기가 무섭게 은형이의 말이 들려왔다.

"테라스에 나가 봤으면 알겠지만, 플라스틱으로 된 테이블이 아니야. 통짜 원목으로 되어 있고, 의자가 일체형인데다가 파라솔까지 달려 있어."

"……."

"여령이가 그걸 엎어 버리면서, 한 번만 더 그런 말을 했다간 니들 몸이 여기 깔리게 될 거라고 하니까…… 다들 창백하게 질려서 도망가더라고."

모두가 조용해진 가운데, 은형이가 사뭇 걱정스러운 얼굴로 덧붙였다.

"테이블은 나도 도와서 다시 세웠고, 더군다나 우리는 지호가 초대해서 온 거니까 별걱정은 안 되지만……. 그보다 난 여령이가 걱정이야. 누가 복수심이나 품지 않을지……."

갑자기 걱정스럽던 그의 목소리가 멈추었다.

우리가 눈이 휘둥그레진 그의 시선을 따라가자, 분한 듯 입술을 깨물고 눈물을 뚝뚝 흘리고 있는 반여령의 모습이 보였다.

반여령은 원래부터 감성이 풍부한 데다가 친구를 무엇보다 중시했으니, 이제 와서 울음이 터진 것은 별로 이상한 일이 아니었다.

우리가 말문이 막히게 한 것은 그녀가 잇새로 뱉는 말들이었다.

"그 자식들이 뭔데…… 뭔데 감히 네가 행복해질지 말지를 논해? 걔들이 너에 대해 뭘 아는데? 뭘 안다고 감히 우리도 못 하는 말을……."

우리가 숙연해진 가운데, 그녀가 몹시 분한 듯 읊조렸다.

"널 누구보다도 아끼는 우리조차도 너한테 부담될까 봐

차마 행복해지란 말을 아직까지 못 했는데…… 그런데 개들이 뭔데 그런 말을 하냔 말이야!"

그리고 손등으로 눈물을 거칠게 훔친 그녀는 씩씩하게 말했다.

"두고 보라지. 내가 은형이 행복해지게 해 줄 거야. 죽어도 행복해지게 해 줄 거야. 반드시……."

바로 그때였다. 은형이가 갑자기 손을 뻗어 여령이의 팔을 붙잡았다.

여령이와 눈이 마주치자, 그는 가만히 고개를 내젓더니 말했다.

"죽는다는 말은 하지 마."

"하지만—"

"내가 이래서."

분한 듯 터져 나오던 여령이의 외침을 은형이의 말이 싹둑 잘랐다.

우리가 눈을 휘둥그레 뜨고 그를 보는 가운데, 그가 몹시도 담담하게, 도리어 산뜻한 미소마저 띠고서 말했다.

"이래서 내가 여령이 널 좋아해."

"……."

여령이가 돌연 붉어진 얼굴로 입을 닫았다.

한편, 주위 사람들은 그 말을 대수롭잖게 여기는 반응이었다.

그도 그럴 게 은형이는 자타 공인에 윤정인조차 인정한 '설레는 남자'였고, 저 정도 말은 친구에게도 얼마든지 할 수 있으니까.

그러니까 이 중에 그 말의 진의를 눈치챈 건 나밖에 없었다.

내가 놀라서 입을 벌린 가운데, 나만큼이나 놀란 여령이가 떨리는 목소리로 물었다.

"그, 그거 친구로서 한 말이지……?"

"아니."

그러자 주위 사람들이 술렁이는 한편, 여령이의 얼굴은 순식간에 빨갛게 물들었다.

나는 그 모습을 보고 속으로 감탄했다.

내가 아는 한 반여령은 결코 다른 사람의 고백에 저런 식으로 반응하는 사람이 아니었고, 그건 설령 상대가 은형이라고 해도 마찬가지였다.

은형이의 마음이 밝혀지고 둘이 몇 달간 이어 갔던 지지부진한 삽질만 봐도 그랬다. 심지어 둘의 마음이 통한 다음에도 사귀는 것은 한참 뒤의 일이 되지 않았던가?

아니, 뭐. 삽질에 대해서는 내가 논할 바가 아니긴 한데……. 속으로 어색하게 웃은 나는 다시 생각했다.

그러니까 이건 두 가지 가능성을 의미한다.

하나는 내가 없는 사이 여령이가 연애에 긍정적인 사람으로 바뀌었거나. 하지만 내가 보기엔 딱히 그렇진 않은 것 같았다.

그렇다면 남은 가능성은 하나. 은형이를 좋아했던 이전 세계 그녀의 감정이, 지금 이 세계에도 영향을 미치고 있다는 것.

그리고 나는 일순 억울한 표정을 지었다. 아니, 그런데 한 놈은 아직까지 왜 저러는 거야?

그때 옆에서 툭 튀어나온 손이 나를 끌어당기는 바람에 나는 정신을 차렸다.

어느새 나를 방벽처럼 앞에 내세운 여령이가 은형이를 향해 고개만 빼꼼 내밀고 있었다.

그녀가 더듬거리며 말했다.

"하, 하지만. 남친을 사귀게 되면."

은형이는 놀라울 정도로 평온한 모습으로 되물었다.

"사귀게 되면?"

"단이와 둘만의 시간이 그만큼 사라지게 되는 거잖아!"

그 순간, 나는 무도한 자들의 막말조차 금 가게 하지 못한 은형이의 얼굴에 처음으로 금이 가는 것을 보았다.

그리고 나는 진심을 담아 중얼거렸다. 은형아, 내가 미안해…….

아무래도 이번에도 둘의 최대 연애 난관은 내가 될 모양이었다.

절묘한 타이밍으로 그 순간 홀의 불이 꺼지더니 음악이

흐르기 시작했다. 이번 파티도 저번과 같이 댄스 타임이 마련되어 있는 모양이었다.

어느새 은형이의 고백을 머릿속에서 깨끗이 지운 듯한 여령이가 내 손을 잡으며 말했다.

"단아! 첫 춤은 나랑 추자."

그녀의 한 점 거리낌 없는 미소에, 나는 왠지 가슴 한구석이 따끔거리는 느낌을 받았다.

애써 은형이와 시선을 마주치지 않으려고 노력하며 내가 대답했다.

"그, 그래. 그런데 나 춤 잘 못 추는데 괜찮아?"

"응! 내 발 마구 밟아도 돼!"

"아, 아니. 그건 좀."

그녀에게 한 손으로 질질 끌려가며, 나는 김 쌍둥이에게 위로받고 있는 은형이를 안타깝게 바라보았다.

그러나 그것도 잠시, 다시 여령이를 돌아본 나는 밝게 웃었다. 뭐, 기왕 이렇게 되었으니 지금은 둘만의 시간을 만끽하도록 할까?

다행히 우리는 서로의 발을 얼마 밟지 않고 춤출 수 있었다. 춤이 끝나자 안도의 한숨을 내쉰 나는 마치 귀부인처럼 능청스럽게 무릎을 굽혔다. 그러자 여령이도 키득거리며 내 인사를 마주 받아 주었다.

그것도 잠시, 여령이는 다음으로 나와 춤추기 위해 다가

온 사람을 보고는 미간을 찌푸렸다.

"뭐야?"

루다가 당연한 듯이 대꾸했다.

"뭐긴? 어서 그 손 놓기나 해."

"왜 사람한테 이래라 저래라야?"

"너야말로 왜 단이 허락도 안 받고 계속 손을 잡고 있는 건데? 단이가 물건이냐?"

잠시 아옹다옹 다투던 그들은 끝내 새로운 곡이 흐르기 시작하자 서로 물러났다. 여령이는 더는 저항하지 못하고 내 손을 루다에게 넘겨주었고, 내 손을 넘겨받은 루다는 날 보며 부드럽게 미소 지었다.

긴장 때문에 뻣뻣하게 굳어진 날 보고 무슨 생각을 한 건지, 그가 조금 조바심치는 말투로 말했다.

"나 춤 잘 춰."

그제야 나는 작게 웃으며 대꾸했다.

"알아."

"진짜?"

"응. 넌 나와 달리 이런 건 다 잘하잖아. 내가 너무 실수할까 봐 그런 거였어."

"내가 상대인데 그런 걱정을 왜 해?"

자신감 있게 말한 그는 내 손을 끌어다 자기 등 뒤에 얹고 나를 매끄럽게 이끌었다.

과연, 그가 단언한 대로 그와 춤추는 것은 여령이와 춤추는 것만큼이나 편했다.

마침내 곡이 끝나 가자, 루다는 잔뜩 아쉬워하는 얼굴로 내 손을 잡고 있던 손에 힘을 주었다.

그가 중얼거렸다.

"한 곡만 더 추면 좋을 텐데."

"아, 미안. 나 너무 체력이 없어서 이제 슬슬 힘들어. 이만 춤은 관두고 쉬러 가 보려고."

"그래?"

여전히 아쉬워하는 표정이었지만 자신이 내 마지막 춤 상대란 게 마음에 들었는지, 그는 전보다는 확연히 밝아진 얼굴로 내 손을 놓아주었다.

그런 그에게 다른 사람들의 춤 신청이 구름같이 몰려들었다. 하긴, 확실히 오늘의 그는 누가 봐도 같이 춤추고 싶을 정도로 근사하니까.

잠시 홀 한가운데에 우두커니 서 있던 나는 이윽고 고개를 뒤흔들며 걸음을 옮겼다. 아, 이놈의 기시감. 시도 때도 찾아오니 꽤 무섭네.

하지만 내게 춤을 청하는 사람이 더는 없다는 것은 의외였다.

파트너이니만큼 유천영과는 필연적으로 춤추게 되리라 짐작하고 있었는데. 또, 김 쌍둥이와 윤정인도 있고.

이제는 더 이상 법칙이 아니더라고요 〈471〉

그러던 나는 은형이의 옆에 서서 뭔가를 말하고 있는 유천영을 발견하고 입술 끝을 말아 올렸다. 네가 은형이 소꿉친구긴 소꿉친구구나…….

그래도 은형이에게 도움 되는 유천영이라니, 흔치 않은 광경이기는 하네.

이어서 윤정인을 붙잡고 빨래 탈수하듯 돌리고 있는 김쌍둥이를 발견한 나는 크게 웃음을 터트렸다.

"푸하하."

클러치로 입을 가리고 웃는 것도 잠시, 다시 정신을 차린 나는 주위를 둘러보았다. 그러고 보니 은지호는?

우리보다 먼저 테라스에서 나왔으니 당연히 홀에 있을 거라고 생각했는데, 그는 우리가 여령이와 은형이와 합류해서 얘기를 나눌 즈음부터 이미 코빼기도 보이지 않았다.

어딜 간 거지? 내가 계속 의아하게 주위를 두리번거리던 그때, 누군가 내게로 다가왔다.

그것을 깨닫고 나는 속으로 후회했다. 아차, 다들 춤추는 가운데 파트너도 없이 혼자 두리번거리고 있으니 불쌍하게 보였겠군. 진작 가장자리로 물러나 있을 걸 그랬어.

그러나 이미 늦은 건 어쩔 수 없었다. 내가 착한 마음씨를 가진 상대를 돌아보며, 나는 춤을 추기 위해 이러고 있었던 게 아니라고 사양의 말을 건네려던 그때였다.

눈을 들어 바라본 곳에서 의외의 얼굴을 발견한 나는 잠시 숨을 멈췄다.

"어……."

밝은 빛 속에서는 자주 금색으로 보이곤 하던 옅은 머리카락은 홀의 어둠 속에서는 고동색으로 반짝거렸다. 마치 마지막 석양빛을 받은 파도의 잔물결처럼.

이쪽을 바라보는 눈빛은 평소와는 다르게 깊고, 또 깊었지만, 그럼에도 나는 쉽게 알아볼 수 있었다.

6년 동안이나 함께한 그를 내가 못 알아볼 리가.

그가 아무리 환한 빛 속에 있다고 해도.

또는 스스로 가진 빛을 믿지 못하고 짙은 어둠 속에 몸을 숨기고 있다고 해도.

"주……."

내가 그의 이름을 마저 뱉어 내기도 전에, 나를 물끄러미 보던 그가 갑자기 손을 들어 내게 뻗었다.

순간 반사적으로 움찔한 내가 그 손을 막으려 하자, 잠시 주춤했던 손이 다시 내 머리 위로 다가왔다.

그리고 그가 중얼거렸다.

"머리띠……."

"머리띠?"

"흐트러졌어."

"아."

그는 내 머리띠를 무심히 벗겨 내는 대신, 굳이 머리띠에 엉킨 내 머리카락을 한 올 한 올 풀어내는 번거로운 작업을 거쳤다. 나는 마치 수술을 집도하는 의사처럼 진지한 그의 표정을 빤히 쳐다보았다.

그 가운데, 마침내 내 머리띠를 벗겨 낸 그가 다시 그것을 내 머리 위에 씌워 주었다.

마치 액자 걸 때 수평을 맞추듯, 이번에도 한참이나 주의를 기울이던 그가 마침내 내 머리에서 손을 떼더니 말했다.

"됐다."

"아, 고마워……."

나는 머쓱하게 대답했다. 내가 그와 이렇게나 가까이에서 마주 본 것이 얼마 만인지 헤아릴 수도 없었다.

그가 내 머리띠를 고쳐 주던 짧은 시간이 무척 길게 느껴지는 한편으로는 다른 생각도 들었다. 심적으로도 누구보다도 가까웠던 우리가, 이렇게 가까이 서 있는 것조차 어색해져 버렸다는 게 무척 슬프다는 생각.

그때, 무심히 고개를 끄덕인 그에게서 뜻밖의 말이 날아왔다. 나는 눈을 휘둥그레 뜨고 다시 그를 보았다.

"다시 예쁘게 됐다."

그렇게 말하는 그의 얼굴에 미소가 떠올라 있었다.

그늘 한 점 없이 밝은, 그래서 어둠 속에서도 스스로 빛나는 것 같은 미소. 맹세컨대 과거가 바뀐 이후로 그가 그렇게 웃는 것을 나는 한 번도 본 적이 없었다.

그 모습을 본 내가 얼굴을 굳히자, 그 또한 정신을 차린 것처럼 흠칫하더니 스스로 입가에 손을 가져갔다.

얼마간 자신의 입꼬리를 매만지던 그는 갑자기 휙 돌아서서 홀을 나가 버렸다.

나는 그런 그를 다급하게 뒤쫓았다.

"주인아! 잠깐만 멈춰 봐, 주인아."

12시가 되어 도망치는 신데렐라를 쫓아가는 왕자님처럼 얼마나 애타게 불렀을까, 주인이가 마침내 달아나던 것을 멈추었다.

복도가 거의 끝나는 지점에 이르러서야 그는 비로소 나를 돌아보았다.

어둠 속이 아니라 환한 빛 속에서 마주 보니 확실히 알 수 있었다. 정말로 주인이였다. 믿기진 않았지만.

소화하기 까다로워 보이는 짙은 녹색 정장을 놀랍도록 완벽하게 소화한 그는 과연 여러 톱스타를 친척으로 둔 사람다웠다.

녹색 정장과 잘 어울리는 연갈색 눈을 찡그린 그가 물었다.

"왜?"

단 한마디였다.

방금 홀 안에서와는 완전히 다른 사람이 돼 버린 것 같은 그의 태도에도 나는 실망하지 않았다.

자기 진심의 존재 여부조차 믿지 못하는 그가 정상처럼

보이기 위해 바깥세상에 어떻게 대응하는지, 처음 가르쳐 줬던 사람은 은지호였다.

'그 녀석은 자기 마음 바깥에 몇 겹은 되는 시스템 같은 걸 두르고 있어. 그런데 그 시스템들이 모든 종류의 질문에 적절히 대답하는 기능을 갖추고 있는 거야. 자기가 원하는 모습으로 보일 수 있도록.'

'그러니까 대화를 해 보려 해도 튀어나오는 대답들이 일관성이 없지. 분명히 모두 이치에 맞긴 하는데 뭔가 좀 이상해. 꼭 상황에 맞춰서 적절한 대답을 골라내는 기계 같다니까. 그 안에 진심 같은 건 없어, 내가 보기에는. 한없이 계산적이다가, 한없이 세심하고 너그러워지다가, 그러지 않던?'

은지호의 그 말을 듣고 나 또한 떠올린 적이 있었다. 주인이의 다정하고 섬세한 일면들을 찢고, 악몽 속 괴물처럼 느닷없이 등장하던 사납고 날카로운 일면.

그러나 이제 와서 그런 모습에 겁먹어 물러나기에는 나는 그를 너무 깊게 알아 버렸다.

그가 나를 결코 진심으로 상처 입히지 못할 걸 알아.

입술을 깨물고 한 발 한 발 다가가는 나를 주인이는 복잡한 눈빛으로 쳐다보았다. 내가 더 가까이 다가오기를 바라는 것 같기도 했고, 또 한편으로는 당장 물러나라고 소리

치고 싶어 하는 것 같기도 했다.

그 가운데, 마침내 그에게서 열 발자국도 안 남은 곳에서 걸음을 멈춘 내가 물었다.

"방금 뭐였어?"

"뭐였냐니?"

그는 일부러 지어낸 게 분명한 부루퉁한 목소리로 대답했다.

"아무리 친한 사이가 아니라고 해도 머리띠 고쳐 주는 것도 못 해?"

"그거 말고 그 뒤에."

"뭐?"

나는 부러 얼굴에 철판을 깔고 말했다.

"나한테 예쁘다고 그랬잖아."

그러자 우리가 있던 복도에 잠시 침묵이 찾아왔다. 옆을 지나가던 호텔 직원이 잠시 주춤한 것도 같았지만 애써 무표정한 얼굴로 빠르게 지나갔다.

그가 복도에서 완전히 사라지고 나서야 주인이가 입을 열었다. 그야말로 어처구니가 없다는 말투였다.

"내가…… 네 머리띠 예쁘다는 말도 허락받고 해야 해?"

그리고 잠시 입을 우물거리던 그가 다시 말했다.

"그리고, 너인 줄 몰랐어."

거짓말. 그 말을 들은 즉시 나는 생각했다.

차라리 앞의 말만 했다면 '아, 머리띠를 가리켜 예쁘다고 한 걸 내가 나에 대한 말로 착각했구나.' 하며 민망해하기라도 했을 텐데, 뒤에 덧붙인 말이 그의 패착이 되었다.

그가 나를 못 알아보았을 리는 없었다. 그 정도로 어둡지 않기도 했거니와, 설령 진짜로 못 알아보았더라면 방금 내 물음에 '그 사람이 너였어?' 하고 되묻기라도 했겠지.

나는 주먹을 움켜쥐었다. 무엇보다도, 그는 모르는 사람을 상대로도 그런 그늘 없고 밝기만 한 미소 따위는 짓지 않는걸.

언제나 자기의 진면모가 탄로 날까 봐 두려워하는 그가 모르는 사람 앞에서 그토록 거리낌 없이, 모든 마음의 빗장을 열어젖힌 것처럼 웃을 수 있다니. 그럴 리 없지.

내가 그렇게 생각하는 사이, 주인이는 나에게서 달아나려는 것처럼 엘리베이터 쪽으로 향했다.

그때 내가 물음을 던졌다.

주인이는 이끌리듯 다시 내게로 고개를 향했다.

"아직도…… 내가 싫어?"

이번에도 거절당하면 아예 포기할 각오로 꺼낸 말이었다. 그런 내 각오가 깃든 듯 내 목소리는 바닥에 묵직하게 내려앉았다.

아니, 하지만. 나는 한 손을 들어 눈을 가렸다.

못 참겠어. 차라리 아예 냉대해 주면 포기할 수 있을 텐데, 세심함과 냉담함 사이를 자꾸만 오가니까.

방금도 그래, 파티에 오겠다고 하고 내내 모습을 드러내지 않으면 '아, 역시 그건 변덕이었구나.' 하며 쉽게 포기할 수 있었을 텐데.

포기할 때쯤 갑자기 나타나 삐뚤어진 머리띠를 바로 해 주고 웃더니, 마치 그것만이 할 일이었다는 것처럼 미련 없이 파티장을 떠나 버리면.

내가 도대체 뭐라고 생각해야 해? 내가, 내가……

너를 정말 포기해야 하는지, 아니면 너한테 좀 더 다가가도 되는지 도무지 갈피를 못 잡겠어.

신호를 줄 거라면 좀 더 확실히 줘. 고장 나서 자꾸만 제멋대로 울리는 전화와 함께 있는 기분이야. 네가 정말로 내게 신호를 보낸 건지, 아니면 내가 그걸 착각한 건지.

그때였다. 긴 침묵 끝에 마침내 짧은 대답이 돌아왔다.

나는 퍼뜩 고개를 들었다.

"모르겠어."

'아니'라고 하지 않았다고 해서 섣불리 희망을 가질 수는 없었다. 그저 마음 약한 그가 곧 울음을 터트릴 것 같은 사람에게 차마 싫은 소리를 못 하는 걸 수도 있다.

그다음으로 흘러나온 말에 나는 비로소 안도했다.

"내가 겪어 본 어떤 감정과도 달라. 누구하고 가까워질 때도 이렇게 마음이 무겁지도, 또 한편으로 편하지도 않았어……."

"그래……."

"어느 정도 가까워지기 전에는 항상 내 모습을 숨기기에 급급했는데, 너한테는 그러고 싶지가 않아. 그렇다고 잘 보이고 싶지 않은 건 아니야. 그냥."

거기까지 말한 주인이가 입술을 지그시 깨물었다.

그때 내가 그의 말을 잘랐다.

"주인아."

주인이가 고개를 들자, 나는 미미하게 웃으며 말했다.

"전에도 말했지만, 나는 네가 좋은 사람이라고 생각해. 있는 그대로도. 알지?"

"……."

내가 작게 덧붙인 물음에 그는 대답하지 않고 천천히 걸음을 옮겼다.

다만 돌아서기 전, 그가 작게 고개를 끄덕인 것만이 내게 약간의 위안을 주었다.

그래, 아직 다가가도 괜찮은가 봐. 기회는 여전히 남은 거야. 고등학교 생활이 끝나기 전까지 아직 몇 달이 더 남아 있으니 괜찮아. 할 수 있어.

주먹을 쥐며 그렇게 되뇌던 나는 문득 다시 그를 쫓아갔다.

"저기!"

내가 그의 등에 대고 외치자, 주인이가 무슨 할 말 더 있냐는 듯 의아한 표정으로 나를 돌아보았다.

"주인아, 좀 뜬금없는 얘기긴 하지만 혹시…… 네 꿈에 나오는 그 사람 말이야, 아직도 아무 말도 안 해?"

그러자 잠시 생각하는 듯하던 그는 순순히 고개를 끄덕였다.

이번에야말로 무슨 소리를 하는 거냐고 한 소리 들을 줄 알았는데, 의외로 아무 저항이 없었다.

안도감에 가슴을 쓸어내린 내가 말했다.

"그럼 있지, 이번에는 네 쪽에서 말을 걸어 보는 게 어떨까? 모르잖아, 얘기를 시작하는 데 어떤 특별한 조건이 있을지도."

내 생각에, 주인이가 계속 같은 꿈을 꾸는 건 틀림없이 아리가 준 소원 팔찌 때문이었다.

그리고 아리의 힘이 발현되는 매개는 바로 '문장'. 그렇다면, 틀림없이 어떤 조건이 아직 충족되지 않았기 때문에 아리가 그의 꿈에 나올지언정 말은 아직 못 하고 있는 것이 분명했다.

그러자, 미묘한 표정을 지은 주인이는 이윽고 다시 고개를 끄덕였다.

"알았어. 한번 해 볼게."

"정말?"

"응."

"꼭 후기 들려줘."

내가 그렇게 말하자, 주인이는 꼭 이벤트에 당첨되어 싸구려 경품을 받고 후기를 좋게 작성하라는 협박을 받은 사람 같은 표정으로 떠났다.

홀로 남은 나는 한동안 마음을 진정시키려고 숨을 들이쉬고 내쉬기를 반복하다가, 뒤늦게 주먹을 움켜쥐며 속으로 외쳤다. 좋아! 어찌 됐건 일이 하나라도 좋게 해결됐으니, 한결 가벼워진 마음으로 파티를 마저 즐기러 가 볼까?

바로 그때, 엘리베이터 쪽에서 복도를 가로질러 다가오는 커플이 내 눈에 들어왔다.

대리석 위를 또각또각 밟으며 울리는 경쾌한 구두 소리.

그녀가 가까이 다가올수록 남색 원피스 자락과 양쪽 귀에 걸린 긴 귀걸이가 별처럼 희게 빛나며 흔들렸다.

그러나 나는 다른 무엇보다도 그녀의 얼굴에서 시선을 떼지 못했다. 텔레비전에 자주 얼굴을 비치는 아이돌 멤버 중 하나와도 얼마간 닮아 있는 저 얼굴은 분명히…….

그때 나를 발견한 그녀가 왜인지 걸음을 멈추었다. 그녀가 걸음을 멈추자, 그녀와 함께 팔짱을 끼고 나란히 걷고 있던 남자 역시 따라서 걸음을 멈추었다.

여자가 낀 귀걸이만큼이나 찬란한 빛을 뿌리는 은색 머리카락 아래, 한 쌍의 검은 눈동자가 조용히 나를 향했다.

누가 봐도 잘 어울리는 한 쌍의 커플은 다름 아닌 은지호와 나예리였다.

복도의 정적 속에서, 팔짱을 끼고 나를 바라보는 두 사람은 어딜 봐도 완벽한 커플이었다.

나는 그들을 충격받은 것 같은 표정으로 멍하니 쳐다보았다.

물론, 두 사람이 내 눈앞에서 함께 있는 것은 이번이 처음이 아니었다.

나예리가 우리 학교에 교환 학생으로 왔을 때도 두 사람은 숱한 시간을 함께 보냈고, 간혹 복도에서 대화를 빙자한 말다툼을 벌이던 둘을 가리켜 '약혼했대?' 하고 물은 사람도 여럿이었다.

모르는 사람 눈에도 그렇게 보일 정도였으니, 내가 사라진 지금 그들이 어떤 모습일지 정도는 당연히 진작 예상했었는데.

사실 은지호의 약혼녀 얘기가 나왔을 때부터, 나는 그 상대가 나예리일 것을 짐작하고 있었다. 그런데도 막상 내 눈앞에 있는 두 사람을 보자, 절망스러운 기분이 드는 것은 어쩔 수가 없었다.

나를 절망케 하는 사실은 한 가지 더 있었다.

만약 내가 오늘 이 모습을 보고서도 은지호를 포기하지 않는다면, 그래서 내가 만에 하나라도 그를 빼앗는 데 성공한다면.

나는 이번에도 나예리를 울리게 된다.

자부심이 높지만 그만큼의 노력 또한 쉼 없이 하기에, 은지호와 마찬가지로 결코 미워할 수 없는 그녀를.

자신이 오랫동안 좋아했던 남자가 다른 여자를 좋아한다는 사실을 알고서도 욕을 하긴커녕, 험한 말 한 번 입에 못 올리던 그녀를.

그러긴커녕, '내가 좋아하는 사람이 네가 아닌데 왜 너한테 화를 내?'라며 은지호나 어서 데려오라고 버럭 소리치던 그녀를.

그런 생각을 하며 내 안색이 나도 모르는 새 창백해졌던 모양이었다.

걸음을 옮기며 그냥 지나칠까 말까 고민하는 듯한 눈빛으로 나를 계속 힐끗거리던 나예리가 마침내 멈춰 섰다.

"저기요."

그녀의 차분한 부름에 나는 고개를 돌렸다.

염려 가득한 눈과 시선이 마주친 순간, 나도 모르게 흘러내린 눈물이 툭 떨어져 바닥을 적셨다.

"아."

짧게 신음한 나는 천천히 손을 들어 눈가를 가렸다. 입속을 계속 맴도는 것은 한 가지 말뿐이었다.

안 되는데, 이러면 안 되는데. 나예리의 앞에서. 그리고 무엇보다도…… 은지호의 앞에서.

두 사람이 함께 있는 것을 보자마자 눈물을 흘린 나를 수상하게 여길 법도 한데, 나예리는 반여령만큼이나 이런 쪽의 눈치는 둔한 모양이었다. 그녀가 어쩌면 〈해가림〉의 악녀가 아니라 또 다른 여주인공일지도 모른다는 생각을 나는 이제야 처음으로 했다.

그새 내 앞까지 다가온 나예리가 클러치를 뒤적거리며 물었다.

"갑자기 왜 울어요? 사람 신경, 아니 놀라게……. 물티슈가 있을 텐데. 아, 그런데 물티슈는 화장 지워지나?"

그때, 나예리의 팔을 놓고 마치 방관자처럼 한 발자국 떨어져서 지켜보던 은지호가 불쑥 끼어들었다.

"지워지겠지."

"아, 그래? 그럼…… 네 넥타이 얼마짜리야?"

갑자기 은지호의 넥타이를 탐내기 시작하는 나예리를 보며 나는 속으로 난감해했다. 잠깐, 설마 저 그냥 보기에도 억 소리 나게 비싸 보이는 넥타이를 뺏어서 내 눈물을 닦아 줄 셈이야? 정말로?

내 귀에 은지호와 나예리의 대화가 계속 들려왔다.

"글쎄, 내가 산 게 아니라서 잘. 이 브랜드면 백은 안 됐나?"

"그럼 다음에 백화점 가서 같은 브랜드 걸로 하나 사 줄게. 그걸로 퉁 치자."

"됐어, 약혼녀한테 이런 것 하나까지 갚으라고 할 정도로 없는 사람은 아니야. 그보다도 나는 과연, 쟤가 이 얘기를 듣고서도 내 넥타이로 눈물을 닦으려고 할지가 걱정인데."

과연 그 말대로였다. 부잣집 아가씨 앞에서 눈물 한 번 보였다고 백만 원짜리 넥타이가 희생되게 생기자, 어느새 내 눈물은 쏙 들어가 있었다. 서민의 위기감이었다.

더러운 자본주의 사회……. 우는 것 하나도 마음대로 못 하다니…….

그렇게 생각하며 눈물을 대충 닦아 내는 내게 얼굴을 들이민 나예리가 물었다.

"왜 이런 곳에서 울어요? 결코 걱정돼서 물어보는 건 아니지만……."

은지호가 참지 못하고 또다시 끼어들었다.

"너 말투가 왜 그래?"

"내가 뭐?"

그를 향해 눈을 날카롭게 치뜬 나예리는 다시 나를 돌아보더니 말했다.

"어떤 조……. 콩과 쌀과 함께 조선 시대에 세금으로 거두었던 조 같은 새끼가 울린 거라면, 그리고 그 새끼가 파티장에 아직 있다면 제가 좀 손봐 줄 수도 있을 것 같은데. 딱히 당신을 위해서는 아니에요."

"너 진짜 왜 그러는데?"

"조용히 해."

계속 추임새를 넣는 은지호에게 이를 갈며 대꾸하는 나예리는 아무리 봐도 내가 옛날 보았던 그녀의 모습과는 거리가 멀었다.

그것을 눈물 탓으로 치부한 나는 애써 이성을 되찾고 생각했다.

자, 한번 토론해 보자. 드라마나 소설에서 흔히 나오는 나쁜 남자, 혹은 나쁜 여자의 조건이 무엇일까?

그것은 바로 관심 없는 사람과도 스킨십을 하며 수많은 염문을 뿌리고 다니는 것이다.

그렇다면 은지호가 나예리와 팔짱 끼고 나타난 게 무슨 대수겠는가? 나는 유천영과 이루다에게 뺨에 키스도 받았는데.

고백? 물론 은지호는 셀 수도 없을 만큼 많이 고백받았다. 한 달에 4번꼴이었으니 중·고등학교 6년간 받은 고백을 다 합치면 200번도 넘을 것이다.

하지만 고백은 나도 아쉽지 않을 만큼 받지 않았는가? 그것도 무려 사대천왕 중 두 사람과 여주인공의 오빠에게.

여기까지를 통해 결론 내려 보자. 은지호가 나쁜 남자인가, 내가 나쁜 여자인가?

물론 나다.

그렇다. 인터넷 소설에 들어온 지 6년 만에 처음으로 깨닫게 된 정체성이지만, 나는 사실 나쁜 여자였던 것이다…….

그런 어처구니없는 사고 과정을 통해 나는 간신히 정신을 되찾을 수 있었다. 사실, 방금 테라스에서 있었던 일을 생각하면 내가 고작 저런 모습을 보고 눈물 흘린다는 건 정말로 말이 되지 않았다.

고작 한두 방울 흘러내렸을 뿐인 눈물은 어느새 흔적도 없이 말라 있었다.

그제야 고개를 든 나는 그때까지도 나를 걱정스럽게 바라보던 나예리를 향해 씨익 웃고는 말했다.

"아, 아니에요. 그냥 잠깐 좀 슬픈 일이 떠올라서……. 시간 뺏기지 말고 이만 들어가 보세요."

"하지만……."

"동행분도 기다리시는데."

불만스럽게 입술을 달싹거리는 나예리에게 내가 그녀 뒤쪽을 가리켜 보였다. 과연, 은지호는 처음부터 줄곧 못마땅한 표정으로 우리가 하는 양을 모조리 지켜보고 있었다.

그때, 낮은 목소리가 불쑥 내 귓가를 파고들었다.

"나예리, 먼저 들어가 있어. 난 잠깐 밖에 있다가 갈게."

"뭐? 갑자기 왜?"

"일단은 내가 아는 사람이라서. 같은 학교 친구거든."

"아, 그래? 네가 초대한 거야?"

"아니, 유천영."

그러자 나예리의 미간이 큰 폭으로 일그러졌다. 그 때문에 나는 이 세계에서도 나예리가 여전히 유천영을 싫어한다는 사실을 알 수 있었다.

문득, 은지호가 유천영을 가리켜 '너는 누구 말마따나 그 생김새에도 불구하고 입만 열면 열 받으니까 조용히 해'라고 윽박지르던 것이 떠올랐다.

어쩌면 그 '누구'가 나예리였던 걸까? 상당히 가능성 있는 추론이었다.

과연, 나예리는 내가 같이 온 사람이란 것이 유천영이라는 것을 알게 되자마자 무슨 말을 하고 싶어 못 견디는 눈치였다. '왜'라든가 '하필' 같은 단어를 툭툭 뱉어 내던 그녀의 입술이 결국 다물렸다.

그리고 몸을 획 돌린 나예리가 말했다.

"알았어, 너무 늦지만 않게 와. 회장님이랑 여사님께 인사드려야 하니까."

"그래."

담담히 대답하는 은지호를 못 미덥다는 듯 흘겨보던 나예리가 홀 안으로 들어가자, 나는 기다렸다는 듯 뒤돌아서 그 자리를 그 벗어나려 했다.

그러나 은지호가 좀 더 빨랐다.

"너, 나 안 좋아한다며?"

놀랍도록 직설적인 물음에 나는 눈을 감고 짧은 한숨을 토해 냈다.

그래, 나예리와 함께 있는 그의 모습을 보고 내가 눈물을 흘렸을 때부터 이건 정해진 수순이었다.

다시 눈을 뜬 나는 그를 애써 똑바로 보며 답했다.

"안 좋아한다고는, 한 번도 말한 적 없는데."

그러자 팔짱을 끼고 잠시 기억을 되짚어 보는 듯하던 그가 선선히 고개를 끄덕였다.

"그건 그러네. 미처 생각 못 했어."

그건 누가 자기를 좋아한다는 사실을 알았다기보다, 아침에 텔레비전에서 일기 예보라도 들은 것처럼 아무런 동요도 없는 모습이었다.

나는 비참한 기분을 숨기기 위해 부러 신경질적으로 물었다.

"알았으니 어쩔 셈이야? 또 사귀어 주겠다 운운이라도 할 생각이야?"

그런데 뜻밖에도 돌아오는 대답은 예상을 뛰어넘었다.

"아니."

"뭐?"

말문이 막힌 내 앞에서 그가 팔짱을 끼고 중얼거렸다.

"나를 좋아한다, 라……. 그런데 왜 유천영과 이루다가 네 뺨에 입을 맞추도록 그냥 뒀는지는 모르겠지만, 어쨌건 그 제안은 철회야."

그가 담담히 말을 이었다.

"내가 널 잘못 판단했어. 그 짧은 시간 동안 우리와 얼마나 가까워질 수 있을지에 대해."

"그게 무슨 소리야?"

"반여령이 너와 친해진 것도, 유천영이 네게 유난히 살갑게 구는 것도 한때의 변덕이겠거니 생각했거든. 고등학교 졸업하고 대학교에 가면 반여령과 네 연락은 알아서 끊길 테고, 유천영도 너란 존재가 언제 있었냐는 듯 잊어버릴 거라고."

"그런데?"

"아무래도 두 사람이 지금 하는 모습을 보아하니, 그렇게 스쳐 지나갈 한때의 인연이 아닌 것 같아서."

나는 입술을 깨물었다.

은지호에게 우리의 인연을 증명받은 것은 기뻐해야 할 일임에도 불구하고, 먼 지평선에서부터 다가오는 먹구름을 본 것 같은 불안감이 내 머릿속을 가득 뒤덮었다.

그리고 은지호가 다시 말했다.

"졸업 전에 잠깐 사귀는 거로는 곤란하다는 얘기지. 그 두 사람이 가만두지 않을 테니."

"그래서?"

"아까 내가 말했잖아. 아까 그 제안은 철회라고."

고개를 살짝 기울인 은지호가 방금 나예리가 들어간 회장 입구 쪽을 턱짓했다.

이제는 더 이상 법칙이 아니더라고요 〈491〉

"아까 네가 봤던 애가 내 약혼자야. 아직 내정되었을 뿐이지만. 이름은 나예리."

손톱이 손바닥에 파고들 정도로 주먹을 꽉 움켜쥔 나는 고개를 들었다.

내가 그를 싸늘하게 노려보며 물었다.

"약혼하기로 정해진 사람이 있었는데도 나한테 그런 제안을 했어?"

"약혼하기로 정해진 사람이 있는 나를 좋아하는 네가 할 말은 아닌 것 같은데."

이 세계에서는 그와 나예리의 사이가 그렇게까지 진행된 줄 몰랐다고 말하려던 나는 다시 입을 다물었다.

그 사실을 알게 되었어도 내 마음이 변함없는 지금, 그런 말을 해 봐야 아무런 의미도 없으니.

하지만, 하지만……. 입술을 깨물며 고개를 숙이는 내게 은지호의 말이 계속해서 들려왔다.

"그리고 한 가지 더, 나예리와 나는 비즈니스 관계일 뿐이야. 서로 간에 감정적 교류까지는 바라지 않기로 이미 합의 봤어. 방금 걔가 나 대하는 모습 봤지? 너는 그게 좋아하는 사람한테 하는 모습 같던?"

"……."

나는 여전히 시선을 떨어뜨린 채 고개만 내저었다. 은지호가 다시 말했다.

"그래. 오히려 나예리는 자기한테 관심 없는 남편을 두고 자유롭게 살 생각에 신나 하고 있어. 재벌들끼리의 결혼에서 무슨 사랑과 낭만을 기대해? 무엇보다도, 그랬다면 내가 너한테 그런 일을 제안할 리 없잖아. 사람을 얼마나 형편없게 보는 건데."

마치 남 일이라도 말하듯 태연하던 은지호가 말을 이었다.

"지금 문제가 되는 건 내가 아니라 네 상황이야. 아무리 그래도 반여령의 친한 친구인 데다가, 유천영이 좋아하기까지 하는 여자와 잠깐 사귈 수는 없어. 둘에게 절교당할 각오를 하든지, 아니면 나예리와 약혼을 관두고 너와 계속 사귀든지 택해야 하는데."

그리고 머리카락을 쓸어 넘긴 은지호가 말을 맺었다.

"내가 나예리 말고 너를 택할 이유가 없잖아. 네가 가진 것 중에 뭐 하나라도 나예리와 비견될 만한 게 있어?"

"······."

나는 그 순간 숨 쉬던 것을 멈추었다.

일순 시간마저 멈춘 것 같았다. 갑자기 은지호와 나 사이에 생겨난 벽이 그의 목소리는 물론, 샹들리에의 환한 불빛까지 차단했다. 아무것도 들리지 않고 아무것도 보이지 않는 상태에서 나는 바닥도 없는 어둠 속으로 끝없이 추락했다.

나는 여전히 멍한 채로 그의 말을 따라 했다.

내가 가진 것 중에 나예리와 비교할 만한 것이, 단 하나라도 있냐고?

아니, 물론 단 하나도 없었다.

그리고 그것은 반여령과 비교해서도 마찬가지였다.

이 세계의 내가 도망치다 못해 다른 세계의 나를 이렇게 데려온 것도, 다름 아닌 반여령에 비해 내가 나은 게 하나도 없기 때문이었다. 언젠가는 질투심에 져서 그녀를 미워하게 될까 봐 두려워서.

그리고 이 세계의 나를 사라지고 싶다고 생각하게 될 만큼 몰아붙인 것은 다름이 아니라 다른 사람들의 비교였다. 부모님의, 선생님의, 그리고 친구들의.

눈앞에 롤링 페이퍼에 적힌 삐뚤빼뚤한 문구들이 스쳤다.

'뭐든지 잘하는 여령이의 친구!'

'여령이를 놔줘.'

그래서……. 나는 주먹을 꽉 쥔 손을 이마에 가져다 댔다.

그래서 나는 이 세계에서 주어진 역할이 주인공의 친구에 불과하다고만 믿었다. 아무도 나를 사랑하지 않을 것이라 믿었기에 나 또한 아무도 사랑하지 않으려고 애썼다. 특히 그중에서도 너를.

그런데…… 그런 나를 바꾼 건 너였잖아.

내가 사람 하나 사귀는 일에도 가치를 재고 따지던 너를, 원하는 거라곤 없던 유천영을, 자기를 숨기는 법밖에 모르던 주인이를, 자기는 틀림없이 불행해질 거라고 믿던 은형이를, 자기는 결코 진정한 친구를 사귈 수 없을 거라고 믿던 여령이를 바꿨듯이.

네가 나를 바꾼 거잖아……. 너희 중에 아무도 사랑하지 않을 거라고 진작부터 다짐했었던 나를.

그런데 네가 나한테 어떻게 이런 말을 해?

나는 마침내 고개를 들었다.

내가 얼마 동안 이러고 있었던 건지, 조금 당황스러운 표정이 된 은지호가 고개를 숙이고 있었다.

"너 괜찮냐? 갑자기 왜……."

"알겠어."

"뭐?"

내 뜬금없는 말에 은지호가 일순 당황한 표정을 지었다.

나는 흘러내리는 눈물을 손등으로 닦으며 말을 이었다.

"이제야 알겠어. 내가 좋아했던 건 네가 아니라 다른 사람이야. 네가 전혀 모르는 사람."

너는 기억하지 못하는 이전 세계의 너……. 나는 입속으로 중얼거렸지만, 그가 내 말을 이해할 수 있을 리 없었다.

오히려 그는 걱정한 것이 언제냐는 듯 분한 표정으로 물었다.

"그게 무슨······."

그가 낮게 깔린 목소리로 말을 이었다.

"방금까지만 해도 내가 나예리와 같이 있는 모습을 보고 눈물 흘리더니, 이제는 나를 좋아하지 않는다? 웃기지 마. 거짓말도 정도껏 해."

"어차피 나와 사귀지도 않을 거면서, 내가 누구를 좋아하는지가 무슨 상관인데?"

계속 눈물을 흘리면서도 꿋꿋하게 받아치는 나를 보며 은지호가 잠시 어이없다는 표정을 지었다.

그런 그에게 내가 다시 말했다.

"전에도 말했지만, 이번엔 진짜야. 너 다시는 나한테 말 걸지 말고, 나한테 가까이 오지도 마. 내가 먼저 널 피할 테니까 네 쪽에서도 알아서 피해."

"왜 갑자기······."

황당해하는 그의 말을 끊고 나는 말을 이었다.

"그리고 네 집에서 하던 공부 모임, 그것도 안 해. 내가 적당히 핑계 댈 테니까 너는 변명할 걱정은 안 해도 돼. 그리고, 그리고······."

산소가 부족한 것처럼 숨을 헐떡이던 나는 갑자기 획 돌아서서 달음박질쳐 그 자리를 벗어났다. 뒤에서 은지호가 뭐라고 말하는 소리가 들려왔지만 애써 무시했다.

다행히 그에게 따라잡히기 전에 엘리베이터를 타는 데 성공할 수 있었다.

떨리는 손으로 로비 층 버튼을 누른 나는 다시 클러치를 열며 미친 사람처럼 중얼거렸다. 유천영한테 먼저 간다고 메시지를 남겨야지…….

그러나 내 시도는 성공하지 못했다. 핸드폰의 검은 화면에 비친 내 얼굴을 보는 순간, 나는 다시금 미간을 일그러뜨리며 눈을 감을 수밖에 없었다.

은지호 말대로야. 나예리와 나 둘 중에 누가 날 고르겠어? 내가 나예리와 비교해서 나은 게 뭐가 있는데? 하다못해 눈에 바로 보이는 외모조차.

"으윽……."

오열이 되지 못해 입 밖으로 새어 나오는 신음을 애써 누르며 나는 엘리베이터가 1층에 도착하자마자 튀어 나가듯 빠져나왔다.

로비에서 마주친 몇몇 손님 무리가 나를 의아한 듯 쳐다보았지만, 나는 신경 쓸 겨를이 없었다.

아직도 고급 차가 북적거리는 호텔 앞을 빠져나와, 도로변으로 나오고 나서야 조금 숨통이 트였다.

나는 밤 열두 시가 지나 인적이 드문 택시 승차장 의자에 아무렇게나 주저앉았다.

그제야 눈물이 비처럼 쏟아졌다.

"으으, 윽, 흑······."

감정이 너무나 격렬하게 북받친 나머지 오히려 내 것이 아닌 것처럼 느껴졌다. 슬픔에 휩싸여 주위를 의식하지도 않고 오열하는 나와, 그런 나를 차분하게 바라보는 또 다른 내가 공존했다.

또 다른 내가 의아한 듯이 물었다.

왜 울고 있어? 이건 그냥 소설이잖아.

그 말이 맞았다. 나는 울음 사이로 내뱉었다.

"이건 그냥 소설일 뿐이야······."

그러면서 나는 지금까지 내 마음을 지켜 주었던 벽을 다시 쌓으려 했다.

담을 만들 돌을 하나하나 손으로 골라내듯, 지금까지 이 세계에서 황당하고 말도 안 되는 사건들을 맞닥트릴 때마다 판단력을 되찾고 차분해지기 위해 외웠던 주문들을 다시 외웠다.

"인터넷 소설의 법칙 1조······."

여주인공은 자기가 예쁜 줄 모른다.

그러자 순간 반여령의 얼굴이 떠오르며, 입술 사이로 잠깐이나마 웃음이 번졌다.

누가 나를 이상하게 볼 거란 사실도 신경 안 쓰고, 눈물에 젖은 얼굴 그대로 웃으며 내가 다시 내뱉었다.

"인터넷 소설의 법칙 2조……."

그것도 잠시, 나는 곧 그 모든 것을 그만두고 말았다. 인터넷 소설의 법칙을 어디까지 세었는지 기억이 나지 않았다.

어째서지? 왜지? 머리카락을 헝클어뜨리며 그 이유를 고민하던 나는 곧 깨달았다.

내가 이 세계를 현실로 받아들이게 된 지가 벌써 너무도 오래되었기 때문에.

나는 생각하지 않을 수 없었다. 언제부터였더라? 도대체 언제부터 내가 이들과 함께 있으면서도 더는 그런 것을 생각하지 않게 되었지?

하지만 이들이 먼저 내가 닫고 있던 문을 자꾸만 두드려 댔으니까.

나와 그들 사이를 가로막고 있던 것을, 바로 내가 방금까지 읊조렸던 인터넷 소설들의 법칙 따위를 치워 달라고 계속 요청했으니까.

그래서 내가 그들을 사람으로 여길 수 있도록…… 이 세계를 현실로 받아들일 수 있도록.

그 과정은 분명히 만만치 않았다. 그 과정에서 그들 또한 상처를 받았고, 나 또한 상처를 받았다. 그들과 내가 그동안 흘린 눈물을 합치면 상당할 것이다.

그렇게 모두가 상처받고 노력하며 겨우겨우 이뤄 냈는데, 기껏 도달한 곳이 여기라니.

다른 모두가 우리에게 있었던 일을 기억하지 못하는 와중에, 모든 것을 기억하는 나만이 몰린 벼랑. 이제 더는 이 세계를 소설 속으로 여기지도 못해 도망칠 곳조차 없어, 벽도 갑옷도 없이 모든 상처를 맨몸으로 맞아야 하는 처지라니.

한동안 멍하니 있던 내가 내뱉었다.

"이건 너무해."

나는 두 눈두덩이를 가리며 다시 내뱉었다.

"이건 정말이지, 너무하잖아……."

바로 그때였다.

정신이 없는 와중에도 불구하고 계속 느껴지는 시선이 있어, 마침내 고개를 돌린 나는 나를 보는 한 쌍의 눈동자와 마주쳤다.

분명히 방금까지는 비어 있던 내 옆자리에 어느새 한 여자아이가 앉아 있었다.

짧은 갈색 단발머리, 동그스름한 얼굴과 갈색 눈동자, 딱히 특색이랄 게 없는 얼굴.

나와 마찬가지로 파티에나 입고 갈 법한 옷차림의 그녀는 꽤 오랜 시간 두 눈을 한 번도 깜빡이지 않고 나를 응시했다.

그녀를 한참이나 보던 내가 마침내 내뱉었다.
"최유리……?"

〈끝나지 않은 '인소의 법칙'들! 16권에서도 계속됩니다.〉

인소의 법칙 15

1판 1쇄 발행 2021년 1월 7일
1판 3쇄 발행 2022년 1월 26일

지은이 ㅣ 유한려
펴낸이 ㅣ 신현호
편집장 ㅣ 예숙영
편집 ㅣ 최은지
편집디자인 ㅣ 한방울
영업 ㅣ 김민원
물류 ㅣ 이순우 박찬수

펴낸곳 ㈜디앤씨미디어
출판등록 2002년 5월 1일 제117-90-51792호
주소 서울시 구로구 디지털로 26길 111 JnK디지털타워 503호
대표전화 (02)333-2513 팩스 (02)333-2514
전자우편 dncbooks@dncmedia.co.kr
디앤씨북스 블로그 http://blog.naver.com/dncbooks

ISBN 978-89-267-1872-8 04810
ISBN 978-89-267-1819-3 (SET)